没有人想永远做另一个人的影子，
没有人会甘于永远在阴影处，
饮鸩止渴般窥伺。

他像一轮迟暮的明月，
这个形容十分怪诞，
可师父庆忍不住这样想。
树下少年俨然就是
一轮快要坠落的、孤冷的月。

不夜陷玉

藤萝为枝

Teng Luo
Wei Zhi

著

中信出版集团 | 北京

目录

壹 … 如意锁	001	
贰 … 冷香丸	025	
叁 … 神殒刀	045	
肆 … 穿云宗	061	
伍 … 桃木剑	079	
陆 … 不化蟾	107	
柒 … 鸳鸯佩	139	
捌 … 陶泥兔	155	
玖 … 落神坛	187	
拾 … 过天阶	243	
特约番外 … 青玹篇	299	

这一次，在他清冷如雪的死寂眸光中，少女执起他手，而后走过了一生困苦。

仿佛神坛之上，冷漠的神堕落，也染上了人的情绪。

她看见卞翎玉依稀浅浅笑了笑,很松的笑容,不似以前任何一次冷笑或嘲讽的笑。反而干净得如同冬日霜花。

——藤萝为枝《夏日海潮》

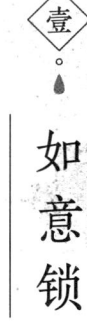

壹。

如意锁

师萝衣睁开眼睛时，明幽仙山已经下了一夜的雪。

她恍惚记得自己死了，死在昭华二十三年，人间的一座破庙里。孤零零一人，无人为她殓尸。她死时正是夏天，人间好时节，破庙的塘中开了一大片荷花，瑰色苍穹，接天莲叶。

许是时令太好，她闭上双眸前，还闻见了清新的荷花香气。

师萝衣觉得自己死得并不痛苦，她甚至感到解脱和轻松——再不用囿于满心的不甘与怨气，能停下脚步歇一歇。

可现在是什么情况？

她冷得全身刺痛，辨不清今夕何夕。手脚被冻得发木，眼睫上的雪花挡住了视线。

师萝衣知道，人若真死了，是感觉不到冷的，只有魂魄归尘的虚无。况且如今的景象十分荒诞——

明明是七月，怎么会下雪？

眼前有一堆模糊人影。

周围的人窃窃私语，少女用温热的小手将她睫毛上的雪花抹去，扑进她怀里，哭得梨花带雨："师姐，都怪我，若不是昨日我惹你生气，你也不会离开明幽仙山，遇见螭蠹这样的凶兽，险些丢了性命……"

师萝衣觉得眼前的景象莫名眼熟，她茫然地眨眨眼，终于能看清眼前的一群人。

她的视线从众人带云纹的青色长衫上掠过，又掠过一张张熟悉的脸，终于明白了这似曾相识感是怎么回事。

眼前的景象，赫然是六十年前发生的一幕！

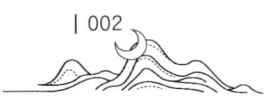

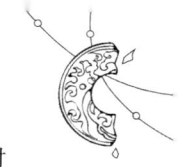

那时小师妹卞清璇摘了她后院中的一朵百年芍药,她盛怒之下,对小师妹出了手。

卞清璇也不还手,只哭着道歉。

关键时刻,她的术法还没落到卞清璇身上,她就被赶来的男子拦住,一掌击飞出去。

来人是她的师兄卫长渊。

卫长渊情急之下,没收住手,她飞出去砸在假山上,磕出一脑门子血。

其实那样的伤并不算重,但是心上人为了护住另一个女子,将她打伤,碎裂的是她胸腔之下那颗难受到几乎不会跳动的骄傲心脏。

她忍住泪与怒,不顾卫长渊皱眉欲语的神情,一口气冲下明幽仙山,冲出宗门外,一路浑浑噩噩,遇上了凶兽螭蠱。

幸好她数年来战战兢兢修习术法,与螭蠱恶战一番,勉强取了螭蠱内丹,保住了性命,却重伤到一根手指也没法动弹,倒在地上,任由大雪将她掩埋。

她在雪中被埋了整整一夜,既痛苦又委屈。

第二日同门寻来,将她从雪中挖出,她口齿木得说不出话,卞清璇扑过来就是一阵娇滴滴地哭。

同门纷纷斥责她不懂事,在凶兽肆虐的关头到处乱跑,害得整个宗门的弟子不得不出来找她。

如果她没记错,那时她心爱的师兄也说话了。

师萝衣连他当时指责训诫了自己什么都还有印象,果然,回忆到这里,下一刻,她便听见了男子低沉冰冷的声音——

"萝衣,你实在太过任性,为了一朵花对小师妹动手,又私自下山,违逆命令。这些年来,你越来越不像话,若师伯结束闭关,见到你如今的模样,必定会对你失望至极。"

是了,他们至今对她的所有包容,愿意倾尽全力找她,全是因为她有个已至大乘期,快要飞升的开宗祖师爹爹。

否则以同门对她的厌恶程度,恐怕宁肯她死在外头。

她爹爹师桓被誉为元信道君,一生只得了她这么一个女儿,爱如珍宝。十年前她爹爹除魔卫道,身受重创,陷入沉眠。从那以后,她的生活发生了翻天覆地的变化。

或许,她不是从那时开始倒霉的,而是更晚一些,从小师妹来到宗门开始的。

她的视线落在自己怀里的少女身上。

从相貌来看,少女约莫二八年华,一双楚楚动人的大眼睛,此刻含着泪,真诚而关切地看着她。

师萝衣没觉得感动,只觉得一阵反胃。

小师妹卞清璇,来宗门刚三年。她命格特殊,在仙门大开那日,无数凡人意欲拜师,求取仙道。唯有卞清璇出现的那一刻,天上七星异彩,隐现龙气,天机阁的长老瞪大双眼,亲自给她批命,说此女乃气运之女,贵不可言。

所谓气运之女,运气好到什么地步呢?旁的凡修入仙门,资质好些的,也要三五年方能筑基,几十年方可结丹,而小师妹一年筑基,第二年便筑基大圆满,第三年就结了金丹。

对比起来,天生仙胎的师萝衣,从出生到现在,勤奋修炼,用了整整三十九年才结丹!

三年内,凡小师妹参与的宗门任务,众人皆可以收获得盆满钵满,走在路上都有可能捡到灵药。而一旦师萝衣与众人同行,所有人都仿佛沾上了晦气,不但颗粒无收,还常常遇见凶兽。

众人一开始只敢暗地里抱怨,逢宗门任务时,为了避免尴尬,就在夜里悄悄出发,绝不带师萝衣,后来渐渐演变成阴阳怪气地指桑骂槐。

师萝衣是何其骄傲之人,宗门大能之女,一出生便是父母的掌上明珠。她既觉得屈辱,又不愿拖累同门,从那以后便开始自己出任务,虽险象环生,但好歹不必再受人冷眼与揣测。

其实她一开始并不讨厌卞清璇,虽然小师妹的资质也令她十分羡慕,但她自幼便被千娇万宠,锦衣玉食中长大,心态一摆平,便不会去

嫉妒别人。

可是渐渐地,原本喜爱她的大师姐、与她有婚约的长渊师兄、与她父亲情同手足的宗主,竟一次次地为了卞清璇责备自己,她心里委屈又茫然,直到发现长渊师兄对卞清璇越来越温柔,同门也因为卞清璇暗地里排挤自己,师萝衣终于厌恶起了这个夺走她一切的小师妹!

她努力修炼,想要超过小师妹,可是后来的几十年间,小师妹进步飞速,睡觉都可以长修为。

卞清璇短短二十年结婴,其后不断突破,师萝衣修习修到走火入魔,到死才结婴。然而那时,卞清璇已经顶着一张委委屈屈的无辜脸,步入分神前期。

师萝衣在各大秘境中奔波,努力想证明她也能获得机缘,不是众人口中的扫把星。可是独自作战本就艰难,她一次又一次受伤而归,又狼狈又辛苦,收获还比不上卞清璇原地摔一跤捡到的一朵血灵芝。

这叫人如何甘心?

她不断追逐,拼命想要证明自己总有一方面能比得过卞清璇,然而老天爷就像铁了心要和她作对一样。

渐渐地,师萝衣的名声越发不堪。不知何时,美丽、善良、关爱同门的萝衣师姐,变成了同门口中骄纵、歹毒、自私自利、心肠狭隘的模样……连宗门内不过总角的孩子,都对她鄙夷不屑。

而后,她心魔横生,在某一日失去意识,醒来时,脚下已有数具同门尸体。

师萝衣奔逃下山,满心仓皇,再也不敢回宗门。正派发布她的悬赏令,她躲躲藏藏地来到人间,孤身一人死在了破庙中。

到死,她也没明白这一生究竟错在了哪里。

她明明前半生娇宠无限,同门亲厚。师姐会笑吟吟地捏她鼻尖,与她一同小酌高歌;师兄们会红着脸送她礼物,争相带她历练;卫长渊早早遣人织了世间最精美的云纱仙菱,为她做披帛,悄悄为她添置聘礼。为何短短数十年,修士眼中弹指一瞬的光阴,她就从盛放到枯萎死去,死后还落得骂名一片?

她痛苦不甘,委屈怨恨,嫉妒百结,最后一口血呕出来,看着瑰丽的天空,知道自己恐怕大限将至,恍惚间想起了还未出关的爹爹。

爹爹还能醒过来吗?若他得知唯一的女儿曝尸荒野,会不会心胆俱碎?

为什么自己辛苦修炼半辈子,听从爹爹的话,爱护同门,心怜百姓,最后落得人人喊杀的下场?

她又想起了记忆里温柔的娘亲,一片荷花香中,美丽的女子环抱着自己,唱着南越古老的歌谣。

师萝衣渐渐地闭上眼睛……

没想到一朝睁开眼,竟回到了六十年前,小师妹卞清璇进宗门的第三年!

看着眼前哭哭啼啼的卞清璇,还有冷然训诫自己的长渊师兄,她本该一腔厌恶与愤怒,然而出乎意料的是,师萝衣的心情十分平和。

一个她至死也比不过,一个她至死也没得到。

死都死一回了,她的心态从极度失衡变成了极度隐忍、平静。

卞清璇嘤嘤哭着把小脸埋在师萝衣怀里,也不知道是不是仗着她动不了,没法推开自己,为非作歹,成心恶心她!

师萝衣确实有点恶心,但如今她重活一次,灵台清明,已经能从荒诞的现状中明白自己的处境。

卞清璇就像在故意惹她发怒,来衬托自己的胆怯无辜。每次她发难,不但显得自己狰狞丑陋,还把卞清璇衬得和小白花一样楚楚可怜。

她上辈子就像小师妹手中的皮影戏小人,受小师妹摆弄。师萝衣冷眼看着小师妹,认为自己确实没有卞清璇会演,但从现在开始,她不会轻易令卞清璇如愿。

她想开了,干脆躺着不动,静静合上眼。闭上眼睛,就不会再看见卫长渊。

卫长渊是宗主最小的嫡传弟子,出身显贵,受人爱戴,是公认的将

来会继任蘅芜宗宗主之位的人。

师萝衣幼时与他定亲,青梅竹马,一同长大,感情深厚。仙胎百岁方成年,若师桓没有重伤沉睡,卞清璇没有拜入宗门,师萝衣今年恰好成年,理当与他完婚。

师萝衣对这个人,真切爱过,也真切恨过。她怕自己一看到他的脸,那些她好不容易压抑下的酸楚和不甘,会再次滂沱而出。

师萝衣记得被追杀得最狼狈的那一年,她以为自己要死了,卫长渊突然出现,执剑拦在众人面前。

"卫某既为她师兄,当亲自手刃她!"

众人面面相觑,最后散去。

然而卫长渊并没有杀她,他为她疗好了伤,说:"你走吧,别再出现,别再回来。"

他抬起手,应该是想如幼时一样摸摸她的头,但他到底闭了闭眼,放下手,不发一言。

人间一场落雪,故人相见不识。他还是高高在上的仙,而她早已堕魔。

那一日卫长渊沉默离开后,师萝衣怀里多出一只乾坤袋,里面装着不少疗伤的灵药和保命的法器。

她坐在树下,望着乾坤袋,流了满脸的泪。

她在想,卫长渊是不是记起,曾经他也会心疼她,也曾背着她无奈地一步步走下开满野花的山坡;是不是记起,他曾裁天下最美的云裳为她做衣,为她不懂事闯的祸担责,替她跪下挨打……

师萝衣想了许多许多,在生命的最后一刻,终于释然。

她被嫉妒与怨恨迷了心智,失心疯一样追逐了小师妹一辈子,最后一无所有。这样的她,连自己都觉得陌生,卫长渊又怎么可能会喜欢呢?

何况人之一生,命理、品格、亲人乃至修为,哪一样不比一个男人值得争取?

许是师萝衣闭上眼，不欲搭理，卞清璇再哭也没意思，在众人心疼的安慰下，终于收起眼泪，擦了擦红彤彤的眼睛。

弟子们争相哄着卞清璇，责怪师萝衣不懂事，令善良的小师妹为她自责担忧。

师萝衣心里一阵厌烦，又觉得很没意思。

最后，她被同门用法器抬了回去。

她知道，自己如今的模样想必不怎么好看，被冻了一夜，手脚和脸上的青紫暂且不论，僵硬狼狈的姿势，满是血污的衣裙，足以令她颜面尽失。

若是以前，她一定会羞恼难堪，对比着旁边被七八人围着哄的小师妹，心中嫉妒横生。然而如今，她已经能好好审视自己。

无论如何，她没伤了根骨就好。

弟子们把师萝衣送回了明幽仙山。卫长渊还有宗门任务在身，蹙眉看了她一眼，到底不愿再纵容师萝衣一言不合就将自己置身险境的任性，转身离开。

卞清璇倒是走过来，握住她的手关怀道："师姐好好养伤，我过几日再来看师姐。"

师萝衣想，莫挨她，赶紧滚，赶紧滚！

明幽仙山是蘅芜宗所有弟子居住的地方，师萝衣几年前搬出父亲的洞府所在的不夜仙山，和同门住在了一起。

抬她回来的弟子半点儿都不待见她，见她似乎也死不了，把她扔回房间，便头也不回地离去了。

师萝衣盯着房梁发呆，漫山下着雪，屋子里没有暖意，她喉咙干涩得发疼。

她在床上缓了缓，见桌上还有昨日留下的冷茶，吃力地翻身下床，跌跌撞撞地走向桌边。

然而六十年前的她，只是个金丹期修士，修为不高。昨日她与螭蠡恶战，身受重伤，骨头都仿佛结了冰，浑身疼痛不堪，还未走到桌边，

便重重摔倒在地。

若她还是以前的师萝衣,这下恐怕已经委屈得两眼泛出泪珠,但如今她历经良多,已经习惯独自舔舐伤口。她喘着气,决定缓缓再起身。

一个身影原本蹑手蹑脚地在外窥视,见状连忙冲过来:"小姐,您没事吧?"

师萝衣看着眼前的清秀女子,方才憋住的泪竟夺眶而出。眼前的女子叫茴香,发间用青叶做装饰,一看便不是修士,而是精怪幻化成了人形:"小姐,茴香扶您起来,您摔疼了没有,是不是要喝水?"

师萝衣一个字都答不出来,只觉喉头哽咽。

茴香是她母亲捡的山中精怪,那时候尚未化形,伤重得只剩下一口气。她母亲替茴香疗伤,父亲又助她幻化,伤好后茴香留了下来,照顾年幼的师萝衣。

后来师萝衣被仙门通缉,众修士发出悬赏令围剿她,茴香怕她被找到,毅然下山通风报信,让她快逃,自己却被当成叛徒捉了回去,关在某个宗门的牢里,被看守的一群男修当成炉鼎采补,凄惨死去。

师萝衣得知消息后,血泪涌出,祭出自己几十年不曾动过的刀,屠杀无数修士,血染长河,夺回了茴香化成原形的破败身子。

那一刻,她红瞳骤生,彻底堕魔。而今,师萝衣重来一回,最庆幸的莫过于此刻茴香还活着。

茴香给她喂了水,又细心给她换了衣裳。上药时,茴香见师萝衣眼眶通红,泪珠吧嗒吧嗒往下掉,看上去实在可怜。她以为小姐是疼的,轻轻拍了拍少女的脊背,就像哄着还是婴孩的师萝衣睡觉一样,温柔地安慰她:"小姐且忍忍,道君很快就会醒来,届时便没人敢欺负小姐了。"

师萝衣只默默摇头,哽咽不语。

茴香放下茶盏,刚要说什么,屋外传来轮椅的轱辘声,旋即有人敲门。

茴香知道来人是谁,在心里叹了口气,觉得外面那少年可怜。但看着眼眶红红的师萝衣，又只得低声哄她道："卞翎玉来了，小姐，要不要茴香去打发了他？"

茴香想得很简单，只要别让小姐看见他，他便不会受羞辱，小姐也不会生气。

师萝衣茫然了片刻，差点脱口问卞翎玉是谁。

她后知后觉地想起来，六十年前，卞清璇还有一个视如珍宝的凡人哥哥，叫作卞翎玉。

一个存在感不高、被她报复性欺辱以后，始终清冷沉寂的凡人少年。

卞清璇那样的气运之女，在师萝衣面前无往不利，但在这个少年面前却小心翼翼、讨好照顾。她这般尽心尽力地对待少年，甚至让宗门里不少师兄弟为之吃醋。

师萝衣吸了口气。她明明刻意遗忘了这个人，却在此时头疼地记起：她与卞清璇争斗了一辈子，从修为、名声到未婚夫的爱，她全都惨败，却也赢过一次，仅那一次。

那件事，几乎等同于把卞清璇的心狠狠往地上踩。彼时卞清璇几欲晕厥，目光狠戾，恨不得生吃了她！

那是师萝衣被压迫了许久之后，感觉最爽快的一刻。她完全没想到，有朝一日，能在处处都游刃有余的卞清璇脸上看见那样的表情——

不可置信、伤心欲绝、痛恨愤怒、肝胆俱裂！

其实当时师萝衣也不怎么好受，伴随着爽快的，还有令她蹙眉的痛。

但她已经管不了那么多了，忍住不适，故意翘起红唇，居高临下地欣赏着卞清璇的失态，只觉得神清气爽，扬眉吐气！心中唯有一个念头：你卞清璇也有今天，也有在意至此的人？

而那少年，既没有卞清璇那般崩溃到目眦欲裂，也没有她这般疯魔执着。

他瞳孔漆黑，整个人如同死气沉沉的幽潭，只用一双白玉般修长的

手拉过被子，盖住身躯。

他合上双目，对她们两个冷冷地说："滚。"

这件事说来话长。

六十年来，师萝衣刻意遗忘卞翎玉的名字，也已经忘记他的模样。她只依稀记得他相貌极好，隽朗清逸，就像他的名字，皎皎若苍穹之月。

师萝衣年少时天真莽撞、心高气傲。她恨极了卞清璇，却从未想过动她的哥哥卞翎玉。她被卞清璇处处压着，咬牙只身做任务，不仅常常全身是伤，背地里还被嘲笑奚落。

有一日她被其他宗门的修士欺负，他们见她落单，以为她是不入流的小宗门修士，又觊觎她的美貌，起了歹心。

师萝衣手段稚嫩，狼狈逃出秘境，身中情毒。她跌跌撞撞跑回宗门时，手臂被划破了一条大口子，偏偏没一个人询问她的异常。

她昔日友善相待的同门低声议论着她。

"我就说她运道不好，你可得离她远点儿。"

"咱们和小师妹出门，哪一次不是收获一堆宝物？有几次不用出手，就完成了宗门任务。"

"小师妹那样好的人，还总是被她刁难，我上回亲眼见到小师妹担心她，邀请她和我们一起，结果她冷着脸拒绝了，还说小师妹虚情假意。"

"唉，小师妹可真善良，她那般恶劣，小师妹却从不记仇。"

"谁说不是？还好她没跟着去，不然又会给我们惹一堆麻烦。"

师萝衣再坚强，也只是个刚成年的小修士，她眸中酸楚，牙关紧咬。委屈与愤怒交织，令她的身子微微颤抖着。

她挺直脊背，不愿露怯，装作毫不在意。她只想去找卫长渊，他们不在意她，没关系，长渊师兄总会心疼她！

可她来到杏林，竟看见卫长渊亲自在教卞清璇舞剑。杏花翩然，日光烂漫，白衣少女和玄衣男子美成一幅画。

师萝衣从卫长渊眼中看见了很熟悉的东西，那是曾经只属于她的专注与动情。

师萝衣目光下移，瞥见卞清璇腰间的灵玉，心里骤然一空。

卫氏一族是修真界大家族，修真界子嗣珍贵，卫家每诞下后人，便会集天下能工巧匠，为其锻造一块灵玉。灵玉之光如水流动，隐见游鱼，这也是卫家公子成年后赠予道侣的信物。

而这信物，如今竟挂在卞清璇腰间。

师萝衣喉间骤然涌出血气，恍惚间想起很久以前，烛火摇曳，卫长渊为护她挨了打，在祠堂罚跪，她自责不已，哭得停不下来。卫长渊无奈地叹息一声，把象征身世的灵玉递给她玩，说待她再长大一点儿，就赠予她。

彼时她年幼懵懂，不知是何意，今日晓事却已来不及。手臂上一阵阵刺痛，鲜血从她唇间溢出。

师萝衣忘记自己是如何浑浑噩噩地离开的。那一日杏花雨落，她于无尽的压抑和痛苦中，生出心魔。

一个声音引诱着她。

卫长渊伤你的心，你也伤他的心啊，凭什么世间情之一事，伤得更深的总是女子？你该让他尝尝你今日之痛。

是啊，凭什么呢？

她双眼猩红，破了卞清璇设下的结界，一脚踹开外门弟子的院门，抓住了那院子里的凡人少年。

师萝衣知道他叫卞翎玉，是卞清璇的哥哥，没有根骨，无法修炼，因为卞清璇求情，才能留在宗门。

她有多厌恶卞清璇，就有多讨厌卞翎玉。可她素来骄傲，别说用他来折磨卞清璇，就连目光都不屑分给这个凡人。

然而，人为何不可以卑劣呢？卞清璇顶着无辜可怜的脸，一次次轻

而易举地让她的生活堕入深渊。既然有叫卞清璇痛不欲生的法子,她为什么不用?他们都说她卑劣歹毒,那她贯彻这个骂名又有何不可?

心魔控制下,她怨恨而期待地想:卞清璇、卫长渊,你们有朝一日,会为今日之事后悔吗?

少年的目光掠过她散乱的头发、脏兮兮的脸颊,最后落到她手臂的伤口上,微微蹙眉道:"师萝衣,出去。"

师萝衣闻言,心魔狂乱,眸色更红,心道:你一个凡人,有什么资格反抗我?

后来的事……

师萝衣捂住额头,太混乱了,不能回想,不堪回想。

那两人到底后没后悔,师萝衣不清楚,她只知晓自己是后悔的。

因为她总忘不掉少年那双眼睛,记起他一开始的抗拒,记起他屡次试图阻止她。

直到木已成舟,卞清璇闯进来,卞翎玉恍若明白了什么,闭了闭眼,让她们都滚远,便又恢复了往日的冷淡。

师萝衣心魔尚在,并不能感知到他的痛苦,弯起唇笑了笑,欣赏兄妹二人的狼狈与崩溃。

第二日,师萝衣的心魔被压制,灵台重归清明,她才隐约感到害怕和后悔。连卞清璇被气得病了两个月都没让师萝衣觉得开心。

师萝衣幼时丧母,父亲悉心教养她长大。自师桓沉眠,师萝衣的处境大不如前,况且心魔一生出,注定一次发作比一次严重。历来无人成功消除过心魔,除非废除修为和根骨,当一个早死的废人,否则注定走上杀戮与邪恶之路。

年少的她恐惧极了,她不想成为废人,也不想父亲一世英名因为自己被毁。无人帮她,她只能自己摸索消除心魔之法。

心魔因卫长渊和卞清璇而生,她便疯狂希望卫长渊能回心转意,自己能胜过卞清璇。

只要不发作第二次,说不定她能消除心魔呢?

她自顾不暇，痛苦不堪，在心魔的驱使下，越发邪恶和冷漠，哪里还能顾得上卞翎玉。

后来一路逃亡的几十年里，师萝衣偶尔想起过他几次。

每当这个时候，她就会闭着红瞳，捂住双耳，让自己冷漠一些。

她一遍遍告诉自己：近朱者赤，近墨者黑，卞清璇的兄长，怎么可能是好人？

入魔后，她更觉得无所谓——他不过一个凡人，早已垂垂老矣。上次听几个修士说，他在明幽仙山过得不错，那便行了。他应该忘记她了，或许也觉得痛快，毕竟她如今似落水之犬，他应当比任何人都要高兴，她许他高兴好了。

这些安慰之思，多少有些效果。

后来，成了魔修的她不再想起卞翎玉。由于她的刻意遗忘，此后她想起不夜仙山一草一木的次数，都比想起卞翎玉多。

而今重回六十年前，许多事情还没有发生，而有的事情，却已经发生了。她在心中掐算一番，发现自己和卞翎玉之事，赫然就发生在三个月之前。

师萝衣简直要在心中呕出一口老血：狗老天！若你真的无眼，那为什么要让我活过来？若你真的开了眼，令我有重新来过的机会，为什么不早一点儿，哪怕再早三个月都好？

如今这个情况，她能怎么办？心魔已生，无法挽回，难不成此生还要堕魔？且卞翎玉已被她凌辱，也无法扭转。如今卞翎玉找上门，她难道要跪下给门外那人磕头吗？

她不知道该怎么办，而茴香见她发愣不语，以为她被气蒙了，到底心疼自己人，忙道："小姐，您别动怒，茴香这就赶他走。"

师萝衣认命地闭了闭眼："等等，扶我起来，给他开门吧。"

茴香看向她，有些忧愁地规劝："小姐，虽说人间一人犯错，全家连坐，但卞翎玉到底不是仙体，您别尽数把卞清璇做过的事算在他身上。宗门有规矩，修士不可随意杀害凡人。"

师萝衣觉得一言难尽,唉,茴香好懂年少的自己。

她再一次认识到自己为人处世的失败,叹了口气:"我保证不对他做什么。"

她又想到什么,身体抖了抖,心生别扭:"嗯……茴香,你把那个屏风拿过来,挡在这里,先出去吧,我有事和他说。"

茴香虽然不太信,但是仍旧依言照做。

屏风隔出两个世界,那扇门也被缓缓打开。

茴香一步三回头地走,不太放心。作为一只善良又忠心的精怪,她既怕重伤的小姐被少年气出个好歹,又怕小姐对他动手,闹出人命。

茴香自然不知道她的小姐三个月前对卞翎玉做了"禽兽不如"的事,那件事只有当事人外加一个卞清璇知道。

师萝衣端坐着,心情很复杂。卞翎玉是卞清璇的兄长,无论如何,她都不可能对他有什么好感,甚至一直都是厌恶他的。然而当年的负罪感,却又令她无法对卞翎玉恶语相向。

伴随着轮椅的辘辘声,少年在屏风上的影子渐渐清晰起来。

卞翎玉的容貌隐在屏风后,看不真切,却又与她模糊的记忆重合。

师萝衣隐约记得,前世这一日自己还在为卫长渊伤自己一事生气和委屈,让茴香把卞翎玉赶走了。

这辈子师萝衣做了不一样的选择,她在暗中审视卞翎玉,揣测他来此的目的。

她历来对他没好脸色,卞翎玉对她亦然,何况三个月之前还发生了那样的事。

师萝衣被卞清璇坑怕了,连带着对卞翎玉也敬而远之。若非心魔失控,她清醒时绝不可能对卞翎玉多说一句好话。整座明幽仙山的人都知道,卞清璇爱这个哥哥如命,他们兄妹感情深厚,让她想到就糟心。

纵然全世界都觉得她错了,可她坚信,她的直觉并未出错,她落到今日下场,与卞清璇脱不了干系——

卞清璇对自己,有一种隐晦的恶意。

她望向屏风后，审视着卞翎玉。她不知道他的来意，他是受卞清璇指使来威胁自己的吗？或者，他觉察到自己的心魔了吗？

另一头，卞翎玉推着轮椅进来，一眼就看见了少女特意让人搬过来的屏风。

昨夜师萝衣一夜未归，山中烛火与火把不灭，弟子们寻了她一夜。

与卞翎玉同院的外门弟子抱怨道："为什么要去找她？她总给人惹麻烦，这更深露重的，外面还冷，不是折腾人吗？"

另一个弟子说："可不是，元信道君都醒不过来了，师萝衣一个任性大小姐，谁还在意？"

卞清璇派来照顾卞翎玉的是一个十岁的外门小弟子，他记起卞清璇的盼咐，连忙把嘴碎的弟子赶走："去去去，要说走远一点儿说！"

外门小弟子悄悄去看卞翎玉，见他面无表情，自己心中生出些微忐忑。可卞翎玉什么都没问，小弟子这才舒了口气。

外院与人间一般冷，雪下了一夜，小弟子进来给炉子添柴火，就见卞翎玉于床边安静坐着，望着窗外漆黑的苍穹，不知在想些什么。

天将明，卞翎玉拿着两样东西出了门。

小弟子心中警觉，连忙问："公子，你要去哪里？"

卞翎玉看他一眼，小弟子噤声。他嗫嚅着，弱弱地辩解："卞师姐说，你身子不好，外面冷，尽量别出门。"

然而大雪中，那个轮椅上的身影渐行渐远。

小弟子追上去，慌张道："那……那我送你过去。"

"不必，松开。"

小弟子怕他，讪讪地松开轮椅，看他吃力地推着轮子，消失在雪中。

小弟子跺了跺脚，看那方向就知不好，连忙撒丫子去找卞师姐！

卞翎玉来到师萝衣的院子时，雪已经浸湿了他整个上身，他冻得几乎没了知觉。

来的路上，他就听人说，师萝衣被卫师兄找着了。

卞翎玉捏着手中的东西，垂下黑如鸦羽的长睫，到底还是上前敲了

敲门。

门半晌没开,里面传来搬动屏风的声音。茴香打开门,同情而担忧地看他一眼,默然离去。

一扇屏风,隔出两个世界。

他冷眼瞧着屏风那头隐约端坐着的纤细身影,心头生出浅浅的恨意。

八分对自己,两分对师萝衣。

两人一开始都没说话。

诡异气氛中,少女终于率先受不了了,开口问道:"找我何事?"

她的声音微哑,平时如玉盘落珠,今日却低沉了不少,不难让人听出话语中的警惕与试探。

卞翎玉闭了闭眼,把前日她送来的两件东西一掷,冷声道:"你羞辱人,就这点伎俩?"

语罢,一把如意锁与一株百年血灵芝落在了屏风前的地面上。

"斗不过卞清璇,是你没用。你们要如何,与我无干。但再用这种手段招惹我,你我之间,先死一个。"

他语调平静,却带着浅淡的残忍之意。如他之心,因为他从未对师萝衣抱过期待。

锁落清脆,并着少年残忍冷语,师萝衣微微睁大眼睛。她活到这么大,也少听见有人直接告诉她,再敢惹他,他们两个先死一个再说。

她又记起那日,他让卞清璇滚,还连带着让她一起滚。

"说话!"

师萝衣习惯了应对卞清璇那种装无辜的把戏,不适应这般冷言冷语,干巴巴地应他:"哦……嗯。"

她垂眸看着摔在地上的如意锁,还有几乎快要被捏碎的血灵芝,那种微妙的头皮发麻感又来了。

她此时脑子里只剩一个念头:卞翎玉这么烈的性子,三个月前,她怎么敢的?

不论怎么敢的,她又是怎么成功的?

卞翎玉当时没抵死杀了她，是不是已经手下留情？

大雪映着残阳，满地苍白。卞翎玉离开了院子，师萝衣站起来，绕过屏风，去捡被卞翎玉扔下的两样东西。

若她还是上辈子的师萝衣，骄傲天真，自然不能理解卞翎玉的怒火，还会因为他的不知好歹而生气。可如今她在外漂泊了数年，学会不少人情世故。

她记得有一次，她为了躲仙宗的追杀，路过人间烟火巷，在那里一留就是数月。

怡红阁中，有个女子叫锦儿。

锦儿原是清倌儿，弹得一手好琵琶，许多员外老爷一掷千金，也无法得到锦儿青睐。

后来有个上京赶考的书生，对锦儿一见倾心，为她放纸鸢、写情诗，极尽人间浪漫之事。

书生英俊文雅、才华横溢，锦儿很快便沦陷在他的温柔之下，身心俱交付给他。两人海誓山盟，情到深处，书生承诺会带锦儿离开。

几月后放榜，书生一举高中，却再也没回到怡红阁，只派人送了一盒元宝。

那一夜，锦儿从阁楼跃下，落入茫茫江水中。

彼时师萝衣十分不解，后来见多了人间沧桑，故人心变，方知那一盒元宝意味着什么。

锦儿八岁卖艺，坚守初心整整十年，以为终于遇见如意郎君，可她在那人心中，到底只是个乐伎，一个只配用银钱打发的低贱之人。她之绝望，在于世人轻她、贱她，自男子毁诺那一刻，锦儿一生便永远只能做个乐伎。

师萝衣又想到了卞翎玉，便隐约明白了卞翎玉为何会生气。对有的人来说，义气与自尊远比生命重要，辱他气节，更甚至要他的命。

哪怕个中曲折大相径庭，可是当事人品尝到的被侮辱感大同小异。

师萝衣拿起地上那把如意锁，拭干净灰尘。

这如意锁是师萝衣的母亲南越绾荨公主亲自找人打造的。

当年,幼时的师萝衣与卫家大公子定亲后,公主深知自己只是凡人,身子病弱,怕等不到女儿成亲生子那一日,便找了人间最好的炼器师,铸了一把玄鸟如意锁。

公主对道君说:"将来有一日,卫小郎君将灵玉交予萝儿,这把锁,便作为回礼。大祭司会让它承我南越供奉十年,得天下人祝福,护佑卫家那孩子平安多福,愿我孩儿姻缘圆满,死生不弃。"

公主死后,师萝衣便一直戴着如意锁。

后来,师萝衣搬出不夜仙山,一身傲骨铮铮,没有带走父亲的宝库,只带着玄鸟如意锁。

对少时的师萝衣来说,那锁就是她的所有,是她要在成婚后赠予道侣的信物,是她要亲手交给卫长渊的东西。

而杏林那日,卫长渊永失卫家灵玉。

他的灵玉,已经给了他的心上人。

那一刻,在师萝衣心里,他们的婚约已然作废。以倾国之力来祝福的如意锁也没用了,或许是出于心魔,她顺手把它给了卞翎玉。

反正没人要了,就像母亲所说,至少这把锁,能护佑他此生平安多福。她当年穷得很,只剩这点东西。

至于血灵芝,师萝衣竟也记得由来。

那是她搬出不夜仙山后,第一次出任务辛苦换来的。少女不识愁滋味,却为了一株血灵芝,背地里流了不少血与泪。她不舍得留给自己治伤,一并给了卞翎玉。

尽管鲜少有人敢信,但对当时的师萝衣来说,这两样东西,是她的全部身家,她穷得很。

不对,师萝衣想起院子里还有一株尚未成熟的百年芍药。

儿时,母亲与她一同在院中种下那盆芍药,后来移植到仙山。师萝衣辛苦照顾许久,可惜就在昨日,卞清璇说了一句"这花开得好美",随即天真地折去。

师萝衣怒而对她动手。

现下,过去种种暂且不提,师萝衣不想让卞翎玉认为自己在羞辱他。她思前想后,把血灵芝捡起来,把锁揣进怀里,打算追出去解释几句,信不信只能由他。

大雪纷纷扬扬,师萝衣受了伤,走得不快,看见少年艰难独行的背影,才舒了口气,还好卞翎玉没走远。

她正要叫住他,就看见另一个身穿橘色衣衫的少女朝卞翎玉奔去。

师萝衣皱眉,停下脚步。

卞清璇收到小弟子报信时,正在给宗门弟子疗伤。

她红着小脸,软声道:

"师兄的伤势不重,但回去以后需要好好休息几日,凶兽爪内有毒,师兄最好服用一些清心丹,防止毒气入体。"

弟子耳根微红,忙不迭地点头。

修士们的修炼方向各不相同,但人缘最好的往往是丹修。卞清璇便是一名丹修。

三年前她上山拜师,天机阁长老盛赞她的命格,连高坐堂首的宗主都垂眸向她投来了目光,她却选择做一名丹修,从此为宗门的同门治伤。

弟子们出任务多少都会受些伤,而卞清璇不若她的师尊涵菽长老那般疏离淡漠,弟子们受了伤,都爱找她为他们医治,因此宗门内部大大小小几乎都承过她的恩惠。

卞清璇活泼伶俐,妙语连珠。久而久之,小师妹的美名愈显。

前来报信的小弟子叫丁白,丁白对着卞清璇耳语一番后,卞清璇点了点头。

她赶往明幽仙山时,远远便看见师萝衣从院门出来。师萝衣身着嫩绿色的罗裙,鹅黄披帛挂在臂弯。迎着风雪,她发间那支杏花步摇叮当作响。

雪中,她是唯一一抹绚丽的色彩,受了重伤,脸色苍白,走得并不

快,但仍能看出她是要去追前面那个孤零零的影子。

卞清璇快步上前,蹲下身,扶住了卞翎玉轮椅的扶手。眼尾一瞥,果然看见师萝衣停下脚步,旋即不知是不是想到了什么,退回去,啪地关上了院门。

果然,还是那个惹不得的脾气啊。

许是卞清璇的目光太过异样,卞翎玉也顺着她的目光回头看去,只看见一扇紧闭的朱红大门,在雪地中十分刺目。

他又望见院门前浅浅的少女脚印,微不可察地抿紧了唇。

卞清璇心中一紧,目光落在少年骨节分明的修长手指上,那里不仅被冻红了,还布满了伤痕。

外门弟子住得离明幽仙山很远,他来到此处,走了多久的路,又吃了多少苦?

"哥哥来明幽仙山做什么?"她问他,"昨日我不小心折了萝衣师姐的花,她还在生我的气,迁怒你怎么办?"

"迁怒"二字,往日无异于卞翎玉的逆鳞,然而今日,他仿若充耳不闻,只盯着那串脚印不语。

卞清璇见他这副模样,只觉得心慌烦躁,两人在雪地中站了好一会儿,也不见师萝衣开门。

三月前发生的那件事,令卞清璇想起来都冒火。她被气得病了两个月,更令她气闷的是,卞翎玉失神的时刻变多了,她好几次叫卞翎玉,他都没听见。

卞清璇养好了身子,前几日偶然看见师萝衣在小心照顾一株芍药。少女悉心地给芍药松土、捉虫,衣裙飘逸,眉目清丽。

那日黄昏,卞清璇亲手摘下了那朵粉白的芍药。

"这花开得好美。"她欣喜赞叹。

那是一只何等骄傲易怒的小孔雀,卞清璇再清楚不过。想到这里,她紧绷的心情骤然放松下来,紧闭的朱红大门此刻也不再具有威胁。

怎么可能呢?她心想,师萝衣有多讨厌自己,便理应有多厌恶卞翎玉。师萝衣方才没追出来说几句羞辱怒骂的话便是好的，怎么可能说出卞翎玉想听之语。

果然，不仅她明白，卞翎玉也渐渐想通了。他垂下眸子，回过头离去。

卞清璇连忙跟上去，她的手才碰到轮椅，卞翎玉便冷冷地说："放开。"

卞清璇咬了咬唇，虽不甘心，却只能松手，不敢再碰他的东西，一步步跟在他身后走。

少年身如青松，眸若寒雪，孤冷得如一头独行的狼。

他的生命明明在一点点地走向衰败，然而卞清璇亦步亦趋跟在他身后，几乎如痴如醉。

想起他与师萝衣的嫌隙，卞清璇弯了弯唇。

没关系，只要师萝衣一直厌恶着他，以致境况越来越糟，她就有了更多时间，不是吗？

她有耐心等到卞翎玉完全死心的那一日。

师萝衣觉得挺晦气的。一见到卞清璇，她就厌恶不已，心中躁郁。她怕自己真的与卞清璇动起手来，索性闭门，从长计议。

她在床上躺了一会儿。茴香走时添了炉子，屋子里暖融融的，她身上被冻伤的地方也开始微微发疼。

她摸出那把锁来打量，心中有些庆幸卞翎玉不知这把锁意味着什么，给她扔了回来，而不是随意将它丢弃。

人在世间活得越久，越珍惜以前的物事。一把承载着母亲与整个南越国祝福的锁，她实在不该轻易予人。

纵然卫长渊不要，卞翎玉不要，她也不能轻易便把它丢掉。

哪怕世间再无人喜爱她，她也不该因他们变得自暴自弃，她应当首先喜爱珍惜自己。

归来的如意锁仍旧是她记忆中的珍宝，是绾荨公主给女儿最好的礼物。它无时无刻不在提醒师萝衣，曾有人好好爱过她。

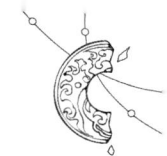

把锁捂在怀里,师萝衣心里生出些许坚定。

这些温暖给予了她好好生活的力量。

她想,纵然处境艰难,可是重来一次的机会多么难得,她一定要弥补前世缺憾,想怎么活便怎么活。

她前世偶然得了一本古籍,里面有个心法,可以暂时压制心魔。她连忙起身,让心法在体内过了一圈。

运行一圈后,她明显感觉看见卞清璇后的那股躁郁散去不少,这才松了口气。

至于卞翎玉,她想再看看情况,若他与卞清璇并非一丘之貉,不是一心要让自己堕落,她或许可以再去赔个罪。

做了六十年魔修,这是她能做到的极限,实在不能指望她还像年少那般善恶分明,为此愧疚难安。

大雪落了整夜,第二日天明放晴。

卯时方至,茴香就来到师萝衣院中。她知道自己的出现可能给小姐带来麻烦,因此是偷偷来的。

师萝衣这三年过得太辛苦,一身的伤,除了茴香,再无人关心她。

茴香心疼她,想着悄悄来看看她的情况。不知她伤好些了没,还痛不痛?

她是植物幻化的精怪,想要藏匿身形很容易,院中的一草一木,皆是她最好的掩护。

没想到师萝衣已经醒了,在给自己梳妆。

透过那面镜子,茴香看见了一张略微憔悴的美人脸,上面布满了细碎的伤痕,但这并未折损她的美,反而为她平添一抹靡丽之色。

茴香从少女脸上隐约窥见了当年南越第一美人的姿容。茴香有些出神,当初公主何等风光,不仅天下诸国公子对她倾心,连世间大能与仙魔都对她一见难忘。

但公主心爱的女儿,在道君沉睡后,被压抑得渐渐枯萎。

今日师萝衣虽仍旧憔悴，但她往日阴郁的眼睛里，迸发出无尽明媚的生机。

茴香惊异之余，又十分喜悦，小姐能振作再好不过。她心中甚至有种强烈的预感，一切都会从今日开始慢慢好起来！

貳

冷香丸

茴香见师萝衣晨起梳妆，以为她是要去上早课。

可等了半晌，茴香也没等到师萝衣出门，心中疑惑，忍不住探出一点叶尖去看，谁知里面的人敏锐地问："谁？茴香吗？"

茴香没想到自己会被发现，只得现身。没承想看见了一张血色尽失的脸。

"小姐！"茴香吓了一跳，"小姐怎么气色这么差？"

师萝衣将手指竖在唇边："嘘，你且看一场好戏。"

茴香不解其意，却仍旧乖乖按照师萝衣的指示化作一盆药草，待在窗前。

师萝衣则重新躺回床上。

卯时刚过，一个青衣师姐过来给师萝衣送牌子。

数月前，师萝衣从不夜仙山搬来这个独立的小院子，宗主给了她适应的时间，今日到了该上早课的时候。

明幽仙山的每个弟子都会领到身份牌，第一次上早课，还会有接引者领路。青衣师姐就是做这个的。

师萝衣低声道："师姐，门没锁，你直接进来吧。"

那师姐进来，一看床榻之上，师萝衣脸白如纸，一副下一刻就要断气的模样，也吓了一跳："你……你怎么了？"

"昨日与凶兽大战，伤了元气。不过不碍事，既然答应了师伯去上早课，我这就起来。"

说罢，师萝衣吃力起身，接过师姐手中明幽仙山弟子的牌子，努力往上早课的大殿走。

她身形纤弱,脸色苍白,看着虚弱不堪。

连来接人的师姐都忍不住皱起眉头,想说一句:算了,你还是回去躺着吧!

可是来之前,她接到了命令——无论如何,要准时把师萝衣带到明心殿上早课。她若不来,提她父亲即可。

现在既然她很配合,还有什么好说的?念及此,师姐只好闭上嘴。

这个时间,明幽仙山的大部分弟子都已经起来,在去上早课的路上。

院门陆续打开,师萝衣惨白着一张脸,跟着师姐走在人群中,无比瞩目。

师姐冷着神色,一边心里不安地在前面领路,一边注意着后面的情况。果然,没走多远,虚弱不堪的师萝衣就眼睛一闭,无力地倒下。

师姐一愣,连忙转身接住她。弟子们的眼神怪异起来。接引的师姐也觉出不对,按理说,身子不适的弟子,本该令其养病,不该强行上早课,如今自己的行为,不是强迫受伤弟子去上早课吗?

师姐有心解释,张了张嘴,却发现辩无可辩。她一咬牙,把师萝衣送回院子,然后连忙去向上头汇报,再给师萝衣请个丹师治病。

这都是什么事?连师姐都觉得奇怪,怎么会有这样的命令?往日她接引了不少弟子,可上头从来没有强调过必须把弟子带去上早课。

她一走,茴香在屋里显形,隐约明白了什么,脸色难看。

师萝衣也睁开了眼睛。

茴香道:"小姐,宗主他……"

师萝衣却冲她摇了摇头,茴香噤声,然而不寒而栗的感觉在心底漫开。

她以前想不通的事情,现在终于想通了!

元信道君名震四海,又因大义沉眠,作为他的女儿,萝衣小姐本该受到荫庇,被天下人敬重,为何处境会越来越糟?

师萝衣起身,眼底泛出浅浅的冷意。

十年前，父亲沉眠，此后她一直守着不夜仙山，闭门不出，专心修炼。

不知哪一日，开始有了传言，说师萝衣不思进取、贪生怕死，还在山中豢养妖物，靠着道君的庇佑锦衣玉食，从来不为宗门做贡献。

骄傲的少女自然心中愤愤。

师萝衣原以为自己高居不夜仙宫，与山外的同门关系不亲近，这才导致传言四起。后来卞清璇拜入宗门，声名渐显，人人夸她时都会下意识踩一脚不夜仙山那位小仙子。师萝衣有心改变局面，便主动接下宗门任务，谁知情况不仅没改善，还越来越糟糕。

就在这个时候，蘅芜宗宗主——她的师伯，令人接她下山。

师伯说不夜仙山没了山主，失去护山大阵，已不再安全，作为师萝衣的师伯，他会好好照顾师萝衣，把她接到明幽仙山来教养，师萝衣的婚期将近，也正好让她与卫长渊培养感情，举行大婚。

师萝衣曾一度很感激这位师伯。

前世的今日，她并未装病不去。她当时咬牙，拖着受伤的身体坚持去上课，结果弟子们过招时，她被一个筑基修士打倒在地，这令她的伤情雪上加霜。除了惹来讥笑，再无益处。

她才来明幽仙山，就受了委屈，满心以为师伯定会维护自己。她忍着泪朝师伯告状，谁知师伯面色阴沉地看着她，失望地道："萝衣，你的父亲对你过于溺爱，纵然你受了伤，可你一个金丹期修士，打不过筑基圆满的弟子，也实在……"

那未尽之言，像密布天空的阴云，无情朝她压下。

师萝衣心头惶惑，自己是否真像师伯口中那般差劲？她看着高座之上，师伯那张曾经慈眉善目，如今却冰冷无情的脸，从心底泛出一丝恐惧。

后来师萝衣被人欺凌打压，师伯每每知晓，都只是失望地摇头："萝衣，你真不争气，辱没了你父亲的英名。"

师萝衣从那时起，就隐约感觉到了什么。她提出想回不夜仙山，遭

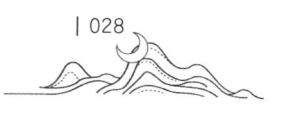

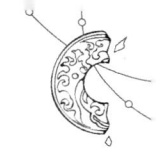

到了拒绝。师伯说不夜仙山被各种妖魔觊觎，不安全，怕她回去会出事。她据理力争，还被同门责备不懂事，不明白宗主的苦心。

甚至后来的仙宗悬赏令，也是由宗主发出的。

人活百年，心尚且易变，与天争的修士，又有几个能保持初心走到最后？

一日，大雨滂沱，入魔的师萝衣在路边躲雨，听见有人盛赞蘅芜宗宗主。

她终于隐约窥见个中肮脏。

师桓活着时，世人只知元信道君，不知蘅芜宗宗主。师桓死了，他的千金还声名狼藉，宗主才越发威名赫赫。

师萝衣后来也曾想过，卞清璇才来三年，真能凭借一己之力，转变整个宗门弟子的看法吗？

不，肯定不行。

如果有一个人，能轻而易举地让自己声名扫地，那会是谁？

尽管师萝衣怀疑过师伯，可是前世的一切发生得都很合理，师萝衣甚至一度怀疑过是否自己真的资质不够，不太争气，还有了心魔，才落得那样的下场。

但重来一次，她决定从一开始就试着去证明心中那个猜想。

她今日早起，刻意把自己弄得虚弱不堪。昨日整个宗门都知晓她受了伤，若师伯真的爱惜师弟的女儿，必定会让她好好养伤。若他心存不轨，才会坚持让她前去。

师萝衣果然印证了心中所想，师伯在一步步推着她走向被嘲笑、被看轻的狼狈局面。

这样的试探之下，连茴香也明白不对劲。

茴香面色惨白，没想到真相竟是如此。道君醒来之前，小姐真能在明幽仙山生存下去吗？

"茴香。"师萝衣问，"你相信我吗？"

茴香惶然地抬起头。

"我会在这里生活得很好,早晚有一日,我会带你一起重新回到不夜仙山。"

少女的眸中带着光,茴香忍不住点了点头。

师萝衣垂下眸,说:"我们会回家的。"

纵然有再多艰难险阻,前有宗主,后有卞清璇,她也不会再受他们摆布了。

今日就是个很好的开头,不是吗?

卯时不到,卞清璇便前往大殿上早课,她最近的心情从来没有这么好过。

身为下棋之人,她自然有把握,那个不堪嫉妒的宗主,一定会把不夜仙山的小孔雀弄来上早课。

届时,那个小可怜就只能成为笑柄了。

她与前排筑基期的小弟子对视了一眼,小弟子满面通红,眼神兴奋。

卞清璇羞赧地低下头,知道这蠢货一门心思要给自己报仇,于是早早给他送了许多提升修为的丹药。

别说师萝衣是金丹前期,就算是金丹后期,他今日也有一战之力。

她心中畅快,足以抵消早上吃的闭门羹。今日出门之时,她一如往常,先去探望卞翎玉。

卞翎玉起得比她还早,正在院子里看书。

她放软了声音,说:"哥哥,昨夜雪化了,比前几日下雪时还要冷。丁白用心照顾你了吗?"

少年翻了一页书,冷若清雪的脸如寒石雕就。

卞清璇又道:"你的身体只会越来越差,你不在意,我在意。这几日我会为你炼一些丹药,总归有些作用,你若再扔,我也会生气的。"

卞翎玉充耳不闻。

她深吸了一口气,担忧的表情瞬间不见,冷冷道:"卞翎玉,今日,

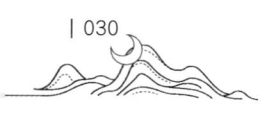

师萝衣第一次去明心殿上早课。"

少年翻书的动作顿了顿,终于抬起了眸,声音很冷:"你要做什么?"

在他的目光下,卞清璇心满意足地笑起来:"你终于肯看我了,你觉得我会做什么?"

卞翎玉:"我说过,让你停下。"

卞清璇抿了抿唇:"我也说过,让你别再守着她。她不会喜欢你的,就算没有卫长渊,还有李长渊、宋长渊,她那般轻贱于你,你还在指望什么?"

少年捏紧书页,沉静半响,才重新垂下眸去。

两人不欢而散。

三年来,这种场景出现了不少次。不管卞清璇是嘘寒问暖,还是谩骂耍赖,从不见他有反应。

起初,卞翎玉看她的目光就像在看一块卑贱的顽石,令她恼怒不已。后来卞翎玉干脆对她视而不见。

唯一能令他有点反应的,便是她说起又要对师萝衣做些什么——他会忍不住警告她停下。

卞清璇知道他如今无法阻止自己,她偏喜欢看他面上沉冷,心中却生出烦躁焦急的模样。坠落人间,无力地爱上一个不爱他的人,不知悔改,活该如此。

你也会心疼啊,她快意地想,好好体会一下我的愤怒和求而不得吧。今日如此,日后皆会如此。她永远不会多看你一眼,你比我还要可怜。

卞清璇坐在自己的位子上,友善地和同门打招呼。她脸上洋溢着温软的笑容,连一旁的师姐都忍不住问:"小师妹,今日为何如此开心?是有什么好事吗?"

然而过了卯时,卞清璇都没能看到师萝衣的身影。

她面上的笑意消失了,怎么回事?按照师萝衣骄傲的性子,只要有人在她面前提她父亲,她就算爬着也要来,断不会辱没她父亲的清名。

卞清璇望向门口,几乎望眼欲穿,谁承想,仙师都已经进了大殿,师萝衣仍然没来。她拉了拉旁边一位师兄的衣袖:"师兄,我听说萝衣师姐今日会来上早课,时辰已到,师姐为何没来?"

师兄有些犹豫,压低了声音:"你说萝衣师妹啊,她昨日伤重,听说今日病得不像话。有的弟子说,她恐怕命不久矣。也不知为何,宗主派去的师姐还坚持要让她来上课。"

简直胡扯!

胡扯归胡扯,师萝衣伤病加重,快要死掉的消息,一日之间就传遍了明幽仙山。

师萝衣闻之颇为无语。

上辈子,辱没她的传言愈演愈烈时,她从不屑于辩解,没想到越是下作的手段,越是无情的软刀,最后却越能将她伤得鲜血淋漓,令她众叛亲离。

师萝衣:"怪不得宗主要用这招来对付我。"

茴香忍不住道:"还好小姐机警,宗主但凡还要名声,今后就会收敛一些,不敢明目张胆地对付小姐。我们的处境就会好许多。"

茴香心想,人之将死,大家才能惦念她的好。昔日的同门会忍不住想,没了父亲,师萝衣到底也是个可怜人。不管她为人如何,元信道君确实为天下牺牲太多。南越公主死了,道君也濒临殒落,他们的女儿却落到这个下场,未免令人唏嘘。

"小姐正好趁此机会好好养伤,这事不急着澄清。"

师萝衣想了想,点点头,打算顺势再做几日"将死之人",说不定还能看出谁关心她,谁盼着她死。但这个时候她无论如何也预料不到,因为这个谣言,之后发生了好几件莫名其妙的事。

第二日,大批灵药被送到师萝衣的院中,宗主当日就来探望她。他仍旧是师萝衣记忆中的模样,白须白发,慈眉善目。

师萝衣并不敢在他面前装病,好在她本身就受了伤,宗主刚来,她就连忙委屈告状:"师伯,卫师兄为了小师妹对我动手,害我被螭蠡

重伤!"

宗主审视她片刻,失笑道:"师伯改日必定好好训诫长渊。你既然受了伤,之前就不该去上早课。好好养着吧,不急于一时。需要什么,就和师伯说。"

他就像最温和的师长,师萝衣应了,目光里全是依赖信任。宗主又对她交代了几句,转身离去。

当日傍晚,一位冷面美人奉命过来为她诊治。

彼时师萝衣叼着一朵茴香带来的花,正在喝花蜜,美人进来前,她已经把花藏好。那位冷面美人把她的嘴擦了擦,面无表情地说:"看你这样子,离死还差得远。"

师萝衣注视她良久,心里激动,突然抱住了她:"涵菽长老。"

她对着喜爱之人,其实很会撒娇。看茴香和曾经的卫长渊有多疼她就知道,被视为珍宝一路长大的姑娘,不经历风吹雨打时,会从眉梢甜蜜到唇角。

涵菽愣了愣,那张冰冷的脸上难得出现一丝怔愣。

半晌,她木着脸把师萝衣推开,手指搭上她的脉搏,状若不耐地说:"力耗殆尽,血行有亏,不过些许皮外伤,吃些补心丸即可。"

师萝衣点了点头。

涵菽蹙起眉。她是蘅芜宗中少数看着师萝衣长大之人。在她记忆里,师萝衣从来都对她十分警惕。突如其来的亲昵令涵菽心中别扭,装作不在意,去一旁给师萝衣拿丹药。

不管对谁,涵菽始终都冷着一张脸,神情拒人于千里之外。蘅芜宗许多弟子都很怕她,暗地里叫她"灭绝长老"。

师萝衣也曾一度不喜涵菽,幼时她便知道,涵菽苦恋父亲数千年。母亲死后,涵菽对她的所有关怀,都被她理解成想要鸠占鹊巢、趁虚而入。

涵菽如今是蘅芜宗的丹阁阁主,也是卞清璇的师尊。但她和其他人不同,她是蘅芜宗里少数不喜欢卞清璇的人之一。她曾经冷冷地点评卞清璇，斥责这个弟子心术不正，戾气太重。

那日卞清璇委委屈屈地哭着跑了，把一众师兄师姐心疼坏了。

师萝衣上辈子常受伤，涵菽曾多次派人送来丹药。师萝衣父亲沉眠后，她也始终待师萝衣如常。

师萝衣一度茫然，为什么她以为的好人，转眼便可以冷眼看她挣扎哭号，而她眼中的恶人，却会予她温情。后来她每每想起涵菽长老，都会记起她冷面之下的温柔。

但涵菽死得很早，就死在两月后，大雪化尽的清水村。

那时许多人都平安回来了，卞清璇还被争相颂，而涵菽却为了救她，永远留在了那一场大雪中。这件事，也成了压垮骆驼的最后一根稻草，师萝衣觉得是自己害死了涵菽，痛苦不已，第二次心魔发作，无法自控。

想到这里，师萝衣心中一痛。

涵菽不知师萝衣所想，回头看她，见少女明明无恙，却冷汗涔涔，犹豫地问道："可还有哪里不舒服？"

师萝衣摇头："涵菽长老，谢谢你一直对我这般好。"

涵菽抿唇，冷冷应了一声。

师萝衣觉得她真可爱。这么可爱的涵菽，这一次绝不能让她出事。

在她的央求下，涵菽同意暂且隐瞒她的"病情"，对外就称伤重。

"再等几日吧。"师萝衣沉吟，"谣言会不攻自破的。"

雪在昨日便停了，隐现阳光，风吹动了廊下纸鸢。丁白在院子里整理卞清璇下午送来的丹药。

他嘀咕着："卞师姐炼丹怎么如此厉害？旁人出一炉，她竟然能出三炉。也就公子不领情，这么好的丹药，竟让我拿去喂狗。"

让他把丹药拿去喂狗的怪胎，此刻正坐在红墙之外。

这又是丁白不能理解的另外一桩怪事——卞师姐明明在院子里设了禁制，修士和外门弟子尚且不能轻易进出，卞翎玉却视若无睹，每日西

时都会坐在外面，待上片刻。

其实有什么好听的呢？听来听去，无非是那些弟子上完早课、打坐修炼之后说的一些闲事。

丁白照顾了卞翎玉三年，但看卞翎玉仍旧觉得陌生。十岁的小弟子心想：我长大后才不要做这样阴晴不定的怪人。

尽管他年方十岁，根骨不佳，这辈子或许只能做个外门弟子，但他希望自己将来能成为像卫长渊师兄那样厉害的修士！

他又想到自己去年向师姐主动请缨："师姐不希望公子出去，可是公子每日酉时必去屋外，要不要我去拦住公子？"

彼时师姐神色怪异，道："拦住他？如果你不怎么怕死的话，可以试试。"她又似讥诮般低语，"他若真恼了，我都拦不住，你能拦住？随他去，他也就这点可笑的念想，早晚会死心。"

丁白听不懂，但隐约觉出危险，没真的试过阻拦卞翎玉。

卞翎玉坐在墙外，雪水沿屋檐流下，很轻的滴答声应和着弟子们的低语。

"今日内宗又有什么大事发生吗？我听师兄师姐们又说起了那位不夜仙子。"

另一个弟子说："前几日，师家那位小千金失踪了，你知道吧？"

同门点头："自然，我半夜还跟着师兄们去找过呢，那晚冷得很。"

"就是那次，听说她与螭蠡大战，伤重不治，快要撑不住了。"一位弟子唏嘘道，"也是可怜，若道君还在，无论如何也不会放任她死去。没爹没娘的仙子，看来也不比咱们好过多少啊。"

"她年龄似乎还小，只是个金丹期修士，竟然能一个人大战螭蠡得胜！听说元婴期的弟子都很难做到，如此看来，确实有点可惜。"

"若有一日道君醒来，得知女儿不在人世，还不知会发生什么。"

"这你就不知了，不夜仙山的护山大阵都已消散，道君怕是再也醒不过来了吧？师小姐即便死了，恐怕也没人在意。"

丁白照常去推公子进来，却见他握住轮椅的手背上青筋暴起。

丁白吓了一跳，去看他的脸色，却见到一片惨白："公……公子？"

卞翎玉的神情是与惨白脸色不符的平静，他吩咐道："拿把刀来，我说几味药，你去抓。"

丁白最怕他的沉冷模样，忙不迭点头。他慌张地把所有药材找齐，卞翎玉接了东西，把门关上。丁白守在外头，没一会儿闻见了一股奇特的香，他不明白那是什么香气，可那股香气勾人魂魄，几乎令他淌下口水。

在丁白几乎被迷了魂魄，要不管不顾推门冲进去的时候，那股香气骤然消失了。

十岁的孩子困惑地拍了拍脑袋，不懂自己方才是怎么了。

夕阳坠下，卞翎玉终于推门出来。他的脸色更白了几分，神情却依旧像以前一样冰冷。

丁白连忙站直："公子。"

"推我去明幽仙山。"

白日有阳光，晚上也难得有了月色，照着白茫茫一片的大地。

丁白在风雪中冷得发颤，他去看卞翎玉。卞翎玉并不比他好多少，眉眼如缀寒霜，一双修长如玉的手被冻得通红。那双黑曜石般的寒眸在暗夜中如幽深狼眸。他冷声问道："没吃饭？"

丁白红了脸，连忙使劲推。

怪不得没人喜欢卞翎玉，丁白心想，卞清璇的脾气那般好，卞翎玉却像一把无鞘的刀，靠近便会被割伤。

他有着一双与他渐渐枯败的身体完全不符的眸，清冷、锐利、极具压迫力。他是丁白见过最不讨喜的人之一，脾气是真的不好。

主仆俩历经艰难，丁白几乎累瘫，冷得唇齿发木，终于到了明幽仙山。

除了月亮，就只有他们还未入睡。院门不知为何开着，惨白月光铺陈于上，凄清极了。

卞翎玉抿着唇，久久不动，久到丁白快要被冻死，弱弱地喊道：

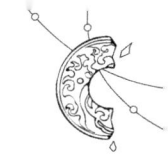

"公子。"

卞翎玉这才动了,推动轮椅,进了院子。

师萝衣躺在床上,等着茴香给她带月光花回来。月光花的蜜最是香甜,茴香说很多小妖精都喜欢。

她也很喜欢,喜欢如今还活着,能尝到甜的滋味,喜欢生机勃勃的茴香,喜欢能被改变的一切。

外面隐约传来轱辘声,她愣了愣,一下就觉出不是茴香。可是这声音有些耳熟,她联想到几日前过来扔锁的少年,怀疑自己听错了。

他怎么会来?她想知道卞翎玉来做什么,连忙闭上眼睛,脸上仍是那层死气沉沉的伪装。

轱辘声越来越近,最后轮椅在她身边停下。

月光从窗外流泻进来,师萝衣闭着眼睛,其余感官无限放大,她感受到了风雪的寒冷,还有一股淡淡的……如雪松般的冷香。

她微微不安,有些抗拒。

旋即,一双冰冷如钳的手,捏住她软软的双颊,令她双唇张开。

到这一步,卞翎玉突然不动了,不知在看什么。即便她闭着眼,也能感觉到少年的注视。

空气开始静默,师萝衣提起心,揣测卞翎玉的意图。

害她?趁她"病",要她命?想报仇雪恨?

她觉得自己被人捏着脸,张着嘴的表情一定很傻。

要不要醒?

下一刻,一枚丸子被粗暴地塞进她口中,他的手有多冷,动作就有多粗暴。

她险些被呛到,合着方才卞翎玉是在考虑怎么逼她吃下去。

他真要杀她?她纵然在心魔驱使下伤害过他,可说到底罪不至死,也不能真老老实实地给他杀啊!

她愤愤地用贝齿咬住少年喂药的手指,不让那枚大得过分的药丸入喉,骤然睁开眼。

此时的景象十分滑稽。

师萝衣的脸颊被药丸塞得鼓鼓的。她心里又气又想骂人，就算要投毒，能不能用一颗正常大小的药丸？

少女的檀口中，除了一颗大得可怕的丸子，还有卞翎玉修长的手指。

那手指也是真的修长，都这样了，她也只能咬住他手指第一节。

她本想"呸呸"两声吐出毒丸，怒骂他果然和他妹妹一样坏，恨不得自己去死。

然而月光下，她睁开眼睛的那一瞬，看见了一张比她更像将死之人的脸。

卞翎玉脸色惨白，眼中带着无尽的死寂。她看见一双无力哀伤的眼睛，两辈子，师萝衣从未见过这样的眼神。

她也不知为何，被这一刹的绝望与哀伤感染，不仅没能立即骂出声，还愣愣地看着那双眸子，连药丸都忘了吐。

药丸化在口中，她咕咚一声，咽了下去。

完了，她顿时一把拍开卞翎玉的手指，趴在床边干呕。

方才咽得太快，都没尝出是什么毒，还能吐出来吗？还能抢救一下吗？现在去找涵菽长老，还能来得及吗？

师萝衣悔得要命，就差抠喉咙了。那么大颗的毒丸，她怎么就咽下去了？老天爷难不成是卞翎玉的亲爹，让她重活一回，就是为了令卞翎玉亲手雪耻？

卞翎玉也没想过师萝衣会突然睁开眼睛。更没想过，她醒来了，却阴差阳错把药丸咽了下去。

他目睹师萝衣带着湿气的眼睛中弥漫出惊慌、恐惧、绝望，最后脸色铁青，噌地翻身，趴在床边试图吐出药丸。

卞翎玉静静看了片刻，目光逐渐变凉。他镇定下来后，一眼就能看出师萝衣生龙活虎，和"死"字半点不沾边。她以为自己给她喂的是什么？毒药？

"别试了。"卞翎玉见她催吐催得难受，皱眉道，"没用的。"

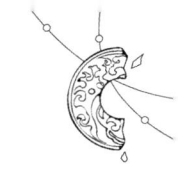

师萝衣当着他面催吐的动作,并未惹恼他。

卞翎玉上山三年,和师萝衣相处的机会寥寥无几。每次见面,她都会用一种警惕厌烦的目光看他,偶尔还恶语相加。

卞翎玉知道自己性子不讨喜,也习惯了师萝衣的厌恶。哪怕她以为自己给她喂毒丸,也无法再令他结冰的心刺痛。

若非三个月前的事,他大概一辈子都不会和她有什么交集。

他一想到三个月前的事,少女仿佛心灵感应般边咳边说:"卞翎玉,解药先给我。我知道三个月前是我对不起你,此事我也很后悔……咳咳咳……我比你都……咳咳……都后悔,你要什么补偿,或者想让我受什么惩罚,好好和我说。"

她咳得满脸通红,仍旧没法吐出药丸。

卞翎玉脸色变得难看,一字一顿重复:"你说你后悔?"

"是。"师萝衣绝望开口,她如今谁都不信任,也不敢说出心魔一事,只好模糊解释,"事出有因,是我之过,你若想好要我怎么补偿,我会尽力做到。"

师萝衣半晌没能等到他动作,一抬头,只见卞翎玉无动于衷地看着自己。

师萝衣也不知怎么办才好。她不想死,自己死了,两个月后涵菽长老怎么办?更久之后,爹爹若是醒了怎么办?

她听说,人得知仇人比自己更可怜、更痛苦时,或许会放下仇恨。

师萝衣忍住尴尬,补充道:"那个……我……我当时也很痛苦,那样对你,我除了痛苦,一点感觉都没有……"

师萝衣看见了一双冷得彻底的眸。她的腮帮子再度被人用手捏住,两人距离拉近,近到师萝衣几乎能感受到他因为发怒而略微急促的呼吸。

师萝衣从前只觉得卞翎玉病弱,可是现在月光下的少年竟如煞神一般,冷笑着开口:"你要解药?无药可解,等死吧。"

他也不知道自己突然生的哪门子气,师萝衣的脸颊都被捏疼了,他骤然松开手,转身出门。

师萝衣捂着脸,皱起眉头。她做魔修时的煞气和冷怒涌上心头,下意识抬手凝聚仙法,想要向卞翎玉逼问出解药所在。

然而看着少年迎向风雪的背影,又想起自己睁开眼那一刹那看见的眼神,师萝衣抬起的手最终放下,术法的金色光芒也在掌中消散。

她叹了口气,生出几分不合时宜的无奈来。这便是理亏的坏处,无论如何,她不能,也不愿对卞翎玉下手。

罢了,他也是受了屈辱才会如此。若是自己遭遇那样的事,恐怕不会比他更仁慈。她只能安慰自己,他一个凡人的毒药,应该、大概不至于立马毒死修士吧。

她认命地从床上爬起来,顶着一张惨白的脸,也不敢等茴香回来,朝着涵菽长老的卧房奔去。

她身姿轻盈,转瞬消失在月色下,如隐在云中翩然的蝶。

丁白先是见卞翎玉冷着脸出来,随即空中一片轻纱飘过,很快消失了。

他揉揉眼睛,以为自己看错了。

卞翎玉说:"走了。"

"公子,你有没有看见……"

"没看见。"

好吧,可是他都还没有问看见什么呀。

来的时候卞翎玉需要丁白推他过来,此时他却不许人碰,要自己下山。

两人沿着来路走,丁白冷得涕泗横流,五感几乎要消失,然而空中又开始飘荡着黄昏时他闻见的香气。

丁白动了动鼻子:"公子,你闻见香气了吗?"

卞翎玉沉默了片刻,道:"兴许是毒药。"

丁白闭上嘴,就知道和他说话是个错误。这么香的东西,怎么会是毒药?他听出卞翎玉语气中的愠怒,不敢再问。好在他的鼻子很快被冻

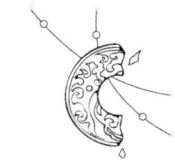

得没了知觉，再也闻不到什么。

两人回到外门弟子的院子时，都快天明了。

借着熹微的光，丁白却看见，那冷淡如玉的人，胸口处渗出了丝丝红色。

"公子……你……"

卞翎玉拽紧那块衣服，蹙眉遮住伤口，沉沉道："噤声。"

月亮早已消失在苍白的天幕中，卞翎玉死死攥紧扶手，忍着那股钻心的疼。

涵菽收回探查师萝衣身体的灵力，若有所思。

"我怎么了？"

涵菽说："没看出有何异样，你本是仙体，寻常的毒丹也不会对你起作用。你说有人喂你吃下毒丹，那人是谁？"

师萝衣垂眸："既然没什么事，那就不必追究是谁了吧，他不是故意的。我半夜来此，叨扰涵菽长老了，这就走。"

涵菽见她不欲告状，便也没追问，只是冷声补充道："若之后有不适，随时差人来找我。"

师萝衣点点头。

她都快走到门口了，涵菽犹豫片刻，道："你父亲未醒，你需明哲保身，对谁都不要过分信任。"

涵菽心里清楚，不夜仙山是世间最神秘的仙山，它的主人元信道君年少成名，攒了无数宝贝和心法在宫中，又为爱妻在不夜仙山上种满了冰莲。道君甚少收弟子，寻常人等不得进入。

世人对这样的地方，无不向往。

自道君沉眠，涵菽就隐约觉出师萝衣处境不好，可是自己一直没有立场去提醒。师萝衣心里对她多不喜，涵菽一直都明白，毕竟……自己确实仰慕了她的父亲近千年。

可近来师萝衣对她表现出与以往不同的亲近，涵菽便忍不住提醒了一句。

明幽仙山远远不像表面那样简单,涵菽知道师家这个如今无人依靠的小仙子是个好孩子。失去了道君的保护,刚长大的她如何能在豺狼环伺中生存?

她提点了一句,又隐约后悔,怕师萝衣觉得自己多管闲事。

然而熹微晨光中,师萝衣回头,眼神清亮:"涵菽长老,你真好!"

涵菽沉默一会儿,应了句:"嗯。"

十二月,人间。

卫长渊此次追捕的作乱人间的幕后黑手,是一只修行了五百年的熊妖。

熊妖皮糙肉厚,破坏力本就巨大,在失去自己的孩子以后,染了魔气,开始频繁吃人。它觉出危险,便一门心思往最熟悉的岩洞中钻。

卫长渊带着几个师弟,一同追捕了它好几日,才在今日正午将熊妖斩首,取出内丹。

一行人回程临近门派时,卫长渊所佩轻鸿剑的剑穗突然掉落。他捡起剑穗,心中不知为何,有些沉闷。

同行弟子姜岐挑眉笑道:"世人皆道卫家公子风姿卓绝,如今看来似乎还两袖清风,颇为念旧,剑穗已旧,都不曾换。"

卫长渊淡淡道:"师兄说笑了。"

他望着掌中的剑穗,难得想起了一些陈年往事。

卫长渊是一名剑修,剑修弟子的剑就是自己的第二条命。卫长渊天生剑骨,出生时轰动两界,是命定的剑仙,家族也给他打造了世上顶好的仙剑,以上古剑法为依,取名轻鸿。

剑修修行辛苦,大多都性子冷清孤傲,他掌中陈旧的黄色剑穗,是所有剑修都耻于挂在剑上的,然而他却一佩数年,不曾更换。

但许是佩戴久了,渐渐地,他习惯了它,也就忘记了它。

剑穗是师萝衣少时送的。他成人仪式,师萝衣亲手编了剑穗,又央

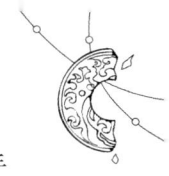

求他挂到轻鸿剑上。那时他接过并不好看的剑穗，允诺她永远不会亲手摘下。

而今，剑穗断裂，就像一种不祥的预兆，令他久久沉默。

恰好也在这时，卞清璇领着几个弟子下山迎接。

众人看见卫长渊与姜岐，拱手道："卫师兄，你终于回来了，这位是？"

卞清璇也看向卫长渊。

卫长渊介绍："姜岐，我的师兄。"

卞清璇这才知道，原来这就是宗主所收的第一个弟子，传闻中的姜岐师兄。

据说姜岐二十年前就孤身前往人间历练，一直未归。卞清璇与其他弟子第一次见他，连忙道："姜师兄好。"

姜岐笑盈盈地颔首，目光从卞清璇身上一扫而过。

卞清璇红着眼眶对卫长渊说："长渊师兄，那日我们把萝衣师姐带回来，她身子一直没有好转。前几日我听说，师姐危在旦夕。都怪我，若不是那日我与师姐起冲突，师姐就不会一个人下山，也就不会受伤了。长渊师兄，你既然回来了，赶紧去看看师姐吧。"

卫长渊听见"危在旦夕"四个字，表情空白了一瞬。他握紧掌中的剑穗，下意识要往山上去。

走出好几步，他方似想起什么般回头。

绯衣少女站在山口，风吹起她的弟子服。卞清璇脸色苍白，眸中带着欲落未落的泪。

见卫长渊看自己，她勉强露出一个笑，冲他挥挥手："师兄，你快去吧。"

卫长渊抿了抿唇，转身离去。

卞清璇见他仍离开了，眸子泛起微微凉意。余下的弟子看见卞清璇的模样，都心疼坏了。

"这怎么能怪小师妹？明明就是师萝衣先动的手，也是她自己跑下山去的！"

"长渊师兄怎可如此？小师妹清晨便在这里等他，他问也不问一句。"

"谁知道师萝衣是不是真的出了事？"

原本同情师萝衣的弟子们，开始因此怀疑和揣测："莫不是又为了构陷小师妹！"

卞清璇急忙摇头："萝衣师姐不是那样的人。"

姜岐在一旁一边把玩着自己的剑，一边微微眯眼看卞清璇。良久，他露出一个饶有兴味的笑。

姜岐虽身在凡尘历练，但他养了不少用于传信的飞鹤。这些年飞鹤不断带来宗门里关于师萝衣的传闻，大多是恶语，说她不若父母仙姿出众，相貌丑陋，还心胸狭隘，欺辱同门。

与之相对，声名鹊起的是眼前这个才来宗门三年的小师妹卞清璇。

姜岐此次回宗门，便对这两个少女颇为好奇。到底是何等的命数，才会让千金落尘土，麻雀上枝头？

如今，他算是有点明白了。他暗自想，真是厉害。但凡师萝衣之后没死，情况就会对她更不利。不夜仙山的小仙子会吃这个大亏吗？

叁．

神殒刀

屋子外飘着药味，为了做戏真实，茴香一连几日都在院子里熬药。

茴香端着药碗进来时，师萝衣正趴在窗前看院子里的红梅。红梅盛放在枝头，开得俏丽孤傲。

茴香顺着她的目光看过去，道："小姐在看梅花？明幽仙山的冬日，确与我们不夜仙山不同。茴香听说人间许多诗人钟爱此花，争相吟诵。小姐也喜欢梅花吗？"

"不喜欢。"师萝衣不屑地说，"开在冰天雪地，独在枝头抱香，如此清冷倔强，一变暖就成了春泥，又累又傻。"

就像前世的自己，咬牙咽下苦涩，受尽了罪，最后只身在破庙死去。这么惨，有什么值得称颂的？

茴香只觉想笑，师萝衣嘴上说着不喜欢，却分明在为这花抱不平。

她想起了今晨听见精怪姐妹带来的消息，卫长渊今日回山，卞清璇一大早便去山门迎接，心里不免为师萝衣着急。小姐儿时便与卫大公子定了亲，青梅竹马一起长大，茴香深知师萝衣多喜欢他。

茴香记得几十年前，绾荨公主病重。道君试图救回公主，带公主去各大仙山求医，然而无力回天。

公主身殒那一日，小姐似乎有了感应，明白母亲再也回不来，死活不愿意跟着道君派来接她的人离开南越皇宫。

那时小姐尚且是个孩童，深夜便在寝宫哭，哭着要找娘亲。宫女好不容易将她哄睡，她又会被噩梦惊醒。

彼时卫长渊也不过是个小少年，天赋异禀，生来剑骨。听说小萝衣没了娘亲，他只身从明幽仙山御剑下来，每晚给小未婚妻讲故事。

他口舌并不伶俐,讲的故事也不很有趣。然而他会把她抱在怀里,青涩地哄她睡觉。

当时小萝衣并不领情,她失去娘亲,总是躲起来哭,试图挣脱少年的桎梏,去找爹娘。

没多久师萝衣走丢,众人皆知道君为了救爱妻,此时不在宫中。觊觎师萝衣血肉的妖魔良多,大家担惊受怕,整个南越皇宫急得要命。

皇宫四处亮起火把,他们找遍了师萝衣平日爱去的地方,却都没有她的身影。

是卫长渊找到了她。

小小的少年修士,背着更小的孩子,一步步从山上走下来。

经年之后,茴香依稀还能记得自己当时感受到的震撼。

卫长渊半身都是泥和血,他的剑挂在腰间,单手骨裂,却用另一只手稳稳护住背上的人,免她颠簸。女孩在他背上,莹润的小脸脏兮兮的,却睡得很安稳。

那是卫长渊第一次杀凶兽,少年的轻鸿剑,为了师萝衣见血。他因她而长大,因她而变得锋锐。

卫长渊背着小萝衣走了很远的路,带着她回家,小萝衣睫毛上挂着泪,两只嫩藕一样的胳膊如同拽着救命稻草般,占有欲很强地紧紧抱着他的脖子。

茴香记得,从那晚开始,小主人再也没做过噩梦。

那时候茴香一度以为,他们可以相守一辈子。

茴香正陷入回忆,怔然抬眸,便看见了院中顾长的身影。她还以为是自己看错了,回过神发现来人确实是卫长渊。

清隽不凡的少年背着长剑,走过梅树,来到师萝衣身前。

茴香惊讶了一瞬,连忙行礼:"卫大公子。"

卫长渊看她一眼,礼貌颔首回礼道:"茴香姑娘。"

茴香见他神情冷凝,盯着师萝衣。茴香心里虽担忧,却明白自己应该把独处的空间留给他们:

"小姐，大公子，茴香先告退。"

卫长渊捉住师萝衣手腕，声音含着几分怒意："为何装病骗人？"

卫长渊来时的不安，在见到她无恙后便化作了怒意。她是否觉得这样很有趣？

窗边的师萝衣也抬起了脸。

她小脸苍白，神色却十分平静。卫长渊进院子的时候，她就看见了他，但她没用障眼法故弄玄虚，她从来就不想骗他。

因此，以卫长渊元婴后期的实力，自然一眼就看出了她的伤势已经大好。

但师萝衣眼中的卫长渊，并非如茴香记忆中那般明晰。她与他隔了六十年的光阴，数不尽的缺憾，还有她追逐半生的爱与恨。

她重生那日，在雪地中骤然看见卫长渊，尚且不能很好地控制情绪。这些日子她回到宗门，心魔并不严重，在心法作用下被她强行压制了下去，还未发作第二次。

师萝衣见到许多故人，看见茴香和涵菽还活着，方觉得与卫长渊之间的爱恨，抵不过生死两茫茫。

卫长渊见她望着自己不说话，心中失望，冷声道："你为了让人误解小师妹，竟然装病！萝衣，这几年你长的教训还不够？你有没有想过，撒这样的谎，你之后如何自处，同门会怎样看待你！"

"我为了让人误解小师妹？"师萝衣突然有些想笑，她看着眼前少年的双眸，良久道，"长渊师兄，我已很久没有这般叫你。这些年来，你总是这样……因为她质问我，我都快忘记你我之间最初是什么样子了。"

卫长渊本有一腔冷怒，然而少女坐在窗前，怅然冰冷地看着他，他说不清为何，又想起了掉落的剑穗。

"我并非为了诬陷小师妹。"师萝衣自嘲地笑笑，"我不喜她，可一直都有自己的尊严。我努力修习，不是为了压过小师妹，而是因为不想让人诟病爹爹教女无方。我只身做宗门任务，并非鲁莽好胜，是因为大家都不喜欢我，没人愿意同我一起。我与小师妹动手，是因为她摘了我的

花，当年娘亲种下的花。若非她故意招惹我，我本就不会多看她一眼。"

雪地映衬着红梅，风从窗口吹进来，带着冬日的深浓凉意，令人遍体生寒。

师萝衣反问道："至于装病，长渊师兄，我落到如今的地步，若我不保护自己，还有谁可以保护我？你吗？长渊师兄，你瞧，我把所有前因都说与你听了，你相信我，还是相信卞清璇？"

见他良久不说话，师萝衣就明白了他的答案。

自卫家灵玉易主之时，他们之间就已经结束了。若非第二次心魔发作，他们可能再无瓜葛。

她上辈子就不该指望卫长渊救自己，解开心魔。盼着他悔悟，还不如另寻天材地宝压制心魔。

卫长渊抿紧唇，下意识觉得师萝衣在狡辩，眼前不自禁浮现清晨山口的画面——

卞清璇含泪对他说，让他去看看萝衣师姐，模样那般柔弱，使人怜惜。

他又想起了这些年的种种，他并非不愿意保护她，然而师萝衣自道君殒落后，就开始处处与同门针锋相对，尤其对小师妹没有好脸色。

她心里憋着一股不服输的劲儿，努力修习，不顾劝阻独自去做宗门任务。

她生气时会对小师妹破口大骂或者动手，但卞清璇从不还嘴，也不还手。

师萝衣戾气横生，不愿悔改。

他作为明幽仙山的执法堂弟子，有时候不得不秉公办事。然而师萝衣总会愤然离去，正如数日前，她不顾宗门法规，跑下山门。

若他眼见都为虚，那什么才是真实？

然而心中另一个微弱的声音，以及掉落的剑穗，都让他无法轻易出声。

见他默然不语，师萝衣把手腕从他掌心抽出来，指着外面："你走吧。爹爹沉睡,我们之间的事一直没有定论,待我拿回当年信物,我们就解除婚约。"

卫长渊蹙起眉,心里本在犹豫,她却又说起了解除婚约一事。这几年,若他令她不高兴,她总喜欢用这件事来威胁他。

卫长渊冷声道:"我并非不信你,萝衣,道君沉眠,我知道你心中难过。别因为跟我赌气,就刻意说这样的话。"

赌气?

师萝衣心想,不,以前是赌气,盼你能回头,也盼我能回头,但这一次是真的。我没有回头路,你也没有。

她望着卫长渊,看着这个自己年少时曾深深喜欢过的人,有些恍惚,她追逐了一辈子的东西,真的放下时,心里难免有些空荡荡的。

佛说,断舍离。

她曾经追逐了这个人一生,破庙濒死,才倏然顿悟。

她唯一庆幸的是,卫长渊后来留下的乾坤袋,在漫长的光阴中抵消了她心中的恨意,让她慢慢想起他的好来。

卫长渊并不是什么坏人,这么多年来,是他陪着自己度过了童年的苦厄,也是他以尚且稚弱的肩膀护着不夜仙山的声誉。

他们之间,只是不够信任罢了。纵然再无缘相守,但就如卫长渊宁肯背叛宗门,也要放走她、不希望她死一样,师萝衣也从不希望卫长渊出事。

情不在,义还在,他们仍是亲人。

她想起自己堕魔后,卫长渊并未与卞清璇在一起。是否成了他心中跨不过的阻碍?她又想起死前听说,卫长渊为了小师妹,身受重伤,修为散尽……

长渊师兄,她想,若你真的那般喜欢她,那么这一次,我成全你。

而他幼时对她的包容,她也会借不久后的契机尽数还给他,将这恩义慢慢斩断。

茴香不知那天师萝衣与卫长渊说了什么,见师萝衣没有异样,积极

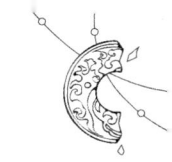

地修习，她心里也感到开心，看来小姐与卫大公子之间的误会解除了。

没过两日，师萝衣宣布，她要去上早课了。

茴香担心道："现在就去？宗主会不会想出别的法子对付小姐？也不知卞清璇做了什么，这几日宗门中，人人都在说小姐故意装病，她就是故意要小姐声名扫地。"

师萝衣给茴香分析道："弟子们容易听信流言，但宗门中的长老们不会。我一开始避开早课，便不是为了得到同门的同情，而是希望长老们注意到我，就像涵菽长老那样。爹爹与宗主一同创立蘅芜宗，大多长老以前都与爹爹有深厚情谊。只要让他们知道，我不是一个自私歹毒的废物，他们意识到我处境不好，自然会多加关注，宗主便不敢轻举妄动。至于同门怎么看我……"她抬起脸，语带几分少年人的轻狂，"谁在乎？"

她曾为了一群不喜欢她的人辛苦愤懑一辈子，可她本不该如此。

茴香微笑道："若道君在，一定欣慰小姐的变化。"

师萝衣说："从前是我想不开，但我现在想开了。"

她不仅想得开，她还要为不夜仙山正名。

那个筑基大圆满的弟子，叫什么来着，张向阳是吧？就从他开始。

曾经他能以筑基期的修为把她打成重伤，让她百思不得其解，一度自我怀疑。人人皆道不夜仙山不过如此，长老们也对她颇为失望。

那么，这次就让她看看张向阳有什么古怪，是她再次狼狈落败，还是换他痛哭。

卯时将至，弟子们陆陆续续来到大殿，今日和仙师一起来点卯的是姜岐。

姜岐拜师比所有弟子都早，对于修行也十分下功夫，他在人间历练多年，如今归来已经突破元婴后期，顺利进入出窍前期。

宗主测了他修为，对此赞不绝口。

姜岐作为大师兄，几十年没有回过宗门，宗主有心想让他认识一下新的弟子，早课点卯，便是最好的机会。

姜岐来得早，弟子们也陆陆续续来了大殿。认识他的弟子，恭敬喊一声"姜师兄"，不认识的便满脸好奇，向旁人探听，没一会儿也过来与他结交。

姜岐温和地笑着，一一回应。

没多久，卞清璇也进入殿中。

她上前问好："姜师兄。"

卞清璇的一双眼眸秋水盈盈，目不转睛地看着对方时，很容易令对方心生好感。

姜岐在心中挑眉，面上笑道："小师妹。"

卞清璇提醒他："仙师很熟悉大家，一般不用点卯册，姜师兄才回宗门，不认识新弟子，倒是可以提前向仙师要点卯册。"

姜岐说："多谢小师妹。"

卞清璇笑了笑，去自己平日的位置坐下。姜岐的目光追随着她，心中不受抑制地升起好感。他并未压制这种心绪，只在心里琢磨这心绪的由来。

魅术？

并不是，她身上没有邪气。

姜岐自认定力不弱，一般的魅术无法迷惑自己。短短几句对话，就能让他心潮随之起伏的，卞清璇还是第一个。

有意思，他心想，难怪不夜仙山的小可怜会输得这样惨。

自带亲和力与魅力的小师妹，真是令人难以抗拒啊。

他至今还没见过传闻中的另一位主角，有空他定会去拜访一二。比起这个怪异的小师妹，他更好奇不夜仙山的小可怜呢。

待弟子们陆陆续续入座，卯时也到了。

最后一刻，姜岐要来册子，就要开始点卯时，大殿后响起一道清脆的少女声音："仙师，萝衣前来听教。"

姜岐顿了顿，抬眸看去。

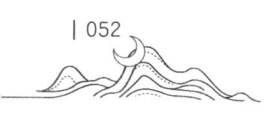

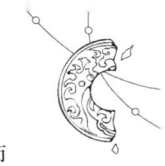

不只他，许多弟子都回了头。殿中弟子少说有一二百人。但见过师萝衣的，顶多三四十人。

更多的弟子，仅仅听过她的传闻。

就像姜岐听说的那样，他们"认识"的师萝衣，骄纵任性，欺辱同门，丑陋不堪，不若其父。

然而晨光中，眼前的少女一身黛色罗裙，披帛曳地，妃色腰封将她腰肢束得盈盈一握，唇若丹朱，青丝如瀑，发间杏花盛开，丝绦垂落，迎风飞舞。

她确实气盛，如一朵开得炫目的花，带着修士的散漫轻狂，但却如黑夜中的萤火，令人瞩目。

所有弟子全都呆愣在原地。

姜岐隔着无数弟子的座席看着她，这是他与师萝衣第一次见面。她并未身着明幽仙山的弟子服，穿的是不夜仙山的罗裙。

道君爱女，视若珍宝，她是不夜仙山唯一的公主，世间最好看的衣衫，便是她不夜仙山的罗裙。

"入座吧。"姜岐道。

少女颔首，也打量了他一眼。

姜岐拿着点卯册的手微微用力，避开了她的目光。

他想起来一些往事。

姜家也曾煊赫一时，姜岐曾听父亲叹息：

"若非我姜家没落，与不夜仙宫结亲的，说不定是我们岐儿。"

姜岐便不经意记住了她，尽管他从未见过她，而且她后来还成了自己师弟的未婚妻。

他其实并未相信飞鹤带来的传言。父亲活着时曾说："南越公主之美，令人见之难忘。作为她与师桓的女儿，那不夜仙山的小丫头长大，不知会有何等的姿容！"

姜岐现在见到了，她是真正的石黛碧玉，无瑕绝色。

殿中几乎所有弟子的目光全落在了师萝衣身上，姜岐点卯都没令他们回神。

卞清璇用手指漫不经心地敲击着桌子,扫了师萝衣一眼,眼底漾起一抹冷笑。

弟子们纷纷回神,开始听仙师讲心法。

早课的内容除了教授心法,便是让弟子们相互切磋,从实战中学习经验。

这一世,仙师分配给师萝衣的对手,仍旧是张向阳。

张向阳满心亢奋。数十日之前,他便在为这一天做准备。若让他有机会对战师萝衣,他一定会好好给她个教训。

他回头,望向弟子堆里的卞清璇。

绯衣少女柔柔弱弱地冲他笑了笑,张向阳感到一阵心潮涌动。

小师妹这样美好的人,却总是被欺负。她不还手,也不抱怨,那就让自己来替她出口恶气!

张向阳悄悄吃下了一瓶丹药。他的修为原本是筑基大圆满,再过不久便能突破到金丹前期。然而这瓶丹药,直接让他的修为暴涨到了金丹后期的水准!

他得意地笑了笑,要知道,师萝衣可只是个金丹前期。他不仅要伤她,还要羞辱她!

明幽仙山同门切磋有规矩,点到即止,不可伤害同门。

但张向阳打定了主意,今日要让师萝衣丢丑,哪怕自己事后受罚,他都不在乎,为了小师妹,他吃再多的苦都值得!

师萝衣站上擂台,与张向阳面对面。前世她受了伤,没觉出异样,此次与张向阳打一个照面,她便觉察出他气息不对。

她看他一眼,在心里揣摩到底是怎么回事。

法器、丹药、机缘?

是哪一种才会让一个筑基大圆满的弟子气息如此雄浑?

张向阳不过一个普通弟子,无甚家世,万不可能是用了法器。但机缘呢?大机缘可是会改变整个人的根骨的,张向阳显然没有用这种

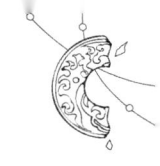

方法。

那么只剩下服丹药,强行在短时间内提升修为,但整个明幽仙山,只有涵菽等几个丹阁长老才能勉力炼出增进修为的丹药,而他们万不可能随意给张向阳这样的东西。

师萝衣想到什么,视线落在卞清璇身上。

绯衣少女羞涩地对她露出了一个笑容,说:"师姐可要加油啊……"

师萝衣收回目光,心想,还有什么不明白的。

卞清璇倒是厉害,能炼出这样的丹药,她前世技不如人,心服口服。但这次,不妨来战!

张向阳是剑修,他抽出自己的剑,眼里闪过狠戾之色,道:"师妹,请赐教。"

他早早打听过,师萝衣的武器也是剑,且剑法普通。张向阳稳操胜券,看上去意气风发。

然而,在他的注视下,少女手腕一转,日光下,她的掌中赫然出现一柄血红的刀。

刀身火红,如一团炽烈的火焰,瑰丽得出奇,被稳稳地握在娇小少女的手中,竟分毫不违和,不仅张向阳愣住,远处的卞清璇也眯起了眼。

卞清璇记起来,师萝衣原是刀修。元信道君当年便是刀修,他的刀法大开大合,当年一刀劈山分海,震烁九州。

然而卞清璇上山后,因剑法轻灵漂亮,受到宗主喜爱,得以日日与卫长渊一同习剑。师萝衣生性好强,不甘居于人下,气得也开始习剑。

从那以后,师萝衣再也没有亮出过她的刀。但如今……

师萝衣弯唇:"师兄,请赐教。"

张向阳沉下脸,纵身而上,剑法招招狠戾,迫切想在几招之内令师萝衣落败,最好重伤。

卞清璇暗道不好,低声骂了句"废物"。

这个时候,张向阳还不知道师萝衣的刀叫"神殒",是道君苦苦在当年神殒的战场寻出了最好的玄铁，花二十年铸就的。

师萝衣继承了父亲的根骨，是世间最好的刀修。

前世，师萝衣纵然堕魔，也没有任何一刻停止修炼。她离开宗门后，便再也没有犯年少时犯过的错，再没抛弃过自己的刀。

金丹前期对后期？服用丹药是吧？那就试试！

神殒刀被少女旋身劈下，如流火落人间，带着万钧之力。刀剑相触，银剑嗡鸣，张向阳的手腕被生生震麻。刀修的力量，从来简单粗暴得令人发指。

张向阳因为自大，一开始便与师萝衣硬碰硬，然而在这样的力量下，他发现自己连一刀都接不住，膝盖控制不住地一弯，竟生生跪下！

然而还没等他站起来，第二刀残影又至。

张向阳甚至不敢再接，狼狈地滚开，他慌不择路，眼前全是血刀残影。他终于吓得滚下擂台，刀气却没放过他——他喉头一甜，嘴巴里弥漫出血气，头发丝也被削落几根。

张向阳仓皇抬头，拎着大刀的少女背着光看他。她脸上并没有什么表情，张向阳却抖了抖，有一瞬间，他竟真觉得那刀气要劈死自己，忍不住想要求饶。

明明这样的事是自己想要对她做的，为什么她只是一个金丹前期，自己却没能撑过三刀？

卞清璇挤开人群上前，扶起了张向阳，劝阻道："师姐，大家都是同门，切磋而已，你何必伤人？"

张向阳回神，立即愤愤道："师妹，我不过一个筑基期，你一个金丹期，是否欺人太甚？"

眼见弟子们开始窃窃私语，师萝衣轻蔑地看他们一眼，扛起自己的刀，冲高台之上的仙师干脆利落地道：

"仙师，张师兄服了丹药！"

张向阳："……"

卞清璇想：就说直肠子刀修最讨厌了！

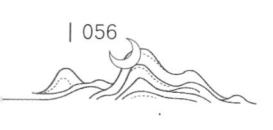

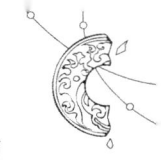

仙师走过来，摸了摸张向阳的脉搏，神色古怪："张向阳，切磋而已，为何要吃提升修为的丹药，你的丹药又是哪里来的？"

张向阳支支吾吾，最后只好满脸冷汗地跪下："弟子……弟子也是一时鬼迷心窍。"

"荒唐！"仙师说，"此事我必汇报宗门，调查个水落石出，你心术不正，且去思过崖下自省，等候宗门处置！"

卞清璇睁大眼睛，十分不解："张师兄，只是切磋而已，你为何要这般对萝衣师姐？"

张向阳张了张嘴，终是摇摇头。小师妹什么都不知道，他不可以连累小师妹……

张向阳被带走，卞清璇走到师萝衣身边，试图抱住她胳膊："师姐，方才是我误会你了，清璇给你道歉。"

她又来了！师萝衣手疾眼快，刀背一转，震得卞清璇手臂发疼，不得不退离师萝衣几步。卞清璇目光盈盈，委屈极了。

"小师妹。"师萝衣扬了扬唇，说，"师姐今日心情好，小惩大诫，下次离我远点，你再碰我，我还砍你。你若要哭，可以开始了。"

姜岐远远看着，不觉眼里带上了笑，这"小可怜"还挺可爱的。

卞清璇憋红了脸，被她一句话堵回去，哭也不是，不哭也不是。

黄昏时分，弟子们终于散学，丁白捧着腮，忧愁地看了屋里一眼。

以往这个时间，公子都会去墙外听弟子们说话。然而他已五日卧床不起了，该不会真出什么事吧？

卞清璇沉着脸出现，嗅到空气中的血腥气，脸色更难看。她一把推开门，走到榻边。

卞翎玉仍在看他那几本书，她劈手试图夺过来，卞翎玉看她一眼，道："出去。"

卞清璇气道："人家装病，今日便活蹦乱跳，偏你上赶着放血喂那个小蠢货，呵，不知是犯贱还是可怜！"

卞翎玉盯着她看，半晌没说话。

卞清璇在他目光下，声音低下去，咬唇道："哥哥，我也是为你抱不平。即便你这样待她好，她仍旧不会喜欢你的，你何不看看我？"

卞翎玉垂眸，翻过书页，淡声道："大概我更喜欢犯贱。"

卞清璇一噎。

"你们的事，我这个废人如今管不了，你输了，也别气急败坏地过来刺激我。"他讥讽道，"我何时说过要她喜欢我？滚吧，少来烦我。"

再让他掺和她们的破事，师萝衣再敢因为那种理由……他怕他会忍不住把她们全都掐死。

师萝衣与张向阳对战之事很快便在宗门传开。

好在这次不是在说师萝衣是废物，大家都在揣测，张向阳提升修为的聚灵丹从哪里来，又为何要针对师萝衣？

涵菽作为丹阁阁主，需要给师萝衣一个交代。

她为此来了一趟，肃然道："张向阳始终不肯说，我检查过，丹阁中的聚灵丹并未丢失，张向阳的丹药若不是历练时从别处得来的，就是宗门中有丹修炼了聚灵丹，但并未上报。"

师萝衣也觉得古怪，说："据我所知，宗门中会炼聚灵丹的长老，除了涵菽长老您，是不是仅四位副阁主？"

涵菽说："是，我找他们谈过话，他们都不认识张向阳。"

"有没有可能，丹阁有其他弟子会炼聚灵丹？"

"不可能！"涵菽一口否定，"炼制聚灵丹至少需要分神期的修为，丹修大部分时间花在炼丹上，修为进境缓慢，我尚且没有传授任何弟子炼制聚灵丹的法子。"

师萝衣也不禁蹙起眉，如果涵菽没教，卞清璇又怎么会炼制？难不成是她历练时得到机缘，并未上交宗门？

"你怀疑什么？"涵菽问。

"我先前以为是卞清璇，后来听您这样说，又觉得不是她。她应当

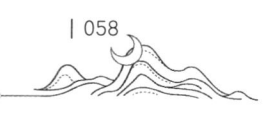

不会炼聚灵丹。"

听见卞清璇的名字，涵菽神情也变了变。

对于这个小弟子，她心情复杂。

涵菽惜才，她认可卞清璇的实力，也欣赏卞清璇的天赋。

卞清璇是少数能兼习丹修与剑修的人，这样的天才，千年也难出一个。

然而这个弟子虽看上去纯善，但涵菽却总能从那双眼睛中看出戏谑之意。她对待涵菽发布的炼丹任务，每每十分轻慢。

卞清璇心里对待炼丹并无认真与虔诚，这一点令涵菽十分不悦。

然而她每每训诫，卞清璇便委屈得泫然欲泣，令涵菽十分头疼。

师萝衣提出的猜测，让涵菽陷入沉思。

她明知不太可能，却又无法解释卞清璇的异常。

难道这世间真有能无视法则炼丹的天才吗？

涵菽只得对师萝衣道："我会留意丹阁近来的动向，调查张向阳一事。你也要多加小心。"

辞别了涵菽，师萝衣也就没有再过分纠结这件事。

她前世见识了太多怪事，甚至开始怀疑自己是个废物，卞清璇才是真正的天才。

她堕魔后依旧遵循爹爹教诲，清苦修习，却发现这世间大多数人的资质都不如她。

师桓也曾说过，她是一名出色的刀修。

她没法和卞清璇比，既如此，就与自己比。

前世她心绪被干扰，花了整整六十年的时间才进入元婴期，这辈子，她觉得自己这样下去，只需十年便可有所突破。

刀修就这点好，心胸阔达。

若其他人堕魔，恐怕心魔会生生世世跟随，然而师萝衣前世修魔的时候也从未彻底自暴自弃，她一直在试图对抗心魔，不愿成为杀生的傀儡。

重来一次，她更警醒，日日都在修炼法诀。

她明白心魔随时会出现，但断不可再次入魔，她一定要找到消除心魔的方法。

◇肆◇

穿云宗

一月，大雪仍旧纷纷扬扬，外门弟子的日常工作多了扫雪。

弟子们不耐烦做这样的杂事，扛着扫帚，说起了近来的一件怪事。

"前几日有穿云宗的弟子前来，也不知发生了何事。"

"穿云宗？"

"对，南方的一个小宗门，远远比不上咱们蘅芜宗，你不知道也正常。"那提起话头的弟子说，"他们宗门向来闭门造车，连五十年一次的宗门大比武都不参加，此次派人来蘅芜宗，不知发生了什么事。"

丁白在门口听见了，撒腿往屋内跑。这个月卞翎玉在养伤，丁白无事可做，干脆自作主张把听来的话转述给卞翎玉听。

他不知卞翎玉想听的是什么，便把所见所闻尽数相告。

他说的往往都是一些闲事，比如哪个男弟子给女弟子送了法器，东苑的弟子为了一株灵草与西苑的弟子打了起来……林林总总，听得卞翎玉总会不耐烦地评价他聒噪。

丁白得了乐趣，倒也不介意卞翎玉的冷淡。

但他把今日的见闻一说，卞翎玉却抬起眸，若有所思：

"穿云宗……"

"公子，你知道穿云宗啊？"

"不知。"

"哦。"丁白摸了摸后脑勺，门派来了生人，他一个孩子自然好奇。他还指望着卞翎玉给自己说一说穿云宗的来历，没想到卞翎玉根本没有与他聊天的打算。

好在下午卞清璇来了，丁白喜滋滋地迎上去："师姐！"

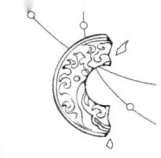

卞清璇给他一瓶丹药,这是丁白照顾卞翎玉的报酬,丁白小心地收起来。小少年未雨绸缪,这些可都是他为将来娶道侣攒的本钱!

"丁白,把门关上。"卞清璇进入院中,她知道卞翎玉不喜欢自己说废话,开门见山道,"人间清水村出事了。"

她神色凝重,把穿云宗此次的来意告诉卞翎玉。

原来,三个月前,穿云宗山下一个叫"清水村"的村子发生了一件怪事。一连十来日,都不见人从村子里出来。

本来这倒并不算稀奇,毕竟比起京城与县城,小村人口并不多,加上凡人不比修士,他们若没有大事,往往很少出村子。

然而怪就怪在清水村有一户人家嫁女儿,外村的新郎官清晨带着迎亲队伍进了村子,天色暗下来,也不见他们接了新娘出来。

邻村的百姓觉出异样,前去寻人,然而清水村就像一张巨口,贪婪地吞噬着所有进入小村的人。陆陆续续进去的百姓,无一人出来。

大家这才意识到不妙,心知这些人恐怕遇上邪祟了,连忙向穿云宗的修士求助。

穿云宗一开始没觉得这是一件大事,妖物作祟,修士们司空见惯,却不料这仅仅是个开始。

进入清水村的仙门弟子,也像普通百姓一样没了音讯。那队弟子中,甚至还有穿云宗宗主的儿子。穿云宗修士再不敢贸然前去,只得放下身段,向蘅芜宗求助。

卞翎玉听她说完,神色也凝重起来:"你怀疑是不化蟾?"

卞清璇点头,讽刺道:"若真是不化蟾,蘅芜宗的弟子前去,也是送死。偏偏那群蠢货不知道其中厉害,已经答应去清水村一探究竟,把穿云宗的弟子救回来。"

卞翎玉沉默。

卞清璇问他:"你会去吗?"

"给我炼些涤魂丹来,越多越好。"听他这样说,卞清璇便知道他要去,心里并不怎么意外。卞翎玉吊着这最后几口气,就是为了灭掉这些畜生。若不化蟾成长起来，会是人间劫难。

说起正事，卞翎玉倒是不烦她："我此去清水村，蘅芜宗那边，你去解释。"

"好。"

"你还需去做一件事。"

卞清璇看过去，听他道："不管你用什么办法，不许师萝衣去。"

"好。"她脸上露出笑意，立刻答应。卞清璇也不想他们多相处，眼见卞翎玉就要死心，最好少让他们见面。

从清水村回来，他只会更虚弱，届时就会放弃了吧。

师萝衣一定得去清水村。

旁人不知道那东西的厉害，可是她知道。进入清水村的那些穿云宗弟子，此时恐怕已经死了。

师萝衣上辈子九死一生从清水村出来，才知道那个东西叫作不化蟾。那一次不仅牺牲了许多弟子，涵菽长老也永远留在了那里。

既然要改命，她就一定得去，能救多少救多少，她还要把涵菽平安带回来。卞清璇不在意涵菽的生死，可师萝衣在意。

心魔发作三次，便会彻底入魔，能不能压住心魔，不让它再次出现，清水村之行也是关键。

因此在穿云宗弟子来的第二日，她便去寻宗主。

宗主居高临下地看着她，眼中意味不明："萝衣，你为何要去？你先前不是说，不要与同门一起做任务吗？"

师萝衣道："长渊师兄肯定要去，他去了，卞清璇大概也要去。我得去守着他！"

她语气理所应当，倒符合她的性子，宗主也不怀疑。

宗主无奈失笑："你啊！既如此，你跟着大家一起去吧，到时候要听长渊还有涵菽的话。"

"萝衣明白，多谢师伯。"

上辈子她也是用同样的理由跟去的，当时宗主毫不犹豫地答应了。师萝衣暗忖，宗主可能巴不得自己多出任务，多出意外，横死最好。

　　不过没关系，她会活得比他久，活到爹爹醒来的那一日！气死宗主这个道貌岸然的老王八蛋。

　　师萝衣前脚刚走，卞清璇后脚就来找宗主，可宗主有自己的考量，她自然是铩羽而归。

　　卞清璇面上恭敬笑着，心里却恨不得怒骂这个该死的老东西。但她到底只是个弟子，没法违逆蘅芜宗宗主，只得认下这个结果。

　　她心里生出几分不安，去清水村路途迢迢，路上会发生什么，不受她的控制。

　　想起卞翎玉，她的拳头微微收紧。

　　穿云宗的弟子早已心急如焚，因此第二日，众人便随着他们出发。

　　师萝衣拒绝了想要跟来的茴香，她知道自己如今不受待见，背着神殒刀，默默站在队伍的最后。

　　师萝衣一眼就看见了前面站着的卞清璇与卞翎玉，不由得微微睁大眼。

　　卞翎玉墨发冷眸，脸色仍旧带着几分苍白，正皱眉与涵菽说着什么。

　　师萝衣以前一直以为他病弱，无法站立，这样看来并非如此。他很高，卞清璇的个头在女修中就已算出类拔萃的了，比师萝衣足足高半个头，还让她一度为此很憋屈。然而卞清璇这样的个子，才堪堪到他肩上一指。

　　她用目光测了测，惊讶地发现卞翎玉竟比卫长渊还高一点。

　　站起来的卞翎玉，看上去挺拔俊朗。若非他没有佩剑，身上也没有修士的雄浑仙气，看上去也像名磊落剑修。

　　卞翎玉前世去过清水村吗？她隐约记得他是去过的，然而师萝衣当时就已经心魔横生，躁怨痛恨。她一心顾着消除心魔，生怕自己杀人，为了逃避自己犯下的错误，一直不愿去注意他。

　　师萝衣心道：他一个凡人，跟来做什么？况且，卞清璇向来看重这个哥哥,那么在意他的安危,怎么会把他带来?

许是她的目光太过直白,正在说话的卞翎玉顿了顿,朝她看过来。

"投毒"事件已过去了一个月,两人还是第一次见面。

四目相对,她又想起了那夜卞翎玉冰冷的手指,以及那手指捏她脸颊的疼。

然而他只淡淡地看了她一眼,眼中没什么情绪,倒显得师萝衣很奇怪。

她确实在意他的心思。她第一次见投了毒一点都不心虚的凡人,心里觉得好笑。

她性格其实很大度,如果一件事当时没有放在心上,事后也不会计较。卞翎玉虽然趁她受伤给她喂毒丹,但她允许他一切的复仇行为。

大家都站得离师萝衣远远的,这时候,一个弟子低声与同伴抱怨:"她怎么也来了,不会连累我们出事吧?"

师萝衣心道:好准的预言,竟然没法反驳。

"萝衣。"卫长渊冷冷看一眼那弟子,让师萝衣走到他身边,"你来跟着我。"

上次师萝衣向他解释,他当时虽然没说什么,却把这事默默放在心中。听师弟那般议论她,卫长渊心里升起一股愠怒。

就算现在的师萝衣为人不似以前,可她总是他从幼时带大的小妹妹,是他名义上的未婚妻。

卞清璇咬唇,念及卞翎玉就在旁边,沉默着并未出声,看起来倒是十分乖巧。

师萝衣看向卫长渊,这份关怀曾是她求而不得的。

上辈子她与他们同行,卫长渊极少注意她的情况,她满心煎熬地看着他与卞清璇相处,几乎委屈得红了眼。

然而她的骄傲不允许自己在大庭广众之下把他从卞清璇身边拉开,且她仍记得除妖要紧。

此刻,这份迟来的关怀却不再是师萝衣迫切需要的了。她摇了摇

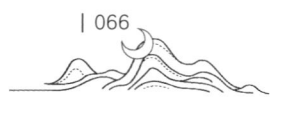

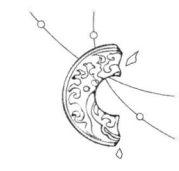

头,平静地说:"师兄,你领队吧,我跟着你们就好。"

她已经决定成全他,便不会耽误他去寻找想要的生活,不会再执着于融入他的生命。

卫长渊皱起眉。

涵菽道:"出发吧。"

师萝衣刚要跟上去,忽然意有所感,朝一个方向看去,正对上卞翎玉的目光。

他冷冷地看着她,不知看了多久。

很奇怪,师萝衣觉得他又不悦了。她忍不住困惑,方才自己做什么惹到他了吗?

可是她明明在和长渊师兄说话,什么都没对他做啊。

然而当她再看过去时,卞翎玉已经收回了目光。

明幽仙山在最北边,而清水村在极南之地。路途迢迢,纵然是修士,也得四五日才能到达。

赶了一天的路,天色暗下来,涵菽决定让弟子们先整顿休息。

他们歇脚的客栈常接待出任务的修士,老板娘生了一张圆脸,十分喜庆。她认得涵菽,推开小二,亲自过来迎:"诸位仙师大驾光临,小店蓬荜生辉。"

涵菽扔过去一块中品灵石:"我们会在这里住上一晚。"

老板娘喜笑颜开:"这边请,这边请。"

师萝衣被分到一间天字号房,人间年节将至,人人皆在家中团圆,街上张灯结彩,客栈里面却冷冷清清。

涵菽叮嘱诸位弟子,让他们不要去街上走动,明日天一亮众人便要出发。

师萝衣回到房间,打坐修习了一会儿,隐约觉得忘了什么,一时半会儿又想不起来。

直到风吹动她腰间丝绦,她看向肚子,意识到一个问题:他们赶了一日的路，却什么都没吃。

修士有了一定修为，几日不吃饭也不碍事，修为达到了合体期，便可辟谷，然而凡人一顿不吃便会饿。

他们一行人中，仅有卞翎玉一个凡人。涵菽带弟子出任务习惯了，又是个自律的人，从来不在人间吃喝，连带着跟着她的弟子也不会追求口腹之欲。

可是卞翎玉怎么办？

师萝衣前世极少会顾及他，也从来没想过这个问题。然而此时想到了，却发觉这个念头根本就止不住。

其实本不该她管，然而进屋之前，她不经意看见了卞翎玉的脸色，苍白至极。

卞清璇或许是不小心忘了，而卞翎玉一直没说话，没丝毫存在感，一副饿死都不会开口的样子。

师萝衣变得坐立不安，半晌，想到那双死寂的眼睛和自己造下的孽，最终还是认命地站起来，去寻店小二。

她再讨厌他们兄妹，也不至于看着卞翎玉饿死。

"小二哥，方便给我下碗面吗？"

店小二在客栈七八年，见过许多仙姿昳貌的修士，本以为见惯美色，早已波澜不惊，此刻见到师萝衣，仍是看直了眼。

他红着脸说："好，好，我这就去后厨和赵娘子说一声，仙子您且在这里等上片刻。"

师萝衣在大堂内坐了一盏茶的工夫，小二就端了一碗面过来。

师萝衣说："你把这碗面，送去天字寅号房。"

小二连忙照办。

然而没过一会儿，小二端着原封不动的面回来，苦恼道："仙子，小的敲了门，但里面始终没动静。"

没动静？不会饿晕了吧！

师萝衣心中一凛，接过小二手中的面，付了灵石，来到天字寅号房

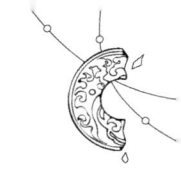

门口。她抬手敲了敲门,就像店小二说的那样,里面毫无动静。

师萝衣怕卞翎玉真的出了事,手中忙掐了个法诀,门应声而开。

她看见榻上一个隆起的身影。

她连忙把面放在桌上,走过去推了推他:"卞翎玉?"

他紧闭着双眼,满脸冷汗,师萝衣记起凡人会生病,用手背贴了他额头——

触感滚烫。

师萝衣无言,还真的发烧了!她正要出去给卞翎玉找大夫,却见他不知何时睁开了眼,而她的手也被握住了。

那只属于少年的手宽大滚烫,以占有的姿态,死死地把她的手包裹在掌心。

师萝衣愣了愣,犹疑地问:"你烧傻了吗,卞翎玉?"他向来对她避之不及,经过那件事后,估计都有心理阴影了,若他还有意识,碰到自己必定是厌恶的。

师萝衣看着他不太清明的双眸,十分头疼,修士不会生病,这种事她没经验啊!

出发前,卞翎玉让卞清璇炼制了许多涤魂丹。服下涤魂丹后,他能在白日行动自如,与常人无异,然而一到夜晚,丹药失效,他会加倍承受痛苦。

他如今的身体与凡人没有多大区别,傍晚便发起烧来。卞清璇没管他,卞翎玉自己也不甚在意,他们从来就不会在意这点小事。这样的疼痛,卞翎玉这些年也习惯了。

总之天一亮就没事了。

卞翎玉烧得脑子有片刻不清明,依稀听见了师萝衣的声音,一开始以为不过是一场梦境。他心中讥讽,若非梦境,师萝衣不可能出现在他身边。

其实这两年,他已经认清现实,极少再做这样充满妄念的可笑的梦了。

他顿了顿，凭着本能与渴望，握住了那只覆在自己额头上的手。

掌中柔荑微凉，带着女子独有的柔软。他几乎立刻清醒了过来，这不是在做梦！

卞翎玉滞了片刻，薄唇微微抿了抿，难堪地想要松开手。

恰巧这时，少女俯身，在他头顶略微困惑地问："你烧傻了吗，卞翎玉？"

这句话，仿佛一颗邪恶阴暗的种子，让他中止了原本的动作，抬眸朝她看去。

她低声喃喃道："真的烧傻了啊，看我的眼神都变了。"

卞翎玉沉默着。

少女是刀修，修行十分认真辛苦，从不因为高贵的出身而懈怠，因此掌心有薄薄的茧，但他握着，仍旧觉得这是一只过分柔软细腻的小手。

卞翎玉从未与她这样和平静谧地相处过，他带着一丝窘迫与难堪，忍不住想她为何会来。

希冀的种子，在他的心中生根发芽，他的掌心微微汗湿，呼吸也加快了几分。

"你还认得我是谁吗？"她的声音混着窗口吹进来的风，透着低柔的甜，她用另一只手推了推他，诱骗小孩般说道，"我现在去给你找大夫，我们说好了，我带你看好了病，你就忘掉四个月之前的那件事，好不好？"

她眼睛晶亮地看着他，期待他在这种不清醒的状态下点头答应。

卞翎玉心里才发芽的种子被生生扼死，他唇角泛出冷笑。

他自然看出师萝衣先前是因为心魔发作才会来找他。师萝衣生来就是天之骄女，轻狂骄傲，却又正义天真，勇敢无畏，指望她愧疚至死恐怕不行，修士向来没有那般怜悯凡人。这并非她一个人的观念，而是如今修真界的弊病。

她会来，大抵也是少见的愧疚作祟，但这无异于提醒卞翎玉，她有

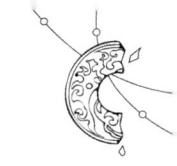

多么厌恶与懊悔先前与他发生那种事。

可是卞翎玉又无法就此松手,让师萝衣滚出去。

他不得不承认自己贪恋这点虚假的温情。

他上山三年,她的目光从未分给他。原先他的身子比现在还糟,几乎全身骨头碎裂,但仍咬牙来到明幽仙山。他终于见到了她,却发现她的眼里只有卫长渊。

他们青梅竹马,两小无猜,他亲眼见她扑进卫长渊怀里,那少年含笑接住她。

少女裙摆翩飞,笑语晏晏,卞翎玉握紧了拳。

恶心,恶心透顶,他恨不得用世间最恶毒的言语,来掩盖自己快要收不住的嫉妒,他最终只能选择眼不见心不烦!

后来,卞清璇与师萝衣争斗不断,师萝衣有时委屈得快要垂泪,有时又对着卞清璇张牙舞爪。

卞翎玉始终远远看着,他明知师萝衣厌恶卞清璇,却又忍不住觉得,能像卞清璇那样也很好,至少在师萝衣的生命中,她成了无法抹去的痕迹。

师萝衣又道:"你不说话,我就当你答应了。"

答应了?然后又是三年不复相见?等到下次她被卞清璇气得走投无路,又来找自己发泄?

卞翎玉真想从她身上撕下一块肉!

师萝衣见他目光变冷,就知道不妙:"唉,你……"

她想要把手抽出来掐住他下颌,但又怕不知轻重伤到了病人,犹疑之下,手已经被他拽到了脸边。

师萝衣心道倒霉,卞翎玉就算病傻了,也没忘记找自己报仇!怪不得他拽着自己不放手,原来是想从她身上咬下一块肉!

她紧紧抿唇,别开头,等着疼痛到来。她想,算了,咬一口就咬一口吧,不碍事。

然而等了许久,她并没有感觉到痛,手背上传来滚烫柔软的触感,是卞翎玉的唇。

师萝衣愣了愣，却见卞翎玉已经松开了她，不知何时闭上了那双狭长冰冷的眼，昏睡过去。

她连忙抽回手，心道好险，差一点她就要被咬一口了！还好卞翎玉昏睡得及时。

师萝衣不敢再耽搁，打算出去给他找大夫，怕他真的病死了，然而才打开门，就撞见了卞清璇。

卞清璇目光微冷，看了看打开的房门，又看了眼出来的师萝衣。

她吸了口气，挤出一个甜美的笑容："萝衣师姐，你找我哥哥做什么？"

师萝衣觉得她的演技真拙劣，为何偏偏有那么多人上当呢？但她如今已经没了用卞翎玉来气卞清璇的想法，便收起情绪，面无表情地回答她："不做什么，他生病了，你最好去看看。"

卞清璇说："放心，哥哥的身体我清楚，他从小就这样，天亮就没事了。萝衣师姐不必费心。"

师萝衣颔首，回自己的房里去。她不担心卞清璇会害卞翎玉，既然她都说没事，那应该没什么问题，卞翎玉应该也不希望自己多管闲事。

卞清璇走进房间，一眼便看见了桌上的面。她皱起眉，心中涌起不安与不悦，放轻了脚步，走到床边。

床上的少年闭着眼，眉眼清隽，好看得令人心醉。

卞清璇抬起纤长的手，想要去触碰他的脸，然而却在快要碰到他的那一瞬，手上一痛。

"啊！"卞清璇惊呼一声。

少年修长苍白的手上不知何时生出冰冷银白的骨刺，卞清璇的手心被生生刺穿，鲜血汩汩流下。

卞清璇捂住自己的手，恨恨地看过去："怎么，不装睡了？"

骨刺慢慢缩回卞翎玉的身体，他冷声道："别自讨苦吃。"

卞清璇右手鲜血淋漓，但她没立刻止血，见卞翎玉的目光落在桌上

那碗面上，心中一紧。

她收起愤恨之色，笑盈盈道："哥哥，你还真以为那小蠢货会关心你？你许是不知道，前几日长渊师兄回山门，因为她装病一事，与她吵了一架。"

卞翎玉面无表情，卞清璇讽刺一笑，说："长渊师兄为了维护我的名声，必定训斥了她，她心中不舒服，才又拿你寻乐子。你莫不是忘记了数月前的教训？她只有在我这里受了气，才会来找你。"

卞翎玉看她一眼："说完了吗？"

卞清璇蹙眉。

"说完就出去。"

卞清璇见他神色很是平静，也不知有没有被自己的话刺激到。

她摸不准卞翎玉是真不在意，还是装不在意。见他冷冷看着自己，手上又确实很疼，只得捂着伤口回去上药。

卞翎玉在桌边坐下。

窗户半开，隐约能看到外面带着年节氛围的灯火。夜风吹拂在身上，他滚烫的身体感觉到了些许凉意。

他注视着桌上的面条许久，拿起筷子，沉默地把那碗已经坨掉的面吃完。

人间清晨的第一声鸡鸣响起，天色还未大亮，涵荍就准备携众弟子继续行路。

师萝衣修炼了一夜，出门前看了看天色，此时还未到卯时，也不知昨夜卞翎玉病得那么重，今日还能否跟他们一起上路。

然而她到了大堂，发现卞翎玉已经坐在窗边喝茶，大堂中还零星站着几个弟子。

卞翎玉在一行人中气质极为特殊，作为一个凡人，他显然不怎么能融入修士们之中。

师萝衣听见有个弟子小声说："一个肉体凡胎的病秧子，也不知道跟去做什么。"

"算了,他是小师妹的兄长,小师妹让他去,肯定有一定的道理。我先前听见小师妹同涵菽长老说,他儿时似乎见过这种妖物,说不定有破解之法。"

另一个弟子半信半疑,恰好这时,卞清璇从楼上下来,两个弟子立刻眼睛一亮,走到她跟前。

他们聊的无非是闲事,卞清璇耐心地听他们讲话,还拿出几瓶自己炼制的伤药要送给他们。

卞清璇道:"我兄长身子不大好,给诸位师兄添麻烦了,还请师兄们多多照拂。"

两个弟子不肯要她的丹药,迭声道:"师妹言重,他既是你的兄长,那他也是我们蘅芜宗的人,若他有什么需要帮助的,我们义不容辞。"

卞清璇仍坚持要把丹药送给他们。二人推脱不过,只好收下。

师萝衣背着神殒刀,偏了偏头。她生来不会讨好人,也没有卞清璇这样的玲珑心窍,难怪没有卞清璇人缘好。

与卞清璇不同,师萝衣立在晨风中,像一枝挺立的竹,又似骄傲的白杨。

绾荨公主死得早,师萝衣的爹爹是个爱女如命的天才刀修。父女二人如出一辙地带着刀修特有的仗义与骄傲,直来直往。

卞清璇安抚好不满的弟子,卫长渊和涵菽长老也来到了大堂。

卞清璇拎着裙摆,笑盈盈地迎上去:"师尊。"她对涵菽行过礼,又道:"长渊师兄。"

涵菽清点了一番人,见大家都准时到了,便道:"出发吧。"

他们保持着同样的行进速度,在第五日正午,抵达了苍山村。

苍山村就在清水村隔壁,两个村子,从名字上便知一个依山,一个傍水,钟灵毓秀。

此时苍山村的村长正带着一大群人在村口翘首以盼,见到涵菽等人,连忙要给修士们下跪,口中喊着:"仙长救命……"

涵菽一抬手,一股无形的力量托着众人的膝盖,没让他们跪下去。

"不必这般,我们来清水村就是为了除去邪祟。发生了何事?你们且细细说来。"

年迈的村长擦了擦额上的虚汗,满脸凝重之色,把这几日发生的事说了一遍。

原来,在清水村发生怪事以后,隔壁苍山村的百姓也不敢再靠近清水村。

两个村子以界碑划分。

先前清水村的边界处,弥漫着一层薄雾,那雾气十分古怪,看上去十分浅淡,然而扔进去的物事再也寻不到。

数日前,雾开始不断向苍山村扩散,住在村子边界的村民仓皇地搬离了那里。

雾气如一张贪婪的嘴,不仅吞噬了清水村,如今还威胁着隔壁的苍山村。不少村民已经吓得拖家带口逃命去了。

村长的白胡子颤了颤,满脸恐惧之色:

"剩下的村民都只敢挤在远离雾气的地方住。我们世世代代在苍山村居住,这里就是我们的根,若非万不得已,谁也不想离开这里,唉……"

若清水村和苍山村只是一个开始,之后雾气不断扩散开来,里面究竟有什么,谁也不清楚,该是件多么可怕的事?

涵菽也没想到,他们赶路的短短几日,就发生了这么大的变故。

众人原本想直接进入清水村,此时不得不暂时留在苍山村,查探吞噬村子的雾到底有何古怪。

"村长可否带我们去看看那雾气?"

"自然,自然,仙长请跟老朽来。"

村长带着众人来到雾气与村子交界处:"仙长请看,就在此处。"

果然如村长所说,那雾气虽然看上去白茫茫,但不失清透,众人甚至隐约能看见它笼罩下的几处苍山村的房屋。

卫长渊沉吟着,掐了个真火诀:"去!"

作为天生剑骨的剑修，他的灵力磅礴而纯正，真火触到雾气，本该立即驱散薄雾，然而令人惊讶的是，雾气不仅没有散去，还在无声无息地扩散，燃烧着的真火也不见了，就像一滴水落入池塘，悄无声息地被吞没。

这下所有人的脸色都难看起来，真火都驱散不了的雾，还是雾吗？

大家俱往后退了退。

师萝衣早早就料到了会如此，前世众人想进入清水村，也被这雾气所阻拦。

当时众人在苍山村困了数日，才想出进去的法子，那时候清水村的情况已经非常糟糕。

师萝衣道："雾气最早出现在清水村，现在虽然扩散，但十分缓慢，想必它并不能为所欲为，需得在一定条件下才能扩散，我们找到它倚何物而生，说不定便可驱散它。"

涵菽问："你有什么看法？"

众人都看过来。师萝衣说："水。清水村与苍山村最大的区别就是清水村建在水上，四处都是水田，而苍山村远远没有那般湿润，因此扩散受阻，速度缓慢。"见大家都没有反驳，她继续说，"若真是这个道理，五行相克，长渊师兄的真火对雾气没用便也能解释得通。"

涵菽思考一番，道："你的推测并非没有道理，苍山村周围没有水，但有山石和林木，可见它或许能从林木间汲取水。"

那么，众人想要阻止雾气继续侵蚀苍山村，便得想办法将雾中的水散尽。眼见没有别的法子，涵菽决定试试五行相克。金克木，木克土，土克水，水克火，火克金，她便带着弟子们在雾气周围布下旱土阵法，此阵可引方圆数十里的水流入阵中。

这办法到底行不行得通，看明日一早雾气退不退便见分晓。

众人布阵的时候，卞翎玉便站在一旁。他黑色的眸子一片冰冷，视线落在远处的薄雾中，仿佛要看清迷雾。

卞清璇趁众人不注意，走到他身边，低声问："如何？"

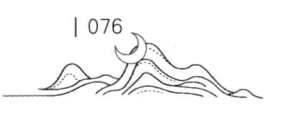

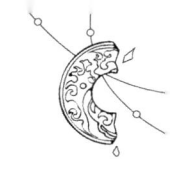

"龙脉。"他言简意赅。

卞清璇有些惊讶，清水村这破地方竟然蕴藏着龙脉？她蹲下，掌心贴地，果然隐约感觉到了雄浑的灵力。

卞清璇心里一沉，低低骂道："看来还真是不化蟾那种鬼东西。它们倒是会找地方，在如此荒凉的小村子里寻到了龙脉。"她问卞翎玉："你如今有多大把握对付它们？"

卞翎玉沉默片刻，他宽大的袖子下，冰冷尖锐的银白骨刺被薄雾激得凸起，不太受控制："三成。"

卞清璇目光幽幽，看向师萝衣，张了张嘴，想说实在不行的话，就去取些师萝衣的血吧。然而看见兄长沉默冰冷的模样，她到底什么都没说。

三成肯定不行，既然他不愿意取，那她就找机会去取！

旱土引水，需要好几日的时间。苍山村的百姓心中惶惶，生怕仙长们丢下他们离开，连忙邀请修士们去他们家里住。

村长也忙道："村里还有几户人家的家中能住人，可供仙长们暂时休息。"

其实修士随便找个地方歇一晚都不碍事，然而涵菽视线掠过一张张不安疲惫的脸，心里叹了口气，道："好。"

所有人都怕在睡梦中被雾气吞噬，已经数日没有休息好，留在村里的人，如今都无处可去。

村民们见涵菽应允，舒了口气，七嘴八舌地邀请仙长们去自己家中住。

如今能住人的房屋已然很少，涵菽道："听村长安排吧。"

村长连连点头，很快便分好了住所，前来支援的一行人大多都是男子。包括涵菽在内只有四名女子，其余三人分别是师萝衣、卞清璇，还有个剑阁副阁主李飞兰。

村长看只有两个年轻姑娘，以为她们关系不错，便让师萝衣与卞清璇住一起。

师萝衣抿起唇，十分不愿意。卞清璇唇角的笑容倒深了些，笑盈盈地道："好呀，我正好与萝衣师姐做个伴。"

倒是卫长渊还有另一个冷冰冰的声音同时道："不行。"

卫长渊知道她们俩不和，生怕在这个关头闹出什么事，说："萝衣去和涵菽长老住，小师妹与李长老住，可否？"

所有人都没说话。卞清璇看了一眼卞翎玉，见他冷冷看着自己，只好勉强对卫长渊道："我听长渊师兄的。"

"萝衣？"

"好，我没意见。"只要别让她与卞清璇朝夕相对就好，她讨厌卞清璇，生怕自己控制不住心中旧恨，半夜一刀劈了她。

伍。桃木剑

人间的冬夜听不见虫鸣，只有鞋子踩在积雪上发出的嘎吱声。

涵菽并没有待在屋子里，而是出去察看旱土阵了。师萝衣枕着手臂，辗转难眠。

她心里恐惧即将进入的清水村。若说小师妹的到来使她原本的人生变得一团乱，那么清水村便是其中最大的转折。

原本她的心魔还能控制得住，可是在清水村眼睁睁看着涵菽长老因自己而死，她愧疚难当，心魔愈重，越靠近清水村就越紧张。

她怕自己无法改变这一切，不能及时救回涵菽长老。

羊圈里有小羊冷得在叫，师萝衣睡不着，今夜注定无心修炼，干脆披上衣衫，出去走走。

村里还能住人的房子都离得不是很远，她没想到刚走几步，就看见了卞翎玉被刁难的场面。

师萝衣下意识躲了起来。其实她也想看看卞清璇的兄长会怎么应对这种情况，毕竟在她想来，妹妹一肚子坏水，兄长应当也有自保能力才是。

村口有一棵古老的榕树，四季常青。哪怕在最冷的冬日，也仅仅是树干褐色加重，少了些垂落的气根，看上去仍旧枝繁叶茂。师萝衣掐了诀便隐在树冠中。

她垂头看过去，卞翎玉正坐在院中削着什么，与卞翎玉同屋的薛安从屋子里出来，拎着一壶冷水，从卞翎玉的头顶浇下。

薛安靠在门边，嗤笑道："早就看你不顺眼，敬酒不吃吃罚酒，小师妹的心意，是多少人求而不得的东西，偏你一个病秧子百般践踏！兄

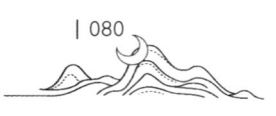

长?你真是小师妹的兄长吗?我怎么听说,卞家只有一位亲生小姐和一个捡来的小畜生?"

冷水从卞翎玉乌发上滴落,再顺着他漆黑的长睫滑下。他抬眸去看薛安,眸光极冷。

薛安笑道:"怎么,要和小爷动手?"

师萝衣手指握紧树干,那一瞬间,她也觉得卞翎玉会还手,然而卞翎玉却并未说什么,甚至没有擦脸颊上的水,只是身着半湿的衣裳,走得更远些,来到她身处的榕树下,继续削他手中的东西。

师萝衣定睛看去,发现卞翎玉在专注地削一截桃木。

冷水很快在他长睫与衣领处结成了霜,他却仿若不觉,掌中的桃木剑逐渐成形。

薛安站在门边,本来打算不让这个凡人回屋子,刻意给他难堪,没想到卞翎玉看上去根本没有回屋的打算。他心里不得劲儿,只得低低咒骂了一句:"懦弱,晦气,还以为这破剑能在清水村中保住你?"

话里的侮辱意味太重,师萝衣听得都忍不住皱起了眉,树下的少年却仍旧充耳不闻,如寒石雕就。

不得不说,师萝衣对薛安这个人印象极深。他是最喜欢卞清璇的弟子之一,前世也死在了清水村里!

三年前卞清璇第一次上山,薛安便对她死缠烂打。

与其他弟子不一样,薛安的家世极好,他父亲与蘅芜宗宗主有亲,私下可叫宗主一声叔父。他母族是赵国的皇族,而且赵国不似南越这样的小国,规模更大,皇族权势更重。

但师萝衣有个道君父亲,因此论起出身与家世,薛安虽比师萝衣差了些,但也是弟子中的佼佼者。

前世,薛安就像卞清璇手中一把无往不利的刀,暗中对付与卞清璇有龃龉之人,师萝衣也被他使过一两次绊子。她不喜薛安,想到薛安是宗主的侄子,心里便更加厌恶。

但师萝衣万万没想到,薛安私下会如此对待卞翎玉。从他口中说出的卞家兄妹的身世更令她极为惊讶。这是师萝衣第一次从旁人口中听来关于卞翎玉身世的只言片语。

听薛安的意思，他应当调查过心上人卞清璇的家世背景，从而得知卞翎玉只是卞家养子。难怪薛安不像旁的弟子那般买账，反而暗中刁难卞翎玉。

可他们的身世真的是这样吗？

师萝衣前世堕魔后也调查过他们的来历，那时已经过去了几十年，卞家老宅早被马贼洗劫，一片荒芜，无法考据。

加上卞清璇太在乎这个哥哥了，简直比对亲哥还亲，外人根本不会怀疑。

师萝衣的刀通晓主人心意，一直朝着薛安蓄势待发。她无奈地将刀握紧了些，在心中默默安抚它："嘘，安静，我们再看看。"

薛安倒没有再做什么，把门关上，俨然一副今夜不准备让卞翎玉回屋的样子。不知他是无知还是恶毒，若真让卞翎玉一个凡人穿着湿衣裳吹一夜冷风，恐怕得要他半条命。

屋外如今只剩躲在树上的师萝衣与树下身穿银白衣衫的少年。

前世师萝衣鲜少有机会去了解卞翎玉，加上围绕在卞清璇身边的所有人几乎都对自己有恶意，师萝衣便默认卞翎玉是卞清璇的"好兄长"，跟她同声共气。

可是方才听薛安说，卞翎玉并不在意卞清璇的心意。

她心里生出几分好奇来，这世上还真有人不喜欢卞清璇？而且这人还是与卞清璇朝夕相处的哥哥？

苍山村的夜晚寒凉，羊圈中的小羊蜷缩着往母羊怀里躲，委屈地咩咩叫。

村民自顾不暇，来不及修建更温暖的羊圈，因此才出生不久的小羊很是可怜。

师萝衣眼中，树下的少年，也如小羊一样可怜。

他脸色苍白，手指冻得通红，没了卞清璇在身旁，人人皆可欺辱他。

在一众修士中，一个凡人，重复着日复一日的孤单生活。

卞清璇对他的那些关怀，在别人看不见的地方，就成了指向他的毒刺。只有在卞清璇身边，他才能安全、平和地生活。

按理说，他应当会更加依赖卞清璇。

可他并没有。他像一轮迟暮的明月——这个形容十分怪诞，可师萝衣忍不住这样想，树下少年俨然就是一轮快要坠落的、孤冷的月。

她看他沉默而平静地削剑，成为魔修后几乎快泯灭的良心在这个时候不合时宜地生出，她心里骤然有几分不自在。

师萝衣从未这般清醒地意识到，来明幽仙山的三年，卞翎玉不过一介凡人，什么都没做，却因为身为风云人物的妹妹，同时被喜爱卞清璇与厌恶卞清璇的人针对。

过去的自己何尝不是另一个薛安？同样因为卞清璇做的一切，理所应当地对他施以恶意。

师萝衣心中微微窒闷，苍山村风雪肆虐，树下的少年病骨支离。

少女注视他良久，默默地在掌中掐诀，以老榕树为中心，为树下的人隔绝了风雪。

她看见卞翎玉认真削桃木的动作，觉得这个人又冷又傻。

她心想，削桃木有什么用呢？他还不如真像薛安说的那样，乖乖跟紧他妹妹，寻求卞清璇庇护。

怕他这么笨会被冻死，她也只好在树上待了一晚，看他不眠不休地削桃木。

榕树下，卞翎玉削桃木的手顿了顿。

涤魂丹的作用一到夜晚便会消失，那丹药就像催命的毒，提前消耗他的身体，也注定对他越来越没效果。骨刺早已缩回他的身体中，蚀骨的疼痛密密麻麻，他如今跟普通的凡人没两样，甚至更加虚弱。

他已困在这样无力的身体中数年，连薛安都对付不了。

不过他也不屑于对付薛安这样的家伙，他此次的目标，是为祸人间的不化蟾。

卞翎玉知道卞清璇在等什么，她在等他死心，在等他回头，放下心里那个永远不可能看他一眼的人。

卞翎玉听说过凡人熬鹰，他就如一只卞清璇打算生生熬到臣服的烈鹰。

他有时候也不知道自己到底能等那少女多久，三年，五年，还是十年？

他其实也没想过要一个答案。

兴许他生来骨子里偏执、傲慢，纵然再厌烦自己，仍旧固执地停在原地。

风雪停下来的瞬间，寒意消散，丝丝缕缕的温暖回流进身体里。

卞翎玉握匕首的手紧了紧，以他此刻凡人的身体，他看不见阵法来源，也觉察不到五行运转，但他知道定有异样。

羊圈里的小羊还在可怜巴巴地叫，卞翎玉凭借强大、敏锐的直觉，抬眸朝树上看去。

然而榕树枝繁叶茂，他什么都看不见。

卞翎玉轻抿薄唇，眸中泛出凉薄的冷意。

树上的人会是谁？他蹙起眉，在心中琢磨出现在苍山村的人到底是正是邪。

卞翎玉掌心微微用力，不动声色地用桃木划破自己的手，令鲜血浸没桃木。他旋即重新坐回树下，等着那人露出马脚。

然而直到后半夜，始终不见那人有动静。

那个虚空中的法诀，温柔地让他免受风雪侵袭，安然过了一夜。

天亮之前，他觉察法诀消散，想来那人已经悄无声息地离开。

晨光熹微，天色渐明，卞翎玉吃下的大量涤魂丹再次在第一缕阳光洒向大地时生效。

骨刺不听话地从他袖中钻出，残暴地掠杀那人残存的气息。卞翎玉的身体越来越差以后，控制它们便不怎么容易了。

然而当骨刺触到昨夜少女的藏身之地时，便瞬间褪去了尖锐可怖的

刺,变成一截白骨,病态地将那一根树干死死地缠绕禁锢。

卞翎玉脸色一僵,意识到了什么,脸色有些古怪。

"回来。"他训斥。白骨不理他,贪恋地吸取少女残留的气息。

"我让你回来。"卞翎玉冷着脸,干脆掰断自己一截指骨。那白骨见他这样狠心,总算畏惧,放开树干,缩回他的身体。

卞翎玉捏着断指,就像过去几年那般告诫自己:你到底在想什么?纵然她掐了一夜的法诀,也绝不是在为你取暖。仙躯也会怕冷,别肖想,别抱期望,她有喜欢得想与之生死相随的人,别让自己落得更加狼狈不堪。

你那日那般欢喜,可最后得到了什么?

她与薛安并无不同,不管是喜是嗔,终归不是对你的情绪。她比薛安更加可恨!

他们这些仙门弟子,本就会在无聊时顺手玩弄凡人。

想通以后,他压下心绪,捡起地上削好的五把桃木小剑。

今日或许就要进入清水村,儿女情长对他来说是最遥不可及且没必要的东西。

师萝衣对他来说,没有那般重要,他还有必须做的事。

天亮之前,师萝衣回到了自己的屋子。

有了修士们的守护,苍山村的村民总算睡了这么多日以来的第一个好觉。

师萝衣踱步到旱土阵前,发现薄雾已经散去大半,心中舒了口气。看来有些东西并未改变,这令她多了几分救回涵菽的信心。

涵菽、李飞兰、卫长渊还有卞清璇,都在此处守了一夜。涵菽和卞清璇是丹修,丹修往往比刀修和剑修更擅长布阵。

李飞兰和卫长渊虽然是剑修,但比其他弟子修为高,于是便为她们护法。

弟子们都很关心旱土阵是否有用,安抚好了村民,全都早早过来查看。

薛安也起得很早，此时他们一拨人围在卞清璇旁边嘘寒问暖。

"小师妹辛苦了一夜，可有什么不适？"

"旱土阵法这么有用，小师妹可真厉害。"

"小师妹吃一些补气血的丹药吧，休息一会儿再过去。"

卞清璇连忙说："我不累，多谢师兄们的关怀。要论厉害，还是萝衣师姐更胜一筹，旱土阵可是萝衣师姐想出来的呢！"

师萝衣心想，来了，终于来了。

果然，弟子们立刻把不善的目光投向师萝衣。薛安眯了眯眼，道："她若不跟来，说不定我们便不会遇上这破雾，不用平白耽搁时间！你别总替她说话，我听说前段时日，她还把你打伤了。"

卞清璇无奈地叹了口气，道："那也是我不对，不小心摘了师姐的花，萝衣师姐一时生气才会……萝衣师姐，清璇已经知错了，你还在怪我吗？"

说完，她用盈盈可怜的目光看过来。

所有弟子一同看过来，仿佛师萝衣说一个"怪"字，他们就要冲上来鸣不平。

师萝衣冷着一张脸，她前世还会被气得恨不得抽她几下，此时却懒得看他们唱戏，转身就走。

她心里只剩一个疑问——卞清璇的这一招屡试不爽，这群弟子真的有脑子吗？

她曾经也试过辩解，试过对峙，甚至试过动手。可是不管她做什么，似乎都没用。

李飞兰在另一边观察阵法，见师萝衣黑着小脸，冲她笑了笑："心里不好受？来我这里坐。"

"没有。"师萝衣见到她，缓和语气道，"李副阁主昨夜也辛苦了。"

李飞兰的目光在弟子们中转了一圈，又看向阵法对面专注的卫长渊。她心里叹了口气，这么美的小姑娘，怎么总是不受同门的欢迎呢？

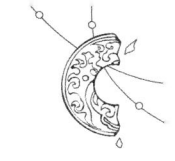

真是奇怪。两个少女横看竖看,也是身边这个耀眼。

纵然李飞兰在这样的年纪已识人无数,第一次在不夜仙山看见师萝衣的时候,也觉得十分惊艳。作为长辈,她有些心疼这个没了父亲庇佑的少女,于是宽慰师萝衣道:"没关系,长渊是个好孩子,他对你好就够了。其他弟子大多年纪还小,你以前在不夜仙山生活,与他们相处不多,他们自然与清璇亲近些。日后他们更了解你,便会喜欢你了。"

师萝衣因为她的和蔼与善意,心中暖了暖。可是她心中也清楚,卫长渊喜欢的也是卞清璇。

但师萝衣心中并没有太怨怼,方才她甚至没有因卞清璇而生气。

不管卞清璇如何表里不一,她确实认真守了一夜的法阵,也除去了不少妖物。三界需要这样的修士,这也是师萝衣不管前世今生,都鲜少对卞清璇生出杀心的原因。

师萝衣前世年纪小,脾气急躁,总是被三言两语挑起火气,简直是易燃易爆的炮仗。今生师萝衣打定了主意,就静静看着小师妹演。她倒要看看,小师妹能否凭借可怕的魅力征服三界。若真有那一日,届时她这个师姐一定给她鼓掌。

比起积极的弟子们,卞翎玉是来得最晚的一个。

然而他一出现,卞清璇便一改方才面对众弟子的不温不火,拎起裙摆,笑着迎上去:"哥哥!"

她一眼就发现了卞翎玉的异样,心疼地道:"怎么回事,昨夜你没有休息好吗?脸色怎么如此苍白?"

卞翎玉根本没看她,下意识朝师萝衣的方向看去。少女紧挨着李飞兰,抱着她的神殒刀,小小一团坐在阵眼处,仿佛在生闷气,一眼也不想回头看他们。

卞清璇眼里漾出笑意,面上依旧很甜,冲他伸出手:"哥哥为清璇准备的桃木小剑呢?"她心中却想,你越是这样,师萝衣越是不会看你一眼呢。

不过今日小孔雀没有当场发怒,倒真是出乎卞清璇意料了。看来这两年师萝衣终归有些长进，不会再轻易被激怒。又或许，只剩卫长渊才能触动她。

卞翎玉收回目光，眼神冷了冷，他知道卞清璇的手段，心中厌烦。然而大事要紧，念及此行必须除去不化蟾，他仍旧分了两把桃木小剑给她。

卞清璇皱起眉，不太满意："就两把？"她亲昵地凑近卞翎玉，压低声音道："你给萝衣师姐也准备了吧？唉，我的好兄长，她不会要的。你受得了被她拒绝吗？不如都给我，否则，我要是死在不化蟾手上了，你也脱不了干系。"

卞翎玉在这种时候最厌恶她，袖子下的骨刺战意腾腾："我只会给你两把，离我远一点说话，我不想在这里和你动手。"

卞清璇也不敢真的惹火了他，他说动手，可不只是威胁。她想起至今还没好的手伤，只好站直了身子。

然而卞清璇的目的已经达到，这一幕落在旁人眼中，便是他们感情深厚的证明。好些弟子都朝卞翎玉投来艳羡的目光。

卞清璇收起两把小剑，不动声色地笑了笑。旁人怎么想无所谓，师萝衣心里对卞翎玉有隔阂就好了。

唯一可惜的就是，怎么才两把桃木小剑？

卞清璇纤长的手指抚过剑身，觉察到内里磅礴的灵气与血气。她轻轻"啧"了一声，她这个不善言辞、不懂女儿心的蠢哥哥，就算把这样好的保命符送出去，人家也不识货啊，大抵随手就会当废木扔掉吧。

师萝衣念及两位长辈辛苦，在李飞兰的指导下，替她们守了一日的旱土阵。

雾气散得很快，过了今夜，明日就能顺利进入清水村。

傍晚她回到农舍，意外地发现桌上多了三把桃木小剑。她轻轻地"咦"了一声，拿在手中端详，发现有些眼熟，好像是昨夜卞翎玉一夜未睡削的桃木剑？

桃木小剑躺在她掌心，勾起了一些被她遗忘的记忆。师萝衣想起前

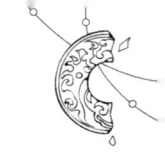

世进入清水村前，似乎也收到过这样的东西。

然而当时她看到卞清璇身上也配着这样的桃木剑，以为是他们兄妹故意恶心她，第二日便将桃木剑狠狠地摔在了他们面前，表示她的嫌恶。

当时卞清璇愣了愣，旋即笑了起来，而卞翎玉瞬间脸色惨白。

他抿紧了唇，一言不发。还是卞清璇捡了起来，叹息道："师姐这般讨厌这剑啊，可我却十分喜欢呢。"

当时师萝衣说了什么？她不屑地道："你喜欢，你就拿去，我不稀罕，少来恶心我。"

而今，同样的桃木小剑再次放在了她的桌上。此刻她觉得，或许这不是卞翎玉与卞清璇的恶意挑衅。

与前世不同，昨夜师萝衣亲眼见到了卞翎玉是如何削就它们的，他手上遍布木刺刮出来的伤痕，迎着风雪，整整一夜，一刻不曾停歇。

师萝衣犹豫了一下，将桃木小剑放在了怀里。

她不知卞翎玉是何意，他有意替妹妹与自己说和吗？也许上次他给自己毒丹被发现，怕自己再次在清水村中对他下毒手？

或许这是凡人想要的安全感？

师萝衣叹了口气，虽然……卞翎玉大概根本不知道，这样的小剑没什么作用。

她隐约知道很多凡人都很嘴硬，他就算怕死，或者害怕自己，也不会表现出来，还倔强得很，就像人间流浪的野猫一样，炸着毛吓唬人，其实没什么威慑力。

不管他是想讲和，还是想粉饰毒丹一事，既然他送了东西来，师萝衣也不想让他继续担惊受怕。母亲常教她要礼尚往来，她是否也该送个什么给卞翎玉，表示不会再伤害他？

但别指望她原谅和喜欢卞清璇，再来几辈子她都不可能与最讨厌的人和解！

第二日正午，雾已尽数散去。

卞清璇昨夜软声拜托了薛安好好照顾卞翎玉，薛安心里虽然不爽，但为了让卞清璇高兴，倒没有再故意为难他。

今日一早，他就暗示她自己已经照做，前来邀功。卞清璇面上笑着，心里却不怎么耐烦应付他：蠢人，真让卞翎玉没了行动力，你们都得死在这里！

她有些怵不化蟾，因此心中一直挂念卞翎玉做的其他几把小剑，她不信他会不留给师萝衣——以卞翎玉那孤傲的性子，大概又是偷偷塞给了小孔雀。

卞清璇冷笑，还真是自取其辱。

昨日她故意当着师萝衣的面向卞翎玉讨要桃木小剑，师萝衣既然听到了，肯定不会收下。

卞翎玉出门时，默然看了一眼师萝衣房门的方向。卞清璇扬了扬唇，他也知道自己会被拒绝吧？

没一会儿，师萝衣便推门出来了。

她仍旧穿着不夜仙山的衣裙，鹅黄小衫，碧色罗裙，淡粉披帛垂落，身后背着一柄如火长刀。

卞清璇在心里讥笑，没了娘亲、被爹带大的笨蛋刀修，连女子如何穿衣打扮都不懂，然而她又不得不承认少女那张脸该死地美丽，令人生厌。如此花哨好笑的装扮，穿在她身上，偏意外地可爱美丽，并无半分违和。

果然，她身边的弟子看着师萝衣，又开始恍惚——包括昨日还在领头讽刺师萝衣的薛安。

卞清璇沉着脸，烦躁地动了动袖子下的手指，打了个响指，他们总算回神，毫无察觉地错开目光。

卞清璇的目光落在师萝衣腰间，睁大眼睛，怀疑自己看错了——只见师萝衣碧色的腰封上，赫然整整齐齐挂着三柄桃木小剑。

卞清璇一看就知糟了，连忙朝一旁看去，卞翎玉的双眸也落在师萝衣腰间，长睫遮住了他的眸光，不知道他在想什么。

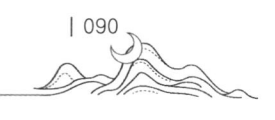

更糟糕的是，师萝衣还朝他们走了过来！

师萝衣说："卞翎玉，我有话同你说，你能过来一下吗？"

卞翎玉沉默着，万分不想过去。

在他眼中，前日夜里，师萝衣看见了他削桃木，今日找他过去，就只有一个可能——把东西还给他。

少女留给他的所有记忆，几乎都充斥着不耐、迁怒与拒绝，但他仍无声地跟了上去。

人间冬日，他只觉得掌心冰冷一片。

他们来到那棵榕树下，卞翎玉垂着眸，仿佛厌恨自己般等着再一次被刺痛。

风雪中，少女的披帛被吹得飞舞。她伸出手，掌心躺着一条与披帛同色的淡粉发带。她不确定地开口："谢谢你的桃木小剑，你的意思我大概懂了，我保证不会在清水村中伤害你。算来算去，还是我欠你的。我只有这个，它是不夜仙山的千香丝，能……嗯……"

师萝衣顿了顿，不太好意思说这个东西只能让我认出你。只有她自己知晓，进入清水村后，这个看似无用的物事，反而是对付不化蟾的好东西。

可她重活一世，无法解释自己如何知晓清水村里有什么，只得自暴自弃道："它没什么太大的作用，但它是我的回礼。不管我们之间有何恩怨，能活着回来，是如今最重要的事，我觉得你可能也这样想。那么你能暂且原谅我，收下它吗？"

她不确定卞翎玉会不会收，毕竟百年血灵芝都曾被他扔了回来。

卞翎玉久久未动，久到师萝衣以为自己又会被臭骂一通的时候，他手指颤了颤，伸手拿过了那条发带，低低道："好。"

这……这就收了？

卞清璇一双眼几乎冷得结了冰，她心中焦灼，仍觉得师萝衣一定会把桃木小剑给他扔回来！

然而他们走远，不知嘀嘀咕咕说了些什么。师萝衣回来时，腰间仍系着那三把桃木小剑。

卞清璇的心一瞬沉了沉，去看卞翎玉，发现他轻轻抿住唇角，出神地攥着什么。平日死寂冰冷的眼中，如今却多了几分浅浅的生机。

他明明早就像濒死的枯木，此刻却骤然发出细细的绿芽。

卞清璇闭了闭眼，别急，别急，这只是个开始，师萝衣有喜欢的人，不可能喜欢上卞翎玉，自己还有机会，不是吗？

她看向站在涵菽身边的卫长渊，眼中暗了暗。

师萝衣记忆中的清水村，充斥着大片大片的池塘。不是她死前看见的那样开满荷花的池塘，而是阴冷、腐臭，令人闻之作呕的池塘。村民的房屋并未建于其上，而是建在竹林掩映之间。

一行人选择在正午时分，阳气最旺盛时进入清水村。

进去之前，涵菽细细给弟子们讲了许多事宜。

师萝衣沉声提醒大家道："进去之后，若我们走散，谁也不要信！因为那妖怪很有可能会幻化。"

薛安对着她"哼"了一声："会幻化，你莫不是以为这破地方还有上古妖兽？会幻化的妖早就死完了，萝衣师妹，你若害怕，现在回去还来得及。"

师萝衣不理他，这人的脑子大抵已经落在了卞清璇身上，他爱听不听。师桓虽然教她良善，可是她还没有好心到那个地步，巴巴儿地去救一群讨厌自己的人。

师萝衣只握住涵菽的手，郑重道："涵菽长老，答应我，进去之后，看到谁都不要信，哪怕是我！该动手时，一定不要心软。"

涵菽怔了怔，倒是并未不信她，沉吟着点头："好。"

她只当师桓教过师萝衣什么，对于师萝衣，她有着一种无法言说的信任。

眼前已没了迷雾，所有人一起进去。然而进入清水村的那一刹，师萝衣的识海微微一震，恍惚间，眼前弥散着刺眼强光，她忍不住伸手挡住了眼睛。

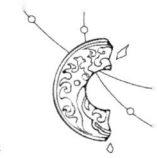

待那强光过去,她赫然发现自己坐在一处池塘旁边,一朵清雅的荷花,不知何时落在了怀中。

眼前的男子蹲下来,无奈地轻笑道:"怎么回事,累着了吗?晚上还要拜堂洞房,娘子可有力气?"

师萝衣放下手,惊讶地看着眼前与前世截然不同之人。她心里沉了沉,叫出眼前这人的名字:"蒋彦?"

眼前的人,竟然是穿云宗失踪在清水村的少宗主!

然而眼前温和带笑的蒋彦,显然与师萝衣记忆里站在自己身前的人完全不同。

她与蒋彦之间,有过一段龃龉。

约莫三十年前,师桓在不夜仙山举办两千岁寿诞。

道君寿诞,天下宗门大能都前来贺寿,唯独穿云宗,来的人只有少宗主蒋彦。

当时师萝衣还未成年,却已有了少女模样。少年蒋彦年纪也不大,看上去一派君子如玉的作风,待人接物很是老成。

不夜仙山上,并没有与师萝衣同龄的孩子,卫长渊又总是在明幽仙山习剑,师萝衣找不到玩伴。蒋彦容貌俊朗、温柔知礼、讲话风趣,少时在蓬莱学艺,后来随着师兄周游列国,见多识广,便给师萝衣讲故事、做纸鸢,还带她偷偷下山看人间灯会。

父亲将她保护得太好,师萝衣第一次认识除了茴香以外的好朋友,也很高兴。

后来,蒋彦说带她去一个好玩的地方,他脸上带着温和的笑,一把将师萝衣推下了万魔渊。

那段经历,是师萝衣少时最可怕的记忆之一。

她掉下万魔渊后,召出神殒刀,努力想要活下去。她遇见了许多可怕的魔物,它们有的要吃了她的身体,有的觊觎她的神魂。纵然她一直在战斗,可她年龄小,修为也低,终是被一朵腥臭的魔花吞噬了进去。

师萝衣被困在花瓣中,花丝捆绑住她的手脚,毒液注入她的身体。

她动弹不得，用不了多久，她就会成为魔花的养料。

师桓只身跳下万魔渊，一人斩杀数千魔物，寻到了小女儿，把她带回了家。

师萝衣养了许久的伤。

后来，师桓问她："穿云宗把蒋彦送过来给你请罪，你要去看看吗？"

她当然要去，她很想知道，为何对她那般好的朋友，会毫不犹豫地将她推下万魔渊？

师萝衣看见了在大堂跪着的蒋彦。

少年衣衫褴褛，身上血迹斑斑，没一块好肉。显然，穿云宗怕触怒道君，为表诚意，已将蒋彦折磨得不成人样才送过来。

师萝衣小脸苍白，质问他："为什么？"

他唇角带着血，却仍旧笑得温和："小萝衣，好久不见。为什么？没有为什么，我一时失手而已。"

这样的谎言，任谁也不肯信。师萝衣甚至觉得他口中的一时失手，是为没有害死她而惋惜。

把蒋彦押来的穿云宗长老，见他死不悔改，连忙把他的头按下去，要求他给师萝衣道歉。被胁迫的磕头声一下接一下，蒋彦却始终不肯开口，眸中带着浅浅的怨毒嘲讽之色。

最后连师桓都看不下去，皱眉打断："够了，带回去好好管教责罚吧，别吓着萝儿。"

蒋彦满头满脸的血，临走前，忽然看向师萝衣，意味不明地低笑了一声："下次见你，我把做好的纸鸢带给你？"

带什么带，他是不是有病？

师萝衣被最好的朋友背叛，一直郁郁寡欢，后来才知道蒋彦为何会对自己下手。师桓说蒋彦的父亲很早以前也对南越绾荨公主一见倾心，但穿云宗只是个小宗门，在公主嫁给自己后，蒋父被迫娶了蒋彦的母亲。

蒋彦母亲嚣张跋扈，行事狠辣。她一心痴恋着夫君，对公主又恨又妒。

蒋彦是她下了药才怀上的。

蒋父越厌恶她,她就越折磨和夫君相貌极其相似的蒋彦。

十五岁以前,蒋彦在穿云宗,没有过过一天好日子。他的母亲已近疯魔,父亲也从不管教他,身为少宗主,蒋彦却几乎是靠着同门的一点点接济才长大的。

痴迷不改的父亲,癫狂折辱他的母亲……他的恨意一日日滋生,从母亲怨怼的话语中,他认定是绾荨公主导致他活得不似人样。

前些日子,蒋彦母亲去世,他若无其事地来为师桓祝寿,这才有了师萝衣被推下万魔渊的惨剧。或许他隐忍多年,终于有了报仇的能力,却发现南越公主已然去世,世间之人恨无可恨,于是转而报复公主的小女儿。

得知这段过往,师桓也是一声叹息,觉得那孩子可恨又可怜。他询问萝衣想要如何处置蒋彦。

"穿云宗已对他用过鞭刑、杖刑,"师桓顿了顿,又道,"还有剥皮之刑。"

蒋彦年纪轻轻,那一身皮囊,却再也不可能恢复完好了。

师萝衣听得有点难受,不知是为蒋彦,还是为自己。她用被子盖住自己,半晌,闷闷道:"他既然已经受到惩罚,我也没什么事,就这样吧,爹爹,我再也不要看见蒋彦了。"

那是她第一次结交宗门外的朋友,令她伤心又生气。她觉得他可怜,又厌恶他的歹毒与不讲理的迁怒。

师桓摸摸她的头,表示安慰。他是个心善宽宏之人,查清过往后,并没有非要杀了蒋彦。

从那以后,穿云宗的任何弟子,再也不许踏入不夜仙山半步,师萝衣便再也没看见过蒋彦。

现下,师萝衣盯着面前的蒋彦,心里只觉得毛骨悚然。

他轻轻笑道:"为何这般看着我?"

眼前的男子眸光清亮温和,墨发半束,穿着人间教书先生一样的青灰长袍，撑着一把油墨纸伞，将师萝衣遮住，伸手把她从地上扶了起来。

两人肌肤相触，师萝衣感到一股冰冷黏腻。她忍住不适，问他："我这是在哪里？"

若她没记错，蒋彦被施以剥皮之刑后，脸上已经留下伤痕，断不可能如此完好。

眼前的"蒋彦"，已经是一只不化蟾了。

"不化蟾"之所以叫不化蟾，是因为它们没有完成执念，在没有被杀死前，不会轻易化成森冷的蟾蜍模样。它们保留着生前的记忆，甚至能运用生前的功法，就像常人那般生活着，直到不愿再伪装。

人形的不化蟾，远远比化形的好应对。师萝衣深知这个道理，因此不急着逼他显出原形。

前世出现在自己眼前的并非"蒋彦"，而是"卫长渊"。当时师萝衣不明所以，以为对方真的是对自己关怀备至的长渊师兄，险些与他成了亲。

后来"卫长渊"在打斗中化为原形，也从未用过蒋彦的脸，师萝衣心里有个猜测，兴许前世的"卫长渊"，也是眼前这个"蒋彦"所化。

她记得这个"蒋彦"好像是不化蟾的首领。

"蒋彦"听她问这是哪里，笑了笑："还在生我的气吗？晌午我不过和珠儿多说了两句话，你就气得跑了出去。小醋包，你自己不会绣嫁衣，我才托珠儿为你绣。她今日只是送嫁衣来，跟我回去吧，我们去试试嫁衣，嗯？"

师萝衣越看"蒋彦"越垂头丧气，或许那个说自己会带来厄运的传言是真的，她这般倒霉，那么多不化蟾，偏偏她就遇上了最强的一只，前世变成长渊师兄来骗她，今生用自己的脸也不放过她。

要杀不化蟾，就必须找到它的死穴，一刀斩下它的头颅，其余伤害对它们来说不痛不痒，轻而易举就能恢复。师萝衣知道"蒋彦"将头颅藏在宅子里，虽然危险，但她这边危险，涵菽那边就安全了，她只好跟着"蒋彦"走。

"今晚要成亲？"

"当然。"他笑着说，"我可不允许你反悔。"

师萝衣木着小脸——绕来绕去，还是得过这一关。如果接下来的发展没错，便是"蒋彦"要她去试嫁衣，洞房之前，"蒋彦"无意间触到她的脉搏，发现她并非处子之身，开始发疯……

已经经历过一次，她早有心理准备，早点走完流程，就能早点去救涵菽长老。

师萝衣始终没有想通，为何变成不化蟾后，"蒋彦"的执念是要和自己成亲，按照他的脑回路，不应该杀了她才对吗？又一想，"蒋彦"或许是想恶心她、吓死她、折磨她，那就合理了。

多大的仇啊？他竟如此歹毒！

眼前的强光之后，卞翎玉睁开眼睛，发现自己身处一片杏林。

被龙脉养着的不化蟾，成长迅速，连造出的蜃境也如此逼真，仿佛在嘲笑他曾经的痴傻天真。

他低头看自己，隐约能感觉到衣衫掩盖着的鲜血与碎骨。

与三年前一模一样的场景，连衣衫上的松纹都相差无几——他养好伤，刚能下地走路，便准备去明幽仙山找她。

卞翎玉换上自己最体面的衣衫，掩盖好自己破碎的身体。他当时一无所有，连生命与力量之源都已失去，但那个时候许多东西他都不懂，人会因为无知而无畏。

他在师萝衣练刀的杏林待了整整七日。他的身体连凡人的身体都不如，能偷偷来到明幽仙山还是托了卞清璇的福。

他深知今后恐怕再难有这样的机会，怕错过了她，就一步都不曾离开，等到衣衫变脏，骨刺从袖中不听话地生出，等到模样丑陋，骨头发疼，直到成了一个人不人鬼不鬼的怪物，才终于见到了她。

他还不知自己这样会让人觉得丑恶，想上前与她说话。

少女拎着裙摆，飞奔向另一个少年。

她姿容艳丽，像一朵轻飘飘落下的花，落在卫长渊怀中。

"长渊师兄。"她声脆如铃，抱怨道，"我等了你好久！"

少年无奈地叹了口气，把她拉到一旁，温声问她近来的功课。他语气略微严厉，训斥她贪玩、不够努力，然而隔着许多杏树，卞翎玉也能轻而易举地听出卫长渊话中的关怀与爱意。

那个贵胄少年，一板一眼却又认真地规划着小未婚妻的未来。纵然师萝衣的父亲沉眠，生死不知，身份不再高贵，他仍旧惦念着他们的道侣大典。

他们坐在一起，吃着卫长渊从人间为师萝衣带来的小点心，说着两小无猜才会谈论的天真话语。

卞翎玉冷冷看了一会儿，半晌，蜷缩在一棵树下，发疼的骨头和茫然的心脏哪个令他更难受，他已然分不清。

他隐约意识到自己应该离开，但七日七夜的等待，令他刚养好的身子彻底垮掉。他发现自己连站起来都很困难，脸上发疼，他抬起手，果然触到了坚硬的鳞片。

临近傍晚，天边下起了小雨。卫长渊回师门复命，师萝衣练了一会儿刀，发现了躲在树下的他。

她轻轻"咦"了一声，血色长刀指向他，掷地有声地道："明幽仙山怎会有怪物？"

卞翎玉咬牙往后退了退，低下头，掩住自己的脸。他病骨支离，银白骨刺弄破了他的衣衫，丑陋而惶然地无处摆放。

那柄血红的长刀，因为他的躲避，生生划破了他的肩膀，香甜的血腥气在空中蔓延。

少女嗅了嗅，困惑地收起刀，声音也低下来："不是妖气，你不是妖物呀？"

见他始终低着头不说话，身体微微发颤，她以为他是初化形的精怪，面上露出愧疚，蹲下身温和地哄道："难道你是杏林中生出的精怪，就像茴香一样？真对不起，我误伤了你。别怕，我不是坏人，我先给你

治伤。你的家在哪里,我送你回家好不好?"

卞翎玉闭了闭眼,哑声道:"别过来,走开。"

最后一丝尊严促使着他将骨刺竖起,强硬地驱离她。

待师萝衣终于走远,他撑着身子,手指死死插入泥地中。

雨越下越大,卞清璇撑伞找到了他。

少女低低一笑,温柔地道:"哥哥,狼狈成这样了呀。怎么样,对她说出你的心意了吗?哎呀,我忘了告诉哥哥,小孔雀有心上人了哦,你方才在这里,可曾看够了?很嫉妒吧,哦,你大抵还不懂嫉妒是什么,就是方才让你觉得痛苦的滋味。"她蛊惑道,"反正你今生注定得不到,要么,狠下心肠来杀了她吧?否则你这一生都会沉浸在那种滋味里。"

而今,卞翎玉清醒、冷漠地看着旧事重演——杏林,还有快要变成"怪物"的自己,若没有猜错,很快,杏林深处便会出现一个少女。

这一次,不会再有卫长渊,师萝衣注定会走向他。不化蟾最温柔的蛊惑方式,便是化成目标的心上人的模样,在其体内产卵,把那人变成另一只不化蟾。

若目标没有心上人,或者不化蟾的化身被看破,它们才会露出本来的狰狞面目。

果然,没过多久,少女拎着裙摆走向了他。她抬起头,微笑着看向他:"你一直在这里等我吗?"

卞翎玉冷笑了一声,袖中骨刺飞出,绞下"她"的头颅。

还当他是当初那个什么都不明白的卞翎玉?他清醒得很,知道她此生不会来,永远也不会。

地上显现出一只死不瞑目的狰狞蟾蜍。

卞翎玉踩着它的皮囊走过去,厌恨这东西能窥视自己的过去。再一想师萝衣此时与她的长渊师兄在做什么,他心里更是恼怒厌烦。

师萝衣在准备成亲。

外面的世界是冬日,清水村里却是夏日炎炎。黄昏时,她跟着"蒋彦"来到他在清水村的宅子。

大宅红墙青瓦，匾额上书"蒋府"二字，里面张灯结彩，四处都挂上了红灯笼，一看便知要办喜事。

清水村这样的小地方，万不可能有员外府邸一样的宅子。师萝衣抱着那朵荷花，假装什么都没觉察，收回目光。

上辈子清水村也处处违和，偏偏她那时身处其中，半点也没觉得古怪。或许这是不化蟾的另一种能力，在它构建的世界里，它就如至高无上的神主，慢慢吞噬人的身心，诞下后代。

这一世，师萝衣灵台清明，收敛神色，跟着"蒋彦"进宅子。

几个婆子连忙迎上来："哎哟，郎君总算把姑娘带回来了，赶紧换衣裳吧，一会儿还要拜堂呢，误了吉时可不好。"

"蒋彦"扬了扬唇："去吧。"

师萝衣看他一眼，跟着婆子们走了。

宅子里的景色不错，假山林立，还有一处清澈的池塘。师萝衣不动声色地嗅了嗅，闻到一股淤泥般的恶臭。

她的视线又落在引路的几个婆子身上，它们已经年近五十，体态丰腴，肚子看起来比寻常人的要大。

师萝衣想到里面全是不化蟾的卵，有些反胃。

路过一处假山时，师萝衣看见了一个熟人。

她停下脚步，喊道："薛安？"

薛安衣衫不整，正压着一个人，听见有人叫自己，这才停下了动作。

师萝衣不顾婆子们的阻拦，走到假山后，看见了薛安与衣衫不整的卞清璇。

薛安见她毫不避讳地走过来，手忙脚乱地穿好衣裳，还不忘挡住他怀里可怜兮兮的卞清璇。"师萝衣？"他有些尴尬，却仍旧保持着他大少爷的做派，"看什么看？滚开。"

师萝衣没理他，打量他怀中的卞清璇。

卞清璇媚眼如丝，双颊晕红，见她盯着自己，有些羞恼，咬唇道：

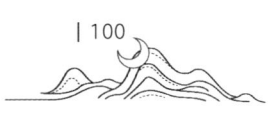

"萝衣师姐，今日不是你大喜的日子吗，你怎么来了这里？"

如果师萝衣没猜错的话，眼前的薛安是真的，而卞清璇是假的。

她但凡长了脑子，便知道卞清璇看不上薛安，更别谈与薛安在假山后厮混。薛安这是做什么美梦呢！

从进入清水村的那一刻起，所有人都成了不化蟾的目标。

师萝衣记得，上辈子她见到薛安的时候，他已经变成了不化蟾，没能走出清水村。

这辈子……兴许是因为她配合，"蒋彦"没花多少工夫就把她带来了这里，薛安还没来得及与不化蟾成事。

师萝衣抬起手，狠狠拍了拍薛安的肩膀，鄙夷道："薛师兄，你若真喜欢小师妹，回去提了亲再做这样的事。"

薛安羞恼到面红耳赤，挥开她的手。

师萝衣已经把法印打入了薛安的身体，他能不能把持住，想起来这是在清水村，就看他自己了。

几个婆子在一旁催促："姑娘，快些吧，郎君还在等着你呢。"

师萝衣点点头，跟着它们离开了。

薛安，自求多福吧。

进入清水村前，她已经警告过所有人，不要轻信任何人，他竟然还色胆包天到意淫卞清璇，真变成了不化蟾也属活该。

师萝衣虽讨厌他，但也明白自己是来除掉不化蟾的，不能让这世间又多出无数只不化蟾，能救一个是一个。

只是现在她自顾不暇，要去对付最厉害的那只不化蟾了。

换好了衣裳，婆子们为她梳妆，师萝衣知道它们都是低等的新生不化蟾，和"蒋彦"完全不一样，便向它们套话："薛安怎么会在这里？"

"薛郎君是姑娘的师兄，自然是来参加姑娘与我们郎君的婚宴的。"

"我的同门都来了吗？"

几个婆子对视一眼，含糊不清地道："奴家只负责给姑娘梳妆，其他的事情，姑娘若想知道，可以亲自问郎君。"

师萝衣心里沉了沉。不化蟾往往分开制造蜃境，也不知道其他人怎么样了，若他们真受不住引诱，被不化蟾在体内产卵就糟了。

"姑娘本就是天人之姿，这样一打扮，我们几个都看呆了，郎君可真有福气。"

师萝衣笑了笑，接过盖头来自己盖上，心想：快点吧，薛安这么快就落入了陷阱，其他人的情况也不容乐观。

她很担心涵菽长老，涵菽长老认出那些不化蟾了吗？会不会出事？

还有卞翎玉，他一个凡人，即使抵抗得了诱惑，但万一……被强来呢？刀修少女非常忧心，他连她都没法反抗，遇见胡来的不化蟾可怎么办？

同门中也有许多死在清水村的，但他们都是因为打不过"蒋彦"，被杀了，强行被当作母体孕育不化蟾。

无论如何，她想要所有人活下来，首先要解决"蒋彦"。

天色暗下来，师萝衣被搀扶到大堂。

为了安抚"蒋彦"，她一直都很配合，打算等待合适的时机，一举斩下"蒋彦"的头颅。

盖头盖住了她的视线，师萝衣看见许多双村民的鞋，还有一些人从衣衫下摆来看，俨然是之前和"蒋彦"一起进入清水村的穿云宗弟子。

穿云宗的所有人，都已经变成了不化蟾。

此刻，所有人幽幽的目光都落在了她身上，空气安静得诡异。

师萝衣想到自己身处不化蟾的老巢，四周都是冰冷黏腻的蟾蜍，头皮发麻。她纵然做过魔修，也没见过这场面，不曾直捣妖怪老巢。

但愿有清醒过来的同门，能尽快找到她，助她一臂之力。

"蒋彦"穿着一身新郎喜服走进来，看见数百人幽幽地盯着自己的新娘，垂涎三尺。

它的眼睛危险地眯了眯，其余人连忙回过神，不敢再觊觎师萝衣，纷纷恭贺他们成亲。

一时间觥筹交错，好不热闹。

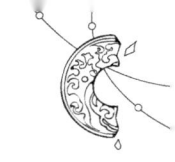

"蒋彦"上前，握住她的手："来，我们拜堂。"

村长在上首，笑眯眯地为他们主婚："一拜天地。"

师萝衣没弯腰，"蒋彦"也没弯，他沉默了一瞬，面上阴冷地看向"村长"，仍用温柔的嗓音笑道："我蒋彦生来不受天地庇佑，无父亦无母。前两步都省了吧，我不拜天地，也不敬父母，只拜吾妻。"

盖头下的师萝衣偏头看了看它。

两辈子，她都没能明白，此时的蒋彦到底是彻底成了不化蟾，还是没被吞噬干净，仍算是蒋彦呢？

暗夜下，蒋府的池塘中，密密麻麻许多黑影从水中爬出来。

成千上万只褪了皮的蟾蜍，见了月光便疯长，它们长出锋利的爪子和牙齿，慢慢换上如岩石一样、无坚不摧的灰白色皮肤。从拳头大小顷刻便长到成犬大小。

而白日里为师萝衣引路的妇人，甚至还有些男人，下半身都变成了蟾蜍，泡在水中产卵。

假山后，薛安冷汗涔涔，惊恐地看着这一幕——全、全是蟾蜍！

看见它们在月光下有的交配，有的产卵，想到自己白日的遭遇，薛安捂住唇，险些吐了出来。

他本来要与"卞清璇"共赴巫山，幸好被师萝衣打断。后来"卞清璇"还要往他怀里靠，他总算记起自小受到的教导与礼节，告诉小师妹，待他上门提了亲，他们结为道侣后再做这样的事。

"小师妹"幽幽看着他，又看一眼前厅，不知顾忌什么，只撇了撇嘴，嘀咕着"要不是主上今夜大婚……"便离开了。

薛安捂着自己的嘴，小心藏好身形，明白自己险些铸成大错，白日若真与那怪物成了事，晚上下身变成蟾蜍产卵的就是自己了。

这东西到底是什么？男子竟然也可产卵，还会幻化之术。

他动也不敢动，一想到若这些东西全部都能长大、化成人形，那外面会变成什么样，他就打了个激灵。

月光下的蟾蜍越来越多，不知为何，薛安想起了师萝衣。

他咬了咬牙,被困在这里,心里难免有些焦急。

他平日虽然因为卞清璇的关系,极其讨厌师萝衣,可就像师萝衣临危会帮他一样,他们到底是同门,是从小到大听着"惩恶扬善"的教导长大的孩子。他再坏,也不会盼着师萝衣出事的。

师萝衣不会也被怪物骗了吧?他有心想要去提醒,然而如今被蟾蜍包围,别说去提醒,只要动一下,恐怕就能被这么多恶心的玩意儿撕碎活埋。他就算能杀一只两只,难道能杀千只万只吗?

其他人去哪里了?谁去救一下师萝衣那个笨蛋啊?

也不知道天道是否听见了他的心声,月光下,走过来一个人。

少年身形颀长,步子虚弱,手腕上滴着血。他所过之处,初生的蟾蜍如老鼠见了猫,潮水一般分开,惊惶地躲回池塘中,给他让路。

那人缓缓走到了薛安身前。

薛安一开始没看清他是谁,心中一喜,以为卫长渊找来了。待看清来人是面色苍白的卞翎玉,薛安心中沉了沉,十分绝望——怎么是这个没用的凡人?

然而没用的凡人都敢从万军丛中过,他却只敢龟缩在此,这令他脸上一阵发烧,连忙从假山后走出来。

"卞翎玉。"薛安叫住他,"你见到其他人了吗?赶紧让人去救师萝衣,她在前厅和那个怪物拜堂!"

卞翎玉看向他。

不知是不是薛安的错觉,月光下,面前这个人明明已经虚弱得不像话,然而他的一双眸子中却隐约可见冷冷的银色。

他哑声问:"她在哪里?"

他的衣摆上沾了许多黏腻的腥液,看上去像是那些妖物的血。

凭着记忆,薛安给他指了路。

少年颔首:"多谢。"

"喂,喂!"见他直直地朝着那个方向走过去,薛安连忙道,"你疯了,和我一起去叫人帮忙啊!你一个人去不是找死吗?"

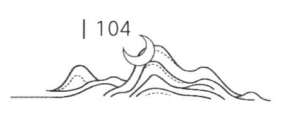

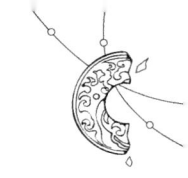

然而那少年充耳不闻，头也没回地朝着前厅走去。

薛安想要跟上去，但那群蟾蜍不知何时又无声无息地围了上来，而且还发现了他！薛安连忙挥剑去砍，剑砍在妖物身上，仿佛砍在了坚硬的岩石上。

这些东西断了四肢，竟然还能很快长出来。

娘的，见了鬼！这群妖物是认人吗，怎么方才就不攻击卞翎玉？这个时候，薛安终于后知后觉地想起一个问题：方才的卞翎玉，到底是真的，还是蟾蜍所化的？

他脸色白了白，一时间进退两难。

师萝衣被人搀扶进了洞房。

几个少女面上笑盈盈的，妙语连珠地跟师萝衣说着祝福的话语。它们生前都是村里的妙龄少女，如今变成了不化蟾，被"蒋彦"派来给她做婢女。

师萝衣坐在床边，随手一摸，摸到了不少桂圆、花生——"蒋彦"真是她见过的最讲究的妖物，成亲都严谨地按照人间的规矩来办。

师萝衣很不解：它做如此多的前戏，这是多恨她？它要慢慢折磨她，让她不得好死。为何不像对待薛安那样，直接安排一只不化蟾把她往假山上一推就完事？

师萝衣一直在找"蒋彦"的头颅藏在哪里，正要支使婢女们离开，谁承想她还没开口，婢女们脸色一变，推开窗户，就如被恶鬼索命一般，争先恐后地窜了出去。

门被夜风吹开，一个男子的影子被月光拉长到她脚下。师萝衣心里一惊，怎么回事，"蒋彦"这么快就来了？

那人踱步过来，师萝衣绷紧了身体，准备随时召唤神殒刀。

眼前出现一双银灰色的靴子。

不该是红色的吗？然而还未等她动手，那人就直直倒下了。

师萝衣愣了愣，隐约嗅到来人身上千香丝的气味，她下意识接住了他，下一刻，盖头被人固执地一把扯下。

师萝衣发间步摇叮当作响，她垂眸，惊讶地看向来人："卞翎玉？"

少年捏着她盖头的手缓缓收紧。他手腕上全是血，一双冷淡的眸却死死地盯着她。

见她衣衫完好，他终于喘着气，低咳了两声。

师萝衣从他身上闻到千香丝的气息，便知怀里这个是真的卞翎玉，而非不化蟾："你怎么把自己弄成这样了？"

他身上全是不化蟾的黏液，还有他自己的血。

师萝衣隐约听到了风声。她来不及解释，怕"蒋彦"发现卞翎玉，只好将他扶进柜子里，道："你先在这里待着！"

下一刻，手腕却被人死死握住。

师萝衣从来不知，原来眼前的少年有这么大的力气，握得自己的手腕生疼。

要是"蒋彦"这时候进来，他们都得死。

她不得不掰开他的手："放开！"

"那人是妖物，不是你师兄……"涤魂丹反噬，令卞翎玉喉间一甜。一路走来，卞翎玉忘记自己已经杀了多少只不化蟾，破了多少蜃境。

夜晚来临，涤魂丹早已失去作用。他靠着不化蟾畏惧自己的鲜血，才一路走到了这里。此刻，他已是强弩之末，听到薛安指路，他也只赶得及阻止他们洞房。入目一片大红，少女乖巧地等着心上人的模样，几乎刺痛了他的眼。

他好不容易握住了她，少女却生生掰开他的手指。

卞翎玉恨得几乎红了眼，心道：别去！我叫你不许去！你就那般喜欢他，喜欢到没有觉察半点不对，宁愿陷入蜃境，相信虚妄？

然而他沾满鲜血的手指被少女强行掰开，柜门在他眼前无情合上。

一口鲜血吐出来，卞翎玉的世界陷入一片黑暗。

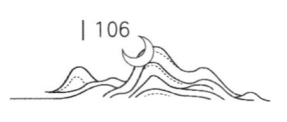

陆

不化蟾

空气中萦绕着香甜的血腥气、不化蟾黏液的臭味，还有清冷的雪松香。

把卞翎玉藏好，师萝衣连忙掐诀清除气味，还不忘给卞翎玉所在的柜子加了一个结界。虽然不化蟾的嗅觉没有那般灵敏，但她即将对付的这只，功力深不可测。

师萝衣刚做完这一切，都来不及回去坐好，烛火摇曳，一个人影不知何时已然幽幽站在了她身后。

冰冷的双手环住她的腰，"蒋彦"将下巴放在她肩膀上，幽声问她："为何站在此处？娘子，你的盖头呢？"

师萝衣被"蒋彦"逼近的阴冷气息弄得头皮发麻，想到自己的盖头还被卞翎玉攥在掌心，根本没时间拿回来，她顿了顿，只得撒谎道："她们都走了，你一直不来，我想去找你。"

房内安静下来，这样诡异的静默令师萝衣很难熬。

她自认不太会撒谎和演戏，她若真的会，前世也不至于在与卞清璇的较量中输得那般惨烈。她不确定"蒋彦"信不信，已经做好了最坏的打算，准备与他一战。

实在不行直接开打算了，她好心累。"蒋彦"说话就说话，为什么要抱着她？她全身都不舒服。

少女并不知道，她虽然继承了父亲的傲骨与天赋，但与她刀修身份不符的是，她的样貌与声音，都随了她的母亲绾荨公主。

她的声音轻、缓、柔美，不管说什么，都仿佛带着一股温柔的意味。

如果她愿意，她可以轻而易举骗取世间男子的心。

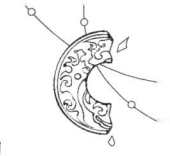

因此谎言一出口，她预想中的刀剑相向的局面并没有出现。在场的两个男子，一个在柜中闭了闭眼，将手心掐出血来。另一个低笑着在她颈间轻吻了一下。

师萝衣整个人都不好了，笑容也快维持不住，好想伸手去擦。"蒋彦"实在太恶心了，它还不如直接翻脸，为何要慢慢折磨她？

"蒋彦"温柔地道："是我不好，我来晚了，小萝衣，我们该喝交杯酒了。"

盖头的事情就这样轻易揭过，今夜是新婚之夜，它也无心去追究那几个被派来照顾师萝衣的手下去哪里了，反正它们明日都得死。

它牵着师萝衣在桌前坐下，师萝衣松了口气，还好不化蟾看起来不太聪明的样子。

她总算有时间找出"蒋彦"把头颅藏在了哪里。

她记得那头颅会动、会躲藏，是不化蟾的命脉，她必须一击即中，否则后患无穷。

师萝衣一面与"蒋彦"虚与委蛇，一面祈祷柜子里的卞翎玉千万别发出声音。

柜门在眼前被合上，所有烛光被遮挡在外，卞翎玉陷入一片黑暗，无法看，只能听。

他听见妖物靴子踏在地面的声音，听见少女温柔地说："你一直不来，我想去找你。"

卞翎玉眼神冰冷，漫出讽意。

她以前说："长渊师兄，你怎么才回来？我等了你好久！"

"你不在明幽仙山的日子，我很想你。"

"我想永远和你在一起。"

她的声音总是清甜含笑，即便是板正无趣的卫长渊，也会忍不住弯起唇角，耳根染上红晕。

同一片杏花林中，他们都对她心动。然而卞翎玉始终只能在暗处，目光死死地追随着她，像只窥视、觊觎她的怪物。

从那日开始,他再也不想看见这样的画面。他宁肯在下雨或刮风的黄昏廊下,偶尔听听有关她的只言片语。

他可以在此腐烂、凋零,此生与她永不相见,但不能变成一只向她摇尾乞怜,却永远求而不得的狗。

刀修之心,至真至纯,却是伤害所有爱上她却又得不到她之人的利刃。若师萝衣没有生出心魔,此生或许到死,卞翎玉都不会主动去招惹她。

此刻,外面红烛摇曳,卞翎玉一想到他们将要做什么,便垂下头。他的唇角还带着血迹,神色变得阴冷。

她可以嫁人,可以和那人厮缠,可以一辈子眼里都没有他。但他不允许师萝衣在自己面前与人缠绵。

他们把他当什么了?更何况那还是妖物不化蟾。

卞翎玉擦了擦自己唇角的血迹,手搭上锁柜,师萝衣布好的结界在他眼中如同薄纸。

眼见柜门就要被他踹开,外面突然一阵诡异的安静,旋即响起男子阴森森的声音。

"蒋彦"握住师萝衣的手腕,语气暴怒:"谁!谁夺了你的元阴?"

卞翎玉:"……"

师萝衣被"蒋彦"握着腕脉,觉得它脑子大抵有点问题,生死关头,瞧瞧它关注的都是些什么东西?

"蒋彦"气得全身颤抖,嫉妒与怒意在眼中蔓延,不化蟾灰白色的皮囊在脸上若隐若现,就像戴上了一张诡异的假面。

"蒋彦"倾身朝师萝衣压过来,双手掐住她的脖子。

妖物本就暴虐无常,此刻"蒋彦"的眼睛变得通红,状若疯魔,又悲又气,一只眼中带着森然的怒意,另一只眼却无声掉下泪来:"为何父亲得不到绾荨,我也得不到你……"

少女听不出它言语中的悲怆与黯然,神殒刀无声出现在手中,她被掐得呼吸困难,眼神却十分冷静。

就是现在！趁"蒋彦"沉浸在情绪中无法自拔，她掷出长刀，干脆利落地斩断了龙凤烛中的凤烛。

凤烛断裂，掉在地上，变成一只丑陋冰冷的蟾蜍头颅。那颗不化蟾的头颅，就像"蒋彦"一样，一只眼睛森冷，另一只眼睛默默垂泪。

她找到了不化蟾真正的头颅。

"啊——""蒋彦"怒吼一声，捂住自己的脖子，面目扭曲。

不化蟾若被斩下头颅，要不了多久便会死去。它的凶性被激发，在师萝衣面前褪下人皮，身躯拔地而起，转眼便长到了半个屋子大。它阴冷地看向师萝衣，长舌甩过来。

师萝衣心知还有一场苦战，连忙召回神殒刀，旋身躲过这一击。

不化蟾看上去笨拙，实则速度可怖，每每袭击，重若千钧。上一世，众人一起围攻它，死了半数人，才将它制服。

这一世与上一世相比，发生了太多变动，涵菽不在，卫长渊也不在，只剩师萝衣一个人。

但师萝衣心里并无惧意，她只要撑住一时半刻，就能耗死不化蟾。

不化蟾即便濒死，也想在功力散尽前，杀了这个斩下自己头颅的仇人。

不化蟾是上古妖物，纵然涵菽在这里也不一定打得过它，更何况师萝衣一个金丹期少女。利爪再次落下，师萝衣不得不用神殒刀去挡。

刀修的力气已经够大，然而这一击仍令师萝衣丹田一痛，吐出一口血来。

不化蟾会术法，禁锢着她，长舌袭来，试图刺穿她的心脏，师萝衣避无可避，今日恐怕不死也要重伤！她咬牙努力侧开身子，想避开要害。

可它还未触到她的身体，就仿佛被什么吓到一般，嘶鸣一声，缩回了舌头。

它的躲避已经来不及，师萝衣腰间的一把桃木小剑飞出，穿透不化蟾的口腔，它扭动着，最后化作脓水。

化为脓水前,它还不忘喷出毒液,要置师萝衣于死地。

一切发生得太迅速,师萝衣没时间退开,只能护住自己的头脸。

预想中的疼痛并未到来,她身上一沉,旋即传来一声闷哼。

她移开手臂,看见卞翎玉死死抿唇,支撑在自己上方。

师萝衣方才被喷毒液,都不怎么心慌,此时却心里一沉,慌乱起来:"卞翎玉?"

他怎么回事?他是被不化蟾的气流掀过来的,还是不要命了?

两人四目相对,少女蹙起眉,一眨不眨地看着他,心里凉透。

师萝衣觉得,卞翎玉恐怕下一刻就会咽气。然而少年始终撑着手臂,没有碰到她柔软的身子。

他闭了闭眼,忍过去那股疼痛,咬牙站了起来。

师萝衣躺在地上,呆呆地看着他,又看看旁边的不化蟾:"它……喷的毒液?"

卞翎玉垂下眸,并不说话。

少女收了长刀,从地上爬起来。她不看那摊妖物化成的脓水还好,一看心里拔凉。

魂飞魄散的不化蟾化成的脓水正无声浸入地面,仿佛会动。

蜃境骤然崩塌,富丽堂皇的蒋府消失不见,不远处就是一大片枯败的池塘。

没有荷花,也并非夏日,冬日的寒冷猝不及防袭来,师萝衣打了个寒战:"怎么会这样……"

不化蟾到底死了没有?

"不化蟾有两个元身。"

师萝衣诧异地看过去,只见卞翎玉单膝跪地,难以支撑。师萝衣连忙扶住他:"你别动了,我带你去休息一下,帮你看看伤。"

清水村本来的面貌露了出来——质朴的村落,大片大片的池塘,塘中结着碎冰,天上也没有月亮,夜空显得厚重却又苍白。

师萝衣找了一块大石,让卞翎玉靠坐过去。

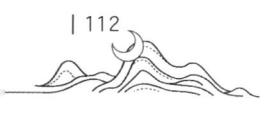

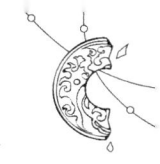

她心中有些沮丧，本以为不化蟾死了，所有人就安全了，没想到不化蟾竟然有两个元身。纵然她杀了一个，还剩另一个在杀人与繁衍！

这是她前世不曾知晓的。

难怪后来其他人落入陷阱，涵菽也死了，而她自己也九死一生。

更糟糕的是，此时卞翎玉的状况看上去太糟糕了。他全身都是血，还有不化蟾的黏液。

师萝衣心中很愁。

她不是丹修，只好用法诀帮他勉强疗伤和清洁。她折腾了半天，明白这样恐怕不行，要救卞翎玉，得赶紧找到涵菽长老或者卞清璇，她们说不定能治好他。

她收回手："我带你去找涵菽长老。"

话音落下，却不见卞翎玉回应。师萝衣抬眸，对上他的目光。

那是一种分外安静、专注的目光。

他在她毫无所觉时，默默地看她，却又在她抬起头时，错开视线。

师萝衣也说不清为什么，她与卞翎玉见面时，十次有七八次，他都在生气，可这一次，他伤得那般重，却意外地平和。

她蹲在他身边，觉得氛围怪怪的，想起他方才的目光，甚至想要摸摸自己的脸上有什么古怪。少女犹豫了一下，关心地问他："你很不舒服吗？"

眼神又不一样了。

她记得自己把卞翎玉塞进柜子里时，他的眸子还仿佛要结冰，握住她手腕的力道，似要掐碎她的骨头。

现在夜晚安静得诡异，她蹲在他身边，不知道他的眼神怎么那样奇怪。

卞翎玉喉头动了动，莫名有些尴尬："嗯。"

听他说确实不舒服，师萝衣下意识就想到这个倒霉鬼比自己还要倒霉，被气流掀飞还撞在了毒液上——不化蟾的毒液，没喷在她身上，反而喷在了卞翎玉背上。

她心里一紧，怕他出事："我看看你的伤？"

少女救人心切，并未想那么多，直接就要去解卞翎玉的衣衫。才触到他的腰带，手就被按住了。

黑夜中，他注视着她，低声道："师萝衣。"

只是轻轻叫了一声她的名字。

师萝衣讪讪地收回手，脸颊后知后觉染上红晕。她惭愧地想起，上辈子的几个月前，她伤害他时的情景。

心魔驱使下，她敷衍到甚至没有俯身亲他一下。

直到卞清璇闯进来，半敞开的衣衫，还是他自己合上的。

师萝衣难得脸颊发烫，有些尴尬。她肯定给卞翎玉留下了不可磨灭的恶劣记忆。师萝衣没再坚持看他的伤，她意识到，不管那是墨汁还是毒液，作为只会砍人的刀修，她都无能为力。

卞翎玉也沉默了一会儿，最后说："我歇片刻，快天亮了，等天亮，我们去找清璇。"

"哦。"她自觉地离他远了一点，希望他别害怕自己。

虽然卞翎玉脾气不太好，性子也冷淡，但她现在也看出他和卞清璇是不一样的人。

不管他有何古怪，他都还惦念着要通知她"蒋彦"是假的。

他不可恶，好像也不是什么坏人，更显得她以前真是个禽兽。师萝衣难得有些头疼。

晚风送来荷塘里的气息，不再是妖物的腐败恶臭，带着些许泥腥气。

师萝衣也被打伤了，她胸口闷痛，但好在是轻伤。卞翎玉在这里，她不好意思伸手去揉，只得严肃着小脸，装作若无其事。

少女冷静下来，心中生出不少谜团，比如，桃木小剑是怎么回事？卞清璇在上面做了什么手脚吗？卞翎玉又如何得知不化蟾有两个元身？她并未在卞翎玉身上感知到仙气或者妖气。

她以为卞翎玉不会再与自己说话，没想到他沉默良久，突然开口，

却问了一个古怪的问题:"那个不化蟾是谁?"

师萝衣愣了愣,旋即说:"嗯……应该是蒋彦。此次穿云宗失踪在清水村的少宗主。"

"蒋彦。"他低声缓慢地咀嚼着这个名字,语气有点凉。

大殿灯火通明,狂风呼号,天幕压抑暗沉。卞清璇睁开眼睛时,便看见这样一番景象。她衣衫破烂,跪在破碎的琉璃之上,双手举着重逾万斤的九州鼎,全身都是雨水。

天幕漆黑,一个头上受了伤、身着鹰纹玄袍的男子,冷笑地带着几个不怀好意的跟班走过来。

"清璇啊,都说过多少次了,让你不要与我争。"男子用折扇挑起她的下巴,嘲讽道,"父亲有那么多孩子,偏你的心最野。你的母亲,不过是一个下贱货,我母亲大发慈悲,把她收留在家中。你好好待在荒域,在那里乖乖驻守,有什么不好呢?你看,想害死兄长不成,还成了这副模样,兄长看着也很心疼啊,毕竟清璇可是我们家最好看的小野种啊。"

来人自称是卞清璇的兄长,却长着和卞翎玉截然不同的脸。

他用折扇挑开卞清璇的衣襟,卞清璇举着鼎,根本无法反抗。身后几人目睹卞清璇的狼狈,都纷纷笑起来,目光在她身体上流连。

"好好跪着吧,求求我母亲,说不定她能大发慈悲,给你那个贱妇母亲留一口气。或许,你再坚持一下,就能跪到父亲心软。"

他哼了一声,拂袖离开,剩下几个男子却并未走。他们彼此交换了眼神,围住她。

"清璇,你这眼神,是不满大公子吗?"

"大公子心慈手软,不愿管教你,咱们几个倒是可以好好代劳。"

她抬眸,从他们眼中清晰地看见下流的欲望。

卞清璇有一瞬的恍惚,旋即轻轻笑了笑,低声道:

"你们几个要代劳?"

他们的手,已经触到了她的衣襟,笑得放肆。

卞清璇也跟着笑，笑容靡丽，她将原本举着的九州鼎轰然扔过去。几个男子瞬间被砸倒在地，肋骨碎裂，口吐鲜血。

他们惊怒地看着她："你疯了！"

卞清璇从地上站起来，饶有兴趣地笑了笑，轻轻地说："废物东西，连九州鼎都接不住，还想凌辱我？"

鲜血从卞清璇的膝盖中汩汩流下，皮肤里隐约可见琉璃碎片。

她沉吟着，笑眯眯地从膝盖中拔出一块最锋锐完整的碎片，向那几个男子走去。他们总算慌了："你要做什么？疯子！滚、滚开，大公子、大公子救我们！"

他们试图推开九州鼎，然而那鼎压在身上，仿佛比几座山脉还沉。他们急得面红耳赤，也推不开分毫。

"嘘！"卞清璇竖起一根手指，抵在唇边，"别喊了，被人拖入这里，我现在心情不是很好。"

几个男子破口大骂："贱妇生的小野种！把我们放开！"

卞清璇眼中一冷，面上为难地道："怎么就是不肯安静？那就先割舌头好了。别担心，你们的大公子，在不久的将来，也会去陪你们的。清璇保证。"

天幕沉沉，电闪雷鸣。

卞清璇从一摊血水中站起来，一颗眼珠滚到她脚下，她漫不经心地踩了过去，轻蔑地笑了笑："蜃境？"

好大的本事呀，令她回到了她母亲死的那一日。

她也不急着出去，据她所知，蜃境并非噩梦。它会映照出人们内心的渴望，在美梦中将人蚕食。

当然，这种说法也不一定准确，因为总有一些无欲无求的人，还有一些没有完全丧失神志，尚且拥有渴望与执念的不化蟾。它们会去掠夺它们想要的。

那就让她看看蜃境以为她想要什么吧。她低低嗤笑了一声，总归不会是让她再看一次母亲被畜生分食的身体。那样只能令她发火，如何能

诱惑她与不化蟾交合,让她在不知不觉中被夺舍呢?

仿佛是为了印证她的猜测,她坐在廊下不久,一个人影缓缓朝她走来。

来人撑着一把伞,摸了摸她的头,道:"弄得好脏,你要不要和我回家?"

卞清璇原本带笑的唇,冷冷地落了下去,她面无表情地拍开那只手,心中暗骂了一声晦气。

就这?就这!

她才不要这些!她不要温暖,也不要人可怜!她要这世间至高无上的权势与最厉害的法力,她要再无人可欺她,要把所有人都踩在脚下。她要杀了兄长,杀了父亲,杀了所有无用的兄弟姊妹!

她抿住唇,眸中蕴藏着风暴。

卞清璇手中凭空出现一支玉白的琉璃长笛,长笛仿佛知她心意,旋转飞过,将蜃境劈得粉碎,回来时,穿透了她面前这只不化蟾的头颅。

她接住长笛,冷冷笑了笑:"蠢物。"

清水村原本的模样在她眼前露出来,她有些生气不化蟾敢这般玩弄她。她如今确实打不过那只不化蟾,但它恐怕不知道,在蜃境,幻术与魅惑这一行,谁才是始祖。让这种小喽啰来对付她,纯粹是找死。

她没有掩藏那支泛着金色光芒的长笛,谨慎地往前走。最厉害的那只不化蟾还不知道在何处,她能轻易杀了普通的不化蟾,可若是对上那上古余孽,却还是够呛。

卞翎玉不在,她不敢打。除妖而已,意思意思就好,她才没有那么蠢,不会搭上自己的命。

保命的桃木小剑被她挂在腰间,她路过了许多蜃境,它们都不值一提,纷纷被琉璃长笛劈碎。她在心中揣测:真正的不化蟾去哪里了?如果那余孽亲自掌控大局,她脱离蜃境绝不会这般容易。

她面色古怪,带着几分看热闹的恶劣心态。

难不成这清水村还真有残存意识的不化蟾?他们这群人中刚好有它

生前惦念的人？

对卞清璇来说，这无疑是一件好事，那个倒霉蛋危险，她就很安全了，甚至有时间去做一些别的事。

想到如今不太受控制的师萝衣，她心中沉了沉。

师萝衣的心魔已发作一次，那么就早点让她第二次发作吧。

不可以再这样下去了，既然她那般爱重卫长渊，卞清璇就从卫长渊下手。

已经三年，换一个人，恐怕早就对自己死心塌地，偏那个天生剑骨的少年剑修仍在抵抗和摇摆。

这是她最好的机会，师萝衣，他会成为你的心魔，让你走向毁灭吗？

卞清璇的运气确实不错，往往想要什么，便可轻易遇见什么。

她刻意去寻卫长渊，没想到还真寻到了。望着眼前那片沉肃的大殿，卞清璇眸光闪了闪，这里是修真世家魁首卫家的府邸。

让她来看看，卫长渊如今深藏在心中的心仪之人，到底是自己，还是他的小青梅呢？

卫长渊站在廊下。

屋里传出母亲的咳嗽声，卫父推门出来，蹙眉看向他："长渊，你就非要如此固执，惹我与你母亲生气。"

少年沉默片刻，道："父亲曾教长渊，修者，成事不逆于天，行事不愧于心。师伯父为了天下众生陷入沉眠，我们怎可在此时背信弃义，解除婚约？"

卫父冷肃的眼神看着儿子："并非为父要你背信弃义，你也知如今卫家处境，千万年来，修真世家规矩严谨，故步自封，然而一代根骨不如一代，传承已然渐渐丧失。数万年过去，昔日恢宏还在，却远远比不上宗门的底蕴，再无一人飞升。你是我唯一的儿子，卫家根骨最好的后辈，生来便被寄予厚望。为父没有把你留在家中，送你去蘅芜宗学艺，觍着老脸与道君和公主攀亲，只有一个愿望——我卫家能重振昔日辉煌，或

得道君庇佑，能再次安稳数年，不被践踏。修士与天争，本就残忍，你可别忘了姜家的下场！千年基业毁于一旦，最后只留下姜岐一个黄口小儿。道君固然大义，舍己成仁，可不夜仙山没了道君庇佑，道君之幼女，尚且只有百岁，能成何事？不夜仙山失去主人，连护山大阵都已消散，你可知，历来都是主人死去，护山大阵才会消散，你还信道君仍然活着，并且还能醒来？萝衣如何能守住不夜仙山，守住她父亲的基业？她只会被一群豺狼虎豹吞噬！你跟我说义？为父没觊觎道君之机遇，不夜仙山之遗赠，已是最后的义，万不能再让你卷入这漩涡。"

少年握紧拳头，固执道："还有我师尊，师尊会护住她。我也可以，我会更加努力修炼，护住她与不夜仙山，望父亲成全！"

"长渊，你终归太年轻。"卫父眼中意味不明，冷冷道，"去见见薛娆吧，你师尊的侄女。她自小就心悦你，为父相信，你们会处得不错。"

廊下风铃轻响，少年低着头，背着自己的剑，一言不发地跪下。

云转风过，卫父拂袖离去。

少年抬起眸看向天幕，微微蹙眉，隐约觉出不对。身后长剑嗡鸣，卫长渊神色冷了冷，识海清明不少，隐约记得自己似乎应该在一个地方除妖，不该回到世家。

卞清璇在柱子后，见他快要挣脱蜃境，抱着双臂，神色郁郁。

或许她出现在卫长渊的蜃境中，就注定不高兴。若卫长渊移情别恋，她瞧不上他用情不专。但见他违抗父命，可笑地挣扎着，想守着小孔雀，她又觉得郁闷。

她确信自己的温柔体贴打动了卫长渊，可他最后还是选择了初心。

她哪里比师萝衣差？没眼光。

说来说去，都怪这狗屁蜃境。

她都能猜到，若卫长渊不打破蜃境，之后会有怎样的遭遇——不化蟾为了夺取卫长渊的真身，在他体内产卵，必定会令他成功反抗父母，娶了师萝衣，与之交合。

她沉着脸，区区妖物，竟妄想与她抢人！还这么无用，都没开始，便让卫长渊觉出异样。

那就让她来帮它一把！卞清璇动了动手指，金色长笛飞向空中，投下光晕，无声替代了蜃境。

她弯起唇一笑："卫家灵玉都已经借给我了，你这又是何必呢？"

她脸上闪过一丝讽刺。也不知蜃境过后，卫长渊心里会有多矛盾痛苦，但那又如何？挡她路者，她一个都不会怜悯！

今日之后，他必定会全力维护她，从而令师萝衣心魔渐重。

无妄笛在空中发出淡淡金光，幻境须臾间崩塌重建。

卫母病重，还需一味药。

卫家人人愁苦，试药人承受不住仙药的反噬，已经死了数十个。

卫父沉着脸，让人捉了凡人孤儿来试药，正要灌下去，却被一只手拦住。

卫父侧头，冷声道："长渊，放手，我可没教过你妇人之仁，你难道想看你母亲死去？"

卫长渊抿了抿唇，夺过卫父手中药碗，一口喝了下去。他哑声道："父亲，别害人，母亲需要人试药，我可以试。"

卫父看向他，沉沉叹了口气。

夜晚，卫长渊方觉不对，他喝下的是药方中最烈的一味九尾草，本该肝脏剧痛，可他只觉浑身发热。

他忍耐良久，皱起眉，试图把药逼出体外，然而越运功，药在体内流转得越快。

他只能去院中的寒潭泡着，然而那药入体便无法纾解，卫长渊再怎么抵抗，也无济于事，渐渐神志不清……

月光下，一个身着轻纱的少女莲步轻移。

她走入寒潭，温柔地抱住少年灼热的身躯："长渊哥哥，你是不是很难受，需要娆儿帮帮你吗？"

卫长渊睁开眼，眸中已经不清明，他将口腔咬出血来，试着召唤自己的轻鸿剑，却没有反应。

他用尽力气推开她:"走开,别碰我。"

薛娆笑了一声:"可这不是什么九尾草哦,是合欢丹,若不解毒,长渊哥哥恐怕要爆体而亡。我知道长渊哥哥有未婚妻,也知道长渊哥哥不会喜欢我,今夜之事,只是成全了娆儿的执念,我不会说出去,只要长渊哥哥不说,她不会知晓的。"

她攀附上去,犹如一条难以挣脱的水蛇,用手臂抱住他,靠在他胸前。

卫长渊眼前一片模糊,却仍旧固执地想要推开她。

薛娆还要再动作,却骤然被一道力量击飞,待她回眸,寒潭中的少年已被人带走。

"长渊师兄,你醒醒。"少女焦急地推了推他。

卫长渊模糊地看见自己面前的影子换了人,哑声道:"小师妹?"

少女破涕为笑:"是我,长渊师兄,你没事了。"

"我现在中了丹毒,你离我远一点。"

卞清璇担忧道:"怎么会这样?"

少年艰难地喘息。

卞清璇的手轻轻搭上他的肩膀,咬唇道:"这样下去,你会死的。长渊师兄,我不会看着你死,让我帮帮你好不好?我想救你。"

少女眸中带着情愫与泪意,附身轻轻拥住他。

卫长渊握住她的手臂,似要推开,可过了许久,他渐渐收紧双手……

卞清璇埋首在他肩膀上,缓缓笑了。

纱帐合上,月光如水。卞清璇坐在房梁上,冷眼看着幻境中的自己与卫长渊痴缠。

她冷笑道:"世间男子啊,若铁了心不愿,女子是没法强迫他的。更何况,这还只是个幻境呢,一切皆是错觉。"

若换作我那兄长,卞清璇想,他就算死了,或者冷漠地用骨刺把自己阉了,也不会碰她。

再一想，几个月前，卞翎玉与师萝衣发生的那件事，卞清璇眼中冒出了火。他要真不愿意，师萝衣如何能强迫他，那小孔雀懂什么？！

她越想越气，脸色沉沉的，差点连幻境都维持不住。卞翎玉现在在哪里？不会又与师萝衣在一起吧！

卞清璇起初以为是自己生气才导致幻境不稳，没想到无妄笛的金光开始慢慢暗淡。

幻境怎的要碎了？

她低头看向幻境中的卫长渊，他竟然又有了意识，试图反抗，松开了怀中少女的腰肢，眼神茫然。

"还试图挣扎吗？"卞清璇终于对这个少年修士高看几分，三年来，明幽仙山的大部分弟子都成了她的囊中之物。唯有死板、严肃的卫长渊，让她很是头疼和不耐烦。

卫长渊的不配合，导致师萝衣至今还能活蹦乱跳。

卞清璇干过最成功的事，约莫是出任务时找了个借口，央求他借予自己灵玉护身。

这一次在幻境中，不化蟾、无妄笛、合欢丹，以及她的天赋，全都用上了，卫长渊终于有了片刻动摇，她的胜利却也只这片刻。

若这里不是幻境，他能否上钩，谁又说得准呢？

卞清璇看向自己掌心，神色阴郁，心里焦躁："我的力量也开始变弱了？"

但无论如何，她不会放过卫长渊，也不容许他反悔。她已经没有时间再犹豫，不能容忍自己越来越弱，卫长渊动摇了一刻，那就沉下这泥淖，永远也别想上去。

卞清璇主动收回了幻境，飞身而下，注视卫长渊许久，见他已经晕了过去，幻境中的人也尽数消失。卞清璇用无妄笛在他额头点了点，令他更坚信幻境中与自己发生了什么。

她笑道："'小师妹'可是牺牲自己救了师兄。长渊师兄，你已经对不起她，不可以对不起我，既然我要你负责，你会去和她解除婚约，对

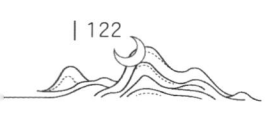

不对？"

语罢，她扶起脸色苍白的卫长渊，往清水村中走。

不远处荷塘里的淤泥越来越臭，空中紫色的妖雾也越发浓重。仿佛有什么东西从地面涌出。

卞清璇的瞳孔缩了缩，糟了，被牵制的不化蟾坏掉一个元身，已然暴怒，如今恐怕要对付他们所有人了。

她心里低咒了一句，得快点找到卞翎玉，她在清水村动用了无妄笛，那只不化蟾好像盯上她了。若真被她遇见，打不过的话……她看向昏迷的卫长渊，牺牲这把刀有些可惜。

天色渐明，师萝衣终于恢复了力气，她从荷塘边站起来，也看见紫色的妖雾朝一处涌去，神情凝重。

恐怕要出事！

他们慢吞吞过去的话，怕是来不及。

师萝衣又想起上辈子涵菽被吞噬的景象，心急如焚，再也等不了。

她走过去蹲下，与卞翎玉商量："妖气开始聚集，同门们不知道是否有危险，我在此布下一个结界，你在这里等我把涵菽长老他们带来可好？"

她要去对战不化蟾，带上卞翎玉也没什么用，说不定留在这里他还安全些。

卞翎玉本在闭眸打坐，闻言睁开眼睛。

他知道师萝衣以为自己背上的并非毒液，若是沾上不化蟾的剧毒，他一个凡人早该死了。现在他没什么事，她也就要去做正事了。

背上的毒液渗入肺腑，带来窒闷的疼痛，涤魂丹得等到彻底天亮才会重新生效，到那时，他方能将毒汁全部散去。卞翎玉并不在意这些，这样的毒也确实无法弄死他，看着面前少女焦急的眼睛，卞翎玉知道她要去救别人，平静地道："好。"

师萝衣一听他说好，心里松了口气。她召出神殒刀，在他周围画了一个结界，便要离开。

她走了几步，也不知为什么，鬼使神差地回头看了卞翎玉一眼。

晨光熹微，清水村的清晨显得苍白又阴冷。那银白衣衫的少年，正坐在她画的结界中，静静地望着她。

那是师萝衣很熟悉的眼神，她有片刻恍惚。

在上辈子所有和卞翎玉有关的记忆里，包括这辈子的很多记忆里，他都是这样的。少年眼眸狭长，瞳仁漆黑。不言不语的模样，如空中那一轮孤冷的月。

她以前觉得这样的卞翎玉很虚伪，假清高，和他妹妹是不同性格的恶人。

心魔发作最严重的时候，她被心魔掌控，甚至还想看他撕下虚伪的假面，于是她居高临下，用恶劣不堪的话刺激他。

他却只是看着她，没有回应她的羞辱，也没有表现出气恼。

只在她邪念横生，轻佻地拍他脸，道"卞翎玉，死了吗？动一下"时，他眼中才生出浅浅恨意，变得猩红，终于像个有温度的人。

明明这一次也是如此。她抿唇走了很远，远到看不见他的身影，脚步却越来越慢。

荷塘里没有一只蟾蜍，地面隐约可见无数游动的黑影。这些都是不化蟾暴怒后四散的妖气，会侵蚀人体。

师萝衣心中渐渐生出几分焦灼，把卞翎玉留下，他真的安全吗？

她知道他并不安全，万一黑影攻破结界呢？万一不化蟾偏偏就对他这个凡人更有恶意呢？他真的想要留下吗？

师萝衣心里有更重要的人，她更想要涵菽平安无恙，所以下意识选择不带卞清璇的哥哥，还为他的不纠缠松了口气。

但想着他最后的那个眼神，师萝衣的脚步越来越慢，最后停下。

她也不知道为什么，或许是一种直觉，虽然卞翎玉什么也没说，可她觉得自己得回去一趟。

卞翎玉看着师萝衣离开的背影，眸中冷漠平静。

或许他比任何人都习惯自己被放弃，儿时与母亲一起住在天行涧，母亲说："翎玉比弟弟强壮，所以娘亲把解毒的森罗果给弟弟，翎玉能忍住疼对不对？"

他看着母亲把唯一的森罗果喂给了弟弟，蜷缩着疼了十日。

化形时，他九死一生，幻化出代表着天资的长尾，母亲用业火化刀，想要将它生生斩断。

虚弱的小少年拽住母亲裙摆，想央求她不要这样做。

她仍是落下了刀，冷漠道："你弟弟身残，天生无法幻化，他本就心思敏感，翎玉，只要你和他一样，他就不会难受。"

长尾连着命脉，那日，他疼得几乎死去。他也因此得到了母亲少见的温情，她难得守在他床前，陪了他半日——以断他的天资为代价。

雷火降世，母亲只能带走一个孩子，她毫不犹豫便抱走了弟弟。

他在雷火之下，望着他们离开的背影，麻木地垂下眸子。

后来那个女人厌弃地看着他："你生来不会哭，也不会笑，和那个人一样高高在上，偏执冷漠，让我恶心。我断你尾，抛弃你，把你留在雷火之下，让你永远无法获得传承，只剩丑陋的骨刺。哈哈哈哈，若是旁人，恐怕已经恨透了我。你竟也不恨我，始终无动于衷，你是个怪物，生来便是令人恶心透顶的怪物。是否在你眼里，我这个母亲也如蝼蚁？你这种怪物，活该与你父亲一样，不得所爱，众叛亲离。你既不怕痛，不畏死，活着也没意思，便代你弟弟去死吧。"

过往种种，仿佛已经是很久远的事情。

幼年时伤痕累累的身体，一次又一次被剥夺能力，都在细数他到底有多么不招人喜欢，多么令人生厌。

天色还未大亮，涤魂丹没有起作用，卞翎玉的躯体如凡人般脆弱，但他仍站起来，走出了师萝衣的结界。严格说起来，消灭不化蟾是他的任务，不是师萝衣的。

无数黑影涌上来，仿佛嗅到血腥气的水蛭，攀附在他身上，想要撕咬他。卞翎玉无动于衷。

他在揣摩不化蟾的意图——两个元身，被师萝衣砍掉了一个，另一个只会隐藏得更深。真遇上了，恐怕涵菽也不是对手。

不化蟾的毒液还未清除，脊背传来阵阵刺痛，他却没有想过停下脚步。

在这样的痛楚中，他仍坚守着自己的职责——他不会走上父亲的路。父亲喜欢母亲，他高高在上惯了，一个命令便强抢过来。母亲伤他、害他，背叛他与旁人生下孩子，令他生不如死，堕落疯魔，连职责都忘了，最后不得善终，才导致如今人间这样的局面，让自己来收场。

卞翎玉冷着眉眼，思考不化蟾会藏在哪里，没有心情挥开这些黑影。

晨光从天边露出来，他被搅得不胜其烦，眉宇间终于流露出一丝杀意。袖中骨刺生出，刚要绞杀这些黑影，一柄长刀的刀气挥过来，将意欲啃食他的黑影全部斩碎。

他的视野明晰起来。

少女跑得气喘吁吁，脸上带着惊怒，仿佛不敢相信自己看见了什么，怒气腾腾地数落他："卞翎玉！你傻了是不是，为什么要走出我的结界？它们咬你，你不知道躲、不知道反抗吗？你要把自己变成不化蟾，再来杀了我是不是？"

他抬起眸，直直看向她。

师萝衣心有余悸，又被他大胆走出结界的行为气得不轻："你……唉……"他怎么比她还胆大？

晨风拂过她的发丝。见他不言不语，她愠怒的话语变成了无奈的低语，又柔又轻，落在他耳中，像是妥协："是我不好，不该把你丢在这里。既然你不怕，一起走吧，我带你去找长老他们。"

卞翎玉看向她伸出的手。

卞翎玉明知眼前这个少女没什么心，她不爱他，还生出了心魔。她若心魔发作便会伤害他，就像曾经的数次一样。她会拿他撒气，只有心生愧疚时或许对他有一点怜悯。

他却仍握住了她伸出的手。

这是他最后一次放任自己，卞翎玉心想，反正也走不了多远。

循着浓重的紫色妖气，师萝衣望见熊熊燃烧的烈火。她认出了那是卫长渊的真火，便带着卞翎玉赶过去。

烈火中，卫长渊执着剑，带着他身后的柔弱少女走出来。

师萝衣一眼就看见了卫长渊。他青白衣衫上沾了妖物的黏液，身上受了不少伤，轻鸿剑冷光粼粼，带着主人还未消退的战意，无数不化蟾被烧死在他们身后。

对比起来，他身后的少女便干净整洁多了，几乎没受什么伤，被他保护得很好。

师萝衣远远顿住脚步，注视着卫长渊苍白坚毅的脸。

眼前这一幕，与前世的记忆重叠。师萝衣有刹那恍惚，前世自己也是在这里遇见了他们。

她被不化蟾变成的假"卫长渊"欺骗，陷入美梦，父亲醒来，自己与长渊一生一世。她后来看破不化蟾的诡计，苦战一场，受了重伤，又疼又累，却还惦记着师兄与同门的安危，咬牙去寻他们。

结果她就看见了卫长渊死死守护卞清璇的这一幕，他宁可战死也不肯后退一步的姿态，彻底粉碎了她最后的希冀。

而今，这一幕重演，师萝衣觉得有些荒诞。

她无意识地按住心口。

曾经，她害怕极了。母亲死了，凡人生命不过百年，南越总要改朝换代。后来父亲沉眠，宗主掌控不夜仙山，她无家可回。她最后的亲人，只有卫长渊。

为什么连他也要丢下自己？

心魔涌动，她变得偏激可怖，杀意腾腾，本来决定好要退婚，成全所有人，也被偏执的心魔逼得忘在脑后，还好涵菽及时出现，觉出不对，将自己拦住。

被心魔控制的滋味太可怕，师萝衣至今仍心有余悸。这一次，隔着火海，她连忙默念心经，生怕心魔出来捣乱。

好在她心境平和，并无异样。

隔着火海，师萝衣第一次意识到，他不再是少时爱她的卫长渊，她也不是偏执入魔的师萝衣了。

卞翎玉冷淡的眼神看了看她，又看了看卫长渊。

袖中骨刺意犹未尽，还想去勾前面少女柔软的手指，被卞翎玉死死攥住。他眼中漫出浅浅的冷意，多感人，多有缘分，她竟真的循着直觉，找到了心上人。

卞清璇见到卞翎玉也在，意味不明地笑了笑。

这一幕对卞翎玉来说司空见惯，他停下脚步，没有再跟过去，微微撇开了头。他既厌烦卞清璇的手段，又厌烦看见这样的场景。

卫长渊也一眼看见了师萝衣。

师萝衣脸上沾着零星的血迹，似乎受了伤，看上去有些许狼狈。她按住心口片刻，就放下了手，十分平静。

这是第一次，她看见自己护着卞清璇，没有发怒和生气。

真火焚烧下，清水村褪去了冬日的严寒，有些灼热。

师萝衣远远地望着他，说了一句什么。

她的声音仿佛从天边传来，卫长渊几乎没有听清，但他脸色惨白，有一瞬险些握不住剑。

他如鲠在喉，头疼欲裂，不明白为什么事情会变成这样。但他也知道，他与师萝衣该结束了。

他撑了这么多年，已经渐渐想不起曾经的事情。他下定决心后，既觉得轻松，又觉得沉重。

卞清璇在他身后，无声勾了勾唇。

她知道卫长渊对师萝衣的意义，对无家可回的小孔雀来说，卫长渊就是她的救命稻草，甚至是她心魔中不可缺失的一环，可是从这一刻开始，卫长渊注定是自己手中的傀儡与棋子。

卞清璇等着小孔雀生气发怒，对自己挥刀相向更好。卫长渊必定护着自己，毕竟自己可是牺牲了那么多，救他一命的恩人。

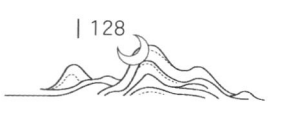

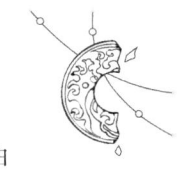

师萝衣拎着刀过来。她的神殒刀血红，映衬着火海，为她略微苍白的唇和白皙的脸平添了一抹艳色。

卞清璇等着她说第一句话，卫长渊也在等。

他们都注视着师萝衣，师萝衣开口道："涵菽长老呢？你们可有遇见？"

卫长渊紧抿着唇，摇了摇头。

卞清璇蹙起眉，打量师萝衣。怎么回事，她为何不歇斯底里了？

师萝衣问完话，又看向她。

在她的目光中，卞清璇的心竟然提了起来，带着几分期待。然而师萝衣的眼神带着冷意，她开口道："小师妹，我把你哥哥带来了，完璧归赵，你好好照顾他，别再把他弄丢了。"她回头，朝身后喊了一句，"卞翎玉。"

不知何时，卞翎玉也抬起头在看她。师萝衣与他同行一路，对他已经不像以前那样有恶感，她示意他跟着卞清璇，说："你现在安全了。"

和自己同行，一路上肯定很没安全感、很辛苦吧。现在自己把他交给卞清璇，他应当也能放松些。

少女收起神殒刀："我要去找涵菽长老，你们要不要来？"

救人要紧，她朝着妖气更浓重的地方走，转瞬已经走出好几步。

她身形纤细，没有沉浸在过往的恩怨中，终于成长为一缕来去自由的风。

卞翎玉一言不发，跟上她的背影，并未看自己"靠谱"的妹妹一眼。

卞清璇面色古怪，最后道："长渊师兄，我们也去找师尊他们吧。"

卫长渊望着师萝衣的背影出神，轻鸿剑在他掌中发出低鸣，仿佛在叹息，又似乎在哀泣。良久，他也平静下来，哑声道："好。"

师萝衣没走多远，就在祠堂看见了身负重伤的涵菽。

薛安和几个弟子扶着她，祠堂轰然坍塌，地上一摊脓血。

涵菽看见她，也松了口气："没事吧？"

师萝衣摇了摇头，靠近他们，不动声色地嗅了嗅，没有在他们身上闻见不化蟾的腥臭,心里松了口气。他们是真的涵菽和同门,而非不化蟾所化。

她看向地上那摊脓血:"这是?"

涵菽神情复杂,回答说:"不化蟾。"

长年清冷的涵菽,面上难得有几分怅然,好些弟子都死在了清水村,一开始她遇见他们,险些不设防被害了去。

还好她记得师萝衣的提醒,谁也没轻信,这才没上当。但死去的弟子,注定无法再与她回到蘅芜宗了。

涵菽见多识广,倒也对不化蟾有些了解:"祠堂之下,是不化蟾赖以生存的龙脉。我和飞兰把龙脉毁掉,不化蟾已死,用真火把这个地方烧了,应该就结束了。"

不化蟾待过的荷塘,不可以留。

师萝衣看向那摊不再动的脓血。不化蟾竟然就这样死了?涵菽真的因为她的提醒,捡回了一条命吗?

卞翎玉的目光也落在脓血上面,眼神冷了冷。

不远处,卞清璇亭亭玉立。众人皆一身狼狈,唯她仍旧光鲜美丽。少数几个活下来的弟子围住她,嘘寒问暖。薛安眼神复杂地看了眼卞清璇,本来下意识也想过去,可是想到自己险些跟长着这张脸的不化蟾共赴巫山,他心里就有些别扭。

看见了那些不化蟾产卵的景象,他的心理阴影实在太大了,大到都没法正视小师妹了。

薛安发现,其余没靠近的几人也是如此,他们看向卞清璇的眼神闪躲,已经不再像曾经那样热络。

涵菽与李飞兰放火烧了池塘,对一众弟子说:

"回蘅芜宗去复命吧。"

弟子们来时还信心满满,可是回去的时候脸色都不好看。

不化蟾已经除去,可这一趟死了十多个同门,众人皆有朝夕相对的情谊,没有人能开心起来。

不化蟾这种东西，不仅剥夺人的肉体，还用他们的身体产卵，孵化更多的妖物，真是恶心至极。

他们眼前又出现了那条出村子的路，隐约可以看见外面苍山村的情形。

众人不约而同地松了口气，终于可以离开清水村这个鬼地方了。

动不动就陷入蛊境，怀疑身边之人是真是假，实在太过提心吊胆，令人崩溃。

有弟子恨不得欢快地奔出去。

卞翎玉停下了脚步。

卞清璇也隐约觉得不对劲儿，她甚至来不及计较师萝衣为什么不再生气，到底还在不在乎卫长渊。她靠近卞翎玉，低声道："哥哥，有哪里不对劲？"

"我们走不出去。"他的声音带着一贯的冷淡，甚至平静。卞清璇却起了一身鸡皮疙瘩，看来不是她的错觉，她咬牙道："我总觉得有东西在看着我。"

垂涎欲滴，令她恶心。

"你动用了本命法器？"卞翎玉问。

她也没否认，闷闷地不说话，心道倒霉。卞翎玉看她一眼，眉眼沉了下去。

他抬眸望着苍白压抑的天空，那里仿佛有只无形的眼睛，带着压迫，与他对望。

卞翎玉提醒众人道："别再往前走了。"尽管他知道这样的提醒无济于事，不管走不走，他们都出不去。

大家停下脚步，薛安不悦地看着他："你这个凡人在说什么，难不成你还想留在这里？"

卞翎玉冷淡地看他一眼。

薛安本来就讨厌他，现在对他妹妹都有了芥蒂，干脆挑衅似的几步走到了清水村外面。

"你看我到底有事……"

话还没说完,就像是要印证卞翎玉的话似的,薄雾涌上,将他吞噬,再也看不见人影。

所有人都脸色大变。

师萝衣的脸色也白了白,眼前这一幕,让她想起自己险些被薄雾吞噬的场景:涵菽长老拉住她,代替自己掉入了薄雾中,她陷入昏迷,醒后再也没有见过涵菽。

涵菽永远留在了大雪中。

所有人心里都浮现了一个可怕的念头:不化蟾并没有死!

那他们杀掉的是什么?他们还能走出清水村吗?

如噩梦降临般,大地开始震动,他们用旱土阵驱散的薄雾迅速扑面而来,将所有人都吞噬了。

师萝衣下意识拽住涵菽的手,想要将她推出雾外。

然而今生的雾,仿佛不化蟾的怒意,比前世更加浓重。

天空瞬间暗沉,顷刻淹没众人,这次没有一个人逃出薄雾。

有人沙哑邪笑:"都留下来陪我吧。"

薄雾如水般流动,汇入祠堂的灵牌之中。祠堂顷刻重建,荷叶伸展,荷花再度盛开。

清水村又变成了夏日的模样。

一个身影清瘦的男子,盘腿坐在一叶扁舟上。

他冷眼看着被硕大荷叶包裹着身躯的修士们,唇角却带着温柔的笑意。

男子半张脸被剥了皮,看上去极为狰狞可怖,然而另外半张脸却显得十分清隽,眼神柔和。

若师萝衣还清醒着,一定会立刻认出他来——蒋彦。

这才是蒋彦本来的模样。

当初他推师萝衣下万魔窟,穿云宗怕道君迁怒,甚至没等道君动手,便为他执行了剥皮之刑。尚且是个少年的蒋彦,再也没有办法恢复

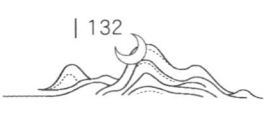

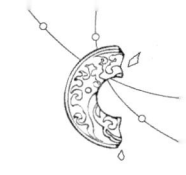

容颜。

这才是他本来的脸。

从一开始,众人就被他玩弄于股掌之中。

还活着的上古妖物,都有自己的传承与天赋。不化蟾从来都不是最强的那一个,但千万年来,那些呼风唤雨的大妖尽数死去,它却还活着。它靠的不是毁天灭地的力量,而是它可怕的繁衍能力,还有天赋"乾坤之境"。

它能在龙脉之上,创造一个属于自己的乾坤之境。进入其中的人,全如蝼蚁般任它把玩。

众人从一开始进入苍山村,就已经进入了它的乾坤之境中。

它之所以叫不化蟾,是因为它的本体并非蟾蜍。

它,或者说他,从来都是人的姿态,至死也不会化作蟾蜍,他所繁衍的后嗣、吞噬的凡人与修士,才会化作蟾蜍。

它最初是一缕破碎的灵体,险些在十年前被师桓毁灭,后来因机缘巧合逃到清水村,得龙脉十年滋养,才又修成了自己的意识。

现在,他是不化蟾,也是蒋彦。

所有修士被他包入了荷叶之中,当他们被彻底消化,从淤泥中生出来时,便是许多新的不化蟾。这些修士比普通的凡人厉害多了,以后都会成为他的后嗣。他有些期待其中一个拿笛子的少女,她好像叫卞清璇,她的躯体香得令他垂涎。

她能在他的蜃境中布置幻境,这世间竟然还有这般富有天资的人?那支笛子也有些眼熟,蒋彦记忆有些混乱,一时间不太想得起来那是何物。不过她若不动用,自己说不定还无法发现她。

蒋彦低头,注视着眼前唯一没有被包入荷叶中的少女。

师萝衣睡在扁舟之上,蜷缩着身体,不安地蹙着眉,披帛与裙摆四散。

蒋彦指挥着两只不化蟾去当替死鬼,把她腰间剩下的两把桃木小剑毁掉,这才撑着下巴看她。

"师萝衣。"他低低道,一时分不清自己是不化蟾还是蒋彦,"你父亲险些亲手封印了我,你也把我害成这副模样。你们师家父女,真是可恨。"

这样可恨,他却没有立刻把她变成不化蟾。

不化蟾丑陋、躯体冷硬,一心只想制造蜃境,勾人繁衍产卵。蒋彦莫名不想看见她也这样,不想看见她去勾引人,产下一堆小怪物。

他如今分不清自己是谁,上古传承的记忆与蒋彦的交织,令他皱着眉撑住了自己的头颅。

属于妖魔的意识占了上风,他眼神阴冷了一瞬,想起了新仇:"混账,你砍了我一个头颅!"

那是他的第二条命,因为他的轻敌与少女的欺骗,就这样没了!

从来都只有不化蟾欺骗世人,这次他却被一个少女骗了。

暴戾涌上心头,他掐住了少女的脖子,见她无法呼吸,表情难受,他脸色扭曲片刻,又迟疑地松开了手。

他打量着师萝衣,纵然在不化蟾眼中,她也十分好看。

上古时,他见过不少仙子与神女,后来众神皆殒落,还能美成这样的,少之又少。

他想起什么,神情恶劣地鼓了鼓掌:"师萝衣,醒来。"

乾坤之境中,蒋彦就是主宰。他瞧不起进入清水村除妖的修士,普天之下,除了一个快要飞升成神的师桓,没人是他的敌手,可现在师桓都没了。

少女如他愿,睁开眼睛。她眼神空茫,却依然比闭着眼睛时漂亮。

蒋彦突然觉得,她不做不化蟾也行,但必须陪着他。少女太狡猾、太狠心了,他只剩一条命,不可能放她清醒。

他如鬼的那半张脸狰狞扭曲,带着妖魔的恶意。但属于蒋彦的半张脸却十分清隽,依稀还看得出是师萝衣少时遇见的蒋彦哥哥。

"你既然答应了他成亲,怎么可以伤害他?"他神情古怪,又好似分不清自己是谁,"师萝衣,你恨过蒋彦吗?"

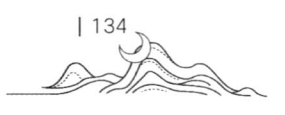

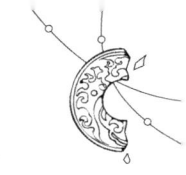

少女漆黑的眸看向他,在他的目光中,缓缓点了点头:"他骗我。"语调带着第一次被朋友欺骗的委屈。

他不怒反喜,低声笑起来:"所以在清水村,你第一眼就认出了我,对不对?"

她点了点头。

蒋彦觉得很高兴,用轻柔的嗓音说:"我也是,我也恨你,师萝衣。"他说着恨她的话,却捧着她的脸颊,倾身在她唇角轻轻吻了一下,"你父亲没了,你和我一样可怜。我们一直都是一样的,绾荨不会属于父亲,但你属于我,对吗?"

她懵懂地点了点头。

不化蟾的冷酷彻底从眼睛中消失,蒋彦神色愈发温柔,低声道:"真好。我有一个东西,一直忘了给你。"

他解开乾坤袋,从袋中拿出一个东西,放进少女怀里。

"你喜欢吗?"蒋彦完好的半张脸渐渐露出笑容。那约莫是属于妖魔最真心的笑容,然而这个笑容还未彻底绽放,他的头颅便被生生绞去。

"啊——"

不化蟾虽然不擅长用真身战斗,但从来没想过自己会死。师桓没了,他在龙脉中养好身体,再睁眼时,肆意夺了蒋彦躯体。这少主虽然毁去了容颜,可意志坚定,天资出众,勉强够他一用。

明明世间再无能制衡他之人!怎么会这样?他不可置信,同时又不甘心,用尽力气,最后也要回头,看看自己究竟败在了何人手上。

一截骨刺穿出,蒋彦终于看清了他。

那人破荷叶而出,收回骨刺,走过来。蒋彦属于不化蟾的那半张扭曲的脸,渐渐露出不可置信的表情:"怎么会?你……"

他想说你怎么能杀我,你到底是谁。但他注定说不完这句话,乾坤之境随着他的死亡轰然碎裂。

薄雾散开,天空不再灰暗压抑,出了太阳。

冬日的太阳并不怎么温暖,却不会影响人间开始化雪。

他们在清水村只过了短短几日,可外面已经过去了一个月。

人间有了化雪的趋势,不再冰天雪地。

卞翎玉踏上扁舟,蹲下注视着少女。上古妖物的妖术不像修士的法术,不会随着身死而消散,不化蟾纵然身死,它的妖术依然停在师萝衣身上。她坐在扁舟上,懵懂睁眼看他,一双漆黑漂亮的眼十分专注。

卞翎玉拿起她怀里的纸鸢,也没给她解开术法,神色不明:"他就是蒋彦?"

她乖乖点头。

他淡淡翻看着纸鸢,平静地问:"那你喜欢他,还是喜欢卫长渊?"

不化蟾在师萝衣身上下的法诀,是傀儡讨好主人的术法。闻言,少女眨了眨眼,乖觉地摇了摇头,只答:"我都不喜欢,我喜欢……"

卞翎玉骤然抬手捂住少女的唇,让她生生把那个"你"字咽了回去。卞翎玉冷眼睨她,不得不承认,不化蟾的某些法术确实卑鄙又令人愉悦。

难怪蒋彦这样做。

"别说完。"他不怎么喜欢像那个余孽那般自欺欺人,那样下去,除了自取灭亡,有什么好下场?

卞翎玉再次垂眸看向手中被人细心制作的纸鸢,那是一只漂亮的蝴蝶。他纵然不懂女子的喜好,也能看出纸鸢的精致,以及那人的用心。

他神色冷淡。

卞翎玉没有骗卞清璇。当初卞清璇问他有几成把握,他回答三成。

失去一切的自己,对上不化蟾这种上古余孽,若他不露出真身,确实只剩三成把握。不化蟾擅长蜃境,还有乾坤之境,几乎不可能与他单打独斗。

而且不化蟾一定把头颅藏得很好。找不到它的本体,他就无法杀死它,只能被耗死。

然而卞翎玉也没想到,师萝衣有这么大的本事,能斩断凤烛,还能

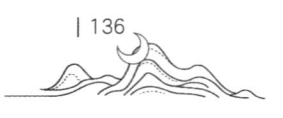

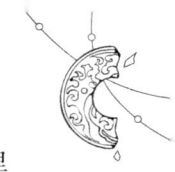

让蒋彦屡次对她心软，没有立刻炼化他们，反而两次露出真身，在这里送她纸鸢。

三成把握，硬生生提到了八成。

"你可真是厉害。"卞翎玉浅嘲，心想再没见过比这更荒诞的事。不化蟾或许至死也在后悔，就不该选择一个动过情的凡修躯体。

"能起来吗？"卞翎玉扔了手中纸鸢，率先走下扁舟。

傀儡少女点点头，也不要他拉，干脆利落地从扁舟上爬起来。

卞翎玉心里不太高兴，为了救人方便，也没有第一时间给她解开术法。傀儡少女认错了术法的主人，以为纸鸢是卞翎玉的，偏了偏头，从扁舟上捡起那个被卞翎玉扔掉的纸鸢，搂在怀里，亦步亦趋地跟着他。

或许是窥到了另一个男子不曾宣之于口的深重情意，见她依依不舍地抱着纸鸢，他冷冷地笑了笑，表扬她："你可真懂事。"

小傀儡听不出他的言外之意，骄傲地对他露出单纯的笑容。

卞翎玉没理她，欺负一个傀儡也没意思。他任由她跟着自己，去荷叶中把其他人一一放了出来。

众人吸入毒雾，全部昏迷了过去，除了卞清璇一会儿就会醒，其余人得天黑才能醒过来。

小傀儡就乖乖跟在他身后，眼巴巴看他救人，她如今的状态懵懂无知，也不认得人，看什么都很好奇。

卞翎玉最后把卫长渊放出来。

师萝衣就盯着他放出来的卫长渊看。

卞翎玉沉默着，忍了片刻，见她还在看，捏着她的下巴，把她的脸颊硬生生转了过来。

他终于还是没忍住，用指腹在她脸上和唇角狠狠擦了擦。

那都是蒋彦碰过的地方。

少女的脸和唇角被他擦得通红，神情却迷茫无辜。她还抱着纸鸢，不懂他为什么突然发火，神情有些怯怯的。

她虽然暂时成了傀儡，可是蒋彦没想让她永远变成不化蟾，也没真想永远把她变成傀儡。她还留着些许意识可以思考，被欺负了，也会感到委屈。

卞翎玉沉默了一瞬，到底没扔掉她怀里的纸鸢："我没生你的气，是我越来越没用，保护不了你。"

不管是卞清璇的针对，卫长渊的冷落与忽视，还是她同门的恶语，蒋彦的轻薄……面对这些，他只会越来越无力。

他甚至已经弱到没法立刻挣开薄雾，及时救她。

少女若有所思，良久，伸出手，安抚地靠入他怀里，轻轻抱住他。

"不怪你。"小傀儡温柔地说。

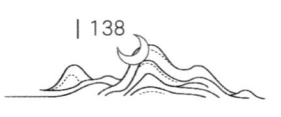

柒. 鸳鸯佩

月亮高悬天空，所有人终于陆陆续续醒了过来。

卞清璇坐在一块石头上，意味不明地看着还在熟睡的师萝衣，视线在她发红的脸蛋上一扫而过，又落在她嫣红的唇上，眸色冷了冷。

卞清璇心情糟糕，看谁都没个好脸色。

师萝衣最后一个醒来，头疼欲裂，神情呆滞。涵菽扶着她，给她把了把脉，安抚道："没事了。"

师萝衣晕乎乎地坐在原地缓了一会儿，才发现这不是在做梦。他们没有被不化蟾杀死，反而获救了。

涵菽也说不清这是怎么回事："约莫当时它已经死了，薄雾是因幻境碎裂产生的，把我们送出来了吧。"

说罢，她蹙眉，盯着卞清璇，又看向卞翎玉。

她虽然修为远远不及同辈的师桓和蘅芜宗宗主，可她并非愚钝之人，她始终觉得卞氏兄妹身上有古怪。

卞清璇能炼出不符合修为的丹药，卞翎玉敢跟来清水村除妖，还有不化蟾莫名其妙便被人除去……这些事都让她心中警觉。

涵菽说薄雾是幻境碎裂产生的，师萝衣却觉得不是这样。

眼下青山绿水，空气清新，尽管没了龙脉，清水村和苍山村却依然保留着它们原本的风景。

师萝衣察觉怀里有东西，低头去看，发现是一只彩色的蝴蝶纸鸢。

纸鸢完好地躺在她的手心，精致漂亮。

师萝衣愣了愣，骤然想起少时，蒋彦被他宗门的长老按在地上给她磕头，却抵死都不道歉，临走时满头满脸的血，还不忘笑着问她："下次

见你,我把做好的纸鸢带给你?"

师萝衣不会再见他,自然也没有收到他的纸鸢。师萝衣回头望向清水村,那里已被夷为平地,什么也没有了。

雪花化作水,汇入池塘。那是她少时第一个朋友的埋骨之地。

他永远也不会回来了,但是给她留下了一只纸鸢。

她注视蝴蝶纸鸢许久,最后把它放进了乾坤袋中。

前世她的世界非黑即白,到如今,她才知这个世界并非只有是非对错。

总有一些事情游离在是与非之间,经年后斑驳。

她收起纸鸢,脑子还是有些昏沉,打算去溪水边洗把脸。

卞清璇滑下高石,落在卞翎玉身边,见他注视着师萝衣将纸鸢收好,恶意满满地道:"怎么,后悔没毁去蒋彦留给她的东西?"

卞翎玉冷冷看她一眼,不吭声。

卞清璇当时虽然被裹在荷叶中,但并非完全没意识。她的神魂比其他人都强大,大致发生了什么也有所觉察。

卞清璇以为卞翎玉会扔了那只纸鸢,没想到小孔雀把它抱在怀里,他因为她一委屈,就真的任由她抱着了。

她讨厌卞翎玉因为师萝衣而压抑退让,他从来就不会这样对自己。但更让她心烦的是,自己如今的功法也开始削弱了。

就拿薛安和某些弟子来说,他们已经隐约脱离控制了。

卞清璇觉得害怕,她付出了那么多,才有如今的力量,她宁肯死,也不愿轻易失去。

她焦躁地看向卫长渊,希望他别让自己失望。

她现在每天都在烦两件事:

师萝衣怎么还不被心魔控制,还不崩溃;卞翎玉还要坚持到何时,才肯放弃。

她安慰自己,卫长渊去解除婚约,师萝衣失去最后一个亲人,总会心魔再次发作,开始入魔了吧?

师萝衣看着月光下溪水中自己的影子，迟疑地摸了摸脸。

方才头太疼，她没注意到脸上的异样，但是现在月光清亮，她看见了自己脸颊上明晃晃的印子，唇边也有，微微发红。

虽然不疼，可是看上去也太奇怪了。

她忍不住想，没意识的这段时间，到底发生了什么事？难道是蒋彦恨得临死前也要给她一巴掌？

怀里的纸鸢告诉她不是这样。

蒋彦已经死了，她或许永远也无法知道这个答案。月光柔柔地洒在她身上，到了此时，师萝衣方如释重负。

涵菽真的活下来了。

这意味着茴香也能改变命运，自己也能活得很好，不是吗？

众人第二天便启程回去，一连赶了几日路，终于在黄昏时刻到达了明幽仙山。

不化蟾出世是大事，涵菽立马去向宗主汇报。

宗主听完后，意味不明地道："看来当初师弟封印的妖魔，尚且有漏网之鱼啊。"

涵菽蹙了蹙眉，宗主话语中隐隐带着对师桓的责怪，令她觉得古怪，仿佛妖魔没除尽，是道君的错一般。

但很快宗主便和颜悦色地夸了夸她，又可惜道："可怜蒋家那孩子和此次牺牲的弟子了，年纪轻轻便殒落在清水村，死在不化蟾手中，还无法保留完整的尸身。"他招了招手，对弟子道，"将清水村的事向蒋宗主说一遍吧，白发人送黑发人，望他节哀。"

弟子领命离去。

没过多久，传信的弟子从穿云宗回来，说穿云宗的宗主得知蒋彦身殒，连尸身都找不回来后，只冷冷地说了三个字："知道了。"

人间是新的一年，仙山也是新的一年了。

每年的这个时候，宗主会允许弟子放松几日，不必修习，在凡世或

仙门还有家的弟子，可以回去陪一陪家人。

茴香期待地说："过几日就是小姐的生辰，今年好不容易卫大公子在山上，他肯定要接小姐去卫家一起过。"

他们幼时便是这样的，每逢师萝衣生辰，卫长渊很早就会准备礼物，与她一起在不夜仙山度过。

后来师桓沉睡，卫长渊就带师萝衣去卫家过。

可是渐渐地，他忙着除妖，分身乏术，已有两年缺席了她的生辰。

茴香尤其期待今年，絮絮叨叨道："小姐已经成年了，卫大公子若有心，今年送小姐的礼物，便是他的灵玉了吧。小姐若是与卫大公子结为道侣，便不必再这么辛苦。"

师萝衣也曾这样天真。

上一世从清水村回来，涵菽的死给师萝衣的打击很大。有很长一段时日，她过得浑浑噩噩，经常从噩梦中惊醒，满脑子都是涵菽为了救自己而死的那一幕。

师萝衣纵然发觉了卫长渊的不对劲，也希望他能拉自己一把，告诉自己别怕，就像小时候那样。

可她等来的是卫长渊的退婚。

她的心魔愈发深重，控制不住愤怒绝望的心绪，叛逆得要命，抵死也不愿同意。心魔横肆，她恨师兄，恨所有人，甚至对卫长渊动了手，把他打伤。

卫长渊站在原地，不言不语，只沉默地看着她，任由她的银剑刺穿他的肩膀。

师萝衣手中的剑见了血，神识渐渐清明。

她扔了剑，躲到后山，瑟瑟发抖。

心魔第二次出现，仿佛昭示着她惨烈的结局。她以为师兄也怪自己没用，害了涵菽长老，心中悲凉害怕。

明明是生辰，师萝衣却一个人躲在后山哭了半夜，最后在清晨意外地收到了迟来的生辰贺礼。

它被人悄无声息地放在她的身边，是一只泥塑的红眼睛小兔子，上面灵力磅礴，可以突破结界。

她迟疑地拿起它，灵兔散发着暖意，师萝衣终于停止了发抖。

那时候不夜仙山已经落在了蘅芜宗宗主手中，原本师桓布下的护山大阵被替换成了宗主的阵法，谁也无法再上不夜仙山，包括师萝衣。

宗主对外说会好好替师弟和小侄女守住不夜仙山，赢来一片赞名。

师萝衣想回家，却无法突破结界。她心里已经隐约意识到，宗主不会再让她回去了。

收到可以让她回家的泥塑小兔，她以为是卫长渊送来的，师兄在被她打伤的情况下，还记得她想回家。师萝衣以为卫长渊回心转意，请求和解，自己的心魔也有救了，终于没有那么伤心了。

但这辈子，师萝衣心中清明，她隐约觉得，那只泥塑小兔并非卫长渊送的。

卫长渊从清水村回来后，便心神不宁，恐怕连她的生辰也忘了，因此才会在那样特殊的日子提出与她解除婚约。

否则，哪怕卫长渊不爱她了，也不会刻意在她的生辰伤她的心。

况且灵力磅礴到能突破宗主结界的东西，其制造者的实力恐怕不在宗主之下。

蘅芜宗有这样的人吗？

难道是父亲的哪位隐士朋友，见她被退婚可怜，才送她泥塑小兔，帮她回家？

师萝衣多留了一份心思，若真是这样，她打算找出这位前辈，亲自感谢他。顺便请教前辈，父亲到底要怎样才可以醒来。

前世今生她找寻了无数法子，都无法让父亲醒来，这位修为高深的前辈说不定有办法。

生辰的前一日，师萝衣打算先去不夜仙山下，把桃树下埋藏的信物挖出来。

当断则断，既然已经下定了决心，她再也不要和卫长渊纠缠不清。

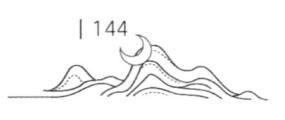

好在宗主看不上这片桃林，护山大阵还没有霸道到笼罩山下。

她虽然没法上不夜仙山，却能把信物挖出来。

不夜仙山只有这一片会开花的桃林，师萝衣寻到当年做记号的桃树，拨开泥土，从里面拿出一个玉盒。

玉盒中，有一坛道君和公主亲手酿的女儿红，还有一块鸳鸯石，上面刻着她与卫长渊的名字，鸳鸯石不碎，婚约永不断。

师萝衣想，是时候结束这一切了。

这一次，心魔之事她将另寻他法，她会和卫长渊解除婚约。

师萝衣看了眼女儿红，这是南越国的习俗，爹爹深爱妻女，堂堂天才道君，也笨拙地学着酿酒，为宝贝女儿的降生庆贺。

里面是世间最好的灵露，是道君为仙胎女儿在道侣大典那一日准备的交杯酒。

师萝衣本想把女儿红埋回去，想了想，又把它抱了出来。

她实在太过拮据，如果找到了那位前辈，不妨把灵露送给他吧。反正和师兄的交杯酒大抵也用不上了，不如助前辈增长一甲子的功力。

做好这一切，师萝衣等着生辰来临。

她拿出鸳鸯佩。以防万一，她还是决定先按照原来的路走。毕竟前辈应当是可怜她，才会送来泥塑小兔。那么她这次被退婚，也先要表现得伤心欲绝才行。

她想见到那个人，还望前辈勿怪，事后她会把鸳鸯佩还给卫家的。

可她重生以来，已经发生了许多变故，这次送她泥塑小兔的人，还会再出现吗？

卫长渊去找师萝衣前，已一个人在昆阳谷练了七日的剑。

他走出山谷时，与他关系甚好的几个师弟担忧地看过来，他平静地道："我没事。"

只是一时的道心困惑，他已经做出选择了，不是吗？

师萝衣院里的红梅快要凋谢，卫长渊隐约记起，上一次自己踏足这里，还与师萝衣吵了一架，两人不欢而散。

他在院门口站了良久，从未觉得眼前这扇门会如此可怖。

他们到底是如何走到这一步的呢？

卫长渊记得，师萝衣出生时，自己已是个幼童。卫父那一日很是高兴，郑重地告诉他："道君家生了一个女儿，是我儿的幸事。"

他年岁太小，并不懂父亲话中之意，自小受到刻板正直的教养，也不会额外喜欢什么。然而当襁褓中的婴孩睁着黑白分明的大眼睛，咿咿呀呀地咬住他的手指时，天生剑骨的男孩，第一次心软得一塌糊涂。

一年年，他看着她长大，在南越皇宫，两个小小的孩子相守，他笨拙地为她做着自己不擅长的事。他的剑因守护她而第一次见血，他会在她犯错后无措地望着自己时，道："别怕，长渊哥哥在。"

他知道，她身世高贵，以前自己只是高攀。她孩子心性，远远没有像自己在意她那般在意自己。人间灯节，他在灯上写"愿与萝衣相守一世"，她却写下"愿这天下太平，爹爹安好"。

他情窦初开，难掩低落。

他为她摘过春日盛放的第一朵花，带着她在漫天大雪中散步。哪怕道君沉眠，他也会为了她而对抗父母，跪在檐下三日三夜。

父亲摔了茶盏在他头上，暴怒地让他滚。

他默默做着这一切，甘之如饴。

为了尽快成长起来，有保护她的能力，十年来，卫长渊不断出任务，去秘境历练。渐渐地，他与师萝衣不再像幼时那样亲密无间。

有时候卫长渊也会觉得很累，会觉得师萝衣在慢慢改变。他一度不能理解她失去父亲后如此不讲理，刁难同门，逞强犯错。

尽管遇见了处处符合自己心意的小师妹，卫长渊也一直告诉自己，坚守本心。他从未想过有一日会将师萝衣从自己的生命中分割出去。

他再疲惫再累，少女再落魄任性，他也以为他们有一生一世。

或许有的事情从一开始就注定了，从他把灵玉借给小师妹，第一次出言责备师萝衣，维护小师妹的那天起，他们就再也回不去了。

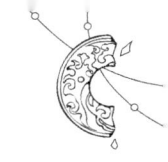

人间的雪化尽,一直刮着寒风。

卫长渊觉得冷,他不知道自己在师萝衣的院门外站了多久,久到茴香拎着篮子回来,看见他立在寒风中,惊喜地道:"大公子来了,怎么不进去?"

茴香什么都不知道,仍旧一心盼着他们好。她推开门,惊喜地道:"小姐,大公子过来了。"

卫长渊抬起眸,隔着满院子快要凋零的红梅,与闻声出来的少女遥遥相望。

师萝衣似乎也在等着什么,看见他来,低声道:"师兄。"她望向他,仿佛了然,就像很多年前一样关心道,"外面冷,你进来吧。"

两人对望片刻,卫长渊还是走进了院子。他们隔着一张桌案坐下,桌上是茴香新摘的茶。

少女将手放在膝盖上,静静地望着他,谁也没有开口说话。

卫长渊已经很久没有这样打量过她了,许是已经成年,她褪去了几分稚嫩,头发变得更长,半绾着,半垂落,碧色丝带随风飘舞。

她的眼神并不像前几年记忆中那般阴沉执着,重新变得明透美丽。

风吹得树枝沙沙响,残败的梅花落了一院。

他们这样对望,卫长渊恍然有种举案齐眉的错觉。

兴许他们真的在一起,经年后也会这样安然对坐着饮茶,看庭院花落。

然而错觉终究是错觉。这次卫长渊未开口,是师萝衣先说话:"长渊师兄,你想说什么?"

他的拳头慢慢收紧,开口道:"萝衣,我们解除婚约吧。"

短短几个字,他却说得很艰难。其实解除婚约这句话,并不是第一次从他们口中说出。

许久以前,为了引起心上人重视,小少女总会气鼓鼓地说:"你再不理我,我就不要你了。是你的剑好看,还是我好看?长渊师兄,你为何宁肯成日对着你的剑,都不肯看看我?"偏偏她又是最沉不住气、没有耐心的，往往才说完，又很快委屈道："当然是我重要，你会一辈子和我在一起，对不对？"

他总会因此耳根发红，最后低低应是。

这一次，好似和以前任何一次没有区别。

他说完，少女没有第一时间说话。卫长渊甚至隐约还有种错觉，她会像曾经一样，冲自己哭闹、发火。

桌案的茶已经慢慢变凉，卫长渊等来的是师萝衣摊开的手。

上面躺了一枚鸳鸯佩，镌刻了他们的名字。

卫长渊的目光落在鸳鸯佩上，脸色瞬间惨白。他仿佛明白了什么，唇轻轻颤了颤。

师萝衣合上手掌，将鸳鸯佩捏断，一分为二。

少女把写着卫长渊名字的那一半推到他面前，拿回属于自己的、小小的另一半。

她终于长大，不再哭，也不再闹，甚至没有一声责备。

她像是有些释然，最后只道了一句："长渊师兄，你今后要幸福。"

院里的花落了一地，茴香唇角噙着笑打扫。

她并不知道屋内发生了什么，就像以前一样，她还在替小姐计划要给卫家长辈准备些什么礼物。

她知道小姐这几年都过得很苦，总盼小姐能快些长大，飞出这个囚笼，飞到安稳的地方去。

因此卫长渊出来时，她欢喜地迎了上去，想问他是否今日就要带小姐去庆生。

卫长渊神情有些恍惚，一眼也没看她，几步走出门外。

他的修养从来不会让他这样无礼，茴香觉察到异样，有几分无措，连忙回头去看院中的另一个人。

迎着光，师萝衣也在看他们。

她抱着一坛女儿红，俏生生立在风中。茴香惊得眼珠子都快掉下来，十分着急："小姐，你怎么把成亲的女儿红给挖出来了？这是道君为

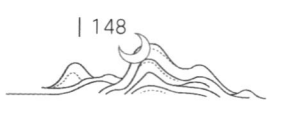

小姐和大公子准备的，小姐在做什么傻事？赶紧埋回去。"

卫长渊低着头，越走越快。寒风把小院中的声音传到他的耳中，他听到她温和地告诉茴香："因为再不会有道侣大典了。"

明明是这样宽容的一句话，却让卫长渊积蓄在眼中、不敢让人看见的泪，大颗滚落。

他也不明白自己这是怎么了，明明爱意不再，卸下了重担，他却感觉到了难受。

他以为自己不会后悔，毕竟在幻境中，与他携手走过的人是小师妹，不是师萝衣。

兴许他难受，只是因为那是他长久以来守着的、这辈子第一个守护过的人。卫长渊在她终于长大这一日，永远失去了她。

师萝衣抱着女儿红去了后山。

为了找到前世送自己泥塑小兔的人，她从院子奔往后山的路上，都表现得伤心欲绝。

她深知自己越可怜，前辈才越可能出现。

因为前几年，她还骄傲倔强时，就没有收到过生辰贺礼。

做这件事之前，师萝衣并不确定会不会成功。

今生与前世已然大相径庭，她没有伤害卫长渊，更没有一剑把他捅个对穿。

她找到了前世把自己藏起来的山洞。

山洞很小，远远不够遮风避雨，上辈子她就在这里哭了半夜，一直发抖，直到天明才睡过去。

这一次她虽然已经不再伤心，还顺利解除了婚约，却仍然要把发生过的事走一遍。

她藏好女儿红，蜷缩进小山洞，努力开始哭。

努力了半晌，大抵实在是没有那么伤心，她只好把眼睛揉得通红，把脸埋进膝盖中，呜呜假哭。

她心里好奇又忐忑，那个人应该不会看出来吧？

从清水村回来后，卞翎玉的身体在白日会好很多，然而一到夜晚，会比以前虚弱数倍。

前几日丁白起夜，发现他在咳嗽，吐出了一口血。丁白吓得不轻，连他这样的小弟子都隐约有种预感——

卞翎玉在燃烧自己的生命力。

待到油尽灯枯的那一日，卞翎玉会从世间消失。

丁白慌慌张张将此事告诉清璇师姐，本以为她会和自己一样焦急，没想到师姐意味不明地道："选择吃下涤魂丹，他便早知道自己活不了多久。他都无所谓，你怕什么。"

"可……"丁白绞着手指，说，"我总觉得，公子这次回来，不太开心。"

这并非他的错觉，虽然卞翎玉能走路，能活动了，但他沉默的时间更多了。

卞清璇挑了挑眉，微笑道："不开心？那是因为触碰到又再次失去，比从来碰不到更残忍。"

更何况，卞清璇知道他在意什么。她几乎有些幸灾乐祸，清水村之行回来后，师萝衣再也没看过卞翎玉半眼，不曾过问他一句。自始至终，他什么都不是。

他就算到死，也只会有一个身份——

卞清璇的哥哥。

扁舟旁傀儡少女的拥抱，是卞翎玉能触到的仅有的暖。

然而那样的暖还是假的。经风一吹，就散得无影无踪，不会在师萝衣心里留下任何痕迹。

卞清璇近来倒是过得十分顺利，回到明幽仙山，她又过上了众星拱月的日子，虽然都是一群蠢东西，她不会以此为傲，但只要卞翎玉沉寂，师萝衣失魂落魄，她就觉得高兴。

而且师萝衣看样子根本想不起卞翎玉，她大可不必担心师萝衣再与卞翎玉有什么交集。

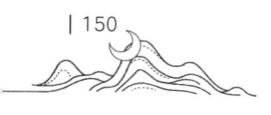

卞清璇弹了弹丁白的脑瓜，说："转告我的哥哥，死心吧。过两日他善良的妹妹就邀他看一场好戏。他在人家心中是蜉蝣，但总有人是人家的心头肉。"

好好认清，你在她心里到底算个什么东西。

丁白当日回去，将她的话转达，收到了卞翎玉一个冷冷的眼神。

他吓得连忙跑了出去，公子看上去好可怕。

但小孩子好奇心重，他近日总在廊下等着消息，揣测清璇师姐口中的那场"好戏"。

他一连守了好几日，终于听到一件令人惊讶无比的事。

黄昏时，丁白兴冲冲穿过院子，去寻他家冷漠难相处的公子，眼眸发亮地道："公子，你猜我今日听到了什么？"

卞翎玉在屋子里看书，反应十分冷淡。

这次卞翎玉回来后，丁白心中莫名对他有几分敬畏，他小心翼翼地道："他们说，卫师兄去和师小姐解除婚约了。"

卞翎玉翻书的手顿了顿，淡淡道："然后呢？"

这是丁白第一次得到他的回应，连忙道："他们说师小姐非常生气恼怒，死活不肯解除婚约，还被卫师兄给气哭了。很多人都看见了，师小姐伤心欲绝，哭着跑到了后山。"

丁白确认自己没有看错，自己说完后，公子似乎压着怒火，冷笑了一下："她倒是一直都这么出息。"

丁白缩了缩脖子，莫名觉得他不是在夸赞那位可怜巴巴的不夜仙山的仙子，他不敢惹发怒的卞翎玉，连忙一溜烟跑了。

卞翎玉坐着没动，又翻了几页书。

纸张被他揉皱，骨刺从他袖中不受控制地飞出，显得十分焦躁。

天色还没黑下来，他吃下的大量涤魂丹此时还未失效。

卞翎玉冷着眉目，半晌，闭上眼睛，将神识覆盖到后山去。

山洞中，一个纤细的影子在边发抖边哭。少女哭得哽咽，肩膀一颤一颤，看上十分去可怜。

卞翎玉面无表情地看了一会儿,心里堵得慌,收回神识。他看过太多这样的场景,以为自己已经麻木,没有打算管她。

哭完了,她总归还会坚强生活。

就像卞清璇说的那样,他总有一日会死在蘼芜宗,像个凡人一样老去、死去,也没法再管她,没法再维持那份可笑的执念。她也应该学会冷心冷情些,学会放弃卫长渊。

令人厌恶的鹧鸪却在山中叫,卞翎玉无法平心静气。

他知道今日是师萝衣的生辰。

良久,卞翎玉放下书,叫丁白进来:"去准备一些陶泥。"

丁白虽然不知他要做什么,但还是脆生生地应了,很快就找来了陶泥。

卞翎玉沉默了一会儿,以指为剑,斩断了自己身上的一截骨刺。

方才焦躁的骨刺,在此时却意外地一动不动,默默受戮,只在被斩断时疼得不住发颤。

卞翎玉将陶泥覆盖在骨刺上,他本来打算敷衍了事,然而到了手中,陶泥最后成了一只红着眼睛,十分委屈可怜的小兔子。

兔子以骨刺为躯干,吸收了骨刺中的磅礴灵力,灰暗的眼睛灵动起来,精致可爱。

也不知道为什么,卞翎玉想起了蒋彦的纸鸢。在这件事情上,他竟然与一个余孽重叠。

这个认知令他的脸色愈发冷淡。

做完陶泥兔子,天色已经快大亮,他起身朝后山走去。

林间露重,卞翎玉衣衫单薄,在山间逆着寒风走了许久,终于看见蜷缩在洞中哭到睡着的少女。

他远远地望着师萝衣,没有过去。

卞翎玉不知道卞清璇到底做了什么,竟让卫长渊去与她提出解除婚约,而且是在昨日那样的日子里。

但卞翎玉明白师萝衣要什么。

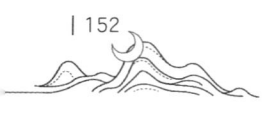

刀修少女的爱，从来都死生不渝，执着不悔。

何况她如此骄傲，卫长渊都忘记的事，她恐怕还一直记得。

没了师桓，世间她最爱卫长渊。

就算变成小傀儡，她注视卫长渊的时间，也比注视其他人长。

蒋彦到死，也没在她心里留下一席之地。

卞翎玉眉宇间现出浅浅的冷嘲，打算扔了兔子就走。

不远处的少女哪怕睡着了，也仍旧在发抖，眼睫和脸颊上还挂着泪。

她有多可恨，就有多可怜。

骨刺刺穿的地方又开始发疼，疼得卞翎玉无法移开脚步。可他最终还是来到她面前。

哭什么呢？

他心想，有什么好委屈的，以你的倔强，最后总会得偿所愿。

卞翎玉放下兔子，用手轻轻把她脸颊上的泪珠拭去。

想到她醒来就可以看见她"师兄"给她的生辰礼物，他眼底闪过一丝讽刺。那时候她还敢难过的话，就有多远滚多远，只要别在离外门弟子最近的地方哭就行。

师萝衣眼眶红红，鼻尖也很红。卞翎玉的目光带着晨风般的凉意，却良久停留在她的眉眼上，一动也不动。

一只白皙的手，不知何时轻轻拽住了他的袖子。

卞翎玉微微皱眉，却已经来不及，在他的注视下，少女骤然睁开了眼睛。

"前辈，我其实……"

师萝衣对上卞翎玉冷淡的眼，不可置信地睁大眼睛，将后半句硬生生咽了回去，咽得太急，险些被呛到，憋得满脸通红。

雀鸟跃上枝头，梳理着自己的羽毛，林间晨风吹过，带着泥土的清新。

此间种种，都昭示着她并非在做梦。

师萝衣整个人都不好了,她对上卞翎玉发现受骗后阴冷得仿佛要掐死她的表情,连忙收回了自己拽住他袖子的手。

她打了个哆嗦,陶泥小兔的主人,怎……怎么会是卞翎玉?

捌

陶泥兔

卞翎玉没想过她会骗自己。

太阳已经出来,他的术法和骨刺都能够使用,先前却没有觉察师萝衣是醒着的。

他对师萝衣没有防备,看到她睡着了,他才会走到她身边。在她长睫轻颤的那一瞬,卞翎玉明白过来,她在装睡。

须臾之间,卞翎玉袖中的骨刺动了动。

他有许多选择。

若他真不想师萝衣发现,他可以将骨刺作为缎带,遮住她的眼。师萝衣一个金丹期的小刀修,即便使出浑身解数,也挣脱不开,他再令她晕过去,离开就好。

可是他沉默着,并没有动作,反而任由师萝衣捉住自己的袖子,睁开眼睛。

没有人想永远做另一个人的影子,没有人会甘于永远在阴影处饮鸩止渴般窥伺。

所以,你既想知道,那就睁开眼睛看看吧,我到底是不是你心心念念的卫长渊。

晨露从叶片上滴落,少女终于睁开了眼,说:"前辈,我其实……"话音骤然断掉,少女瞠目结舌地看着他。

卞翎玉脸上没有半点慌乱和异色,平静至极。

他眼看师萝衣怔然呆住,眸中全是不可思议的震惊之色。她的脸旋即涨得通红,咳嗽起来,连原本扯着他袖子的手,也仿佛碰到毒瘴般飞快缩了回去。

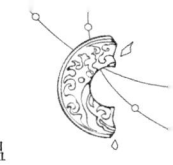

卞翎玉看了一眼她垂落的手，勾唇笑了一下，但那笑容没有半点温度。他起身，一言不发往山下走。

他早该知道的。

师萝衣缺的从来都不是什么生辰贺礼，而是卫长渊的关心与道歉。

她既已经疯魔，便万不可能再回头。

原本躁动的骨刺，在他袖中也跟着一动不动，沉寂得仿佛死物。

师萝衣昨日在心中演练了数遍见到"前辈"以后如何开口，据她所知，修为高深的人往往脾气都很古怪。

可任由她千算万算，也没想到陶泥小兔的主人是卞翎玉。

她睁开眼睛看见是他，不仅词穷，险些还岔了气，脑子里一片混乱。

直到卞翎玉冷冷地看了自己一眼后离开，她才从混乱的思绪中回过神，思考到底怎么回事。

和前世一模一样的陶泥小兔就放在她身边，她把兔子捡起来。

它被捏得十分可爱，长耳朵，还有一双红彤彤的眼睛，像是委屈巴巴地哭过。师萝衣越看越觉得它眼熟，一时之间忍不住摸了摸自己的眼睛，难得有些窘迫。

不像，一点都不像自己！师萝衣在心中否认。

兔子的眼睛温柔湿润，师萝衣将它拿在手里，它散发着浅浅的金色光晕，为她抵御冬日清晨的严寒。

"怎么会是他……"

卞翎玉为什么会送她陶泥兔子？

如果师萝衣没记错的话，自己在卞翎玉心中，不仅蛮不讲理地伤害过他，还送了"一把破锁"去羞辱他。

卞翎玉明明先前恨自己都恨得来下毒了，只不过他没料到凡人的毒丹对她的仙体无用。

尽管清水村一行，他们关系融洽了些，可也远远没到卞翎玉给自己送法器的地步。难道，他知道了自己是因为他妹妹才被退婚的，心中有愧，或是怕自己伤害卞清璇，于是用陶泥兔子来道歉？

显然这是所有不合理的猜想中最合理的一个。毕竟他先前就想要替卞清璇求和。

师萝衣摸了摸兔子的脸，叹了口气。她生平第一次，有些羡慕卞清璇有这样好的哥哥。

难怪卞清璇即便修了仙，也不忘带上他。

想明白后，师萝衣拿出自己藏起来的女儿红，决定去追卞翎玉。陶泥兔子大概率是卞清璇拿给他护身的，她拿走了，卞翎玉怎么办？尽管她很需要这只陶泥兔子，可是她再缺德，也不想抢一个凡人护身的东西。

师萝衣本以为卞翎玉才走没多久，自己很快就能追上他。可她顺着他离开的方向走，直到下山，也没看见他的身影。

她没想到他走得这么快，在心中挣扎一番，最终还是来到了外门弟子的住所。

卞翎玉的院子外，一个小童坐在门槛上打盹儿。

木门前种了几棵清雅的梨树，这个时节还没结花苞。

这是师萝衣第二次踏足这里，心里有些尴尬。毕竟上一次来，她没干什么好事。

当时她被心魔操控着，满心暴戾，根本没注意这个院子什么样。

但她很确定，那时门口并没有这个守门的小童。否则她也不至于光天化日……

她捏了捏兔子。人家防她都防到要守门了，她一会儿不会被打出来吧？

丁白这个年纪还在长身体，每日清晨，他都困倦不已，半眯着眼打开院门，坐在门槛上再偷一会儿懒。

卞翎玉总归不会管他。

今日清晨，他才打开门，就见卞翎玉从外面回来。公子身上还带着晨露的湿气，脸色冷淡，看也没看他一眼就进了院子。

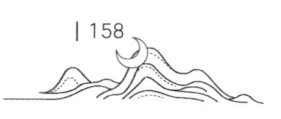

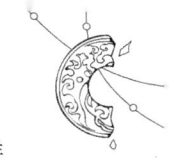

丁白已经明白了,不去揣摩他的心思,才没那么多烦恼,他懒洋洋地坐在晨光下,继续补觉。他的小脑袋瓜一点一点,蒙眬之际,没有坐稳,一头朝地上栽去。

他吓得立刻睁开了眼睛,心道糟了,恐怕又得像前几日那样,磕出一个大包。

然而不等他的头磕上去,一只温软的手垫在了他额头下。

丁白愣住,坐直身子,就看见了他十年的生命中最美好的一幕。

少女蹲在他面前,桃腮杏眸,裙摆在地面铺开。晨光熹微,她长睫沾着露,宛如美人垂泪,一双眼睛却并不哀伤,笑盈盈地看着他,带着几分友好的戏谑。

方才接住他额头的,就是眼前少女柔软的手。

丁白呆呆地望着她,面红耳赤。

"小师弟,能否帮我通传一声?有客前来拜访。"

丁白一颗情窦初开的心简直要跳出来。清璇师姐也好看,可清璇师姐不会好看成这样!

她冲他笑,还叫他小师弟!

丁白眼睛亮亮地看着她:"师姐,你找我家公子吗?我这就去给你通传。"

他按捺着猛烈跳动的心脏,像一阵风一样跑进院子里:

"公子,公子……"

卞翎玉坐在丹炉旁,正在翻看丹书,见他冒冒失失地进来,手中药材化作刀叶:"出去。"

丁白接住刀叶,也不管他的冷淡,傻笑道:"外面有个师姐要找公子。"

"不见。"

丁白有些时候虽然怕他,但知道卞翎玉不会真的伤害自己。他不忍那个美丽的姐姐失望,于是焦急央求道:"是个样貌极美的师姐,公子,公子,你就见见她吧……"

卞翎玉本以为他说的是卞清璇，听他说完，这才明白过来丁白在说谁。

"不见。"他头也没抬，仍是这冷冰冰的两个字。

师萝衣能来做什么，无非是把他的东西还给他。得知是他所赠，她恐怕避如蛇蝎。

丁白垂头丧气，嘀咕道："铁石心肠！"他无奈，只好把卞翎玉的话转告给师萝衣听，果然见那双漂亮的眼睛略微有些失落。

丁白见不得她失望，连忙说："师姐，我悄悄带你进去。"

师萝衣稀奇道："可以这样吗？"

"当然。"丁白说，"你跟我来。"

他领着师萝衣穿过结界，进入院子。到底怕卞翎玉揍他，他小大人似的咳了咳："公子在丹房，你们聊，我在外面守着。"

师萝衣从院子中穿过去，路过卧房时，难得有些赧然。还好卞翎玉不在卧房中，否则给她十个胆子，她恐怕也没勇气再进去。

她找到丹房，果然看见卞翎玉坐在丹炉前。

火光跳跃，照亮少年清冷的脸，他垂着眸，漫不经心地看着手中丹书。他似乎觉察到什么，握住丹书的手微微用力，但始终没有抬头。

师萝衣在心里叹了口气，走到他面前，蹲下，仰头去看他。

她喊他："卞翎玉。"

他漆黑的睫毛颤了颤，看向她："何事？"

"我来把陶泥兔子还给你，这太贵重了，我不能收。"

"不要就扔了。"他淡淡道，"说完了就出去。"

师萝衣一噎，没想到他会这样说。陶泥兔子有几分灵性，闻言委屈地往她怀里缩了缩。

他心情糟糕到连灵物都有感知了。

师萝衣安抚地拍了拍怀里的兔子，并没有责怪他冰冷的态度。从数月前，她踹开卞翎玉的院门开始，他看上去始终都是一副臭脾气，但始终没有伤害过她。

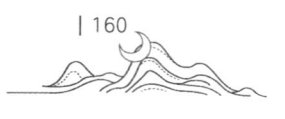

于是她道:"我并非不知你心意,可是我心中已有决断,陶泥兔子灵力磅礴,我知它并非凡物。说来,我们之间的事,一直都是我亏欠你,我本来打算从清水村回来就给你赔罪,你有什么要求都可以提,不必给我法器交换,我也不会再伤害你。"

本以为这番解释后,他总该放下心来,明白自己没有因为退婚就要伤害卞清璇的意思。

可他眼里却带着冷冷的笑:"你知我心意?"

这五个字被他咀嚼得很慢,慢到师萝衣觉得处处透着怪异。她眨了眨眼,点头。

"那你倒说说,我什么心意?"

他问出这句话时,师萝衣注意到,他手中用来炼丹的药材,都被咔嚓一声捏碎了。

师萝衣脸色僵了僵,心里不知为何有些疑惑。难道她猜错了,卞翎玉不是为了给卞清璇道歉?她不太确定地道:"你难道不是觉得,我与长渊师兄退婚是因为卞清璇,所以想要替她道歉,让我别针对她吗?"毕竟蘅芜宗内人人都希望自己别针对卞清璇。

卞翎玉面无表情地看着她。

师萝衣硬着头皮补充:"我既然已经同意退婚,就不会多做纠缠,也不会因为此事迁怒卞清璇,你放心。"至于卞清璇做的其他坏事,她该报复肯定要找机会报复回来。

说完,师萝衣看见他冷冰冰的眸子似乎愣住了。

她难得在卞翎玉的脸上看见这样怔愣的神情,没有丝毫的冰冷,变得有些古怪。他沉默良久,抿了抿唇道:"你说,你同意了退婚?"

她点点头。

丹炉传来噼啪的声响,不知遮盖了何人的心跳声。

见她看着自己,卞翎玉错开眼神。

师萝衣不知道是不是自己的错觉,她看见卞翎玉依稀浅浅笑了笑。

很轻的笑容,不似以前任何一次冷笑或嘲讽的笑。反而干净得如同冬日霜花，夏日海潮，看得师萝衣不免怔住。

她反应过来，有些哭笑不得，这两兄妹是什么人啊！但凡她脾气坏些，定要生气。听见人家退婚，不仅没有抱歉和安慰，反而还笑，她不自觉鼓了鼓脸颊，佯怒道："你方才，是笑了吗？"

卞翎玉否认："你看错了。"

师萝衣在心里轻轻哼了一声，也不怪他幸灾乐祸，只说："所以你把陶泥兔子拿回去吧，我说话算话。"

卞翎玉看了她一眼，又不理她了。

师萝衣已经认定自己猜对了，毕竟卞翎玉没有否认，在自己说不会因为退婚一事而伤害卞清璇后，他的心情明显变好了。

既然卞翎玉不想收回去……

她从乾坤袋中拿出那坛女儿红，问他："那我和你换吧？"

卞翎玉的视线落在女儿红上，微微蹙眉。

师萝衣怕他看不上，解释道："我出生那年，父亲为我亲手酿造了这坛女儿红。我母亲是南越人，南越有个规矩，凡家中诞下女婴，便为其准备一坛女儿红埋在树下，将来待她成亲，便挖出来饮用，以祝福女儿觅得良人，白首到老。"她笑了笑，轻轻说，"我如今虽然已经用不上它，然而父亲当年用了天下最好的灵露酿酒，哪怕寻常修士饮下，都能增加一甲子的功力。我知道它比不上你的陶泥兔子，但是它是我现在唯一能与你交换的东西了。你若想要别的，我日后再为你寻来。"

师萝衣说了这么多，本以为卞翎玉会不耐烦，没想到他一直没有打断她，始终安静地听着。

她说完，等着他提出要别的什么，可是他道："不必，它就可以。"

于是她把女儿红交给了他。

她心里有些可惜，本来以为可以找到能帮她救回父亲的前辈，没想到不过一桩巧合，从来就没有什么前辈。

师萝衣也没法问陶泥兔子的来历，毕竟她与卞翎玉还没有熟识到可以探听他或者卞清璇机缘的地步。对修士来说，探听和抢夺机缘，是最

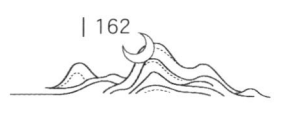

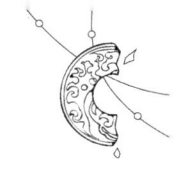

大的冒犯。

不过好歹也算了却了心中一件事,虽然不能从此处找到办法,但师萝衣并不气馁,这辈子她有很多时间,去完成前世来不及弥补的遗憾,包括赎罪。

师萝衣想了想,虽然做魔修的六十年很大程度上磨灭了她的羞耻心,但这事不道歉还真不行。她拿出自己的神殒刀,双手递上,对卞翎玉说:"我们在清水村说好了,我们之间的恩怨,等离开清水村后再了结。你若心中还有怨,现在便可报仇。"她坦荡道,"你想砍我几刀,就砍几刀吧。"

认错总得有认错的态度,她说罢就要跪下。

卞翎玉拽住她。

四目相对,卞翎玉看着面前这双湿漉漉又明亮的眼睛:"我是个凡人,拿不动你的刀。"

她了然地"哦"了一声,大方道:"那你说,我自己砍,你放心,我不会留手的。"

卞翎玉眼里泛出浅浅笑意,淡声道:"你若真觉有愧,每日黄昏,你下学后,过来给我炼丹。"

少女脸上微微为难,她是个刀修,让刀修炼丹,卞翎玉是认真的吗?

如果炼炸了他的炉子,或者烧了他的院子,那怎么办?

不过他才是债主,只是让她炼丹,一点都不过分。兴许他就是想看她狼狈到束手无策的模样。师萝衣没有理由推脱,于是点点头:"好,我答应你。"

她离开前,想到什么,回头问他:"卞翎玉,等我炼好了丹,你就会原谅我了吗?"

晨风穿堂过,里面传来少年清冷好听的嗓音:"看你表现。"

虽然没有得到肯定的答案,师萝衣仍笑了起来。这样就很好,可以弥补,就并非无法挽回。

师萝衣走后，丁白发现卞翎玉抱着一坛酒出来。他寻了一棵桃树，将那坛酒埋了进去。

丁白好奇万分："公子，这是什么？"

"女儿红。"

丁白第一次听他这样温和地讲话，震惊极了。卞翎玉埋酒的模样很认真，仿佛生怕弄碎了那坛酒。

丁白自然知道人间的女儿红，他不曾生在凡尘，心中便对凡尘之事带了几分向往。何况这是酒，大抵生为男子，都会充满好奇。

丁白舔了舔唇，问道："公子，我可不可以……"

"你不妨试试。"话音平静，浅浅的冷意却全然不像在开玩笑。

丁白抖了一下，不敢再觊觎这坛酒，但卞翎玉这般重视的东西，还是令他忍不住好奇。

"那公子什么时候会把这坛酒挖出来饮用？"那时候他可以蹭一杯喝吗？

丁白问完这句话，见卞翎玉动作顿了顿。

许久，久到丁白以为卞翎玉不会回答的时候，他却开口了："这辈子也许会，又或许来生也不会。"

光秃秃的梨树还未开花，丁白觉得，那个高高在上、清清冷冷的卞翎玉，回答这句话的时候，仿佛活在人间，又仿佛随时会死去。

昆阳谷的山风猎猎，吹起卞清璇青色的裙角，她手握一柄剑，望着深不见底的山谷，神色难辨，不知在想些什么。

姜岐已经看了她许久。他唇角噙着浅浅笑意，眸中带上几丝玩味，这小师妹可真是太厉害了，竟然能让卫长渊为了她与师萝衣解除婚约。

明幽仙山在他师尊蘅芜宗宗主的授意下，几乎没有秘密。师萝衣与卫长渊退婚之事，姜岐自然也知道。

说实话，姜岐非常意外。卫长渊有多喜欢师萝衣，很早之前他便清清楚楚。

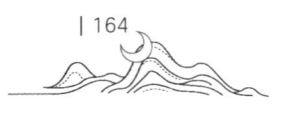

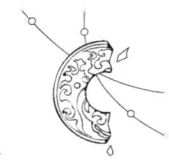

那个时候姜家尚且没有彻底衰落，姜岐也算修真世家中的仙门贵胄，两个少年虽出身相似，身为师兄弟，但姜岐入门早很多，与卫长渊几乎没有交集。出于某些原因，姜岐心里总有和这个师弟比试一番的念头。

卫长渊出生时引起九州动荡，他天资绝佳，日后注定会飞升，哪怕入门晚，却仍万众瞩目。

姜岐游历归来，第一件事便是去找这个师弟比试。

他在外吃了许多苦，也得到不少机缘，对上卫长渊，心中信心满满。

两个少年站上比武台，姜岐第一次见到传闻中天资卓绝的卫长渊。他不得不承认，这个小师弟样貌确实出色，如雕如琢，仙人之姿，哪怕年岁尚小，也依稀能看出长大后如何惊才绝艳。

少年卫长渊抱剑颔首："师兄，请赐教。"

那一战，姜岐经年后也忘不掉。他第一次发现，人与人的天资能相差那般大。

尽管卫长渊入门晚，年岁小，可他的剑意磅礴可怖，远非自己能比。对战不到百招，姜岐就知道自己会败在他的手中。

对手若换作旁人，他认输也就罢了，偏对面是卫长渊。他咬牙再迎身上去，不肯服输。

姜岐的好胜，令原本淡然的卫长渊也忍不住蹙起了眉，只得抬剑抵挡。

他们的比试终结于一只草编的蜻蜓。

蜻蜓从卫长渊衣襟中掉落下去，眼见就要被姜岐的剑气撕裂。卫长渊毫不犹豫，伸手握住了草蜻蜓，姜岐的剑生生洞穿他的掌心。

卫长渊满手是血，却隐约松了口气，他将草蜻蜓重新妥帖地放回怀里，微笑着对姜岐道："师兄剑法高超，是长渊败了。"

姜岐看向他怀里的草蜻蜓，死死地抿住了唇。他收剑跳下擂台，连礼貌的客套话都不愿说。

多可笑，他心心念念的一战，败给了一只少女送的草编蜻蜓。

那是姜岐第一次意识到，卫长渊有多么喜欢他的小未婚妻。

都说剑修冷心冷情，更何况卫长渊天生剑骨。却有一个人，能使剑修的心化作绕指柔。

从那日起，姜岐决定遗忘父亲的那句话——

"若非我姜家没落，与不夜仙宫结亲的，说不定是我们岐儿。"

有什么用呢？年少的姜岐心想，即便姜家没有没落，师萝衣遇见过卫长渊这样的人，也不会看上自己，因为他注定永远也不会像卫长渊珍惜她那般，去喜欢她。

经年之后，姜岐游历归来，心境不复从前，也没了与卫长渊一较高下的执念。

人面如旧，境况却大不相同。

世家有多么重视联姻，没人比姜岐更清楚，偏偏讽刺的是，道君的沉眠都没能撼动的婚约，却被一个来路不明的小师妹毁得乱七八糟。

念及此，姜岐眼中的笑意愈浓。

今日明幽仙山弟子不用修习心法，他们每人都需要去遗忘山谷中采回一朵冰莲。

姜岐作为带队的师兄，会带着师弟师妹们出发。

先前姜岐没有跟着他们去清水村，听闻他们遇见不化蟾还能回来，分外惊讶。惊讶之余，他又多了几分深思，纵然是涵菽，也不可能在不化蟾手里安然归来。

唯一的变数就是卞清璇，姜岐也与师尊说过自己的怀疑，没想到宗主只是抬了抬眼皮子，淡淡道："不必去查她，必要时，你帮她一把。"

多有本事啊，姜岐心想，没人比自己更了解师尊，能让师尊都另眼相待的小师妹，到底是何来历？

卞清璇凭借一己之力，令卫长渊退了婚，可姜岐看她，却并没有觉得她有多高兴。好几个弟子去与她说话，都被她敷衍了回来。

离出发的时间还早，姜岐上前，笑道："小师妹心情不好？"

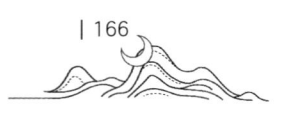

卞清璇回眸，见了姜岐，本来没什么表情的脸上，泛出敷衍笑意："姜师兄为何这样问？"

姜岐勾起唇："小师妹能从不夜仙子手中抢到心上人，没有欢呼雀跃，却一个人在崖上发呆，我实在不解。难道小师妹并不怎么喜欢我那个小师弟？奇了，那小师妹喜欢谁呢？小师妹这样的人物，整个明幽仙山，没有人能入你的眼吧。"

他语调温柔，话却十分讽刺，卞清璇眼里的笑意也迅速褪去。

她原本不怎么在意这个师兄，以为姜岐又是明幽仙山的一个草包。此刻才正眼看他。

在她的天赋下，连师姐都忍不住对她轻声细语，和颜悦色。卫长渊第一次见自己，也绝不带半点恶感。偏这个姜岐，似乎不吃她这一套。

她从头到脚打量了他一遍，唇角勾起一抹冷笑，慢悠悠地道："你喜欢师萝衣？"

话一出口，姜岐眼里的笑浅了几分，淡淡地道："小师妹慎言。"

卞清璇话中更加带上几分恶意："还真叫我说对了，多有趣，原来姜师兄一直肖想自己师弟的未婚妻呀。"她撑着下巴，叹息道，"不过师兄还是放弃吧，纵然萝衣师姐与长渊师兄解除了婚约，也轮不到你呢。"

姜岐没有生气，既不承认也不否认，轻轻笑道："在下的事用不着师妹操心，师妹还是多多担心自己吧，不管师妹是何方神圣，能力越来越弱，心里不害怕吗？瞧瞧薛安那个傻子，连他都不受你控制了。"

卞清璇冷冷地看着他，眼睛眯了眯。她的能力确实越来越弱，竟然一眼看不透眼前这个姜岐是什么来历。但她再弱，姜岐敢惹她，她也能解决了他。

此时，两人口中的"傻子"薛安，正在试探几个同门。

"你觉得小师妹如何？"

被问话的弟子耳根一红，吞吞吐吐道："师兄说什么呢，小师妹自然很好啊。"

"怎么个好法？"

在薛安的威逼下，那弟子不得不老老实实细数道："她温柔美丽、善良大方、心胸宽广，每次和她一同去历练，总有好事发生，与她讲话也令人高兴。"

薛安这个"仙二代"问完话，摆了摆手，放过了这个弟子。

他忍不住看了一眼卞清璇，确实如同门所说。可是明明小师妹看上去仍旧那么动人，他却再没了以前的那种悸动之感。

这种怪异的变化，是从清水村回来后才有的，薛安一开始以为自己是被那只变成小师妹的蟾蜍恶心到了，过几日就会好。如今已经过去了那么久，他再看小师妹，却丝毫没有昔日的心动，也再没有那种愿为她披荆斩棘，恨不得把命也给她的疯狂。

薛安不确定地想，是他变心了？

师萝衣也要参加今日的课程，她人缘向来差，来了才被通知今日要去采冰莲，心里颇为烦闷。

她来得不算早，也不算晚，来了就站在弟子们中间。和以前一样，有些弟子一见到她，就远远避开。

师萝衣也不以为意，倒是薛安，念及她在清水村救过自己一命，觉得少女有点惨。

薛安心想，师萝衣真是给他们这样的世家丢人，他薛大公子活得多么如鱼得水，师萝衣怎么就混成这样了！

明明两人的父母，都是一个大能、一个皇族，瞧瞧他多威风，偏她人憎狗嫌。

他的目光实在太刺眼，师萝衣活得肆意，从来不忍他。神殒刀出鞘，对着他，问道："你看我做什么？我警告你，离我远些。"

她并不喜欢薛安，以为薛安又像以前一样，受了卞清璇的指示来捉弄自己，因此毫不客气，语气都带着浓烈的排斥。

少女的相貌其实并不清冷，杏眼清亮莹润，有种温柔的风情，偏偏做出这样凶和不耐烦的表情，有一种极大的反差。

薛安被刀指着，本来该生气，第一句就想喷脏话，但话还没出口，

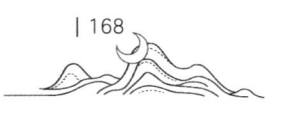

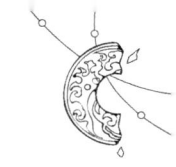

看着她，脸却慢慢红了。

师萝衣眼见他脸越来越红，最后怒瞪自己一眼，跑了。她觉得薛安真是有病，她就不该在清水村救他。

师萝衣从清水村回来，仍然打算乖乖上课。与卫长渊解除婚约固然挣脱了前世的枷锁，可是无形之中，却让她的处境更加艰难。

至少，有朝一日宗主打算撕破脸皮对付她时，不用再顾忌卫家。

师萝衣清楚，自己再如何想要报复宗主，目前都不可能做到，除非爹爹醒过来。

当世修为踏入大乘期的大能，一只手就能数得过来。

大乘期离飞升仅一步之遥，可是大乘期内，也分前、中、后期。唯一突破到大乘后期，临门一脚就可飞升的，三界中仅元信道君一人。

蘅芜宗宗主的修为停留在大乘前期已经数百年。师萝衣深知，除非再给她一千年的时间，否则她绝不可能打得过宗主。她现在要在这伪君子的手中生存，唯有装作若无其事。

宗主只要还要名声一日，就必须得在面上对她好一日。但她并不是什么都不能做，她可以暗地里对付宗主。

她没打算让宗主发现自己已经知道了他的心思，便一直表现如常。师萝衣让茴香悄悄嘱托精怪和花花草草们，留意宗主的动向。

蘅芜宗宗主再厉害，却也防不住世间最微小却又无处不在的生命。前世她不仅输在修为低微，更输在涉世未深，她在明，宗主在暗，防不胜防。

姜岐整顿好队伍后，众人朝着昆阳谷出发。

今日的任务对大部分弟子来说都很难。

每人要从昆阳谷中最冷的极寒冰谷完整地带回来一朵冰莲。

极寒冰谷越往里走越冷，灵力还会被压制，弟子们往往还没走到冰莲生长之地，就被寒气冻结，无法再进一步。而冰莲一出谷便会化作雾气消散，须得娴熟地运用仙法与灵力，才能顺利将冰莲交到丹阁。

唯一的好处便是冰莲不会有灵兽看守，没什么危险。

弟子们在商量一会儿怎么带回冰莲。他们小声道："没事的，纵然我们拿不回来，小师妹也记得我们，会给我们带一朵回来的。"

"唉，每次都劳烦小师妹，我自己心里都觉得惭愧。都怪这冰莲，怎么会长在那种地方，冷得连炎火兽都去不了，宗门偏偏让咱们去。"

他们抱怨着，不知谁突然说了一句："听说当年不夜仙山，没有一株杂草，漫山都开着冰莲，也不知真的假的。"

此言一出，所有人都忍不住看向师萝衣。

不夜仙山上四季如春，没有一点寒意，漫山的冰莲却常年不败，这得多么恐怖的修为才能做到。若道君还醒着，师萝衣这样的身份，绝不会可怜巴巴地与他们一起摘冰莲。

他们讨论得激烈，师萝衣想不听都难，见他们好奇地看着自己，她并不回答。

前世她谨小慎微，迫切地想要和每个同门处好关系，几乎忘了做自己。可是讨好他们无用，背着她，他们还是会指指点点。

她算是想开了，凭什么你们好奇不夜仙山，我就得与你们说，懂什么叫有求于人吗？

她不说话，一群人抓心挠肝，心里再好奇，也只能讪讪地收回目光，在心里暗骂她小气。

师萝衣见他们个个脸色难看，反而觉得心情还不错。就该这样，她活了两辈子，才明白有些人永远给脸不要脸，总把她的友好当作理所当然。他们既然不领情，那么从现在开始，什么都没了。

卞清璇拎着剑，一直走在师萝衣身后，没有从师萝衣脸上看见半点退婚的低落与绝望，她的眼神十分阴沉。

不仅如此，师萝衣身上原本生出的一丝魔气，也淡了不少。

到底哪里出了错？明明所有事情都在按照她的布局发展。难道师萝衣真的不爱卫长渊了？

想到这个可能，卞清璇的脸色有几分古怪。

偏偏有几个弟子没注意到她的不悦，凑过来小声道："此次可能又

得拜托小师妹给我们带冰莲了。"

卞清璇收起眼中阴冷,轻轻笑道:"自然。"

他们连忙围着她,一迭声说好话,贬低师萝衣的高高在上、目中无人。

卞清璇听着,却并没有觉得高兴。她心里冷嘲:一群废物玩意儿,把自己当什么了,小孔雀就算是落毛的凤凰,也合该比你们高贵。

她撇了撇嘴,最后央求道:"大家别这样说萝衣师姐,她今日心情不好罢了。"

众人相互看看,不约而同地想起师萝衣被退婚的事。

前面的少女终于回了头。卞清璇可怜巴巴地看向她,心里有些期待她会说什么。

山风吹起师萝衣发间的杏花步摇,叮当作响,少女冷淡地看了她一眼,最后却轻轻地笑了笑,带着浅浅的嘲讽:"恭喜你了,小师妹,但愿你能得到你想要的一切。"

师萝衣一副"我看看你到底要做什么"的冷淡模样。

她虽然不再爱卫长渊,但也并不觉得卞清璇有多么爱卫长渊。前世卞清璇如一只疯狗般追着自己咬,可当自己入魔后,卞清璇却并没有和卫长渊在一起。

师萝衣突然很想知道,卞清璇到底图什么。就图比赢自己,踩着自己为她提高声名,看自己痛苦?那要是自己不因此痛苦呢?

师萝衣心想,前有宗主这只豺狼,后有卞清璇这只疯狗,这样的地狱难度,若她最后还能活下来,必会把当年种种尽数讨回。

宗主嫉妒爹爹,不想他再醒来,那么你呢,卞清璇?当我不再任由你摆布,你今生是否还能得偿所愿?

卞清璇望着她,良久,握紧了拳头,对师萝衣露了一个笑。

众人进入了极寒冰谷。

谷中严寒,越往里走,能坚持留下的人越少。师萝衣没觉得很困难,她只要慢慢往里走,总能把冰莲摘回来。可是……

她抬眸看了眼天色。她也没想到会有这项任务，平日都做心法练习，顶多同门之间切磋片刻，今日偏偏需要摘冰莲。

她昨日才答应卞翎玉黄昏去给他炼丹，今日难不成就要食言吗？

想起卞翎玉那双冷冰冰的眼睛，她不愿在这种小事上令人失望。她掐了个诀，也不护着丹田慢慢走了，干脆朝里面飞去。

可她的手腕忽然被人拽住。

师萝衣回头，惊讶地看见一张清俊的脸。

那位姓姜的师兄看着她道："萝衣师妹，不可以这样，你会受伤。你明明可以慢慢走，为何如此急切？"

师萝衣近距离听着姜岐的声音，觉得有些耳熟，但是一时之间想不起在哪里听过。

不同于卞翎玉的清冷淡漠、蒋彦的温柔，姜岐的声音听上去非常有亲和力，很容易让人觉得他是个脾气不错的好人。

师萝衣数月前第一次在早课上见到姜岐，并没有觉得他有什么古怪，此刻他在自己耳边低声说话，那股怪异感却很明显。但她确定自己前世今生都与这位姜师兄并不相熟，眼前这张清俊的脸十分陌生。

师萝衣不知姜岐是敌是友，会不会又是一个卞清璇的裙下臣，她抽回手腕，回答道："师兄，我有急事。"

姜岐看着她抽回的手腕，笑了笑，十分温和地道："再急也不可这样鲁莽，我得看着你们，不能让你们胡来。"

他的语气虽然很无奈，但看样子没得商量。显然，姜岐作为带队师兄，不会允许任何弟子在极寒冰谷这样的地方冒进。

师萝衣抿了抿唇，低声道："知道了。"

她心里怀疑姜岐的身份，便分了心思去关注他。姜岐倒像是毫无所觉似的，又盯其他弟子去了。

师萝衣看不出什么异样，但到底多留了个心眼。当务之急是快些摘到冰莲，她集中精神，运用心法，一直往前走。

好些弟子冻得瑟瑟发抖，不肯再往前一步。冰谷并不危险，但它的

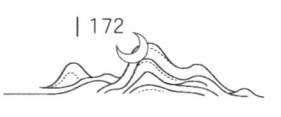

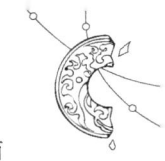

寒气能突破大部分弟子的功体，令他们束手无策，像凡人一般因寒冷而畏惧。

行走在其中，总有一种自己随时会被冻死在此处的感觉。因此想要抵达冰谷深处摘到冰莲，要么得修为高超，要么得心性坚韧且能娴熟运用心法。

师萝衣越往里走，也越觉得冷。

很多弟子已经停下了脚步，拒绝再往前一步。他们抱紧自己，身上起了一层寒霜，口齿不清地央求道："姜岐师兄，我实在坚持不住了，可否允许我先回去？"

姜岐掩盖住眼里轻蔑的笑意，温和地道："没关系，坚持不住的话，去入谷处等我，别在谷中乱跑。"

这些弟子如蒙大赦，也不管宗门考察了，连忙往谷外走。

姜岐回头，见师萝衣已经向前走出很远了。

她掐着诀，走在大多数弟子前面，步子并不快，但也不慢，比起所有人瑟缩的脚步，倒显出几分从容来。

风吹起少女的披帛，裙摆飞舞，纤细的腰肢被勾勒出来。

她没有回头看任何人，姜岐笑了笑，突然明白，为什么同门都觉得她目中无人、不好相处。

众人都唯唯诺诺，唯她身上流着师桓的血，带着修士的风骨，残存着坚韧的心性。

少女注定难以合群，就像当年的元信道君，少时也不怎么受欢迎。若再给师萝衣数百年，她或许会成为下一个师桓。然而姜岐知道，她没有这样的时间与机会。

他的师尊必定会折断她还未丰满的羽翼。

想到这里，他的眉毛轻轻挑了挑。师萝衣的背影已经看不见，姜岐下意识去找卞清璇，果然，青衣少女也不见了踪影。

姜岐的神情有几分意味深长，这个卞清璇确实厉害，怪不得敢如此狂妄。姜岐甚至没注意到她是如何消失的。他倒是想要跟上去一探究竟,然而,身边一个师妹带着哭腔惊恐地道:"姜师兄,我动不了……师兄救救我。"

姜岐在心中叹了口气,温和地笑着回头:"别怕。"他伸手按在这个师妹肩上,运了几丝灵力进去,怜惜地说,"我送你回去。"

再一看冰谷之中,还有近百个同门需要照料,他眸中暗了暗,压住了眼底的不耐。

越往深处走,越是陡峭,师萝衣已经隐约看见了阴影中大簇大簇盛放的冰莲。

摘冰莲对她来说并不算什么考验。

人心易变,故人难测。一无所有,满手鲜血,无家可归,才是这世间最残忍的考验。

她蹲下,试图施法捞两朵冰莲上来,身后突然传来一股撞击。灵力在谷中并不好使,师萝衣的身体不受控制地往下滑。

她反应很快,回身想要抓住身后的冰锥,结果看见一张无辜惊慌的脸。这一刻师萝衣竟然丝毫不觉得意外。

是卞清璇。

不知卞清璇是有意还是无意,她焦急地伸出手,似乎要师萝衣抓住她:"师姐,抓紧我!"

师萝衣冷冷地看她一眼,原本伸出去的手垂落下去,任由自己坠入陡峭的谷中。

晦气,师萝衣心想,让我抓住你,我宁肯摔得头破血流。

师萝衣能肯定卞清璇是故意的,她这个小师妹厉害得很,能轻轻松松地抵达极寒冰谷最深处,怎么可能笨拙到不小心把她撞下去?

按照前世的套路,师萝衣几乎能猜到卞清璇想做什么。

把自己撞下去,然后引得自己发怒,再当着所有人的面哭诉辩解她不是故意的,显得她这个师姐刁蛮不讲理,自己没能力在谷中走稳,还怪罪小师妹。

师萝衣气得笑了一下,但很快心平气和。

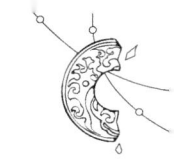

卞清璇，师萝衣心想，很好，你给我等着。

卞清璇伸出去的手，只差一点就握住了坠落的师萝衣。她还维持着无辜慌张的表情，然而在指尖只触到冷风的那一瞬，卞清璇的眸色冷了冷。

少女宁肯坠落山谷，也不愿接受她的半点好意。

哎呀，厌恶她到了这种地步吗？卞清璇在心中低低嗤笑一声，若无其事地将手收回来。

卞清璇趴在上面看，面露担忧："师姐，你没事吧？"

她本以为师萝衣已经跌入了一堆冰莲之中。

冰谷会把修士的身体变得极其脆弱，师萝衣掉下去，一定会受伤，但她却并没在谷底看见人。

卞清璇似有所感，朝一旁看去。

一柄火红的神殒刀被师萝衣插在石缝中，少女踩在刀锋之上，逆着猎猎寒风，像一只幼鹰。

谷中极冷，深处只会更冷。

师萝衣的发丝结了霜，长睫也凝出了透明的冰花，她轻轻一眨眼，就有冰花坠落，在少女柔软的脸颊上留下一道浅浅的划痕。

这一幕有种怪诞的美感。

卞清璇不由得愣住，还没反应过来，就被借力上来的师萝衣一脚踹了下去。

方才她推师萝衣的力度有多大，这一脚就重十倍，卞清璇摔在冰莲之中，闷闷地哼了一声。

冰莲在谷外脆弱易融，在谷中却是世间最锋利的锐器。

卞清璇的衣衫顷刻间被划得七零八落，鲜血从她身上渗出。她的额头被撞破，血线顺着她的眉眼流下来，卞清璇垂着眸，眼中隐约有阴戾之色。

卞清璇抬头，望着师萝衣离去的背影。半响，没忍住笑了一下："师姐总是这样，好狠的心。"

她满脸的血,坐在谷底望着师萝衣。

师萝衣抬手召回神殒刀,顺手摘了两朵冰莲,看也没看她,转身往外走。

她甚至不想和卞清璇讲话。

师萝衣抬头看了眼天色,发现黄昏已至,她往外走,明白恐怕已经来不及了,她回到明幽仙山,估计快要天黑了。

她不曾回头看卞清璇,也就没有看见深谷处奇怪的一幕。

冰莲疯狂地吸着卞清璇流出来的血,转瞬开到极致,却很快又大片大片枯萎下去。

诸多冰莲,一瞬凋零。

师萝衣出了极寒冰谷,天色擦黑,姜岐还在等着她。

见少女衣衫凌乱,头发也乱糟糟的,脸颊上还多了划痕,姜岐惊讶道:"萝衣师妹怎么弄成了这样?"

师萝衣把其中一朵冰莲交给他,没有回答这个一言难尽的问题,只问他:"姜师兄,我能自己留一朵吗?"

姜岐看见她怀里护着的冰莲,浅浅笑了笑:"当然。"

"谢谢师兄。"

姜岐见她并不打算与自己多话,道了谢便要走,开口道:"师妹等等。"

少女困惑地回头看他。姜岐靠近她,从一开始,他就看出了她的急切,他的目光落在她手中的冰莲上,多了几分探究之意。

姜岐抬手,在师萝衣发间一拂而过。少女睁大眼睛看着他,下意识想躲。

他心里觉得好笑,温和道:"方才师妹发间带出来了一只冰莲花灵,现在已经没了。"

他摊开手,一只冰蓝色的花灵躺在他的掌心。

"哦。"少女点点头,"谢谢师兄。"

冰莲丛里确实有花灵,花灵会藏在修士身上吸血。这只花灵应该是

她方才掉下冰谷后，被寒风吹在她身上的。

姜岐含笑看她走远，目光落在少女发间，取代花灵的是一朵含苞的白色小花，轻轻地别在她的发间。

他漫不经心地抬手，捏碎了手中幻化出来的花灵。

天色已晚，丁白不敢进院子，清了清嗓子，远远问道："公子，天黑了，要落锁了吗？"

里面安静了许久，传来一声压抑的咳嗽声。那人的声音也与这未过去的寒冬一样冷："落。"

丁白得了令，准备把门关上。

他心里嘀咕，卞翎玉今日不知怎么了，卯时自己还没起来，就见他起来了，蹙着眉半晌，最后让他把卞清璇年前送的那套衣衫拿来。

丁白惊讶不已。

要知道，卞翎玉不爱碰卞清璇的东西，别说衣裳，就算是丹药，往往也只有一个字——扔。

这两兄妹的关系一直古怪，哪怕丁白是个孤儿，也知道不太对劲儿。但他只是个靠照顾卞翎玉换取丹药来赚灵石的局外人，管不了那么多。

丁白好不容易从箱底翻出那套月白色衣衫，见卞翎玉换上，眼睛都瞪大了："公子这样真好看！"

丁白年纪尚小，又在外门长大，并不怎么会恭维人，因此说话往往真心实意，他觉得卞翎玉十分好看，甚至比外人盛赞的长渊师兄还要好看！

只是那双墨灰的眸子始终冷冷的，有种说不出的距离感。

丁白鲜少见他穿新衣，还是这样好看的衣衫，忍不住连声赞叹。

听到小少年的惊艳赞美，卞翎玉抿紧了唇，没有吭声。

丁白觉得他心情还不错，下午便觍着脸问了卞翎玉一些炼丹的事。

丁白倒没觉得卞翎玉一个凡人会炼丹有什么不合理，毕竟他的妹妹可是炼丹天才。没想到卞翎玉皱了皱眉，倒还真指点了几句。主仆二人这样和谐的氛围，一直维持到黄昏来临。

卞翎玉原本一直在那棵埋了女儿红的树下看丹书，眼见黄昏过去，书被他捏皱，丁白忍不住提醒："公子，书要破了。"

卞翎玉看他一眼，扔了丹书，面无表情，低声道："果然还是骗我的。"

丁白摸不着头脑："什么骗你的？"

卞翎玉却没有回答他，又在树下待了片刻，最后回了屋子。

卞翎玉的背影看上去冷冰冰的，丁白却觉得他有些藏也藏不住的疲惫。

再晚些，卞翎玉扔给他一件衣服，平静道："拿去烧了。"

丁白一看，正是早上卞翎玉换上的那身。丁白有些可惜这样好看的衣裳，然而看卞翎玉的脸色，只得照办。

火光跳跃在卞翎玉的脸上，一直到落锁，他都没有再说一个字。

丁白叹了口气，大人真是太难懂了。他刚要把门严严实实关上，一只手却骤然撑住门缝。

丁白惊讶地看过去，小脸又红了："昨日的师姐？"

"是我。"师萝衣喘着气，"你家公子睡了吗？"

"还……还没呢。"丁白傻乎乎地望着她笑。

师萝衣说："那就好。"她从极寒冰谷一路疾驰回来，生怕卞翎玉已经睡了。

"师姐又来找我家公子吗？"

"是，能烦请你通传或者带路吗？"

丁白叹了口气，很有经验地小声道："我家公子心情很糟糕，或许会骂人，他要是对师姐动手，师姐就叫我，我来保护你。"

师萝衣忍不住笑了笑，她做魔修时对孩子都很包容，何况现在。她摸了摸小男孩的头，认真说："好，谢谢你，要是有危险，师姐会叫你的。"

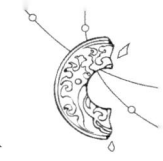

丁白忍不住碰了碰自己被摸的小脑袋，脸蛋红彤彤的，俨然忘了卞翎玉的可怕。一回生，二回熟，他把师萝衣带到了卞翎玉的房间，仰起头求表扬。

只见师萝衣望着半开的房门，神情复杂。

卞翎玉身子不好，平日丁白落了锁后，往往会来屋子里添炭，因此门并没有关严实。

透着半掩的门缝，师萝衣一眼就看见了衣衫半敞的卞翎玉。

少年的身体并不如看上去那般病弱，相反，他皮肤虽然很白，但肌理分明，宽肩窄腰，透着一股力量感，没什么表情时，仿若清冷的玉像。

夜晚来临，骨刺已经没法再用。卞翎玉在烛光下冷着脸削一枝竹子，听见丁白咋咋呼呼的脚步声。他掩唇咳嗽了一声，压住唇间的血腥气，冷声道："进来。"

他并不知道师萝衣也在门外。

丁白眨巴着眼睛看向师萝衣。

师萝衣有些心虚地道："我……我还是不进去了吧？要不你出来。"

天啊，她在说什么？

果然，话才出口，就见卞翎玉削竹子的动作顿住，那双冷冰冰的眼眸落在了她身上。

师萝衣只是下意识回答了一句，她自然是不敢再进这间屋子的，就怕令自己和卞翎玉同时想起什么不好的回忆。没想到卞翎玉真的放下手中削到一半的竹子，从榻上起身，朝她走来。

她和丁白一同呆呆站着，眼睁睁看着衣衫半敞的卞翎玉走到他们面前。

卞翎玉很高，在去清水村之前，她就隐约感觉到他们之间的身高差距，然而再没有一刻比此时更明显了。

师萝衣意识到自己只有卞翎玉肩膀高，这让她气馁不已。为什么在这个宗门，连个凡人都比她高这么多啊？！

师萝衣并不矮，她记得自己死前还长高了，甚至比人间贵女们还高挑些，然而依然连卞清璇的身高都比不上。

但这并不是重点。

她能感觉到眼前的卞翎玉盯着她，他的神色出乎意料地平静，和方才削竹子时几乎没有区别。

他的目光落在她凌乱的衣衫和头发上，如一潭深冷的水。

被他打量着，师萝衣有些不好意思。是她没能准时赴约，卞翎玉生气也是应当的。

她垂下头去，在心里斟酌该怎么狡辩……不，怎么解释才对。

卞翎玉看看她，又垂眸看了一眼丁白，淡淡道："走开。"

明明语气十分平静，丁白却莫名抖了抖，他觉得这氛围有些不对，吓得一溜烟跑走。如果说黄昏时卞翎玉还只是情绪低落，如今的卞翎玉便是十分可怕了。

小男孩早就忘记了片刻前在师姐面前的豪言壮语。他被吓跑后，就只剩师萝衣一个人面对卞翎玉。

更可怕的是，卞翎玉又往前走了一步，近得师萝衣几乎能感觉到他身上的体温，师萝衣下意识退了一步，几乎无法相信这样有逼迫性的人会是卞翎玉。

也不知是不是她的错觉，面前少年发出了讽笑的气音。

下一瞬，她的下巴被人掐住，抬起。

师萝衣对上一双冷冰冰的眸子。卞翎玉眸中不带一点感情，那股可怕的压迫力在这一瞬间上升到顶点，竟然令她感到恐惧。

那种恐惧就像高阶修士对低阶修士的威压，让人几乎无法动弹，呼吸都微微困难。

当初她羞辱卞翎玉时，都不曾见他有这样的眼神。

师萝衣心里竟生出几分恐惧，难道她晚了点来，就能让卞翎玉如此生气吗？

卞翎玉的目光凉凉扫过她凌乱的衣衫和头发，还有颈间若隐若现的红痕，平静地问她："所以，师小姐今日去哪里放纵了？"

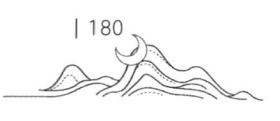

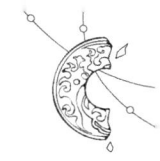

师萝衣的脸颊被捏痛,恍惚间仿佛回到了那个卞翎玉给她灌丹药的夜晚。

他的语气甚至称得上温和,动作却出奇地带着几分残酷。

师萝衣忍不住蹙了蹙眉,换作旁人这样对她,她大概率就发火了。面对卞翎玉,许是因为他们之间的经历,又或许是他眼中的东西,昭示着他冰冷的眸光下藏着的惊涛骇浪与压抑,让她明白,他远比自己难受千万倍,因此她没有拍开他的手。

卞翎玉沉默地与她对视,她甚至有种感觉——她的回答对他来说很重要,能顷刻让他坠入地狱。

放纵?好奇怪的说法,他以为自己下学后去玩了才迟到的吗?

师萝衣从怀里拿出那朵护得很好的冰莲,认真纠正他:"没有去放纵,今日宗门要求弟子们摘冰莲,我摘冰莲去了。你看,你不是要炼丹吗?我也给你带了一朵。"

卞翎玉垂眸注视着她手中的冰莲。

"冰莲?"他的声音很轻,轻到让人听不出话里的颤音。

觉察到卞翎玉手中的劲突然松了,师萝衣不好意思地道:"抱歉,答应了你黄昏过来,但我没能应诺。"

卞翎玉神色难辨,沉默地注视着师萝衣颈间的红痕。

那太像吮吻的痕迹了,令卞翎玉的目光无法移开。

他的目光太难以忽视,师萝衣也觉得被他注视的地方有点奇怪的疼痛感。她抬手,从衣襟中捉出一只花灵来。

没想到姜岐已经帮她捉了一只花灵,身上还剩一只。她忙着赶路,被吸了血都不知道。

刀修少女干脆地把花灵掐死:"我没注意身上还有花灵,它在吸我的血。你离远些,别让它们飞到你身上去了。"

她是仙胎,不怕吸,卞翎玉一个凡人,被妖灵吸血就糟糕了。念及此,她又好好检查了一遍,没发现身上还有第三只花灵,松了口气。

卞翎玉不认识花灵这种低阶妖物,但他能猜到大致发生了什么。他面色平静，低声道："我以为你……"

师萝衣眨了眨眼，没听清卞翎玉的后半句。但是她再迟钝，也能感觉到卞翎玉带来的压迫力渐渐褪去了，他已经不生气她来迟了。

她见他脸色苍白，问道："你很冷吗？要不要先进屋子，或者披件衣衫？"

卞翎玉看她一眼，应道："嗯。"

他进了屋子，在里面待了好一会儿，才多穿了一件衣裳出来。

师萝衣等得有些久，她不知道卞翎玉因为方才那个误会，多么需要平复心情。她在极寒冰谷运转了一天的灵力，又赶了两个时辰的路，此时又困又累，倦意涌上心头。之前还有一股守诺的气性逼着她打起精神清醒，赶来卞翎玉的院子，现在见卞翎玉不计较她来晚，放松下来，她才觉得全身都软绵绵的，用不上劲儿。

难怪说极寒冰谷是最好的历练之地，可不是吗，回来以后人都废了大半。

卞翎玉重新出来时已经换好了衣裳，神情也变回清清冷冷的，带着一股距离感。

师萝衣困得打了个哈欠，揉了揉眼睛，声音也软绵绵的，和他商量道："现在太晚了，我可以明日再来炼丹吗？"

卞翎玉顿了顿，看着她道："好。"

尽管他等了一日，而她才刚来。

师萝衣在心里感激卞翎玉的好说话，又揉了揉眼睛，打算回去休息一下。

蘅芜宗有规矩，采了冰莲，弟子们往往有两三日的休息时间。她困倦不已，几乎半合着眼往院门走。

才转身，卞翎玉就看见了她发间那朵白色小花。那个位置，不可能是少女自己戴上去的。

卞翎玉面无表情地看着她，闭了闭眼，忍了片刻，见她迷蒙间都快走出门去了，才冷声开口："师萝衣。"

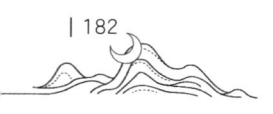

少女轻轻应了一声，茫然回头。

"回来炼丹，就现在。"

师萝衣怀疑自己听错了。她这会儿累得不行，难得不想迁就他，问道："你方才不是说我可以明日来吗？"

师萝衣气鼓鼓的，指责他的出尔反尔。见卞翎玉眼神清冷淡漠，不为所动，她认命般走了回来，轻轻说："炼吧，炼，去丹房。"

谁让她欠卞翎玉的。

两人向丹房走去。

师萝衣的灵力快要耗空，但见卞翎玉那般执着炼丹一事，她做事又一向不喜欢敷衍，于是打起精神配合他："要我炼什么？"

他淡淡地道："多情丹。"

"什么？"师萝衣怀疑自己听错了，稀奇道，"有这种丹？"

卞翎玉说："你没吃过？"

少女还当真回忆了一下，摇了摇头。别说没吃过，她甚至连听都没听过。

卞翎玉看了她一眼，过了一会儿，拿了一本陈旧的丹书递给她，平静地道："倒数第二页，照着炼。"

师萝衣还真以为有什么多情丹，结果定睛一看，只是固体丹。

她笑了笑，这个好像非常简单。她的视线不经意落在下一页上，没想到这一看，再无法移开，上面写着几个大字：

天玑丹。

下书：

天玑丹，可彻底驱除心魔，固道心。

师萝衣彻底愣住，心魔一经生出，便永远无法消除。世间若真有能驱除心魔的丹药,她无论如何都不会入魔。这不就是她一直以来想找的东西?

师萝衣觉得不可思议,急切地往下翻。

丹书上的字迹恢宏大气,详细说了天玑丹的作用,最下面是原料:

需神之血肉,辅以世间八种极阳灵药,方可丹成。

好得很,极阳灵药就算了,凑够八种听上去非常荒诞。但说起来,被宗主把控的不夜仙山上就有六种。她看向"神之血肉"几个字,觉得这本书在耍她。世间若真有神,早就飞升了,还能等到她去割人家的肉?

若爹爹还醒着,倒是能成神,但师桓要是醒了,她还怕什么心魔?

她轻轻在心里哼了一声,不再管这个天方夜谭的"天玑丹",开始专注地研究卞翎玉要的"固体丹"。

对于卞翎玉要这种丹药,师萝衣很是理解,毕竟他的身体状况看上去太糟糕了,前段时日甚至不能走路,方才还咳嗽。

她看书的时候很专注。她此前几乎从来没炼过丹,必须把分量和所需灵药全部记下。

固体丹对炼丹者没什么要求,但步骤非常复杂。起初师萝衣还能勉强打起精神,看着手中的书,渐渐地,她的脑袋一点一点,脑中一片混沌,终于靠着丹炉前的药柜睡了过去。

卞翎玉放下手中竹子,看向她。

师萝衣困得书都滑落在地上,裙摆散开,额头靠着一旁的药柜,睡得极其香甜。

卞翎玉手中的动作停下来,久久地注视着她。半晌,视线落在了她脸颊被冰花割出来的小伤口上。

这么点小伤若落在别人脸上,只怕不起眼,然而师萝衣皮肤白,在她脸上,小伤口却变得刺眼起来。

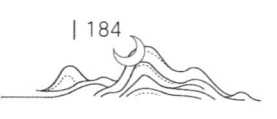

卞翎玉回了一趟房间，拿自己常用的药过来。将来，他只会越来越无力，要用到的药也越来越多。

他在师萝衣面前坐下，用修长的手指抬起她的脸，将药粉涂在她脸颊上。

师萝衣是仙胎，有本能的危机觉察意识。但她灵力耗尽，在没有感觉到任何危险的时候，睡得很熟，没有半分醒过来的迹象。

上完药，卞翎玉也没有别的动作，只是静静地看着她。

很多时候，卞翎玉对她并没有亵渎的想法。他血脉特殊，就像母亲说的，冷心冷情。执着可怖的掌控欲与感情，远远比肉体的触碰令他有感觉。

从十年前开始，师萝衣在他眼中，就是一轮月亮，许多人触不可及、只能仰望的月亮。她也确实如此，若非卞清璇干预，天下修士，十有八九都喜欢她。

偏偏这轮月亮，只有卫长渊可以拥入怀中。

烛火跃动，他见师萝衣睡得熟，亲自去添了一次炭盆，又拿了条被子过来，给她盖上。

许是觉察到温暖，师萝衣惬意地缩在柜子旁，眉眼恬静。

折腾了这么一通，她发间那朵小花，早就掉在了地上。卞翎玉神情冷淡，也不看它，拿起未削完的竹子，坐在她身边，继续做还没完成的东西。

师萝衣睡到半夜，屋里的炭火小了，不再那般温暖。

外门弟子的住宿条件，远远比不上内门弟子，冬春交接之际，外面刮着风，不断有寒鸦在明幽仙山的后山鸣叫。

许是在这样的环境中，她睡得不太安稳，像只小虫子一样，变了好几个姿势，被子都被蹭掉了。

卞翎玉放下手中竹子，去给她盖被子，师萝衣感觉到温暖，头一歪，栽入卞翎玉怀里。

卞翎玉垂眸看她。

这是师萝衣第二次主动靠近他，上一次，还是她被蒋彦变成傀儡的时候，明明神志不清醒，却笨拙地安慰他。

　　这一次她不是傀儡，她是活生生的、带着温暖的师萝衣。

　　卞翎玉眸中似乎仍冷冷清清、毫无欲望。

　　他沉默了一会儿，往后退了退，少女果然追得更紧。

　　少女的发丝与他修长的手指交缠，他垂下眸，握住那缕发丝。

　　月亮终于还是被他碰到了。

〈玖〉。

落神坛

天色将明，丁白睡眼惺忪地去开院门。看见院门口站着一个人，他吓了一跳："清……清璇师姐？"

来人背着光，脸上和身上都带着血迹，眼神透着不输于冬日的寒凉。

卞清璇抱着双臂，靠在大门口，垂眸看他，突然笑了笑："丁白小师弟，近日有客来访，为何忘了告知师姐呢？"

丁白被她含笑一问，竟然觉得此刻的清璇师姐看上去极为陌生，他心里不可抑制地生出几分怯意，下意识后退一步。

这是他第二次看见这样的卞清璇，上次她也是这副表情，扬起手给了他一巴掌，把他打得吐出一口血来。

丁白以前，其实很喜欢卞清璇。

他是明幽仙山不远处村庄里一个村夫的儿子，当年村子被马贼洗劫，从明幽仙山下山的师兄师姐见他还是个幼童，又颇有仙缘，便把他带回明幽仙山，让他做了外门弟子。

这对一个凡人小孩来说，并非什么馈赠。

修士与天争，也与人争。内门弟子都往往因宝物、机缘争得死去活来，何况外门弟子？他们守着那点内门漏下来的残羹冷炙，争得头破血流。到了丁白这里，更是什么都不剩。

三年前，卞清璇找到丁白的时候，他几乎瘦得皮包骨头，不像个人，反而像只滑稽的猴子。

靠着一些好心的师兄师姐接济，他才能长到七岁。

卞清璇笑盈盈地捏了捏他的脸，温和地道："小师弟，师姐这里有一份差事，你要不要做？"

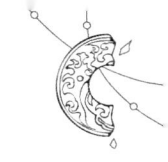

丁白跟着她走，就看见了院子里那个狼狈的男子。

小男孩第一次见伤成那样的人。那人全身骨头碎裂，满身泥泞，脸上还布满了鳞片。他吓得要夺门而出："妖……妖怪！"

卞清璇一把拎住他，不许他跑出去嚷嚷。

"放开我，放开我，不要拿我喂妖怪！"

卞清璇意味不明地笑了笑，道："他可不是什么妖怪，他是我的哥哥。他呀，只是因为愚蠢，才会弄成这个样子。"

听卞清璇这样说，丁白又看见她腰间的内门弟子令牌，半信半疑："真的？"

"自然，师姐不骗你。从今日起，你在这院中照顾他，每逢初一，我给你带一瓶丹药，作为报酬。"

丁白眼睛睁大，结结巴巴道："一……一瓶丹药？"

别说一瓶，就算一颗，也已经够多了。丹药能换多少灵石啊，足够他平安长大，丁白年纪虽小，也明白"富贵险中求"的道理。

听罢，他老实下来，不再挣扎，而是带着恐惧与好奇，打量那个奇怪的人。

那人衣衫褴褛，似被雨水浸泡过。银白色鳞片在他脸上若隐若现，皮肤苍白得几乎快透明。

在卞清璇靠近的时候，他警惕地睁开了眼睛。

卞清璇居高临下地看着他，道："哥哥，你看，你如今这副模样，连小孩都怕你。我很好奇，小孔雀方才见了你，是不是也会做出这样的反应呢？"

那男子并没有回答她，如果说师姐身上带着一股傲慢，那男子看上去就像没有感情的寒冰，始终很安静，不回应她的挑衅，仿佛并不在意。

卞清璇说："你现在就像个濒死的凡人，我若脱你衣裳，为你换洗，下一瞬你恐怕得带着我同归于尽。"她慢悠悠道，"旁人来照看你也不妥，你善良的妹妹思来想去，为你挑了一个什么都不懂的小孩儿。放心……"她凑到他耳边，"若是他知道了哥哥的秘密，我杀了他就好。"

丁白自然听不见她的最后一句话，只感觉男子看向了自己，目光像明幽仙山最冷的一场雪，淡淡道："带他走，我不需要。"

卞清璇看他一眼，意味不明地笑了笑，说："我知道你死不了，但是哥哥，你今后或许只能做个凡人，唔，你恐怕不知道做个凡人有多不方便。向他学一学吧，他哪怕还是个小孩，也能教给你不少东西。今日一见她，你大概也断了念想，但你还有几个孽畜要除，得养好身子。"

床上的少年沉默着，丁白就这样留了下来。

开始照顾卞翎玉以后，丁白过上了从小到大最安稳的生活。卞清璇每逢初一，会给他带一瓶丹药来，渐渐地，他终于不再像只小猴子，养起了些许肉，还屯了一个比大部分外门的师兄师姐还要丰厚的小金库。

对他来说，卞清璇与卞翎玉改变了他的命运，让他能在蘅芜宗顺利长大，他们都是他的恩人。

比起冷冰冰的卞翎玉，他心里更亲近卞清璇。许是他心里还保留着第一次见到卞翎玉的恐惧感，哪怕后来卞翎玉像变了一个人，丁白还是能感觉到他冷冰冰的眸子里的距离感。

卞清璇就不一样了，师姐说话柔声细语，在宗门里的名声也好，长得还漂亮。

卞清璇对他的要求并不多，只是让他看着卞翎玉。师姐说，倘若卞翎玉有一日身体糟糕到顶点，快死了，就立马去找她。若有人来这个院子，也要及时通知她。

兄妹俩都对丁白没太多要求，他又是小孩心性，渐渐地，他就玩野了。明幽仙山自然也有其他小孩儿，从去年开始，丁白时常溜出去玩。

直到有一天，他回来时，卞清璇笑盈盈地看着他，二话没说，给了他一巴掌。没用仙法，仍旧使他吐出一口血来。

他惶恐地看着目光森冷的师姐，第一次意识到她并不像自己想象中那般温和，她看上去像个索命的厉鬼。

院子里的结界破了，卞清璇轻飘飘地道："我不是说了让你守着他

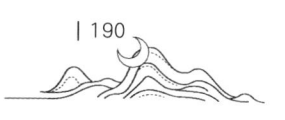

吗?你若是在,就不会发生这样的事,果然还是个废物东西啊。"

丁白不住后退,从她身上感觉到了杀意。

卞清璇长剑出鞘,最后被卞翎玉拦下。兄妹二人冷冷对视了片刻,卞清璇才冷笑着收剑。

丁白不知道那天发生了什么,似乎是法阵被破,有人闯入了院子。

从那天后,他再也不敢贪玩,寸步不离地守着卞翎玉。丁白养了好几日的伤,卞清璇也很久没出现,再出现时,她又变得和以前一样温柔,仿佛那日自己险些被她杀掉是在做梦。

但今日,他又见到了那样的卞清璇。

她浑身是血,身上遍布被划破的伤口,笑看着向自己,眼里却全是冷意。

丁白吓得发抖,跪下央求道:"清璇师姐,别杀我,没人要伤害公子。那个师姐是好人,她来以后,公子很高兴。"

"很高兴?"卞清璇垂眸,重复着这几个字,笑了笑,"他自然是高兴的。"

她抬起手,还没落下,一枝竹子破风而来。卞清璇及时收回了手,看着暗夜中站着的另一个人,嗤了一声,道:"哥哥,没去守着她?"

卞翎玉在寒风中站立,衣衫单薄,眸光落在卞清璇身上,显得十分冷漠。

"清璇,"卞翎玉薄唇里冷冷吐出她的名字,"若要发疯,辰时来找我,大可不必对着丁白。"

卞清璇眸光幽深,注视了他好一会儿。

丁白还跪着,夹在两人中间,害怕地低下了头。他到底只是个十岁的孩子,不知道自己犯了什么错,不确定卞翎玉能不能从卞清璇手中保下自己。

卞清璇不仅是修士,还是明幽仙山最有天赋的弟子。

等了半晌,他只听见了卞清璇幽幽的笑声:"发疯?是我在发疯,还是你在发疯呢?卞翎玉,你今日贪恋的东西,不过一场镜花水月,甚至都不必我做什么，顷刻就会碎裂。届时，我可怜的哥哥，你还能回到最初吗？"

剑落在地上，卞清璇没有等到卞翎玉的回答，转身离去。

丁白出了一身冷汗，死里逃生，忍不住去看屋檐下的卞翎玉。他神色冷淡，注视着卞清璇的背影，不知道在想什么。

丁白不确定地想：完了，他们兄妹，是因为我而反目成仇了吗？

师萝衣从丹房中醒来时，天色已经大亮。往常她会早起练一会儿刀，许是因为昨夜睡得很安稳，她又实在太累，所以比以往晚了一个时辰醒来。

丹房中只有她一个人，地上还有烧尽的炭盆留下的灰烬。她望着身上的被子，发了会儿呆，才从丹房中走出去。

师萝衣从没想过卞翎玉还会管她，在她看来，自己才刚开始赎罪，卞翎玉还没真正原谅她。积怨之下，他还能施舍她一床被子，她第一次觉得他还挺善良的。

她推开门，外面刮着大风，春寒料峭，明幽仙山尚且带着冬日的寒气。她一眼就看见了在门口啜泣的丁白，还有在梨树下坐着下棋的卞翎玉。

丁白哭得实在太可怜，师萝衣本来想装作没看见的，走了两步，还是回去给他擦眼泪了："小师弟不哭，发生什么事了？"

丁白心里苦，他现在才觉得这份差事算不得什么好差事。本来男儿有泪不轻弹，但他现在总有种守着一个冷冰冰、阴晴不定的疯子，还要随时警惕另一个笑面虎疯子上门的痛苦。

从卞清璇走后，他就坐在门槛上垂泪，一直哭到现在。

起初他哭出了声音，卞翎玉就淡淡看了他一眼。吓得他把哭声憋了回去，换成默默地抹眼泪，卞翎玉就不管他了。

丁白心里难受得很，虽然命是保住了，但是他的丹药不知道还有没有。

此刻他被少女捧着脸擦泪，见她也不嫌自己脏，心里的委屈更甚。

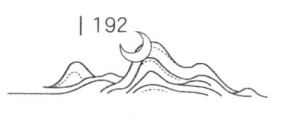

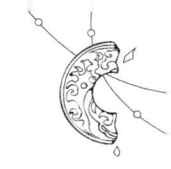

他呜咽道:"呜呜呜,师姐,我害怕……"

师萝衣也没哄过小孩,以前在不夜仙山,她就是最小的孩子。见丁白哭得可怜,问他又使劲儿摇头,什么都不说,她只好僵硬地把他揽入怀里,学着幼时母亲安慰自己那样,拍了拍他的肩膀:"好了好了,没事了。"

她是刀修,可是天下间的刀修纵使迟钝,对待孩子却有着世间最柔善的心肠,她怀里又香又软。被她这样哄,丁白倒真的不哭了,回过神来后还觉得有点丢人:"我……我没事了……"

卞翎玉默默地看着他。

丁白看见他的眼神,连忙道:"我……我要去茅厕……"

师萝衣第一次哄好小孩,心里还觉得挺稀奇,见丁白总算不哭了,她走到卞翎玉面前坐下,问道:"丁白怎么了?"

"不知道。"卞翎玉道,手上又落下一子。

师萝衣略懂下棋,发现他在用白子与黑子对弈,便细细瞧了下棋局。

她发现白子的走法温和从容,黑子的走法却杀伐果断,很难相信这样两种极端的走法出自同一人之手。

她先前听卞翎玉提醒不化蟾的事,总觉得他不像个凡人,然而他若是别的什么妖物,恐怕又不会有这样高超的棋艺。

卞翎玉见她支撑着下巴看自己下棋,落子便没有之前顺畅,他鲜少在白日与她这样平和地相处,被她这样注视,竟然生出一丝不自在:"你今日不用去上早课?"

"摘了冰莲,宗门会给放几日假,不必再去上课。我一会儿就给你炼丹。"

"嗯。"他低低地应了一声,准备收棋。

卞翎玉刚把白子放进棋盒中,茴香的声音就从外面传来:"小姐,小姐,你在这里吗……"

师萝衣惊讶茴香竟然会来这里找自己,唯恐宗主那边发生了什么变故,连忙去院门口问:"怎么了?"

茴香跟着千香丝的味道来寻她,没想到她真在这里。

精怪耳聪目明,消息灵通。茴香自然知道这里是外门弟子的院子,见到师萝衣,心里第一反应就是:小姐又来找那个可怜的凡人少年麻烦了。

但如今的情况,不容她担心这个,她握住师萝衣的手臂,蹙起眉道:"宗门里出事了,张向阳死了。卫大公子和一众执法堂的人正在调查。"

师萝衣听到这个消息,心里也有些不可思议。

她自然知道茴香这样急着找自己是为什么,张向阳是前几日与自己对战的弟子,当时他为了让自己出丑,服用丹药,结果被自己当场揭发,他还因为拒不交代,被贬成了外门弟子。

张向阳一死,嫌疑最大的人不就是自己吗?

茴香还不知道事情的严重性,只为师萝衣的名声担心,道:"据说他们在张向阳身上发现了魔气。"

师萝衣的心彻底沉下去,若真查到自己身上,她的心魔能瞒住吗?

仙门之中有规定:生出心魔者,当囚禁;入魔者,当诛。

到底是谁杀了张向阳?

回去的路上,主仆二人难得都很沉默。

师萝衣怕自己无法过这一关,再次走上叛逃宗门的路。这辈子明明有很多东西都发生了改变,可张向阳一死,她的处境就被拉回了最糟糕的那一种。

以她如今的修为,不可能躲得过宗门的验灵珠,这让她心里乱糟糟的。

这似乎是针对自己的局,有人知道她生出了心魔吗?还是说,这只是个巧合?

茴香发呆的原因却不一样。她想起了自己和小姐离开时,卞翎玉望着她们,不,应该是望着小姐的眼神。

茴香神情复杂:"小姐有没有怀疑过,卞翎玉是卞清璇的帮凶?"

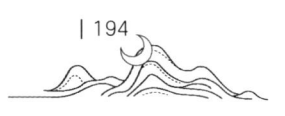

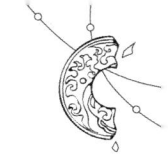

师萝衣愣了愣："什么？"

茴香说："昨夜小姐本该回弟子房，那样兴许还有不少弟子为小姐做证。可小姐和卞翎玉在一起，他会不会是故意拖住小姐，好让卞清璇杀了人，嫁祸给小姐？"

茴香并非怀疑卞翎玉，她会有此一问，一来是因为这件事卞氏兄妹太有嫌疑，二来，以茴香对师萝衣的了解，不管是不是卞翎玉搞的鬼，小姐迁怒他也再正常不过了。可这次，小姐竟然没冲上去质问他，骂他几句。

看着茴香复杂的眼神，师萝衣发现自己竟然没往这方面想。前世她被卞清璇坑害太多次，后来每每出事，第一个就怀疑卞清璇，甚至看卞翎玉也不顺眼。

这次出事，她却并没有怀疑卞翎玉也是帮凶，尽管他看上去极有可能。他和卞清璇一样，身上有不少谜团，而自己心魔发作的样子，只有他看见了，他若真想报仇，这的确是最好的机会。

可是很奇怪，听茴香这样说，她脑海里浮现的是那一夜在树上，看着卞翎玉削桃木小剑的场景。

那是她第一次放下对卞翎玉的偏见，她发现他和卞清璇是不一样的，不，他和所有人都不一样。他像一场厚重又孤冷的雪，哪怕春日来临时会化尽，也保留着自己独有的色彩。

这样的人，真的会任由卞清璇驱使吗？

若是前世，师萝衣能找出一万个他害自己的理由。如今，她却摇了摇头，道："我觉得不会。"

至于为什么不会，她也说不上来。

茴香表情更复杂，低声道："小姐竟然不把他当成坏人了啊。"

她的话让师萝衣觉得很奇怪："茴香，你好像一直都不讨厌他。为什么？"

茴香说："小姐不记得两年前竹林比剑的事了？"

纵然在这样糟糕的境况下，茴香提起竹林比剑，还是让师萝衣感到些微羞耻，她郁闷得很，不说话。

茴香有些想笑，但看萝衣没有异样的脸色，也第一次意识到，小姐并不知道竹林比剑后发生的事。

茴香第一次见到卞翎玉，就是那时候。

那约莫是小姐最糟糕的一段往事，刀修少女在卞清璇无形的打压下，改学了剑，苦练了一整年，决定去找卞清璇一雪前耻。

师萝衣自小天赋极佳，学什么都快，剑法很快也有模有样。那个时候她刚成年，年少轻狂，自信满满，一心要跟一个丹修一决高下，不让人说她爹爹教女无方。

在师萝衣心中，两人都是半路学剑，她不用刀，公平得很。

年轻的刀修和剑修一样，生来都是战斗狂魔。但没想到，师萝衣要跟卞清璇切磋，卞清璇竟然也同意了。两人相约在后山的竹林中，那里僻静，最适合比剑。

茴香听说的时候，她们已经比完了，小精怪们很慌张地来通知她："茴香姐姐，快去看看吧，萝衣小姐被卞清璇三招打败了。"

它们七嘴八舌地道："萝衣小姐好像还受伤了。"

"对，剑气伤到眼睛了。"

"萝衣小姐还哭了，受的打击很大，茴香姐姐快去接她回家。"

骄傲的小姐都哭了，这得被打击成什么样啊！

茴香一听，急得不得了，连忙往竹林赶。她确实看见了失意的小姐，像精怪们说的那样，她坐在地上，眼睛被卞清璇的剑气所伤，流了满脸的泪，却倔强地握着剑。

师萝衣失魂落魄，第一次意识到自己和卞清璇的差距。三招被一个丹剑双修的弟子打败，对师萝衣来说，无异于毁灭性的羞辱。

但出乎茴香意料，她旁边还站着一个人。

那是茴香第一次看见卞翎玉，他站在师萝衣的三步开外，默默布了一个法阵——

几个竹条做的人偶围着师萝衣，在治疗她的眼睛。

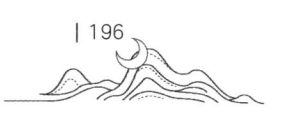

茴香惊讶地看着那张陌生的脸。

少年皮肤很白，眼眸狭长，透着一股清冷感，他的神情冷淡，仿佛竹条人偶和他没有关系，他只是路过罢了。

茴香警惕地问："你是谁？"

少年的眼睛终于从师萝衣脸上移开，看向茴香，但他什么都没说，转身走了。

人偶也顷刻间钻进地里，消失不见。他走路的姿势很怪异，一瘸一拐的，看上去就像骨头错位、躯体破烂一样。茴香看愣了，一时都忘了去拦。

后来，茴香也很多次见到卞翎玉，他的情况一次比一次好。但是小姐每每见到他，都没什么好脸色，一提他们兄妹俩就来气。

好几次，小姐还直接骂他们兄妹俩是一丘之貉。茴香看着那少年冷冰冰的眼睛和苍白的脸色，莫名觉得他有些可怜。

茴香知道，他明明可以避开小姐，可偏偏没有走，哪怕凑上来也只是被冷哼和迁怒。

渐渐地，茴香心里有个古怪的想法。

她总觉得那个冰冷的、不近人情的卞翎玉对小姐有着异样的情愫。然而这话茴香不曾说出口，也不好说，毕竟卞翎玉看上去很淡漠，有时候看着小姐的眼神和看一棵树、一株草差不多。加上小姐还有和卫大公子的婚约，茴香不觉得这是什么好事。

如今即便小姐和卫大公子退了婚，茴香也仍旧觉得他们之间不可能。一个是时刻行走在刀尖的仙门后嗣，一个是身子不好、日渐走向衰败的凡人。

小姐不懂是件好事，茴香不会说，就像卞翎玉自己也不会说一样，他也知道他们永远不可能有结果。

茴香推测卞翎玉不会害师萝衣，为了解除这次的危机，她出主意说："一会儿执法堂的长老派的人来了，小姐要不要说昨夜和卞翎玉在一起？"

师萝衣自然想过这样辩解。

可这个念头很快被她否定。卞翎玉不一定愿意替她做证。修士不同于凡人，不会那般看重名节，于是总有外门清隽的弟子，为了讨好内门修士，出卖色相。这种弟子往往是最被人瞧不起的，位于外门弟子中的最底层，会受排挤。

师萝衣知道外门弟子的日子并不好过，卞翎玉不同于卞清璇，有绝佳的天资傍身，先前薛安就欺负过他。若再让他背上"不夜仙子玩物"的名声，日后万一自己斗不过宗主，出了事，他明里暗里不知会被多少人欺负。

背后有数只无形的大手惦记着要毁了自己，她何苦再拖一个卞翎玉下水？自己没有办法保护他，他只有依仗清璇，才能过上安稳的日子。

沉默良久，师萝衣道："我不会说出昨夜和他在一起的事，茴香，我会尽量自保的，若我真出了什么事，你就找个山林好好修炼，不管发什么事，永远都不要来找我。"

茴香并不知道师萝衣真的有心魔，见她这样郑重地再三要求，只好点了点头。

果然，当日下午，师萝衣就等来了执法堂的传召。

师萝衣已经做好了背水一战的准备，不到万不得已，她绝不可能让他们验灵气和搜魂。

她也确实有这个底气。

来人是卫长渊和另外几个师弟。

这是退婚以后，两人第一次见面。

她本以为卫长渊既然已经如愿以偿，那必定和小师妹如胶似漆，再见卫长渊，他会是轻快高兴，甚至春风得意的。

但并不是这样，卫长渊竟然清减了很多。

他的眼睛曾经明澈如星辰，她从前很喜欢托着腮望着他的眼眸，直把他看得耳根泛红，捂住她的眼。而今，那里面像是落了灰。

但他的情绪十分平稳，面对她，就像面对一个陌生人。

他看着师萝衣，低声开口："萝衣，执法堂传召，跟我们走一趟。"

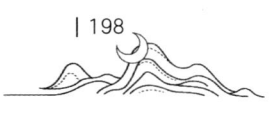

"好。"师萝衣跟上他们。

几个人不远不近地走着,卫长渊看向几个师弟:"可否容许我和师妹说几句话?"

执法堂的几个弟子对望了一眼,犹豫片刻,还是点了点头。

他们自然知道师萝衣与卫师兄以前是什么关系,按理说,为了查张向阳的死,他们不该让卫长渊单独与师萝衣讲话。

可是,卫师兄一直光明磊落,以前师萝衣犯错,他作为执法堂的首席弟子,也从不容情,还好几次把师萝衣气红了眼圈,宗门里人人都知道。

卫长渊在弟子们心中很有威信,他们相信师兄不会做出格的事。

两个人走到几步远处。

卫长渊注视着漫山还没开花的树,突然道:"我前几日回了家中一趟,对爹娘说了我们解除婚约之事。"

师萝衣看着他,轻轻点了点头:"嗯,伯父伯母怎么说?"

卫长渊仍只是看着那些枯树,哑声道:"他们说,你很好,是我没有这个福气,也是我先背信弃义,让我把卫家应有的补偿给你。"

师萝衣摇了摇头:"没有什么背信弃义,是我们都长大了,做出了不同的选择,也望你不怪我曾经年幼无知,拖累你良多。"

师萝衣看着他从怀里拿出那只眼熟的乾坤袋,有一瞬的怔愣。这哪里是什么卫家的补偿,明明是卫长渊自己的东西。她堕魔后也看见过这只乾坤袋。

师萝衣前世用了六十年,才学会了以前不懂的些许人情世故,自父亲沉眠,这门姻亲对卫家来说一直都是负担。

卫家父母若得知她愿意解除婚约,只会欢喜,绝不会让卫长渊来赔罪,这些东西,都是卫长渊自己想给她的。

他也明白她的处境并不好。

师萝衣这次没有收,但她心里再次释然不少,到底是从小一起长大的哥哥,她心平气和道:"既不再相爱,解除婚约是我们两个人的选择,不是过错,也不该补偿,长渊师兄收回去吧。"

卫长渊也没多说什么,颔首。

两人又回到了弟子们中间,继续向执法堂走去,从始至终,他们都没有提起有关张向阳的半个字。

师萝衣也不会觉得,卫长渊会为了自己徇私枉法。他从小就被世家教得极好,不仅是卫家的骄傲,也是明幽仙山的骄傲,更肩负着仙门的未来。

天下需要卫长渊这样有风骨的修士,她年幼时犯错,卫长渊就没包庇过她,他宁肯事后再替她受罚。

师萝衣从没有怪过卫长渊,比起自己需要什么样的道侣,他们这些被好好教养长大的孩子,更明白三界需要什么样的未来。

重要的不是儿女情长,而是心中的正直与信念。

仙山的春日比人间还来得晚些,约莫印证了"高处不胜寒"的说法。

卫长渊走在所有弟子前面。他背着那柄象征天下正义的轻鸿剑,面上没什么表情,袖子下拳头收紧,捏碎了一缕只有不夜仙山才有的千香丝。

那是从张向阳身上搜来的物证。

这是他最后能为师萝衣做的事,此后,他就永远没法看顾她了。

三堂会审,放在以前是师萝衣最怕的场景。她总怕自己的心魔被发现。前世在发现自己杀了人以后,她接受不了,逃避般地离开了明幽仙山。

这辈子终于要被查心魔,她却十分平静。哪怕前面等着自己的是惊涛骇浪,她也已经有了面对的勇气。

这是她第一次意识到,那六十年的流亡并非什么都不曾给她留下。

堂前是张向阳的尸身。因为被魔气穿透身体,他的脸上呈现着一股不同寻常的黑气。师萝衣蹙眉打量了一眼,发现他这死法非常眼熟,很像自己第三次心魔发作后"杀"死的弟子模样。

她心中惊讶之余,难免生出疑窦。张向阳自然不是自己杀的,重生

以后，她的心魔没有发作过。那么前世那些人，有没有可能也根本不是她杀的？

在她失去意识的那段时间，是否有人杀了人，嫁祸给她？

"长老，弟子师萝衣带到。"卫长渊抱了抱拳。

最上座的执法堂长老颔首，冷声道："师萝衣，昨晚，弟子张向阳在后山被杀，这段时日，他只与你有龃龉，为了证明清白，你可愿一试灵珠？"

他示意师萝衣看堂前的灵珠。

那是测试弟子是否修魔的法器，长老们在里面输入灵力，那灵力会顺着灵珠进入被试者的身体，尽管这比搜魂好得多，然而此法多多少少都会对被试者的身体造成损伤。

外面也有许多关注张向阳之死的弟子，人人诚惶诚恐。其实一个修士死了，本算不得什么稀奇事，但在仙山之中，被魔修甚至魔物杀害，意味着魔物猖狂，人人都有危险。

"不愿。"师萝衣道，"我确实与张向阳有过冲突，但我不夜仙山之训，便是不伤同门，不伤凡人。我没有杀张向阳，仅凭你们怀疑，为何要受试灵之辱？"

长老沉默，倒也没有立刻反驳这个说法。

一旁站着的姜岐是宗主派来查探魔气来源的，他笑了笑，开口却是为师萝衣说话："师妹说得不错，要说嫌疑，当日去过后山的弟子都有嫌疑，自然不必走到试灵这一步，长老不妨听师妹说说，她昨晚去了哪里，是否有人做证？若有证人，那便不能轻易下定论。"

所有人都看向师萝衣，她沉默片刻，打算硬来。她想：验什么验，证什么证？我不认，你们为了那点不欺负孤女的清名，敢逼我验灵吗？大不了声名狼藉，反正也不差那点了。

她不说话，一个执法堂的弟子得意地开口："看来你是没有人证，那么……"

一个声音冷冷打断道："她昨夜在我那里。"

卞翎玉说出这句话，自然想过后果。他看了一眼卫长渊，袖中骨刺狰狞暴起，带着对卫长渊的杀意，险些没受控制。

骨刺屡屡失控，他蹙起眉，脑海里又浮现了来的路上的那一幕。

其实卞翎玉比师萝衣更早出发去执法堂，来的时候，天上下起了雨。他一出门，丁白就吓得去通知了卞清璇，但卞翎玉并不在乎卞清璇的举动。

三年来，卞翎玉鲜少出院子，又没有穿外门弟子的衣裳，一路走来，不少弟子都好奇地看着他，猜他是谁。

抵达执法堂前，卞清璇还是追了上来。

卞翎玉道："要与我动手？"

卞清璇笑了笑："怎么会？我只是请哥哥看一场好戏。我昨夜思考了一整夜，既然你让我停手，我便暂且停手吧。"

顺着她的目光，卞翎玉看见了远处的二人。

有的事，身处其中的人不清楚，身在局外却看得分明。

卞翎玉的视线在卫长渊和师萝衣身上一扫而过，最后落在那只乾坤袋上。

"我都快感动了呢，哥哥不知道吧，卫长渊在不化蟾的乾坤之境中，第一个看到的人是师萝衣。他只是一时被我的幻术所惑，你说，若我放开他，他们会发生什么？他还能这样冷静吗？会不会后悔自己离开了师萝衣？"

卞清璇见卞翎玉眼也不眨地看着他们，眼里又冷又淡漠，看不出是喜是怒，仿佛并不在意。

他这副样子，让卞清璇莫名想起了传说中他的父亲，她翘起唇角，古怪地笑了笑。她果然猜得不错，与前未婚夫"藕断丝连"是卞翎玉的心病，他母亲就这样做过。

卞清璇虽然没见过卞翎玉的父亲，却自小听了那位大人物的不少事迹。

据说那位曾经也高高在上，仿佛一切都入不得他的眼，三界崩塌都

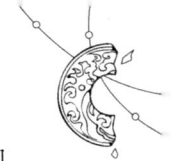

不动容。这样一个人,却在卞翎玉的母亲与他人生下孩子后,从战场回来,把那个奸夫吊起来,命人活剐了他,连神魂都没放过,寸寸斩断用来喂了狗,还把夫人禁锢在怀里,与他一起看。

卞翎玉的母亲,就是从那时开始癫狂报复的。

卞翎玉到底是那个人唯一的子嗣,与那个人流着一样的血。他真的有那么大度,完全不在意吗?

"刺眼得很,是不是?"卞清璇循循善诱,"所以别继续了吧,哥哥,她若真的回心转意,与卫长渊重归于好,你又能做什么?回头看看我,我陪你十年了,世上只有我,永远不会背叛和伤害你。"

她说完,发现卞翎玉正看着她。在他仿佛看透一切的目光下,她下意识退了一步,偏头道:"哥哥这么看着我做什么?"

"清璇。"他的视线在她身上,冷不丁道,"你喜欢的人,真的是我吗?"

她唇角的笑意淡了淡,声音带着自己都没觉察的颤抖与强撑的坚定:"自然。"

卞翎玉注视着她,突然冷冷笑了笑。他有自己的选择,从来就没被卞清璇摆布过,因此最后仍是去了执法堂。

卞清璇却因为他那句话,在原地待了许久,最后发现手指竟不知何时陷入石中半寸,留下斑斑血迹。

她垂着头,发现在卞翎玉问出那句话后,自己连阻止他离开都忘记了。

此时在执法堂中,座上的长老蹙眉看着卞翎玉,难得对他还有淡淡的印象:"卞翎玉?"

"是。"

这个名字让许多弟子都面露惊讶之色,三年前蘅芜宗大开仙门,对外收徒。卞清璇在考核中胜出,当日天上七星异彩,龙气环绕,小师妹被批为天命之女。

卞清璇拒绝了许多宗门抛出的橄榄枝,拜入丹阁,还恳求宗门收留她的兄长。

如此良善心肠与重情重义，令小师妹声名大涨。许多人只听过卞翎玉的名字。

他鲜少踏出院门，这是不少人第一次看见他。

他们没想过卞翎玉长得这样好看，而且一出口便是说昨夜师萝衣在他那里。

外门弟子的生存方式，许多内门弟子都心照不宣。他们往往没有什么资质，为了换取灵物，延长寿命，有姿色的便会出卖自己，因此大家的神情颇为微妙。

本来大家关心的是宗门混入魔修之事，可没承想能听到这般私事！小师妹的凡人兄长竟自甘堕落，去做了内门弟子的玩物！再一想，长渊师兄也在这里！天啊，新欢旧爱，何等刺激！

众人忍不住去看卫长渊的反应。

卫长渊蹙着眉，没有说话。说到底，他如今与师萝衣没什么关系了。

师萝衣本来打定主意坚决不同意这场验灵，万万没想到卞翎玉会来为自己做证，他这样做，不管今日之后结果如何，他的名声都毁了。

卞翎玉体弱，卞清璇将他藏得那般好，没想到他第一次站在所有人面前，却是为了给她做证。

卞翎玉的有情有义让她感到意外，心情有些复杂，她在这种情况下还忍不住想，若是卞清璇知道，恐怕得气死吧？

座上的长老脸色铁青，他最见不得这样的腌臜事，恨不得把这些自甘下贱的外门弟子踩进泥里。他冷哼了一声："那你倒说说，师萝衣在你那里做什么？"

他倒要看看，这个凡人能说出什么来，难不成在堂前也敢恬不知耻？

众人都看向卞翎玉，卞翎玉却突然看了一眼卫长渊。

师萝衣难免在心里捏了把汗，见卞翎玉的神色不变，无奈之余，她还感到了忧虑。她以为卞翎玉不善言辞，不懂得为他自己的清名辩解，也不懂前来做证的后果。

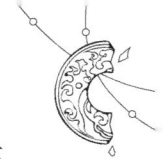

她原本已经打定主意不验灵,她到底是师桓的女儿,明幽仙山不可能逼她。她不会有事,只不过背上残害同门的嫌疑,她的日子会更难过,宗主要对付她也会更容易。

卞翎玉却不一样。明幽仙山不会尊重一个外门弟子,他的证词并不一定会被采信,还会令他的名声和处境也变得糟糕。

师萝衣突然有些庆幸这辈子没有再因为卞清璇而对他恶言恶语,她没有再次伤害这个少年。卞翎玉来得这样及时,证明他一开始就没有打算让她蒙冤,他很好,和卞清璇完全不一样。

师萝衣已经做好卞翎玉的证词不被采信,自己替他圆过去的准备。

没想到卞翎玉却撩起了袖子,上面是一大片烧伤的痕迹,透着青色。

别说是长老,就连师萝衣也愣了愣,怎么会这样?

长老惊讶地看着他的伤口,险些站起来:"你遇见了苍吾兽?"

卞翎玉说:"昨日我上山采药,遇见了妖兽,幸逢不夜仙子试炼回来,被她所救。"

"那苍吾兽呢?"

大家都看向师萝衣,要知道,苍吾兽是许久之前,一位大能飞升之时留下的爱宠。后来无人管教,窜入山林,前几年跑来了明幽仙山,每隔几十年就出来兴风作浪一次,叼走财物,伤害弟子,偏偏它躲藏得极好,还会喷磷火,宗门再头疼也束手无策。

苍吾兽在哪里,师萝衣也不知道,她默默地看向卞翎玉。她是没法帮他圆过去了,只能等着他说。

卞翎玉道:"不知去了何处。"他摊开掌心,里面有一撮红色的毛,赫然就是苍吾兽身上的,"捡的。"

这下所有人都无话可说。

连姜岐都没想过事情会这样发展,他笑了笑,道:"那你与萝衣师妹的运气还真不错,没有性命之忧就好。"

卞翎玉扫视他一眼,眸光有点冷,并不说话。

姜岐被他这一眼看得笑意减了减,心里生出几分毛骨悚然来。卞清璇看过来时,姜岐尚且没有这样的感觉。

他垂下眸——

这兄妹俩到底什么来头?

长老们也没法继续审下去,一个凡人不可能撒遇见苍吾兽这样的谎,这样的伤痕伪造不出来。既然他说的是实话,师萝衣昨夜从苍吾兽口中救了他,自然就没了杀同门的嫌疑。

长老们挥了挥手:"既如此,你们都先回去吧。"

他们看向卞翎玉的目光没了鄙夷,知道他没有做那样腌臜的交易,反而对他多了几分怜悯。要知道,苍吾兽弄出来的伤几乎不可能痊愈,他一个凡人若撑不下去,只会受几日折磨再死去,难怪他的脸色看上去那般苍白。

卞翎玉颔首。做完了证,他就没必要留在这里,转身往外走,弟子们被他手臂上苍吾兽弄出来的伤口骇住,竟不自觉给他让开一条路。

师萝衣见卞翎玉离开,连忙追了上去。

外面正淅淅沥沥下着小雨,打湿了地面。卞翎玉背影颀长,也不在乎淋着雨,一心往回走。

风吹起他的袖袍与衣衫,仍旧是孤冷的模样。

师萝衣也没管下雨,连忙追上卞翎玉。她怕弄伤他,只能轻轻拽住他袖子,使他停下。她心里焦急,道:"卞翎玉,怎么会这样,你真被苍吾兽伤了?我带你去找涵菽长老。"

她没敢用力,生怕让他的伤口雪上加霜,本以为没法阻拦卞翎玉的脚步,但这样轻的力道却让他停了下来。

他看着她,控制住情绪,已经能很平和地与她说话,道:"没有,只是看上去像罢了。"

"可你的伤口……"她想起那片狰狞的青色烧伤,难得有点急,怕出人命,"我看看好不好?"

师萝衣的声音揉入雨中,十分温柔。她的发丝被打湿,睫毛也变得湿漉漉的,看着人时,十分真诚,令人很难不心软。

卞翎玉眉间带着郁色，想起那个狰狞难看的伤口，摇了摇头。

他不让看，师萝衣也没法强迫他："下着雨，我送你回去。"

从执法堂回外门弟子院子的路途很远，还要穿过一小片山林。她跟在卞翎玉身后，知道他身体不好，支了一个结界，笼罩住他的身体。

卞翎玉脚步顿了顿。袖中骨刺颤了颤，想向后延伸过去，触碰身后少女，被他及时拽住，他没有再看身后的师萝衣。

他并不喜欢在师萝衣眼中看见感激与责任，他不屑这样的东西，他对情爱再无知，也懂什么是恩义，什么才是风月。

他今日虽诘问住了卞清璇，但却发现，自己在走和父亲一样的路。

卞清璇的修为也在变弱，卞翎玉不确定，如果师萝衣最后还是喜欢卫长渊，他会不会也变成父亲那副可怖不堪的样子。

两人走到院门口，丁白正在门口躲雨，卞翎玉进去后，师萝衣想了想，说："你如果身子还是不适，就让丁白来找我，我带你去涵菽长老那里。"

以她的性子，她其实更倾向于绑了人去，可她已经强迫过卞翎玉一次，发誓永远不会强迫他第二次。

"好。"卞翎玉撑了一路，苍吾兽弄出来的伤带着剧毒，他几乎快控制不住脸上的鳞片，他点了点头，让丁白把门关上。

师萝衣看着他们合上门，才撤去了为卞翎玉挡雨的结界。她自己是不在意下雨的，任由雨水落在自己的头顶和肩膀上。

她到底还是不放心卞翎玉，于是也没立刻回去，掉转脚步，去了涵菽那里。

这个时间，丹阁大殿冷冷清清的，弟子们都在自己的丹房里炼丹。

她拨开珠帘，往涵菽的房间走，然而涵菽并没在房里。童子看见她，说："萝衣师姐找长老呀，她在丹房给清璇师姐治伤呢。"

师萝衣应了一声，笑着答谢他，转而往丹房走。她虽然不想碰见卞清璇，但事急从权，她更担心卞翎玉出事。

如弟子所说，涵菽确实在丹房。她是个严师，也是个心肠极好的修士。

师萝衣抬手敲了敲门，涵菽转头看了过来："萝衣？"

涵菽叫出师萝衣的名字，师萝衣还没回应，涵菽身前满脸是伤的卞清璇倒是僵了僵。她别过头，挡住涵菽要给她上药的手，哑声道："弟子无碍，师尊既然有客，先待客吧。"

她身上的伤，全是师萝衣将她踹下冰谷弄出来的。

卞清璇以往每次见到师萝衣，总少不了可怜兮兮地引着师萝衣生气，但这一次，她冷着脸，也没看师萝衣，从她身边错开，说走就走。

师萝衣蹙眉，怎么今日她如此古怪？

但她没精力管卞清璇的古怪，把卞翎玉的伤给涵菽形容了一下。

涵菽顶着一张高冷的脸，直截了当道："若真是苍吾兽，那就不必治了，横竖都是死。但若是其他妖兽咬伤的，你从丹阁领些昊元丹让他服下，养一段时间就能好起来。"

事已至此，师萝衣只能相信卞翎玉说的话，相信伤口并非苍吾兽咬的。她拿了涵菽的手谕去领丹药。

明幽仙山对于丹药管控严格，弟子们领走哪些丹药都会登记在册。巧的是，方才看也不看她一眼的卞清璇也去了丹阁。

她守着一只丹炉，旁边几个师兄喋喋不休地关怀她的伤势。

"师妹身上的伤这么重，到底是哪个歹毒的家伙伤了你，说出来，师兄给你报仇。"

"对，咱们丹阁也不是好惹的，打不过，咱们就给他下腐肌丸、碎骨丹！"

师萝衣刚好一只脚踏进了丹阁，发现他们口中的歹毒之人恰好是自己。

师萝衣的步子顿了顿，下意识警惕地看向卞清璇。她觉得头疼，偏偏在这个时候撞见这幅场景，若卞清璇柔柔弱弱地来一句"不怪师姐，都是清璇自己的错"，恐怕她身边那些疯狂的弟子便不会给自己昊元丹，而会像他们说的那样，给自己一瓶腐肌丸。

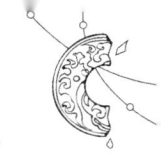

火光跳跃在卞清璇身上,她看了一眼师萝衣,脸色冷冰冰的,没有像以前一样给师萝衣下绊子,反而率先转开了目光,重新盯着丹炉。

卞清璇不吭声,师萝衣拿丹药就出乎意料地顺利。

师萝衣取了丹药路过她,卞清璇仍然没有抬眸。那些师兄弟大概也觉察到了不对劲,没有再絮絮叨叨去打扰她,各做各的事,在卞清璇面前,一个个安静得像小绵羊一样。

师萝衣瞥了一眼这违和的场景,不得不再次怀疑卞清璇身上有种神秘的力量,仿佛谁靠近她都会变傻,变成她手中的纸人。

师萝衣自身难保,也救不了这群人,重新走回卞翎玉的院门外。

一来一去,天色已经晚了,丁白落了锁,她敲门,示意自己想去给卞翎玉送药,一向爽快的丁白这次却支支吾吾:"师姐改日再来吧,公子睡下了,不见客。"

师萝衣只好把丹药交给丁白,细细叮嘱他喂给卞翎玉吃。丁白点头如捣蒜,收下了丹药。

师萝衣道:"我之后再来看他。"

丁白张了张嘴,想起屋子里那位的情况,还有那只苍吾兽,小脸发白,真想说师姐你快跑吧,别来了,但他不敢说出真相,也不敢替卞翎玉拿主意,生怕被屋里那位的骨刺杀了,只能苦着小脸点点头:"师姐你晚几日来也没关系,我会好好照顾公子的。"

师萝衣离开后,丁白蹑手蹑脚地回到院子里。

满院子的梨花,在灵力暴动下全部枯死,连往日去厨房偷米的老鼠也全部化成了黑灰。

丁白颤巍巍走到卞翎玉卧房外:"公子,萝衣师姐离开了。"

卞翎玉冷冷地应了一声:"你也走,留下会死。"

丁白看了他一眼,只见卞翎玉半边脸都覆盖了银白色的鳞片,放在被子外的手哪里还有原本修长的模样?分明是一只银色利爪,锋利程度极为可怖,轻轻搭在被子上,就把被子划破了。

而从他身上伸出来的骨刺,洞穿了苍吾兽的心脏,把苍吾兽死死钉在地上。

昔日在明幽仙山作威作福的苍吾兽，无力地趴在地面上，哼哧喘气，瑟瑟发抖。

这一幕明明看上去很可怕，但丁白却莫名觉得怪诞而华丽，像是祭典般神圣庄严。卞翎玉身上的鳞片泛着美丽、冰冷的光泽，竟比世间最精美的玉石还要好看，使人想去跪拜。

若是七岁的丁白，还会相信卞翎玉是中了妖毒才会变成这样。

如今过去三年，丁白也没那般好骗，一看卞翎玉这个模样就知道不正常，不可能只是中了毒。

丁白胆子不大，他和卞翎玉相处了三年，虽然有些感情，但是这点感情远远比不上自己的命重要，他张了张嘴，讷讷地道："那……那我给公子添好炭盆再走。"

卞翎玉闭着眼，没理会他。

丁白小心翼翼却熟练地在屋里生了炭，又吹熄烛火，最后把丹药放在桌上。

小孩儿跑出去，犹豫良久，在门外对着卞翎玉磕了一个头，磕头声在黑夜中格外清晰。丁白最后看了一眼卞翎玉，跑出了院子。

今日是初一，原本是卞清璇送丹药的日子，但卞清璇没有来。师姐一直说公子执迷不悟，昨夜他们反目后，卞清璇已经不会再管公子了。

丁白很早就隐约感觉到，在宗门中，只有师姐认可的人，才能活得好，而今师姐想要公子跌入泥淖，如果他继续留下，师姐或许会杀了自己，这不是开玩笑。

小少年走进黑夜中，最后回头看了眼院子，心里难免也有几分怅然，不知道卞翎玉今后怎么过。

公子，保重，我不会说出去的。

他离开时，卞翎玉没看一眼，只睁着墨灰色的瞳，看着天边。

天幕泛着冷，今夜看不见月。

卞翎玉对丁白没什么感情，当年他母亲抱着弟弟离开，卞翎玉都不

是很伤心。

　　母亲说，他们这一族，都是冷心冷情的怪物，除了对伴侣有占有欲与禁锢欲，冷漠得令人发指。她还诅咒他，长大后，永远也不得所爱。

　　涤魂丹残余的作用抵不过苍吾兽的毒，因此卞翎玉才会显出真身，之后他会慢慢变回先前那个体弱的凡人。

　　至于师萝衣……他合上双目。卞清璇总说他在望着镜花水月，但卞翎玉其实从未期待过。

　　卞翎玉很清醒，他这具逐渐残破的躯体可以带着尊严变老，可以死去，但不可以像父亲一样，忘记职责，发疯发狂。

　　在殒落之前，他必定得先杀了那几个堕天的畜生。这才是他该做的事，他唯愿师萝衣能走得远，也只能看着她走远。

　　他灰瞳清冷。不化蟾已经死了，从他手下逃窜的只剩朱厌之魂。

　　师萝衣本以为自己很快就能去探望卞翎玉，没想到第二日传来噩耗，花真夫人仙逝了。

　　花真夫人是卫长渊的母亲，年轻时为了救卫父，中了剧毒，之后身体一直不好。卫父为了让她活着，寻了不少灵丹妙药，拖了这么些年，终于在昨夜病逝。

　　师萝衣得知以后，连忙与茴香前往卫家吊唁。临行前，她托人告诉丁白，说自己回来就去探望卞翎玉。卞翎玉目前有卞清璇照料，想来不会出去。

　　她们赶到时，卫家处处挂着白布，卫长渊一袭白衣，沉默地跪在堂前，为母亲守灵。

　　师萝衣记忆里的卫父向来从容镇定，此时脸上却带着掩盖不住的疲惫，仿佛一瞬老了十岁。

　　卫长渊跪得笔直，轻鸿剑解了下来，他不看任何人，也不说话。

　　师萝衣上了香，回头看着他。想起自己母亲当年去世，她也有很长一段时间走不出来。当时是卫长渊带着她，一起走过了童年的苦厄。

而今他们都长大了，身份也不同，她没办法像卫长渊安慰自己那样安慰他。

师萝衣知道卫父甚至不希望自己在这里多留，因为自己对他们来说，已经不是一个好的姻亲对象。因此吊唁完，师萝衣就离开了。

出去时，师萝衣看见了薛娆。

薛娆对着她哼了一声，面露得意之色，兴冲冲地跑去与卫长渊跪在一起，轻声细语说着什么，卫长渊却看也不看她。

薛娆是薛安的妹妹，她家世好，家族势力在这百年里也如日中天，最重要的是，她从小就喜欢卫长渊，很早以前还因为嫉妒，险些和师萝衣打一架。

她出现在这里，师萝衣便立刻明白，薛娆是卫宗主为儿子定下的下一门亲事。难道这就是前世的卫长渊没有和卞清璇在一起的理由？

明明如此合理，师萝衣却觉得说不出来的古怪。

前世的卫长渊也没娶薛娆。

师萝衣作为前未婚妻，只远远看了他们一眼。薛娆天真烂漫，显然不懂卫长渊的伤心，只把这当成一个可以培养感情的契机。而善解人意、作为长渊师兄心上人的卞清璇，卫伯父却不可能同意她来卫家。

师萝衣在心里叹了口气。她也没试图提供多余的安慰，而是去了人间的东海一趟。她记得卫长渊曾说起海里有一种妖兽，叫作长明兽，其体内之珠可保万年光明。

爬上来后，她精疲力竭，累得连一根手指头也不想动弹，脸色苍白得像厉鬼。

海里无日夜，看不见天幕，师萝衣还以为只过去了一日，听茴香说，才知道已经过去五日了！

茴香在岸边等，见她一直没回来，都快急哭了。一见她上来，茴香就赶紧过去扶她："小姐没事吧，怎么把自己弄成了这副样子？"

师萝衣说："没事。"

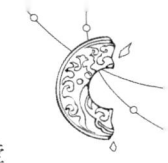

她低头看向手中之物。那是一枚圆润的珠子，在阳光下，散发着莹润美丽的光芒。

茴香愣了愣："这是什么？"

师萝衣解释道："这叫长明珠，从长明兽体内取出来的。昔日我母亲去世，长渊师兄给我讲故事，说他母亲身子也不好，他或许有一日会和我一样失去母亲。他说他也会害怕那一日到来，届时，他想为母亲寻一颗长明珠。花真夫人怕黑，长明珠握在手中，世间就再无黑暗。我小时候不太懂事，还爱哭，说起来，花真夫人还照顾了我好长一段日子。如今她仙逝了，我没法为她做更多，唯愿她不受黑暗困扰，永沐光明。"

茴香听罢，眼眶一酸。她明白，小姐找来长明珠，等于斩断与卫长渊最后的那一丝缘分，此后他们再无可能。

师萝衣把裙子弄干，又将长明珠交给茴香："你替我交给师兄吧，我如今的身份不再适合安慰他们，避嫌要紧。但愿赶得上花真夫人下葬，望她往生之路走好。"

她在海里泡了五日，还与善躲藏的长明兽打了许久，累得精疲力竭。

茴香小心收好长明珠："那小姐呢？不去卫家了吗？"

师萝衣摇头："我得先回去一趟，看看卞翎玉如何了。"

她一走就是好几日，不免担心卞翎玉的情况，不过卞翎玉有卞清璇，认识自己之前，卞翎玉就一直过得很好。卞清璇以前对哥哥好，在明幽仙山出了名地受人称赞，若像卞翎玉说的那样，他中的不是苍吾兽之毒，她的确不必担心。

师萝衣从地上起来，往明幽仙山走。茴香则揣着那颗长明珠，折返回卫家。

师萝衣怎么也想不到，她回去以后，卞翎玉的院子已经空了，院子里光秃秃的，花草树木全部枯死，只剩一间空荡荡的屋子。

丁白不在，卞清璇的结界也不见了。

入目之景触目惊心，有种恍如隔世之感。如果不是师萝衣确信只过了短短数日,她还以为已经过去了几十年。

她心里有种不好的预感,拦住一个外门弟子,向他打听:"这位师弟,你知道原本住在东苑的卞翎玉去了哪里吗?"

弟子不认得她,脸蛋很快红了,知无不言:"你……你是说三年前上山的那个卞师兄?他是外门弟子,本来住东苑这样好的院子就不合适,师门以前看在清璇师姐的面子上,才对他多加照拂。前几日听人说,他不仅不是清璇师姐的亲兄长,还是当年杀害卞家父母马贼的奸生子,这样的人,怎么配以师姐兄长的身份自居?"

师萝衣听了个大概,却只觉得荒谬。

若卞翎玉的身世真有问题,以卞清璇的精明,会隐忍不发,一直等到现在?他们兄妹俩到底闹了什么矛盾,卞清璇竟然要这样逼卞翎玉?

外门弟子想留在蘅芜宗,都是要干杂活的,师萝衣问:"那你知不知道,卞翎玉被分去了哪里?"

"他本该和弟子们一起洒扫砍柴的,可他反倒自己去守枯山了,喏,就是不夜仙山对面那座。"弟子摇了摇头,"那地方清静,但每隔几年,妖兽就会叼走一个守林人,还冷得很。之前元信道君还在,没有低等妖兽出来兴风作浪,现在就不一样了,指不定什么时候就有人被妖兽叼走了。"

他说得唏嘘,师萝衣顺着他的目光看去,发现那正是明幽仙山和不夜仙山中间的一座小小荒山。宗门往往会流放犯了错的外门弟子去这样的荒山当守林人,他们不被重视,多半枯萎老死,或不得善终。

她心里一紧,难以想象那般清冷如神祇的少年会在那种地方渐渐老去,甚至死去。

前世明明不曾发生这样的事,她很快就因为杀了同门而被迫叛离师门。难道是自己重生带来的改变,才让卞翎玉如此悲惨吗?

师萝衣朝弟子口中的荒山走去。她心里莫名含着一股气,且不论身世真假,卞翎玉明明没有犯错,他们为什么任由他前去荒山,做最危险的事?

荒山上建了一座破败的木屋，这里就是守林人的住处。

守林人到死也不能下山，对蘅芜宗的弟子来说，无异于一种无形的囚禁。

屋里光线昏暗，又脏又破，角落里还有蜘蛛在织网。屋里摆了几张木床，上面的被子又脏又黏腻，隐隐散发着臭味。

天色将明时，几个汉子打着哈欠，懒散地从床上爬起来。有走到角落"放水"的，有咋咋呼呼聊天的。

不管他们如何吵闹，最角落的木床上，身穿银白衣衫的少年始终闭着眼，仿佛冷玉雕就。

卞翎玉就睡在这里，他来了五日，涤魂丹的作用已经过去，他如今连走路都艰难，骨刺也再不能使用。

晨光照在他身上，似一种温柔的眷顾。

纵然过了五日，同屋的汉子看见他，还是忍不住看呆，在心里暗骂：娘嘞，这小子长得也太好了。

今日天气并不算好，天空乌压压的，大雨将倾。汉子们陆陆续续出门，准备去捡点山货和山下的百姓做交易。

这群犯过错的人，大多不是什么好人，也没什么自制力，即使被流放都不忘骄奢淫逸、饮酒作乐。岁月在他们脸上深深浅浅留下痕迹，有的人看上去三四十岁，有的人更加年迈，已逾五十岁。

只有一个人看上去年轻力壮，叫作赵强。

一行人走着，赵强频繁眺望山下的村庄。众人心照不宣地笑开："赵强又在想姑娘了。"

赵强被点破心事，笑骂道："滚滚滚。"

"不过赵强想也是白想，我看那阿秀啊，一眼就看上了屋里那位。以往阿秀也来送东西，可你们谁见过她来得这么勤？昨日我回去得早，见阿秀还主动给那小子带了饭，还问要不要帮忙给他请大夫和洗被子。"

赵强听着，脸色阴郁，哼了一声：

"一个病秧子，我早晚要他好看。"

其他人在心里幸灾乐祸。

卞翎玉与他们格格不入，五日前他过来，不与他们讲话，甚至连名字也懒得告诉他们，没有丝毫讨好他们的意思。

他看上去冷冰冰的。

一个弟子撞了撞赵强，在他耳边小声地说了几句。赵强眯起眼，笑起来："看来不用我出手了。到时候咱们都晚点回去，给他们行个方便。"

他们一群人走远，天色亮起，卞翎玉睁开了眼睛。

他坐上轮椅，自去林间溪水处洗漱。

春花还未开，原本荒芜的山看上去更加荒芜。几只竹木小人从地里钻出来，给卞翎玉行了礼，四散去给他寻果子。

卞翎玉知道卞清璇想做什么，她在师萝衣那儿彻底失败，要重新熬鹰，使自己屈服。

可待在荒山，对卞翎玉来说并不算难熬。他幼时被母亲囚在天行涧，百年来与一堆骷髅相对，没有食物，也没有水，那样的日子他都能熬过去，何况现在？

他早就料到了今日的局面，卞清璇不把所有的办法试完，总归不会甘心。

竹木小人还没回来，阿秀先上山了。

修士虽然不可下山，可山下的村民却可以上来送东西或做交易，只是不准入深山。深山里面有灵兽或妖兽，对凡人来说不安全。

阿秀提着篮子，她今日特意换上了新衣裳，一身碧绿的衣裙，篮子里还有她娘做的早饭。

她爹是村里的大夫，阿秀自及笄以来，偶尔便会和村民一起上山，与修士们换些药材。她不担心修士们会伤她，蕳芜宗门规森严，为了防止他们败坏门风，若伤害了山下凡人，这群本就犯过错的修士会被立刻处死，神魂俱灭。

阿秀远远见到卞翎玉，脸就羞红了。她不像村里一般女子那样羞

涩,一直大大咧咧的,但一看见这个人,心跳就情不自禁地加快。她动作也放轻了,走到他面前:"我娘今日蒸了馒头,用的是今年的新面呢,十分香软,你尝一尝吧?"

她将馒头递过来,卞翎玉淡淡道:"拿开。"

阿秀难掩失落,把馒头收回篮子里:"我先去放东西。"

她把弟子们要的酒放进屋里,看见满屋子脏污,有些嫌恶,再看卞翎玉,毛遂自荐道:"改日天气晴朗,我来给你洗洗被子可好?"

卞翎玉说:"不必。"

阿秀咬了咬唇,一连几日被拒绝,她却没法生气。她长这么大,都没有见过这样气质和样貌的人,简直比爹爹书里的贵公子还好看。

她本也有几分自信,毕竟在村里,她的样貌算顶尖,父亲又是村里唯一的大夫,家世也算出众。直到她前几日见到卞翎玉,才明白什么叫自惭形秽,什么叫惊为天人。

若卞翎玉是蘅芜宗内门弟子,她连念想都不敢生出来!可被流放荒山的,哪个不是修为低下、枯坐等死的外门弟子?弟子们都盼着山下有姑娘看上他们,给他们留个后,让他们活着有些念想。

阿秀也知道赵强的心意,可她不愿。但若是卞翎玉,她给他生再多的孩子,哪怕留在荒山和他一起过日子,也心甘情愿。

可惜卞翎玉从未对她有过好脸色,一开始连话都不和她说,她至今都不知道他叫什么。

阿秀这回学聪明了:"我把篮子放石头上,你饿了就过来吃,我响午再来看你。"说完,她也不看卞翎玉,自己下山了,总归宗门不会再要他回去,她有很多时间和卞翎玉磨。

竹木小人陆陆续续跑回来,在冬日找果子并不容易,五个果子有四个尝起来都很涩。卞翎玉面色如常,把果子吃完,一眼也没看阿秀送来的馒头。

吃完早饭,他让竹人们进山,去找他要的东西。

他得自己炼制涤魂丹,否则朱厌降世,以他现在的身躯,很难打败那只畜生。

但卞翎玉也知道，若再一次大量服用涤魂丹，他这副残躯会被彻底耗尽，会老还是会死，连他自己都不清楚。

卞翎玉坐在院子中，安静地削竹条。这几乎是一条一眼能望到头的路，但卞翎玉没觉得不甘和苦，他会平静地把这条路走完。

很快，晌午就到了，距离阿秀再次上山的时辰也近了。

卞翎玉如今的五感与凡人无异，听见向自己走来的脚步声，他手下动作没停，眸色冷冰冰的。

他以为来人仍是阿秀，可当那人最终在自己面前站定，他手指一紧，匕首在手上划出一条血痕来。

师萝衣连忙在他面前蹲下："我吓到你了吗？怎么这样不小心？"

她结了个印，想给卞翎玉止血，可不知为何，她止血的术法对卞翎玉的作用不大。师萝衣蹙着眉，一连施了好几次诀，也没多少作用。

卞翎玉收回手，垂在身侧："没用的，我体质特殊，过一会儿就会好。你来这里做什么？"

师萝衣已经把木屋的环境纳入眼中，看着眼前平静的卞翎玉，方才心里的怒气变成了说不出的难受。她低声解释道："前几日花真夫人仙逝了，我小时候，夫人对我有恩，因此我前往卫家吊唁，后来去找长明珠，不知时间流逝。今日我归来看你，才知已经过去了好几日，你与卞清璇分开了。你先前的伤好了吗？"

卞翎玉一直安静地听她说完，道："无碍，探望过了，你就走吧，这里不是你该来的地方。"

他的语气并不带责备，甚至有种出乎她意料的平静，不再带着几个月前对她的愠怒，就像划清界限般淡漠地接受了宿命。这令师萝衣有些不安："可我们说好了，我要为你炼好丹药。"

"不必。"卞翎玉看着她的裙摆被脏污的地面弄脏，移开眼睛，从怀里拿出一本丹书递给她，"你把丹书拿走，有空再炼，炼好那日，交给丁白，今后别再来这里了。"

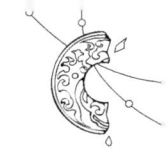

师萝衣盯着他递给自己的破旧丹书。她自然记得这本书，除了普通的丹方，里面甚至还有一页是她一直苦苦寻找的可消除心魔的丹方，尽管不知真假，神之血肉听上去也是天方夜谭。

带着卞翎玉温度的丹书放在手中，她下意识地去看卞翎玉。

他有一双墨灰色的瞳，若他不笑，会显得十分冷漠。很早以前，他就用这双凉薄的眼远远望着她，师萝衣从没弄懂那样的眸光。

此刻，暗沉的天空下，他居高临下地看她，对上她的眼睛，卞翎玉没有再率先移开目光。

师萝衣心里莫名颤了颤，说："我带你离开吧，即便卞清璇不管你了，你也不可以住在这里。山里有妖兽，把你吃了怎么办？你并非犯错的弟子，也非蘅芜宗的正式弟子，你有没有想去的地方，告诉我，我送你下山，或者送你回以前的家。天地辽阔，你想去哪里都可以。"

卞翎玉看向她杏仁般的双眼，久久凝视，仿佛要将这一眼记住。可他最后只平静地垂下眸，注视着自己已经不再流血的手腕，冷冷道："离开吧，师萝衣，别管我的事了。"

他在走一条决绝孤单的路，她管不了。

他知道没可能，所以宁肯不再碰。她什么都不懂，不懂最好。至少他此刻可以平静而平等地望着她。

师萝衣已经第三次被他驱赶，放在以前，说不定真的就走了。

严格说起来，两个人相识并不算久。

修士漫长的生命中，百年也如弹指一瞬，师萝衣与卞翎玉相处的次数并不多，但每一次都记得很深刻。以前他的身边总有卞清璇，她看见就来气。师萝衣对他最初的印象，就与卞清璇有关。

可是现在不同，她想起卞翎玉，第一印象不再是当初站在卞清璇身边，沉默不语地看着自己，惹自己火大的少年，而是月光下那个安静地做桃木小剑的男子。

他锋锐、平静、孤傲，这些印象，组成了另一个卞翎玉。

他是让她有时候抑制不住有几分心软的人，所以她会在清水村把他护送到卞清璇身边，也惦念着给他从冰谷带一朵雪莲，被诬陷也不再怀疑他。

现在，就算他叫自己走，师萝衣也不打算听。

以前师萝衣不管他，是因为卞清璇总是把他照顾得很好。今非昔比，卞清璇把他扔到这里，就代表不会管他死活。她要是真走了，卞翎玉被妖兽叼走了怎么办？

在她心里，卞翎玉从站出来为自己做证的那一刻起，就是她今生除蒋彦之外，认定的第二个朋友。

她就不信自己那么倒霉，交的每个朋友都想捅她刀子。

师萝衣见他倔强成这个样子，有些手痒。他到底知不知道，她这种不擅长讲道理的刀修，一般被逼急了会做什么可怕的事？

卞翎玉这样的人，一看就有他自己的性格和主意，也不知道她直接粗暴地把他打晕带走行不行。届时她把卞翎玉往一个舒适宅子一放，再卖点自己的东西，让人妥帖照顾他一生，总比留在山里强。

师萝衣决定好心地给他个心理准备："我要是现在对你做什么，你不会怪我吧？"

听她这样问，卞翎玉顿了顿，凉凉的目光再次看过来，没了方才的冷漠，竟然有几分一言难尽。

竹林里不知哪个修士喂的公鸡跑过来，从他们身边飞蹿而过，扑在母鸡身上。大公鸡膘肥体壮，母鸡扑扇着翅膀，惊慌地到处躲避。

师萝衣盯着它们，在这一瞬突然开了窍，恍然大悟："我不是那个意思，我现在不是想……总之不是要对你那样。你别误会，那种事只那一次，下不为例，我早已在心里发过誓了！"

眼见他握住轮椅的手越来越紧，现在已经不是自己要不要打晕他的问题，而是卞翎玉会不会忍不住打自己的问题了。

师萝衣又尴尬又急切，举起双手："我走，现在就走，你别生气！"

这回她说走就走，一瞬跑出去老远，也不知为什么，想到卞翎玉方才那个表情，师萝衣突然有些想笑。

她也确实笑了，背对着卞翎玉，这几日第一次露出了一个轻快的笑容。

师萝衣觉得卞翎玉还是这样好，会暴躁，会忍不住想要掐死自己，远比方才自己看见的决绝冷漠的模样令人放心。

刚刚卞翎玉把丹书都给了她，看样子是打算和她老死不相往来了，没想到因为她的一个口误破了功。师萝衣发现，原来他并不是一点都不在乎那件事。

许是因为她做过魔修，羞耻心远不如上辈子重，师萝衣想到他心里其实在乎得很，面上却冷冰冰的，就很想笑。

这貌似非常缺德。

对卞翎玉来说，这是几个月前发生的事，可师萝衣却已经过了一生。她连当时的感觉都忘得差不多了，哪里还能像卞翎玉一样，每次都联想到自己干过的坏事？

她暗暗折返了回去。师萝衣本就执着，她不会因为卞翎玉发火就真的不管他，一来她得确保卞翎玉的安全，二来她还有些好奇，卞翎玉不是不想活的人，可他为什么不肯跟自己走？

旁的事情她可以由着他，但生死攸关的大事，她不会由他胡来，可以等他平静了，再强行把他带走。她连那么坏的事都对卞翎玉干过了，也没见他真的被自己气死，区区被打晕，他事后应当不会计较吧？

今日的天气确实不算好，没一会儿便下起雨来。师萝衣远远坐在树上，双腿晃着，观察卞翎玉。

自她离开后，卞翎玉独自坐了一会儿，脸上神情复杂，微微带着愠怒，片刻后平静下来，继续削他的竹片。

之前师萝衣也见他削过竹片，但并不知他拿来做什么用，此时好奇地看着他。

卞翎玉做事一直都很专注，这一点他们倒很像。他的睫毛很长，但并不像师萝衣的那般翘，他垂着眼睫时，会在下眼睑留下阴影，不带阴郁，反而有一种过分干净的少年感。

师萝衣本来不算是有耐心的人，但她看卞翎玉专注做事，竟然不觉得无聊。

刚开始下小雨的时候，卞翎玉没有进屋子，师萝衣稍微一想就明白了，他向来爱干净，并不喜欢那屋子里恶臭的气味。

几只寒鸦飞到树梢上躲雨，被师萝衣轻轻弹了弹："嘴硬。"

不知道是在说寒鸦还是在说人。

寒鸦感觉到她身上不带攻击性的仙气，被她弹得嘎嘎乱叫，不仅没有跑，反而看上去凶巴巴的，也很像那个人，师萝衣不禁笑了笑，又道："我先来的，你们还敢耍臭脾气！"

知道卞翎玉没什么特殊癖好，并不喜欢这里就够了，那她把他带走就容易些。

可卞翎玉为什么不和她走？师萝衣至今还没想明白。

天色愈发暗沉，明明才晌午，天边已经乌云蔽日，闷雷滚滚。春寒料峭，此时的温度并没有比冬日的高多少，师萝衣本来想着，如果卞翎玉再不进屋子，她就开始动手，没想到卞翎玉这次倒是进去了。

他合上了门，师萝衣看不见他。

师萝衣不由得放心了几分。上次见他发烧时很痛苦，再生病可不好。

她和一群寒鸦待在一起，闲得无聊，也无法观察卞翎玉，干脆把卞翎玉塞给她的那本书拿出来看。

再次翻到天玑丹那一页，师萝衣用手指抚过每一个字。东西是好东西，就是炼丹的材料实在太遥不可及。

师萝衣把需要的灵材又记了一遍，打算有机会还是先收集一下。不管希望多渺茫，她都要一试，她从不认命。

远处传来匆匆的脚步声，师萝衣看过去，发现一个人披着斗笠往山上走。看身形是个姑娘，拎着篮子，蹚过泥水。

师萝衣一眼就看出她应该是山下那几个村庄里的姑娘。在这样的天气有勇气上山来，着实不容易。

师萝衣看她行走的方向，发现她竟然是往木屋那边去的。

阿秀起先还骂骂咧咧地抱怨着天气，到达小院门口，就变得文静下来，她不舍得将早上那件新衣裳弄脏，此刻已经换上了平日干活穿的粗布衣。她跑到木屋的屋檐下，上前去敲门。

师萝衣远远看着木门打开，露出卞翎玉的脸。

他们交谈了几句，师萝衣隔得太远，天空中又有闷雷声，断断续续听不清楚，但她能大致看清他们的神情。

师萝衣第一反应是，卞翎玉该不会是因为这个姑娘，才选择留下的吧？

很快她发现并不是。

姑娘要把篮子往卞翎玉怀里塞，被卞翎玉冷着脸推了回去。

他没有拒绝阿秀在木屋里躲雨，但是兀自转身离开，没有和阿秀待在一处。阿秀提着篮子，脱下蓑衣，脸上显而易见带着失望的神情。

师萝衣看了一会儿，有些恍惚。上辈子她流亡时，少数想起卞翎玉的时候，也曾联想到这幅画面。

卞翎玉总归要成亲生子的。

卞清璇能活千年，但卞翎玉作为凡人，生命不过区区百年，总会老去，死去。兴许在她逃离宗门后没几年，他就下山和其他女子成亲了。

但如今看见卞翎玉这个样子，师萝衣又很难想象他上辈子真的过完了那样的一生。

卞翎玉像一片荒原，世人能见到荒原的辽阔和苍茫，却无人能把他占据。

就像现在，他和阿秀共处一室，阿秀起先还羞红了脸，可是越来越不自在，变得坐立难安，局促极了。

卞翎玉却很冷漠地做着他自己的事，仿佛屋子里没有阿秀这个人。

他们两人，一个像高坐庙堂的冷漠佛子，根本不关心众生，另一个像诚惶诚恐的信徒，就差跪下来叩拜。

师萝衣看了许久，在心里悄悄把"将来在人间给他找个贤惠的好娘子"一条划去。

再好的娘子，估计也受不了他的冷淡性子，师萝衣看着都替阿秀着急，还是随缘吧，也不知道卞翎玉会喜欢什么样的女子。

雨小了一些，师萝衣敏锐地感觉到不远处又多了几丝生人气息。觉察到了恶意，她眯着眼望过去。

三个身穿蘅芜宗弟子服的男子走过来。其中两个师萝衣不认得，只有一个她认识，是薛安身边的跟班，好像叫作宋隗山，家世也很不错，在蘅芜宗是个出名的纨绔。

他们向师萝衣这边走来。师萝衣的修为比他们高不少，他们没发现师萝衣，师萝衣却听见了他们说的话。

起初师萝衣还不知道他们是来做什么的，待到听清后，目光越来越冷。

"宋兄，我们动那小子，不会出事吧？他好歹是小师妹的哥哥。"

宋隗山伸了个懒腰，轻蔑地说："怎么，你怕了？怕就回去。卞清璇要是真的还在意他，就不会任由他被流放到这破地方。"

另一个弟子嘿嘿笑道："就是，他说到底只是一个外门弟子罢了。"

最先出声的人反驳道："谁……谁怕了，我就是看他那个样子，身体估计不好，之前好像还被妖兽咬了，届时闹出人命怎么办？"

宋隗山说："哼，说得好像你以前没闹出过人命一样，现在怎么装模作样起来了？"

那弟子有些不安，但总归不说话了，也没离开。

另一人勾肩搭背地安慰道："放心，料他也不敢说出去。"

宋隗山摸了摸下巴，笑道："这件事不许让薛少爷知道，一会儿悠着点儿。"

他们聊着天，很快走到了院中。

没人看见师萝衣冷冷地看着他们，神殒刀火红，带着杀气，一如她渐渐变红的眼眸。

屋子里，阿秀看见这群修士，敏锐地意识到了不妙，紧张得站起来："你们是谁？"

"宋兄，怎么这里还有个村姑？那群人不是说已经安排妥当，他们不会回来打扰吗？"

"这村姑该不会是卞翎玉的相好吧？"

一行人哄笑起来，宋隗山饶有兴致地挑了挑眉，另一个弟子意会，施了个法，把阿秀困住，道："没想到还有意外之喜。"

阿秀涨红了脸，望向卞翎玉："你快跑！"

卞翎玉看向宋隗山等人。十年前，他初临人间，只是一柄冷冰冰的杀人凶器，对世间人伦的认知还如同稚子，如今，他已经知道他们想做什么。

不仅是人间，修真界这样的腌臜事也并不少。

宋隗山先前见过卞翎玉几次，笑嘻嘻道："放心吧，宋某并不会要了你的命。"

"不会要了我的命？"卞翎玉冷冷地反问，带着讥嘲。

竹木小人无声地布了阵，荒山之上，一只苍吾兽长嚎一声，朝木屋奔来。

宋隗山没听出他声音里的冷意，道："自然。"

其他两人怕卞翎玉反抗，按住了卞翎玉肩膀。阿秀在角落，急得眼眶通红。

竹木小人布阵杀人需要时间，卞翎玉如今身躯脆弱，也没有涤魂丹，只坐在轮椅上，冷漠地看着宋隗山。

那目光清冷、平静，不似活物。

宋隗山身上起了一层鸡皮疙瘩，难得有种危机感，但他的动作只犹豫了一瞬。

雷声轰鸣，响彻云霄。

宋隗山的表情定格在了脸上，手却久久未动，另外两个弟子刚感到疑惑，就见宋隗山脖子上不知何时出现了一条血线。

血线越来越深，下一声雷声响起时，宋隗山的头颅落地，鲜血溅了两个弟子一脸。

他们怔怔地摸了把脸,眼睁睁看着宋隗山的身体倒下,在他身后,出现了一个拎着大刀的少女。

少女垂着头,风从门口吹进来,吹得她不夜仙山的罗裙肆意飘飞。

弟子结巴着叫出她的名字:"师……师萝衣。"

她是师萝衣,又不像师萝衣。少女抬起头看向他们,脸上也溅了血,原本杏仁一样清亮、黑白分明的瞳仁变成了血红色。

她本就美得张扬艳丽,这一幕让另外两个弟子又惊又怕,却被这样慑人的样貌冲击得无法回神。

率先反应过来的那个弟子抖着嗓音道:"你……你竟入……"那个"魔"字半晌也憋不出来。

少女面无表情地盯着他们,他们这才知道怕,争先恐后地放开卞翎玉,扑通一声跪下:"师姐,不不,萝衣小姐饶命……"

师萝衣眼里却没有怜惜,记忆里的画面变得愈发鲜明,上辈子茴香身体破碎的画面还在眼前。那一刻她就发誓,再不让亲近之人遭遇横祸。

在阿秀的尖叫声中,她毫不犹豫,手起刀落。

两人还没跑出门外,头颅就落了地。

卞翎玉看向师萝衣通红的眼瞳,眉头紧蹙。他对魔气的感知相当敏锐,没想到师萝衣会在这种情况下第二次入魔。

他没管遍地的血腥,厉声道:"师萝衣!"

红瞳少女满手是血,眨了眨眼,看向他。

"过来。"他说,"冷静下来。"

阿秀觉得眼前这一幕荒诞极了,她活了十八年,都没有见过这样有冲击力的情景。一炷香之内,她见到了修士们的恶,自己看上的男子险些被凌辱,旋即一个少女出现,眨眼间灭掉了所有人。

阿秀从来没见过这样好看的女子,雪肤乌发,那张脸仿佛受上天的眷顾,美得不可方物。

但少女有多美,杀人就有多果决。把其他人杀光后,少女走向了卞

翎玉。

阿秀简直要疯了，很想提醒卞翎玉快跑，她自己也想跑。

可她看见，卞翎玉不仅没跑，脸上还带上了浅浅的焦急之色，方才他都没露出过这样的神情。

阿秀隐约懂了什么，心里有些低落。这是她认识卞翎玉这么多日以来，第一次见他这副样子——仿佛神坛之上，冷漠的神堕落，也染上了人的情绪。

那个满眼猩红的少女走到他面前，收起刀，在阿秀恐惧的目光中，她却并没有伤害卞翎玉，只冷着脸，盘腿在卞翎玉面前坐下，良久，眼睛才渐渐恢复了正常。

她抬起眼睛，外面的雨越下越大，把门口都打湿了。

师萝衣刚从心魔的操控下清醒过来，就看见这样的景象——三颗被她割下的人头，垂眸看她、唇色苍白的卞翎玉，以及角落里满脸茫然的阿秀。

她想了想，抬手先把脸上的血迹擦去，担心自己"杀人狂魔"的样子吓到屋子里的两个凡人。

变成魔修的过程就是这样的，心魔没有消除之前，每次触到心里的噩梦，心魔就会加重一次。

师萝衣却没有后悔。

杀就杀了，别说在心魔控制之下杀了，她就算清醒着，也要把这几个逼迫同门的惯犯给砍了。

她前世没经验，第一次在身旁看见死人时，慌得背离师门。此刻她却十分冷静，明白趁心魔还未第三次发作，她要先处理好宋隗山几人的尸首，还要安抚屋里的人。

她看看冷静的卞翎玉，再看看角落神色恍惚、缩成一团的阿秀，想着凡人应当看不见她的红瞳。

师萝衣解开她的禁锢："姑娘，这里不便久留，我先送你回家？"

阿秀看师萝衣走过来，本来以为自己会很怕，可面前的少女嗓音轻柔，眼睛里并没有暴戾，干净清澈，竟让她有几分亲切感。

阿秀看着面前的少女，结结巴巴道："不，不必，我自己可以……"

她爬起来，又跌坐在地。

师萝衣看了眼她抖得站不起来的腿，回头问卞翎玉："我先送她回家好不好，你等我一会儿？"

卞翎玉点了点头。

师萝衣搀扶起尴尬的阿秀，在屋子里布了一个结界保护卞翎玉，还没忘阿秀落下的蓑衣和篮子，顺手一起拿下了山。

师萝衣速度快，很快就把阿秀送到了村口。因为她的母亲就是个凡人，所以她对凡人很包容，见小姑娘终于不抖了，她把蓑衣披在阿秀身上："回家去吧，以后少上山，那木屋里的几个修士也不是好人，要换东西，让你爹爹和兄长来。"

阿秀的脸通红，讷讷点头："你……你杀了人，没关系吗？"

师萝衣笑了笑："没关系。"

她挂心卞翎玉，说罢就要回去。阿秀也不知道哪根筋搭得不对，跑了几步，追上师萝衣："仙子等等。"

师萝衣回头。

"你……你可以把木屋里的那位公子带走吗？"

师萝衣没想到她会说这个，郁闷道："我本就是来带他走的，可他不愿。"

"他会愿意的。"阿秀笃定道，"你好好同他说，我知道，他是愿意的。"

"为什么？"

对上师萝衣澄净的眼睛，阿秀的脸又有点红："总之我就是知道，请你好好照顾他。"

阿秀也悄悄喜欢过人，明白身份的天壤之别会让人心生退却。她不会替卞翎玉说出那些不曾出口的话，毕竟她自己也没勇气将心意宣之于口。

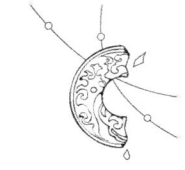

阿秀知道卞翎玉不属于荒山，自己留不住他。

师萝衣点头："好，我答应你，快回家吧。"

回去的路上，师萝衣一直在想怎么带走卞翎玉，阿秀那般有自信，说只要她好好与卞翎玉说，他肯定会听，师萝衣打算试试。

她心里其实一直有个馊主意。

本来那个馊主意都被压下去了，可第二次心魔发作后，心绪不受控，让她再次想了起来。

前世，师萝衣预设过，怎样才可以光明正大回到不夜仙山。大概只有遇上了红白事，宗主才不能阻止她回家。

她若死了，满口仁义道德的蘅芜宗宗主不可能不许她葬在家中，同理，她若要成亲，在明幽仙山不合适，必须得在不夜仙山。那时她能不能回不夜仙山，就看她和宗主谁的脸皮厚。

她前世一根筋，死守着卫长渊，入魔后，底线最低下时，常后悔没先抓个人成亲再说。

今日听见宋隗山等人的恶言，她方知他们会这样看卞翎玉。卞翎玉不愿回人间，若自己把他带在身边，他的处境也不会好，还会被恶意揣测。

那么，她可不可以和卞翎玉商议，与自己假成亲呢？

若他同意，她兴许能回不夜仙山，届时她能拿回父亲的东西，还能帮卞翎玉养好身体。待有一日他找到心上人，想离开了，她随时再送他去想去的地方。

若她斗不过宗主，把他送走应该也来得及。

思前想后，她又觉得这个主意没那么馊。但想到一会儿自己提出这个主意后可能会被卞翎玉掐死，她就有些踌躇。

但被打晕还是成亲，他总得选一个吧？选哪个都比留在荒山好。

她定了定心，在心里想着措辞，还有该怎么收拾烂摊子。

师萝衣去送阿秀时，苍吾兽已经犹犹豫豫地藏在门外。它有灵性得很，先前卞翎玉没让它出来，它就在一旁偷窥。此时卞翎玉说：

"过来。"

它蹄子嘚嘚,快得空中只有残影,跑到了卞翎玉面前。恶名昭著的苍吾兽,此时缩成白狼大小,乖得像只猫。

卞翎玉没管它,看向地上的尸身,这几个人一看就是世家弟子,家里很可能给他们点了魂灯,人死后,魂体会飘回灯中,强大点的魂体还能断断续续记得生前经历。届时,师萝衣杀人之事很难瞒住。

空中有三个逃窜的魂体,连仙体都看不见,但映入卞翎玉墨灰色的瞳中,却显得很清晰。

他抬手,准确地捉住这三个魂体,觉察到掌中的东西在瑟瑟发抖。

卞翎玉看了一眼苍吾兽,冷冷地把它的嘴巴掰开,将魂体塞进去。

苍吾兽整个傻了,包着一嘴的魂魄,不敢动。

卞翎玉嗓音冰冷:"吞了。"

苍吾兽不敢反抗,咕嘟一声吞了下去。它吧唧了一下嘴,品尝一番,呸,难吃。

"走吧。"

苍吾兽打了个喷嚏,麻利地跑远。

师萝衣口中的"一会儿"果然不久,苍吾兽刚跑,她就回来了。

她身上带着外面风雨的寒凉,回来后先利落地处理了地上的尸体,施法将尸体弄到外面去,用真火焚了。

她知道魂灯之事,心里也有点忧虑,但碎魂往往只有高等妖魔和修为极高的修士才能做到。师萝衣还做不到,不过纵然魂灯亮了,他们也大概率没有生前记忆,杞人忧天没有用。

师萝衣做这些事时,卞翎玉始终面不改色,她在心里庆幸他看不出来自己入魔了,否则现在恐怕不会这么冷静。

希望他听完她接下来要说的事,还能这么冷静。她吸了口气:"我有事和你商量。"

"什么事?"

师萝衣面露纠结,趴在门框边,露出半张花儿般娇妍的脸看他:"你

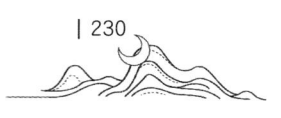

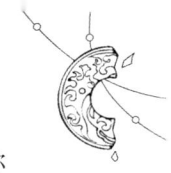

看，我今日好歹也救了你一回对不对？你能保证，一会儿我说了以后你不生气吗？"

卞翎玉猜不到她想说什么，沉默了片刻："不能。"惹他生气的话，她最好还是别说了。

"哦。"她眼眸弯了弯，逗他一般，"那我也要说。"

风吹进来，带着雨水和泥土的腥气。许是她的笑容过分明丽，没有阴霾，一如初见，卞翎玉抿了抿唇，竟然生不起气。

师萝衣咳了咳："我先确认一下，你留下不是因为阿秀吧？"

卞翎玉面无表情，第一次觉得自己还是低估了她，他克制不住这种恼火，冷冷地道："你觉得呢？"

还没走远的苍吾兽抖了抖。

师萝衣也听出他语气不对，郑重地道："我觉得应该不是，不是我才好说接下来这件事。"

卞翎玉盯着她，总归被她气多了，也不少这一两次，他倒要听听，师萝衣还能说出什么鬼话来。

荒山之上，天地辽阔，外面的风声夹杂着雨声，师萝衣站在檐下，鼓起勇气道："既然你没有喜欢的人，那你做我的道侣吧。"

送阿秀回来的路上，师萝衣就想过很多次，提出这件事后卞翎玉会有什么反应。她心里有过许多设想，比如可能会惹怒卞翎玉，他直接让她滚，或者干脆不理她，当她在痴人说梦。

无论如何，师萝衣已经在心里做足了准备。

大雨噼噼啪啪，砸在地面，砸入水坑，雨珠瞬间粉碎。

卞翎玉的反应却不是师萝衣先前设想的任何一种。在她说出那句话后，他震惊抬眸，死死盯着她，脸上表情变得一片空白。

师萝衣的表情也有点空白。怎么了？好像和之前她设想的任何一种反应都不一样啊。

卞翎玉放在腿上的手颤了颤，握紧了他的衣袍，眸中似天幕风云涌动。

卞翎玉哑声道:"师萝衣,你清楚自己在说什么吗?"是她入魔还未清醒,还是他疯了,才会听到这种话?

他语调极低,若不是师萝衣靠得近,几乎听不清他的话。这句话问到最后,听上去极其艰难,他仿佛带着喘息的气音,用尽力气,才让她再重复一次。

师萝衣也算反应了过来,懊恼地想,看吧,她就知道卞翎玉会气成这样。

她不敢再重复了,免得雪上加霜,想赶紧把该说的话都解释清楚:"你别误会,我并非对你有所企图。我说让你做我的道侣,是指假成亲。你看,荒山那么危险,今日我顾得上,他日万一我没来得及,你出事怎么办?"

"假成亲……"卞翎玉望向她的眸光停止了颤动,紧抿住了浅色的薄唇。

没那么生气了吧?师萝衣仿佛受到鼓励,继续说:"今日之事只是个开始,你应该也不想再发生这种事,不如和我一起走吧。虽然我如今的处境也不好,不能给你更多的许诺,但我发誓,我所在之地,只要我好好活着一日,就让你也好好活着一日。今后若你遇见了心上人,或者厌倦了在蘸芜宗的日子,有了想去的地方,有了想做的事,我就送你走。"

卞翎玉望向她,最初心里被狠狠刺激的那一下,仿佛一只手把他的心脏狠狠捏紧,紧得发疼,让他险些失态。卞翎玉知道是自己误会了,强迫自己冷静地听她侃侃而谈。

"你继续说。"他的语调已经恢复正常,垂眸看向自己还在微颤的手,默默将手放在了身侧,没让师萝衣看见。

"不过和我一起,可能也会有危险,未来之事有诸多变数,我也不是没有私心。"师萝衣从一开始就不打算欺瞒卞翎玉,她坦诚地开口,声音里有些低落,也有些怀念,"我想回不夜仙山,自我爹爹沉眠后,不夜仙山就落在了宗主手中,我想光明正大地回去,成亲是最好的办法。你若能同意,那就再好不过。你懂我的意思吗?"

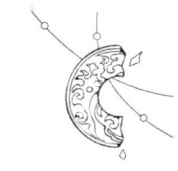

"假成亲，各取所需。"卞翎玉的语调毫无波澜。

师萝衣颔首。

雨珠掉入院中大大小小的泥潭，转瞬就没了声息，变得浑浊不堪，像卞翎玉复杂的心情。

两人相顾无言。

师萝衣眼巴巴地看着卞翎玉，心里生出些忐忑，他会答应，还是会依然觉得她图谋不轨。麻烦缠身，直接拒绝她？

卞翎玉一直没说话，像一尊沉默的玉像。

师萝衣心里焦急，沮丧道："你不同意啊？"

卞翎玉面上看不出表情，鸦黑的长睫垂下，半晌道："我若不同意，你就再找个人？"

这话问得……师萝衣忍不住笑起来："哪能啊，你若不同意，我就暂且不考虑这个主意了。"

成亲并非随手摘一株灵植那般容易，彼此得朝夕相对，得一起生活，若非卞翎玉值得信任，她绝不会提出来。

卞翎玉说："我只是个凡人。"

虽然只是这样简单的一句，师萝衣却意外明白了他的意思。

这句话让她看见了希望，没有直接拒绝就代表会考虑。她眼眸明亮，道："我母亲也是个凡人，父亲明知她的一生不过是自己生命中的短短一瞬，仍义无反顾地与她在一起。我们的情况有所不同，我们在走一段艰难的路，这段路并非一定要一起走多远，唯愿我们都能走出这段困苦。我若比你活得久，待你老去，就好好照顾你。我若斗不过这天命，比你先走，也会提前为你寻好去处。"

她想到父亲当年娶母亲，穷尽珍宝，自己却寒酸得只剩一把刀，难得有些不好意思，但还是充满期盼地道："你要不要考虑一下？"

也不知她的哪一句话打动了卞翎玉，他周身没了方才的清冷，良久，别开目光，盯着地面的水坑，低声道："嗯。"

师萝衣眨了眨眼，耿直地追问道："卞翎玉，'嗯'是会考虑的意思，还是同意的意思？"没等他说话，师萝衣已经笑开，"是同意的意思，对不对？"

对卞翎玉来说，这就像决定要不要吞下裹了蜜的砒霜，他神情复杂而恍惚，沉默地点了点头。

师萝衣眸中像坠入了无数星子。今生与前世彻底不一样了，这条坎坷的路，终于有人愿意与她同行。不仅卞翎玉彻底原谅了她，她也能回家了，在师萝衣心里，从此她在世间又多了一个亲人。

"你把自己的东西收好，等雨停了，我就带你走。"

雨越来越小，赵强几人从躲雨的山洞里出来，笑得不怀好意。

"那些内门弟子应该完事了吧？"

"也不知道那小子活着没。"

赵强眼睛里闪过一丝怨毒之色。

守林人们往回走，他们已经在木屋里困了不少年，这里看不见希望。荒山茫茫无尽，除非有内门法令让他们离开，否则所有人都只有一眼能看到头的未来。

众人麻木、恶毒，唯愿他人比自己还要不幸，甚至希望所有人都堕落至此。

回去的路上，他们一直在揣测卞翎玉的境况该有多么凄惨。没想到入眼的并非破落的景象和遍体鳞伤的卞翎玉。

木屋的大门确实被人踹开了，然而土地散发着被雨水滋润后的清新气息，一派朗朗清风中，几只鸡悠闲地在院子中漫步，看上去岁月静好。他们没有看见屋子里的人。

赵强等人把屋子翻了个遍，发现卞翎玉的东西基本没动，但人确实不在木屋了。众人想起那些内门弟子的手段，忍不住揣测道："死了？被内门弟子处理了？"

赵强撇了撇嘴，还以为回来能奚落卞翎玉一番呢，结果他那么没用，都撑不到他们回来。一群人骂骂咧咧，又说了几句污言秽语。

有人眼睛突然睁大："那……那是什么？"

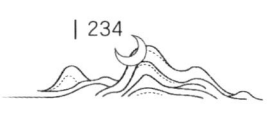

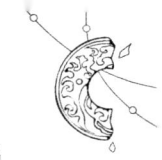

赵强顺着他的目光回头,发现不知何时,院子的每个角落里都飘出了一个竹木小人。

竹木小人悬在空中,明明没有脸,看上去却十分幽冷。

"谁……谁在装神弄鬼?!"

赵强率先跑出去,打算把竹木小人砸下来,然而他发现自己竟然无法离开这个屋子,任由他怎么闯,也踏不出屋子半步。

众人这才慌了,木屋仿佛变成了一个囚笼,把所有人都困住。

就在这时,一群妖兽缓缓围住了木屋。

妖兽们眼冒绿光,垂涎地看着他们。众人哪里见过这样的场景,顷刻间腿比面条都软。一只妖兽就可以把他们吞噬殆尽,而此时他们已经数不清眼前有多少只妖兽!它们团团围住木屋,暂时也不吃人,但这种不知何时会被撕碎的恐惧更令人难以承受。

发现自己无处可逃后,赵强等人脸上再无嚣张和歹毒,有人已经吓得尿了裤子,向竹木小人哭求道:"放我们走吧,大人,求求你,我知道错了,放我离开吧!"

那些竹木小人通身干干净净,看起来冷漠而无情。

有一刻,赵强浑身一颤,想到了那个少年刚来时的目光。在这一刻,他们终于体会到了很多年间在这木屋中被他们故意设计折磨之人的感受。

以前他们是捕猎者,如今他们也成了猎物。那些惨死的魂魄,在这一刻,无不注视着他们。

那些人当初有多恐惧,今日的他们亦如是。

师萝衣并不知道这一切,在雨刚刚停下的时候,她已经带着卞翎玉离开了荒山。

离开前,她问卞翎玉有什么要带的。卞翎玉摇了摇头,什么都没拿,自己推着轮椅出来了。

只是在对上她目光的时候,他垂下了眸。

师萝衣被他这份浅浅的不自在带得也有几分不自然。毕竟从这一刻起，他们的关系就不一样了。

师萝衣前世没有和谁结过道侣，蒋彦自然不算，她心里有些稀奇，也有些可怜眼前的这个道侣。

这世间说自己孑然一身的人多了去了，可没有一个人真的像卞翎玉这样。

很早以前，在她还很讨厌他的时候，师萝衣都不得不承认他看上去干干净净的。而今更是如此，她第一次清晰地认识到，卞翎玉除了他自己，仿佛什么都没有。

她心里软软的，想了想，从怀里找出那只陶泥兔子，塞到卞翎玉手里。

"好了，拿着这个。"她想到自己这辈子有了心魔，怕是再也无法找到心爱之人了，自己的如意锁还是给卞翎玉为好，至少那块锁可以让他温养一下身子，"我之后还有东西要给你，这次你可不能再扔了。"

这次再扔，她会伤心的。

卞翎玉猝不及防被塞了一只陶泥兔子，那是他亲手做出来的，兔子体内还有他的骨刺，因此就像被赋予了生命，一双水盈盈的眼眸看着他，还带着少女身上残余的温度。它突然被换了主人，有些委屈。

"你不喜欢？"他握紧了兔子，问师萝衣。

他记得她连蒋彦的纸鸢都要了，为什么他的东西她就不要？

师萝衣摇摇头："很喜欢，一开始我想用它回家，现在不用了，我们可以光明正大地一起回家。在成亲之前，我不能时时看顾你，兔子留在你身边比较好，它可以暂时保护你。"

卞翎玉闻言，低低"嗯"了一声，无意识收紧了握住兔子的手。几年来，他第一次有些茫然局促。

至今为止，卞翎玉都无法明白这一切是怎么发生的。

荒诞极了。

他的同意显得更加荒诞。在她的突发奇想下，他就像喜怒哀乐无法自控一样。她可以胡来，他呢，难道也不清醒吗？

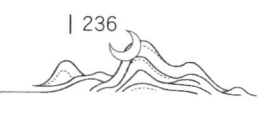

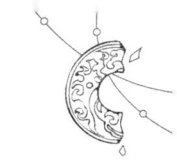

少女似乎很快就适应了自己的角色，卞翎玉却久久没法适应。

这还只是个开始，之后他真能装作若无其事，守住自己的心和行为，和师萝衣一起生活吗？

在师萝衣赶往荒山去接卞翎玉的时候，茴香折返回卫家，将长明珠送去。

她紧赶慢赶，终于在花真夫人下葬那日，将长明珠送到。念及师萝衣送珠是为了斩断和卫长渊的最后一丝缘分，茴香没有把长明珠交给卫长渊，而是递给了卫宗主："这是我家小姐对花真夫人最后的心意，望夫人永沐光明，此去走好。"

卫宗主接过长明珠，放入花真夫人半开的掌心中。

他神情复杂地看看茴香，只点了点头，什么也没说，忽然想，若道君没出事，那该多好。

茴香看向卫长渊，他不言不语好几日，站在父亲身后，视线落在长明珠上，半晌，哑声道："多谢茴香姑娘跑这一趟。"

茴香轻轻颔首，卫长渊比她还要清楚这枚珠子的意义，至此，这段孽缘算是彻底结束了。

茴香离开时，卫长渊尽少宗主之谊，亲自送她下仙山，气得薛娆在一旁暗暗跺脚。

茴香知道卫长渊和小姐是怎么走到这一步的，他们之间从卞清璇出现的那一刻起，就有了裂痕。

茴香努力想撮合他们，却只能眼睁睁看着二人渐行渐远。

到了现在，茴香也没了最初劝卫长渊的想法。许是三年来，自己也和小姐一样看开了。两人若真的情比金坚，又岂是一个卞清璇能拆散的？

"卫大公子回去吧，多多保重。"

"好，茴香姑娘回宗门也一路小心。"卫长渊道。

茴香最后望了一眼，少年立于山巅，身形消瘦，容貌清俊。不管是幼时还是现在，卫长渊始终维持着世家的风度。

师萝衣连这最后一段路都没有亲自与他走完。

茴香看不出卫长渊心里是否有遗憾，隔得太远，她无法看清他的表情。

很早之前，在萝衣还小的时候，茴香就和小少年说："你这时护着小姐，她的刀修之心，既护短又干净纯粹，待她将来长大，也会好好待未来道侣的。"

可故人还在，记忆却淡忘，心也已同陌路。

茴香叹了口气，到底是自己熟识的人，卫长渊秉性不坏，愿他不管和卞清璇还是薛娆在一起，永远别后悔就好。

师萝衣确实在好好待未来道侣。她非常积极，要推卞翎玉下山，却被卞翎玉拒绝。他抿了抿唇："我自己来。"

"哦。"师萝衣不明白他在坚持什么，荒山离明幽仙山有好长一段距离。卞翎玉推得很吃力，额上还出了一层薄汗，但神色始终清冷平静，漫长的路，没有让她出一点力。

师萝衣看得焦急，好几次险些控制不住自己的手。

但是她如今一穷二白，麻烦缠身，道侣也不嫌弃她，这点小事她愿意依着卞翎玉。她知道卞翎玉是个很坚毅的人，只好时刻注意着他，免得他被山石绊倒。

两人回到明幽仙山的时候，已经半夜了。

这又涉及了一个问题：卞翎玉今夜住哪里？

他先前的院子，在他和卞清璇决裂以后，不仅花草树木枯死，连院内的东西都被人拿走，看着实在简陋破败。

初春天气还冷着，师萝衣不忍让他回那个破败的院子，提议道："要不你去住我的院子？我去师姐的院子住一晚。"

卞翎玉的后背被一层薄汗沁湿，但坐得很端正，身姿不曾有半点佝偻。

师萝衣什么都不知道，所以他在她面前，一直以来都可以光明正大

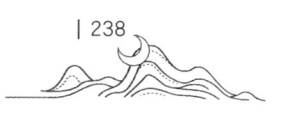

地、有尊严地直视她。他漆黑的瞳仁带着浅浅的疲惫,没有平时冷漠,看上去多了一丝人气。

听师萝衣这样说,他摇头:"我住以前的院子就可以,被褥还在。"

卞翎玉知道,因为卞清璇,师萝衣在宗门哪里还剩什么交好的师姐。今晚他若是真占了她的院子,她说不准就大大咧咧找个山头打坐一晚了。

师萝衣拗不过卞翎玉,于是道:"那你等一下。"

她把卞翎玉送到院门口,又去把刚刚入睡的丁白拎了起来。

丁白瞪大眼睛:"萝衣师姐。"

"是我,你家公子回来了,你还愿意去照顾他吗?我知道卞清璇以前给了你不少好处,我非丹修,没那么多东西,但我那里还有一株血灵芝,你好好照顾他一段时日,我把血灵芝给你可好?"

丁白先前听说卞翎玉被赶去荒山,心里其实难受得很,而自己回了外门,过得也不怎么好,其他人都欺负他是个小孩,暗暗惦记着对他下手,好抢他的东西。

卞翎玉虽然冷漠,可是从来没真的欺负自己。萝衣师姐这么说,丁白哪里会不同意,连忙点头。

这些日子,心里的愧疚都快淹没了他,他日日做噩梦,梦到卞翎玉死在了荒山,昨日醒来,泪水还浸湿了枕头,他也很想见到卞翎玉。

师萝衣把丁白带回去的路上,他渐渐清醒了,这才意识到不对劲儿。

卞清璇之所以照顾卞翎玉,是因为她是卞翎玉的妹妹,可师萝衣为什么要照顾卞翎玉?她是公子的什么人?

"我是他未来的道侣呀。"师萝衣笑眯眯地摸了摸他的头,看见小孩满脸震惊。

"道……道侣?"是他没睡醒吗?是他理解的那个意思吗?

师萝衣带着丁白走到卞翎玉身前,借助陶泥兔子,在这里布下了一个比先前还要结实得多的结界。

她忙忙碌碌,像只来回采蜜的小蜜蜂。

卞翎玉就一直沉默地看着她。

夜风吹得他头脑愈发清醒,这样的画面却又让他不能清醒。少女忙完走过来:"好了,院子暂时安全了,可惜没法恢复到原样。不过没关系,很快你就要搬出这里,和我一起去不夜仙山住了。不夜仙山很漂亮的,要什么有什么。"

卞翎玉看着她,低低应了声:"没关系。"

他至今还不在状态,如置身梦中,她却一个人快快乐乐,将他安置妥当。

"那我走了?你好好休息一晚,明日一早我就来接你,我们去向宗主说成亲之事。"师萝衣也没成过亲,却自以为很懂地说,"修士不怎么看重黄道吉日,但你们凡人好像很看重,过几日是人间惊蛰,我幼时听娘亲讲农事,她道春雨金贵,惊蛰之后雨水增多,人间变暖,生机盎然,百姓们的日子也好过起来。你若不介意,我们把婚期定在那日可好?"

惊蛰就在五日之后。

少女眼眸明亮,丝毫没觉得不对。

丁白愣愣地看着师萝衣,这……这么快,这么随便?不对啊,他听说凡人要先算八字合不合,之后还要父母之命、媒妁之言,行三书六礼,然后再择黄道吉日……种种做完,方可大婚。

丁白看向卞翎玉,等着他纠正和反对。

可怕的是,一向冷淡如神祇的公子看了师萝衣一眼,沉默着颔首。

丁白心道:是我不正常,还是你们不正常?

师萝衣心满意足,打算离开,卞翎玉的目光追随着她的背影。

下过雨,天上没有月亮。她的罗裙迎风起舞,被腰间丝带系着,像一缕轻快又捉不住的月光。

他远远看着她,今日之事荒诞不可言,就像一旦她走出这个院子,这场荒唐的梦就会破碎。

"师萝衣。"卞翎玉突然出声叫住她。

少女听见他的声音，回眸问道："怎么了？"

"你真的考虑好了吗？"

师萝衣点头，见他神情复杂，有些疑惑："难道你反悔了？"那她要不要依他啊？

卞翎玉吸了口气："没有，那你走吧。"

她这才放心地点了点头。

卞翎玉注视着她，一直到她的背影消失不见为止。

丁白跑进去铺床，还好院中虽然有些东西被拿走了，但这些不值钱的东西还在，将就几日没问题。丁白边铺床边碎碎念："公子，你怎么突然要和萝衣师姐结为道侣了？"

卞翎玉没回答他。

丁白像小大人一样摇了摇头，好吧，还是那个冷漠如常的卞翎玉。

只在丁白要点炭盆的时候，卞翎玉才出声："不必。"

"可是夜晚会冷。"

卞翎玉合上眼睛："嗯，我要想一些事情，得清醒一点。"

丁白习惯听他的话，虽然不放心他如今的身体情况，但闻言仍乖乖回了屋子。

回到熟悉的院子，丁白后半夜迷迷瞪瞪，又想去添炭火，结果看见一个人影坐在窗前。

屋里黑漆漆的，没有光，也没有一丝温暖。卞翎玉墨发如瀑，长睫似清冷夜幕，又像晨间第一片霜。

丁白才反应过来，卞翎玉兴许整晚没睡："公子为何不休息？"

卞翎玉难得回答他："睡不着。"

他看着空荡荡的院门外，也没让丁白落锁，不知道想了些什么。

他受得了，丁白却冷得颤了颤。

看着一派冷寂的院子，卞翎玉突然淡声开口："我最多还能活五年。"

丁白被彻底吓醒，愣在原地："什……什么？"

其实若卞翎玉什么都不管，哪怕作为凡人，他也可以安稳过一生的。可是他需要应对不化蟾、反噬的涤魂丹、让苍吾兽咬自己的那一口，还有他必诛杀的还未现世的朱厌……这样下去，五年对他来说都算奢侈。

师萝衣的提议，几乎打破了卞翎玉的所有计划。原本此次入荒山，他是在等着朱厌现世，完成自己最后的使命。

对此，卞翎玉从未有过哀伤，也没有丝毫怨恨，但他如一潭冷湖的人生，偏偏又被师萝衣搅得一片乱。

卞翎玉没办法生出一丝责怪她任性的念头，良久，对丁白说："算了，明日她若来了，你便把树下的女儿红挖出来。"

这种话往往还有下半句，丁白莫名紧张，磕磕巴巴地道："那……那若是她没来呢？"

他听见卞翎玉平静地回答："没来，也没关系。"

总归以前怎样过，今后还怎样过。他仍会继续做自己的事，不至于耿耿于怀，念念不忘。

〈拾〉

过天阶

师萝衣好好睡了一夜。先前找长明珠时她就累得不轻，如今卞翎玉的事有了着落，这让她彻底放松下来。她内心很久都没有这样安稳过，哪怕昨日心魔再次发作，也没影响她睡得极香甜。

方至卯时，她准时睁开了眼睛。

她惦记着要去接卞翎玉，很快出了门，茴香刚好这个时候回来，和她汇报长明珠的事。

师萝衣点了点头，郑重地道："有一件事我想告诉你，过几日我要成亲了。"

茴香愣住，傻眼道："什么？和……和谁？"

她是走了两日没错吧？不是走了二十年？小姐在说什么？

"和卞翎玉。"师萝衣把自己的计划和茴香大致说了说，感慨道，"卞翎玉真的是个大好人！"

茴香听罢，吞吞吐吐道："假成亲，这能假得了吗？小姐，你要不要再考虑一下？他是卞清璇的哥哥，小姐不是一向最讨厌卞清璇了吗？你即便要假成亲，换一个人好不好？"

师萝衣以为茴香还担心自己和卞清璇的恩怨，信誓旦旦地保证："你放心，卞翎玉和卞清璇没关系了，况且就算有，我也不会再迁怒他。我对卞翎玉没有什么想法，不会伤害他的。"

"你是没什么想法，他……"茴香一时间也不知道该说什么好，她并不像师萝衣一样什么都不知道，其中真相她窥见一二，更觉荒谬。

师萝衣的决定茴香并不置喙，毕竟她们对上宗主，本就像以卵击石，需要冒险和不择手段。师萝衣的出发点没错，若能拿回不夜仙山，

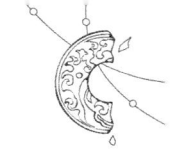

他们就不必处处捉襟见肘，可她为何偏偏挑了卞翎玉？

茴香定下心来，道："我和小姐一起去接他吧。"

细想之后，茴香觉得若小姐假结婚的对象真是卞翎玉，其实也没什么不好。他不太会背叛和伤害小姐，既然他从未说出半分心思，就证明他也知道他们之间不可能。

刀修迟钝又果敢，师萝衣不知他的心思，他们还能好好共处，她不会躲着他。她若知道，却不爱他，就再不会见他，那才是无望。小姐庇佑他，他帮着小姐，一起走过这段路，未必不是对彼此最好的选择。

师萝衣出门前，道："茴香，你等等我。"她进屋拿了件披风出来，"好了，走吧。今日风大，他身体不好，别冷着他。"

茴香在心里叹了口气，你这样，他日日对着你，身体才会越来越不好，你还给人家活路吗？但她把话咽了回去，她是师萝衣的人，只要这份感情不伤到师萝衣就好，所有的痛楚，那清冷如玉的人一开始就自己扛了。

他们来到卞翎玉的院子外，师萝衣上前去敲门，屋门缓缓打开。

隔着晨光，师萝衣对门后的人露出了一个笑："卞翎玉，我来接你了。"

探访这院子这么多回，她的笑容第一次这样明媚轻快。

茴香盯着卞翎玉的表情，他看上去冷淡又沉默，可明显有些晃神，半晌才低低应她："嗯。"

春寒料峭，外面在刮大风，把院子里残余的枯树吹得东倒西歪，师萝衣想把手中的披风披在他身上。

卞翎玉的那张脸像是由冷玉雕琢而成的，颇为精致。他望向师萝衣，用手挡住披风，没让她碰到自己，沉默片刻道："我自己来。"

茴香看得只想叹气，冷淡清醒，不敢沉溺，这又何苦。

师萝衣心里苦恼，以为他仍排斥自己的触碰，她倒不是非要碰卞翎玉，而是一会儿形势严峻，他们最好能显得亲昵一些。

他们一同往外走，师萝衣说："一会儿我们去清正堂和宗主说成亲的事。因我父亲沉眠,我就是不夜仙山的主人。不夜仙山和明幽仙山共同组成了蘅芜宗的领地。山主成婚是大事,我一早就用父亲的掌山印将八大长老请来,宗主没有退路,同样,我们也没有退路。我先前与你说过,宗主对我而言并非好人,他不会轻易同意我回不夜仙山,必定会说我在胡闹,不相信我们之间有情。他向来满嘴仁义慈悲,定会打着为我好、怕我胡来的幌子,拒绝我们。那个时候,我可能不得不……"她小心看了一眼平静地听她说话的卞翎玉,忍住笑,把话说完,"若我对你做些什么,你且忍一下,别当场对我动手啊。"

卞翎玉沉默了一瞬:"你会做什么?"

师萝衣知道卞翎玉介意这个,也就无法完全若无其事,耐心解释道:"我也不确定,可能得看形势是否严峻。我本来希望你能配合一下我,假装极其心悦我,可是我知道这对你来说很难,所以还是我来吧。"

卞翎玉垂着眼睛,没有反对,也没应声。

茴香心想:真要命,小姐啊,你还不如杀了他算了。

师萝衣其实并没有信心能说服宗主和长老们。

山主成婚是大事,她才与卫长渊解除婚约,如今就说要与卞翎玉成亲,若说他们相爱,谁会信?哪怕是心地仁善、为自己好的长老,也不会轻易同意,顶多让她再考虑几年。

但师萝衣等不起,心魔再发作一次,她就会成为魔修。

保险起见,她先带着卞翎玉去了一趟丹阁。

进去前,师萝衣叮嘱卞翎玉:"你和茴香在这里等我一下。"

卞翎玉便与茴香在门外等她。

茴香心里藏着事,心情微妙得很。见少年容色如玉,清冷出尘,怎么看怎么冷漠正经,完全不像会答应师萝衣这般荒唐提议的人。

偏他确实答应了。

茴香和卞翎玉并不熟,相处起来也没有和卫长渊相处时那样自在。但师萝衣是她看着长大的孩子,她怕这件事最后失控,伤到师萝衣,因此还是开口了:"公子可曾听说过元信道君?"

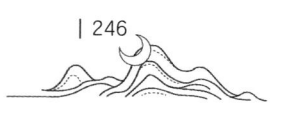

卞翎玉侧眸向她看来,有几分沉默。长眸如点墨,带着早春的寒,似乎一眼就看透茴香想说什么。

茴香叹了口气,心里有点同情他,但还是说出了口:"道君的夫人身子病弱,也是凡人,当年夫人濒死时,道君恨不能逆天改命,压制修为不肯飞升,舍生忘死去抢神药,修为掉落了一个小境界,最后还是没能救回夫人。这么多年,道君始终没能走出来,也无法再飞升,最后为了众生,沉眠在妄渡海。小姐性子像道君,单纯执拗,茴香虽愚鲁无用,却不愿小姐也走上她父亲的路,将来拼尽一切想留住你。我知公子并非想害她,那就好好守住自己的心,也别让她动情,可否?"

卞翎玉不知茴香是何时看出来的,但心思被人知道,他却没有半分不自在,平静地说:"我没打算让她知道。"

茴香听出他说的是实话,有几分放心,更多的话,此时是说不出口了,因为雷厉风行的刀修少女拿着一瓶药出来了。

师萝衣问道:"你们在聊什么?什么不让谁知道?"

茴香看一眼卞翎玉:"我们说,成亲真相不可让宗主知道。"

卞翎玉默认,他一眼就看出师萝衣体态不对,目光落在她小腹上。

师萝衣没想到他这么敏锐,也不知道是不是巧合。从荒山回来后,她心情就一直很好,笑着指了指自己的小腹,玩笑道:"那自然不能让宗主知道。卞翎玉,你要不要感受一下咱们的孩子?"

茴香险些呛到。

卞翎玉还算冷静,那日他清醒得很,明白她可能会后悔,所以极力忍耐,没有让事情发展得更糟糕。

卞翎玉问:"息宁丹?"

"你真聪明。"师萝衣夸他,"看来你没少看丹书,若你也能修炼就好了,你一定比卞清璇还要厉害。"

茴香看见那冷冰冰的少年眼角的淡漠化去了些,一双修长的手始终掩盖在披风下,没有不知分寸地去碰她的肚子。

师萝衣以为他还是不想碰到自己,只道:"走吧,现在应该没问题了。孩子都有了，他们再反对也没用。"

茴香快被师萝衣给吓死了，刀修耿直得令人害怕！刚刚有一瞬，她还真以为师萝衣和卞翎玉有了什么。还好没有，还好没有。

师萝衣预想清正堂一行并不会顺利，便拿出了师桓留下的掌山印，把宗主和八大长老都叫来了。

宗主的脸色有些难看，阴恻恻地看着师萝衣手中的掌山印。

师萝衣看见他眼里一闪而过的嫉恨，心里只觉快意和好笑。宗主处处不如父亲，年轻时，父亲不愿做宗主，才轮得到他。为了得到众人拥戴，宗主当即打下一枚掌山印，亲自交给师桓，许诺见印如见宗主，这才得到众人认可。

这是宗主年轻时卑微怯懦的证明，师桓一生磊落正直，顾及师兄，从来没有将掌山印拿出来过。师萝衣前世敬重师伯，再艰难也没动用过掌山印。

如今看着宗主掩盖不住的阴沉脸色，师萝衣有些明白过来，为何宗主前世要那样对自己，而不是设计杀了自己。宗主一生不如师桓，活在嫉恨的阴影之下，一直不得突破。

宗主俨然把她看作了年轻时的父亲，他要她也经历他当年的不甘和屈辱，他夸奖赞扬卞清璇，不遗余力地贬低她。这样做，就仿佛宗主在狠狠打压师桓一样。

修士需要契机来渡过心中执念，或许她狼狈而死的那一日，也是宗主突破的那一天。

但这辈子，她就算死了，也不能让宗主得偿所愿。

听完师萝衣的来意，在场众人面面相觑，皆陷入沉默。虽然刀修历来脸皮不薄，但这⋯⋯有了孩子是不是太荒唐了些？

唯有涵萩知晓其中真相。

师萝衣先前就与她通过气，她心里震惊于宗主对不夜仙山的恶觑。她本就是师桓好友，自然偏帮师萝衣，想救醒师桓。

因此涵萩出来替他们说好话："既然孩子都有了，宗主便成全他

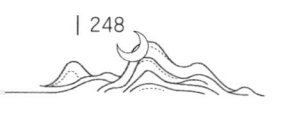

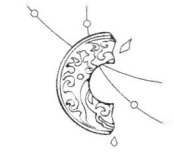

们吧。"

息宁丹珍贵，纵然是宗主，也看不出真假。

另一个长老皱眉道："萝衣，你真心悦于这个凡人？"

师萝衣点头，偏头去看卞翎玉。

这种时候，其实她应该拉一下卞翎玉的手，或者亲一亲他，来证明他们情比金坚。可她在所有人的视线下，看着卞翎玉神祇一般的脸，对上他墨灰色的，状若琉璃的瞳，想要心一横向他伸出手，又莫名有些不好意思。

卞翎玉淡淡地看着她，又看了一眼她缩回去的手。

这世间唯爱与不爱，最难掩藏。

师萝衣干巴巴地站着，心想：算了，应该没事，还好我先弄了个"孩子"。

宗主的眼神略微阴冷，他看看师萝衣，又看看卞翎玉。一言不发，一根冰锥朝着师萝衣的肚子射去。

师萝衣万万没想到宗主会动手，那冰锥看上去锋利无比，速度并不快，她震惊之余满心疑惑，下意识要抽刀抵挡。

一只修长的手却在她动手之前，握住了冰锥。

卞翎玉握着冰锥，看向首座上的人："宗主何故伤她？"他到底没有师萝衣那样厚脸皮，说成"伤我孩子"。

师萝衣整个人都不好了，她觉得卞翎玉真是疯了，那冰锥能削掉他的手，他一个凡人不知死活，也敢去拦?！她连忙去看卞翎玉的手："没事吧？你伸手做什么！"

少年冰冷的手掌，就这样落在了她的掌中。

卞翎玉偏头看她，触及师萝衣掌心的温度，手指不自禁地蜷缩。她却没注意，气得不行，看见卞翎玉手上没伤痕，才松了口气，瞪着宗主："师伯想做什么？"

宗主解释道："别紧张，我只是担心你满心嗔怨，不甘卫家退婚，才拿这种大事当儿戏。而今见他不惜受伤也要护你，师伯就知你们的心意。既如此，你们要成亲，自然没人反对。"

果然，冰锥掉在地上，化作烟雾。诸位长老也恍然大悟。

师萝衣出了一身冷汗，暗道这老东西果然狡猾，若非卞翎玉聪明，她就要被他摆一道，有孩子都不一定成得了亲！

宗主道："你要回不夜仙山成亲，也是应当，但当初你父亲在不夜仙山镇压了许多妖兽，妖兽凶恶，你年纪小，你的道侣又是个凡人。我既然答应了师弟护你，你们成亲后，还是回到明幽仙山来吧，我也好看顾你们。"

师萝衣看向他，笑了笑："好啊，那就多谢师伯了。"

宗主一直在观察她的反应，本来还以为师萝衣已经知道了什么，见她满口答应再回来，他又怀疑是自己疑心病重，她什么都不知道。

师萝衣和宗主各怀心思，但好歹回不夜仙山成婚一事定下来了。

师萝衣这次回不夜仙山，就没打算再把不夜仙山的控制权还给宗主，她心里已有了应对之策。

两人踏出大殿，茴香迎上来："怎么样？"

茴香的视线落在两人相握的手上。师萝衣低头看了一眼，卞翎玉一直没挣脱，显然很信守承诺地配合她。师萝衣却不敢占他便宜，她至今还记得他那句话：再用这种手段招惹我，你我之间，先死一个。

她是死不了的，但她怕卞翎玉不堪受辱，连忙放开了他。

师萝衣心里仍有些疑惑，问卞翎玉道："你早就看出宗主的计谋了吗？你当时为何要伸手去握冰锥？那样很危险。"

卞翎玉收回手，指尖还残留着少女掌心的温度，他沉默片刻，简短而冷硬地道："是，看出来了。"

师萝衣忍不住低声训道："那也不行，下次别这样了。"

卞翎玉看她一眼，别过脸，不再搭理她。

茴香觉得，他显然压着几丝冷冷的气。一开始她还不解，直到听见师萝衣道："你演得真好，连宗主都信了！本来说好我来的，可是我不擅长这个。"

茴香恍然大悟，难怪卞翎玉生气，师萝衣连演一下心悦他都演不好，还让他下次别演了。

这恐怕已经不是生气，而是连这样清冷的人，也没法控制的伤心。

但卞翎玉的冷怒并没有维持多久。他们拿了宗主的手谕，可以光明正大地回不夜仙山了。

亲事定得仓促，又有诸多事宜要准备，他们今日就得回去。

带着卞翎玉和茴香重新回到不夜仙山的那一刻，师萝衣心里有些恍惚——她表面是三年没回家，其实已经有六十多年没见过不夜仙山了。

但刀修从不沉溺于伤感，她想起卞翎玉是第一次来，笑着对他说："我带你去看看不夜仙山！我没骗你，不夜仙山真的很美。"

山顶之上仙宫巍峨，人间正值料峭春日，不夜仙山却暖意融融，无数冰莲在山顶开放，半山还盛放着野花。

师萝衣兴奋得像个久未归家的孩子，一一指给卞翎玉看："那上面还有温泉，山中有清泉和湖泊，后山四处都有灵兽，有的已经修成精怪，父亲从不伤害它们，它们就在此处修行。"

卞翎玉没有打断她，安静地听她说。

"你知道不夜仙山为什么叫这个名字吗？因为这里是离月亮最近的地方，仙宫之上，仿佛伸手可摘月，月华之下，仿佛没有黑夜。"

她说得这样开心，他也跟着看过去，不夜仙山确实是至纯至净之地，难怪宗主妒忌，也难怪这里能养出师萝衣这样的姑娘。

"你的家呢？卞翎玉，你以前住在哪里？"

"天行涧。"

"好奇怪的名字，是人间的某座城池吗？"

不，是天火焚烧的牢笼，是少时幽囚他七百年之地。只有恶鬼与骷髅，满目黄沙，寸草不生。

只有当他的尾巴长出来时，母亲才会来到那个屋子里，他才能见到一个活人。

卞翎玉回答师萝衣时语气如常，并没有带着对天行涧的厌恶和畏惧。但那个地方一点都不美好，没有什么值得与她说的，师萝衣追问了几句，见卞翎玉不想多说，也就作罢。

回到仙宫的路上，无数灵兽和生出灵智的精怪围绕着师萝衣飞。大家语气兴奋，奔走相告："萝衣小姐回来了！"

"不夜仙子回来了！"

很快，连师萝衣的肩膀上都趴着两只单纯的草灵。它们争抢着要与她亲近，一时间七嘴八舌，好不热闹。

"仙子，不夜仙山外好玩吗？你这几年过得如何？"

师萝衣摇摇头，她在明幽仙山有多不受欢迎，在不夜仙山就有多少人喜欢她。

回到这个地方后，她才想起六十年前的自己是什么样，想起这些年被宗主和卞清璇褫夺的点点滴滴。

卞翎玉在旁边看着她，垂下眸。若非她当初遇见了他们，兴许一切都会不一样。

那一日，她不该于万千尸骨中，捡回他和卞清璇。

大婚仓促，一切只能从简。整座山的山灵收到命令，都动了起来，热热闹闹地布置。它们懵懂得很，不会问师萝衣的道侣为何成了卞翎玉。

师萝衣也很忙，她绞尽脑汁，做出一只又一只灵鹤，邀请父亲的朋友。

只有这样，她才能在大婚当日拿回不夜仙山。

她忙得没时间看顾卞翎玉，干脆把丁白也接了来。

卞翎玉知道两人是假成亲，茴香又早早提醒过他，他本就是冷情克己之人，只打算帮她拿回不夜仙山，别无他想，直到山中负责布置婚房的狐狸让卞翎玉去看屋子。

"仙子还在做灵鹤，说让公子看看婚房即可，公子可还满意？"

狐狸掐着嗓音，语气很荡漾。

卞翎玉抬眸看去，只见满目大红，最醒目的就是精致的婚床。床后

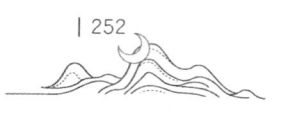

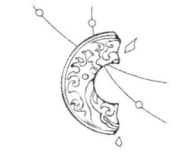

有半遮半掩的鱼戏莲花屏风,还有一个能容得下两个人的浴桶。

桌上点着熏香,卞翎玉一闻,就知道香里加了东西。

狐狸笑嘻嘻地口吐人言,邀功道:"床榻不大,但结实。公子放心,折腾不坏。熏香不会伤身,能强身健体呢,小白它们说,公子如今不便,也许需要这个。"

卞翎玉握紧了扶手,尽量让自己平静些。

师萝衣显然不懂什么叫"知人善任",竟然让山中狐狸来布置婚房。狐狸眼里能有什么?

"换了。"他沉默片刻,低声道,"别弄这些。"

不可能的事情,他从一开始就不会去想。

师萝衣百忙之中却也记得叮嘱茴香:"修士和凡人的大婚不同,卞翎玉是凡人,我们便举行凡人的大婚,他身子又有诸多不便,许多仪式尽量从简,那日别让他太劳累。"

茴香在心里叹气,道:"是。"

这些事情,师萝衣本来可以亲自和卞翎玉说的,可人间成婚有规矩,新嫁娘成婚前不可以与夫君见面。

她既然决定一切按着让卞翎玉舒心的方式来,就会认真地把流程走完。

师萝衣边做仙鹤边道:"也别亏待了他,找找不夜仙山还有什么,父亲和母亲给我留了不少东西,你都搬去给卞翎玉。他如今无父无母,有些东西傍身,心里踏实些。"

茴香点头,知道她大方。

"对了,不许让长得丑的精怪冲撞了他,让它们这些时日乖一些,待在洞府中,也不许说不好听的话,不许议论他的腿,谁要是坏心眼欺负他,就拉去混沌崖下关个五十年。"

茴香知道她护短,但从前怎么也没想过,这样的护短会用在卞翎玉身上。师萝衣几日没合眼,却没让卞翎玉累着,还有心思让人去准备合卞翎玉心意的东西。

当日茴香就尽心尽力把师萝衣说的事做好，她们不怎么懂人间成亲的规矩，还去山下找了喜娘。

师萝衣特地让喜娘去问问阿秀要不要来。

阿秀听说这件事后，心里既泛起浅浅的酸涩，又由衷为他们感到高兴，她知道，那人算是得偿所愿了。她想到那日师萝衣为自己披上的蓑衣，心里很释然。

仙子那般好，也会对他很好的。

阿秀笑道："我还是不去了吧，您替我送去祝福就好。"

做完这些，茴香还去不夜仙山的库房中把绾荨公主为萝衣夫婿准备的东西找出来，交给卞翎玉。

卞翎玉在后山，继续做竹木小人，看见那些物件，冷淡地对茴香道："你收着吧，我用不上。"

茴香叹了口气，明白他要的其实不是这些，但再多的，也只能是痴心妄想了。

卞翎玉望向天边，风雨欲来。

师萝衣只以为宗主是阻碍，但不想让她回不夜仙山，不愿意让她成亲的，还有别人。

他冷淡垂眸，将血滴入无数竹人体内，低声命令道："去吧。"

他怀里还留着最后一枚涤魂丹，正好用得上。

惊蛰前夕，不夜仙山上一派岁月静好，人间却下了一场春雨。

师萝衣在发出无数仙鹤的时候，还不知外面将因为自己的仙鹤闹得天翻地覆。

明幽仙山下的酒肆前，一个绯衣少女已经饮了两日的酒。大大小小的酒坛堆了一地，店家看得发愁，生怕这少女喝死在这里。

他支支吾吾劝了好几次，得到的始终只有一个冷冰冰的"滚"字。店家从她眼里看到了杀意，也不敢再吱声。

卫长渊迎着风雨走进来，一眼就看见了卞清璇。她把人间的酒当成

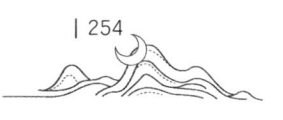

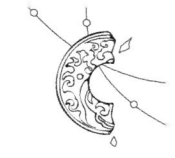

水喝,冷漠地看着蚂蚁窝被雨水冲垮。

那些蚂蚁无不挣扎,与命抗衡,却又无能为力。

卫长渊从未见过她这副模样,也没见过她这样的眼神,一时几乎有些认不出她。他蹙着眉,上前道:"小师妹,别喝了,你怎么喝了这么多酒?"

卞清璇回头,眼里带着令卫长渊陌生的冷意:"师萝衣要成亲了,你知道吗?"

卫长渊沉默片刻,颔首。

事实上,卫家作为修真世家魁首,早早就收到了不夜仙山发来的仙鹤。但卫宗主只让人送去了贺礼,并不打算前去。一来卫家曾经与师萝衣定过亲,到底尴尬;二来卫家主母新丧,他们参加喜事也不合适。

卞清璇打量着他的表情,半晌,嗤笑出声:"那你心里难过吗,卫长渊?要不我给你个机会,放真火把不夜仙山烧了,这样一来,他们明日就成不了亲。"

卫长渊眉头蹙得更紧。他仿佛不认得面前的卞清璇,在他记忆里,卞清璇温柔可人,永远善解人意。她最为善良体贴,明明剑法卓绝、天资聪颖,却为了救人,毅然成为丹修。

她受尽委屈也从不诉苦,关爱同门,还曾为了救一个师妹,险些断臂。

他认得的卞清璇,绝不是眼前这个笑得嘲讽,眼里带着冷怒和暴躁的卞清璇!

尽管她有异常,卫长渊还是蹙眉解释道:"小师妹,你喝醉了。我既然答应过娶你,待你好,心里自然不会再想着萝衣师妹。"

卞清璇一掌拍在桌子上,打断他说话,眼眶发红,狠意顿生:"谁稀罕?!卫长渊,你这个废物,连女人的心都留不住!"她大笑出声,"你还以为自己心悦我,省省吧,你怕不是刻意忘记了你在不化蟾的蜃境中看见了什么,你为了师萝衣,跪在廊下求你父母,我都看见了!"

卫长渊看向她,心里泛出一丝凉意。他唇色苍白:"你到底在说什么？"

"我实话和你说吧。"她面露讽刺，"那日我们什么都没发生，不过一场幻境。我不喜欢你，从来就不喜欢。"卞清璇逼近他，笑得显露恶意，"师萝衣从来就没撒谎，三年来，每一次我与她有争执，都是我害她的，我故意摘了她的花，又故意惹她发怒，好师兄，你倒是从未叫我失望，次次都帮着我啊。"

她满意地看见卫长渊神色怔然，眼眶发红，手指颤抖着。

"怎么，后悔了？"她站起来，抱着双臂打量他，冷声道，"你还有机会，明日便是惊蛰。她以前那么喜欢你，你要去破坏她的大婚，应当不难吧？"

"小师妹，你到底想做什么？"

"我想做什么，你不需要知道。你好好考虑，天亮之前，一切都还来得及。"

说罢，她等着卫长渊对自己动手，可他紧紧捏着拳头，捏得指节发白，也没抽出他背上的轻鸿剑。她笑了一声，扔下一枚灵石，走出酒肆，走入风雨中。

卞清璇找了不夜仙山下的一棵树，睡在树上，一面看向不夜仙山，一面等着卫长渊做抉择。

她心乱如麻，溃散的灵力仿佛映衬着她渐渐崩塌的心境。师萝衣如今走的每一步路，都令她恨得牙痒痒。

若非如此，她不会被逼着与卫长渊摊牌，让卫长渊出手阻止大婚。

她还以为，知道真相后，卫长渊要一剑捅向她，可他却什么都没做，他看向她的眼神沉默极了，良久才闭上眼，连一个骂人的字眼都没有说。

那一刻，对于卫长渊，她兴许是有过片刻愧疚的。

但到了如今，卞清璇早已不觉得自己做错了。

她在冷冷地等，等卫长渊得知真相之后后悔不已，等他去发疯，去破坏师萝衣的婚礼，她绝不许师萝衣和卞翎玉成婚！她不允许他们破坏

自己牺牲了所有才换来的局面。

一直等到天色将明，惊蛰快要到来之时，卫长渊也没动手。

卞清璇脸色阴郁。

"蠢物！"她气得要命，到了现在，卫长渊竟然还不愿伤他师妹，宁肯错过，也没有听她的话去烧不夜仙山。

她低估了卫长渊心中的义，低估了世家教出来的公子心里的正直。

她飞掠到不夜仙山下，掏出体内长笛，抵在唇边。

卞清璇知道师桓曾在不夜仙山封印了无数妖兽，既然卫长渊不肯动手，那么她自己来。

满山妖兽暴动，师萝衣守着不夜仙山都来不及，根本不可能成婚。

琉璃长笛的乐声飘入不夜仙山中。

这是卞清璇第二次在人间动用神器，她赤金色的眼瞳在夜里若隐若现。天道束缚下，卞清璇仿佛看见天边隐现劫雷，然而她不在乎，总归现在还劈不死她，有本事天雷把不夜仙山也一道劈了！

她正要驱动妖兽破山而出，只见地面钻出无数竹人，飞快布阵，金色牢笼拔地而起，将她禁锢。

卞清璇大惊，想要逃开，可一道骨刺破空而出，穿透她的腹部，把她死死钉在地上。

卞清璇怒到极致，眼里冷意蔓延，掌中长笛飞出去，竟然突破了金色的牢笼，朝山巅之人刺去。

卞翎玉可以躲开，但若他动了，骨刺回防，就无法再困住卞清璇。他冷冷站着，一动没动，任由长笛穿透自己的心脏，一口血涌出。

同时，牢笼之中的卞清璇，也被竹人牢牢封印。

卞清璇躺在阵中，看着山巅的卞翎玉走下来，声音冰冷："你早知道我会来？"

"是。"卞翎玉居高临下地看着她，"收手吧，清璇，你别忘了，你欠她一条命，当时是她把你捡回去的。"

"我没让她救我！从来都没有！"她颤抖着，"我宁肯死，也不要这般无望地活着。哥哥,你听我的,我们回家好不好?她不过是一个小修士,哪里配得上你的神珠?你是最后一个真正的神灵,回去融合你的神魂,拿回力量,你就是这六界的主人,届时你要什么没有?你不恨你的母亲和弟弟吗?你不想杀了他们吗?当我求你,天道不允神族一直留在人间,我不要死在这里,我要回去!"

卜翎玉毫不动容:"她不欠你什么,你想回家,她也想。别再碰她,我死后会把自己的尸骨给你,你炼化我的尸骨,足以破天。届时你可以回家。"

卜翎玉的身影越走越远,卜清璇望着他,眼角流出血泪。

她很早以前便觉得卜翎玉可笑。

幼年神灵被母亲和弟弟害成这样,少时幽禁,刚成年又坠入人间,还不忘拖着残败之躯杀了堕天之兽,牢记神族使命,守着众生。

他不恨,也没怨,神族大多都如此冷情。

他起初不懂情爱,好骗得很。爱上一个修士,傻得将神珠喂给了那少女,搞得后来连神躯都维持不住,变成了一个怪物。

卜清璇又觉得自己可笑。她早该在妄渡海发现卜翎玉动心之时就杀了师萝衣,这样就不会有后来的事。她就不用为了取回神珠,用尽手段逼师萝衣堕魔。

可十年前,小赤蛇待在少女怀中,好几次动了杀心,想冷漠地咬师萝衣一口,牙齿挨到了师萝衣的手,被她笑着一弹脑门,又缩了回去。

三人行走在妄渡海与荒漠中,师萝衣抱着受伤的小赤蛇,身后跟了一只脏兮兮的银白色灵兽。

银白色灵兽受的伤从外表看不出来,又因沉默而不懂撒娇,明明痛极了,却连示弱都不会,只能跟在她们身后走。

那时候卜清璇在心里笑少年神灵单纯。到了今日,她才知道,屡次没有动手,赖在师萝衣怀里的自己,才是世上最蠢的人。

她远远望着仙山,那边仙乐响起。

卜清璇知道自己终归还是输了,兴许从她迟疑地把牙齿从师萝衣手

上收回的时候,就已经输了。

不夜仙山的生灵不知道两个神族在山下已经打完了一场架。

丁白看见卞翎玉脸色苍白地回来,吓了一跳。早先公子吃了最后一颗涤魂丹,从轮椅上站起来时,他就觉得不妙。

卞翎玉看他一眼,蹙眉说:"噤声。"

他独自去换了衣裳,今日惊蛰,是他与师萝衣大婚的日子。

卞翎玉这些日子都在后山,如今推开门,清晨清新的空气扑面而来。

漫山遍野的红,显示出少女的用心。

卞翎玉沉默着,原以为师萝衣只想拿回不夜仙山,不会对这场假的大婚有多上心。可连他的喜服尺寸都刚刚好,她在力所能及的范围内,给了他最好、最难忘的一切。

屋子外,精怪们一窝蜂挤在后院,不敢去仙宫。天下只有师桓才肯包容如此多的精怪,它们按照喜娘教的,嘴甜甜地道:"祝贺公子大婚,望公子与小姐长相厮守,早生贵子。"

它们大多还未完全生出灵智,懵懂得很。

松鼠们叽叽喳喳,请求道:"公子,我想要个小小姐。"

"小公子也不错。"

"你今晚要努力啊,公子!"

丁白听得面红耳赤:"去去去,妖精就是妖精,不……不知廉耻!"这种事怎么可以挂在嘴上?

他连忙仰头去看卞翎玉,唯恐他恼了,没想到他苍白的脸难得怔了怔,带了丝笑意,很轻很浅,如清风朗月。

这是丁白第一次见他笑。不仅丁白惊呆了,一院子精怪,都被惊艳得呆呆地睁大了眼。

狐狸心虚地站在众多精怪后面,心想公子既然心情这么好,也就不会怪罪自己没换那些东西,还去告状吧。

它先前找到小姐,解释自己只是摆了一些人间都有的东西,师萝衣听狐狸骂骂咧咧说卞翎玉挑剔，一脸蒙地从制作仙鹤的忙碌中抬起头："这有什么问题？但若卞翎玉真的不喜欢这样的布置，你就换了吧。"

是是是，本来就没问题！可没问题换什么啊？狐狸心想，你们是不懂个中好处，以后得了趣味，谢狐狸大人都来不及！

大婚在正殿举行，师萝衣坐上喜轿，从闺房出发，红盖头遮挡住视线，喜乐萦绕仙山，小精怪们一路围着她说些热闹的祝词。

师萝衣出院门前，它们还在叽叽喳喳。

"仙子今日真好看，我从来没见过今日这么美的仙子。"

"做仙子的夫君真幸福！"

"道君说不夜仙山上平日不许饮酒，今日大喜的日子，我们可以喝一点酒吗？"

一只幼年白狼在角落气道："我长大后，要把萝衣小姐抢回来。"

它很快就被精怪们群起而攻之："不许胡说，仙子可喜欢公子了！你就算长大了化形，也比不上公子一星半点。"

小白狼恶狠狠地龇牙，倔强至极，被打也不松口。

师萝衣从喜轿中探出头，低笑道："好了，不许跟出去，都好好待在这里。今日大能云集，少不得有不待见你们的，为了小命，你们都必须听命令。一会儿我让人送些酒来，不许喝多了，晚间乖乖回山里去！"

听到能饮酒，精怪们纷纷欢呼。

盖头之下，环佩叮当，师萝衣许久没有被这样的热闹包围，心里暖融融的。

她幼时的玩伴就是精怪们，它们心性单纯，连带着她也很单纯。

如今比起刚重生回来的时候，什么都好，唯一的遗憾，是父亲还沉眠在妄渡海，没能回家。

但她相信有一日，父亲也会回家的。

喜轿晃晃悠悠地往外走，起初师萝衣心里并没有多少出嫁的自觉，她只觉得今日心里很温暖，充满了希望，直到轿子停下，有人倾身入轿

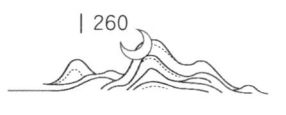

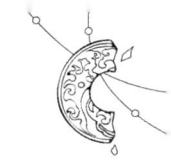

中,打横将她抱起。

师萝衣下意识搂住他的脖子,她认出眼前之人是卞翎玉。

师萝衣没想过他会抱着自己走,按照南越国嫁娶的规矩,出嫁的女子要由男子抱着走过大门,卞翎玉的身体一直不太好,师萝衣当然不会把这样的要求加在卞翎玉身上。

她甚至还安排了人帮着他走天阶,那些人呢,都去了哪里?

"卞翎玉?"她不敢大声,只敢低声喊他。

良久,他也低低回答她一声:"嗯。"

也不知是不是她的错觉,她竟从这一声轻应中,听出几分局促。

师萝衣感受到他身体的紧绷,以为卞翎玉嫌自己重,她懊恼自己并非弱柳扶风的女子,恨不得自己再轻些,给他减轻负担。

所有修士都在看着他们,众目睽睽之下,师萝衣也没法把担忧问出口,只能闭上嘴巴,忐忑地等着卞翎玉把自己抱上天阶。

天阶很长,卞翎玉走得不快,步子却很稳。

师萝衣待在他怀里,嗅到了卞翎玉身上的气息——

像冷雾,又似雪松。

她形容不出来,是一种很好闻的味道。

天阶之上有清风,师萝衣的盖头被吹得微微翻动,她下意识想松开一只手去按住,却有人更早一步,冷硬地把盖头按了下去,没让盖头飞起来,令人窥见她盖头之下的半分容色。

她愣愣抬眸去看,入目皆是红,看不见他的脸,眼前只有少年微暖、宽阔的胸膛。

师萝衣突然意识到,这些温暖和希望,都是卞翎玉带给自己的。命运何其奇妙,前世她不曾看他一眼,留在记忆里的,唯有对他的冷言恶语和羞辱。但今生,一切都不同了。

鸾鸟在天空齐鸣,不夜仙山大片冰莲竞相盛放。走过了天阶,他们就不能再进行人间的礼节,必须以修士的名义让天道做证,签下契书。

金色的契书飞在空中,卞翎玉已经滴了血,便轮到师萝衣了。

人倒霉惯了，在做大事的时候，都难免留下后遗症——会惊怕。

　　师萝衣做好了被打搅的准备，毕竟前世做什么都不顺利。然而直到她的血滴入契书，与卞翎玉的融合，也没有任何事情来打断她，顺利得令她惊讶。

　　她低眸，看着契书，由衷地笑起来。

　　没有任何差池，宗主也只能在高座之上说祝词。

　　修士界所有大能今日几乎都集聚于此，宗主说祝词时倒很温和，说罢，还道："若你们二人有难事，随时都可以和师伯说。"

　　换作任何人，都明白这是客套之词。但是刀修不会，他们不明白。师萝衣积极地朗声说："师伯，我确有一事相求！"

　　宗主笑容僵了僵，温声道："萝衣尽管说便是。"

　　师萝衣等的就是这一刻："萝衣所求，其实不是对宗主，而是对在场的各位叔叔、伯伯。诸位叔伯都知晓，十年前，我父亲沉眠在妄渡海，至今没有醒来，后来护山大阵破碎，宗主为了护我，这些年一直尽心尽力。萝衣年幼不懂事，一直多有叨扰，愧对宗主和同门。而今有了自己的道侣，萝衣愿承袭我父当年之志，镇守不夜仙山，不让妖兽作恶。"盖头之下，少女口齿清晰，"奈何我有意守山，却力有不逮，区区金丹修为，无法维持护山大阵。若诸位叔伯能助我一臂之力，赠予不夜仙山一丝灵力，镇压妖兽，萝衣与不夜仙山万千生灵，不胜感激。"

　　她一番话说得十分诚恳，众人心中微动。

　　其实今日的大能，大多不再如师桓等人当年那般正义凛然。十年前，妖魔祸乱人间，天地倾覆，天崩海啸，天下的正义修士悍不畏死，全部奔赴妄渡海和荒漠，合力诛杀堕天之妖魔。

　　在这样的力量下，众生皆如蝼蚁，当时的景象何其惨烈，几乎无一人生还。

　　而今留下的高修为的修士，大多贪生怕死，当然也有少数正直之士含泪留下，为了门派日后的发展和修真界的未来。

　　但不管是前者还是后者，师萝衣笃定他们都会答应自己的请求。

一来，今日她大婚，唯独恳切提出了这一个请求；二来，师桓当年凭一己之力，镇压万千妖兽在不夜仙山下，被封道君，其丰功伟绩，天下至今无不赞叹。今日在场大能，若分出灵力来共同铸就不夜仙山的护山大阵，压住妖兽，也会万古流芳。

不论是为了正义，还是为了心中私利，谁都不会拒绝她。

果然，众人纷纷同意了师萝衣的请求。

若一人长久护着不夜仙山，或许很难，但有这么多人的力量，就再轻松不过了。

对师萝衣来说，这样做唯一的坏处是诸多灵力侵袭，等同于将不夜仙山暴露在众人的眼皮子底下。

但祸兮福所倚，她要的就是十方制衡，宗主再不能对不夜仙山和自己动手。其余人好奇什么，就让他们看去，道君醒来那日，他们自然会离开她的家。

师桓最在意的从来都是女儿和众生的安危，绝非不夜仙山的珍宝与神秘。

宗主盯着师萝衣，良久，意味不明地笑道："好，好，小侄女果然长大了。"

师萝衣看不见他的脸色，但能猜到，他被自己摆这么一道，几乎要气死了。

在人群后观礼的姜岐，看见这样的景象，微不可察地勾了勾唇。

这辈子，师萝衣终于拿回了不夜仙山，被扶回房间的时候，她仍忍不住笑。

她再高兴，也没忘把大婚礼仪走完。

师萝衣做事向来有始有终，既然一开始便依着凡人的礼节，礼成后，也任由喜娘和几个丫头扶着自己回洞房。

院中一众精怪喝得东倒西歪，险些吓到丫头们。

师萝衣失笑，让大家赶紧回洞府，不许在院子里睡。小花灵们率先醒来，想到什么，涨红了脸，把其他精怪缠住架走了。

院子里很快清静下来，师萝衣招了招手，让茴香找个由头把卞翎玉带来。

总不能她一个人走了，把卞翎玉丢在那里。修真界的道侣大典也少不了喝酒，她本就担心卞翎玉的身体。

她的视线被盖头挡着，此时还没看过屋子的布局，不知道事情的严重性。

一群丫头则羞红了脸。

茴香领命，一步三回头地走，她总觉得，这样下去早晚要出事。

茴香在薛安的桌前看见了卞翎玉。她去晚了点，桌上酒壶尽数空空，修真界的酒很烈，薛安和其他人已经不省人事，卞翎玉却站着。

薛安嘴里嘀咕着："怎么可能，她怎么可能是你……"

月亮出来了，卞翎玉沐浴在不夜仙山极美的月光下，俊美如神祇。

他唇角竟噙着浅浅的笑，茴香愣住。那笑容很纯粹，除了他自身的清冷，还盛了些许少年的轻狂与肆意。

她轻轻叹了口气，她竟然因为一个简单的笑容感到浅浅心酸。

算了，至少在今日，给他留存些许欢喜吧。总归小姐在这件事上笨得很，她若不愿，没人能勉强。

卞翎玉回来的时候，师萝衣刚把喜娘和丫头们打发走。她想着，到这里其实也该结束了，只差盖头和合卺酒。她与卞翎玉毕竟只是假道侣，这些事情应当没必要做，卞翎玉应当也不喜欢。

卞翎玉走进来时，她闻到了酒的香气和夜的寒凉。

师萝衣很突然地想起，自己和蒋彦在不化蟾的乾坤之境里面时，卞翎玉也是这样走了进来，而她一身嫁衣，盖着盖头坐在榻边。

而今事情仿佛重演，这一次，却是她与卞翎玉的大婚。

师萝衣嗅了嗅空气中的气息，有些心惊："你喝了多少酒？"说罢，她就要掀开盖头去看，一只手按住她的手，低声道："不多。"

她的手腕被捉住，轻轻眨了眨眼。

视线里一片大红，她只能看见面前模模糊糊的人影。她不死心，还

想扯开盖头，仍旧没扯动，仿佛她用了力气，卞翎玉也随之用了力气。

她难免困惑："卞翎玉，你在做什么？喝醉了吗？"

他不说话，只是不许师萝衣动盖头。

夜风吹着炭盆，带来些许暖融融的气息，混着他身上浓郁的酒香，师萝衣突然福至心灵："你要掀盖头吗？"

师萝衣都以为他不会应了，良久，卞翎玉低声说："嗯。"

虽然声音轻，可师萝衣听清了，她犹豫地想，喝醉的人会变得这么奇怪吗？

她试探性地松开盖头，果然，卞翎玉也松开了她。

"那你掀吧。"她心里有些想笑，总不至于非要和他抢这个。

盖头被他缓缓掀开。隔着跳动的烛火，她看见了一双寒夜般漂亮的眼睛。卞翎玉低着头，也在看她。

空气中弥漫着浅浅香气，师萝衣一时分不清是喜娘们留下的脂粉香，还是院子里的花香。

她对上卞翎玉俯身看她的眼神，嗓音变得干巴巴的，开始没话找话："嗯……你以前喝过酒吗？"

"没有。"卞翎玉说。

"哦。"她道，"那你喝醉了。"

"嗯。"他说。

师萝衣没见过这样坦白的人，卞翎玉此刻的眼神，她只见过两次：第一次，他生病时发烧认不出她，险些咬了她一口；第二次，在清水村的池塘边，她给他疗伤，他也这样看着她。

但前两次的注视，都不曾让她觉得这样嗓子发涩，让她简直想要不礼貌地捂住卞翎玉的眼睛，让他赶紧去睡觉，别这样看着自己。

在她轻轻蹙眉的时候，他突然问："酒还剩一些，你要喝吗？"

"嗯。"不管怎么样都好，她只想赶紧摆脱现在古怪的氛围。

说罢，卞翎玉还真从怀里拿出一瓶酒。师萝衣越看那酒，觉得越眼熟："我爹爹酿的女儿红？"

卞翎玉垂眸，哑声道："不知道。"

师萝衣拿过来，觉得他果然已经不太清醒了，这么好的东西，竟然被他当作了普通的酒。

"喝吧，过来，我们一起喝。"也算阴差阳错，爹爹见证自己出嫁了。虽然出嫁是假的，但她太想爹爹和娘亲了。

她去桌前坐着，本以为还要费一番功夫，卞翎玉才会过来，没想到他自己跟过来了。

她给他倒了一杯，自己也倒了一杯，还不忘修士道义，友好地和他碰了碰杯。卞翎玉盯着杯子，沉默片刻，没说什么，和她一起喝了。

喝完了一杯酒，缅怀了娘亲，想念了她缺席的爹，师萝衣总算有工夫环视屋子。她扫视了一圈，笑意越来越淡，脸色越来越僵，这才意识到那只该死的狐狸做了什么。

她惊恐抬眸，发现卞翎玉正默默看着她。

屋内的一切摆设，浴桶、纱帐、屏风，尽付风月，师萝衣纵然不太懂，也隐约觉得不对劲。但她并不会因此恼火，真正让她生气的，是当夜风吹进来的那一刻，她看到的画面。她盯着墙壁，吸了口气。

只见暗阁旋钮前，半遮半掩地挂着一张栩栩如生的避火图。

它被狐狸做成了刺绣，平日不细看看不见，但若夜间有风，纱帐翻飞起来，就能看得真切。

刺绣图中，女子衣衫半褪，玉腿抬起，男子压了上去。这东西以黄金为线，玉石为轴，十分精致。绣娘很是费了功夫，换作旁物，说是价值连城也不为过。

卞翎玉见师萝衣瞪大眼睛看着一处，也跟着看了过去。

上次卞翎玉来看屋子是白日，晴朗无风，并没看到还有刺绣图。

狐狸小气得紧，卞翎玉让它更换，它一心去找师萝衣告状，也没说明白。

今夜院子里吹着风，春夜的风带着冰莲的清香，吹开了红色纱帐，露出帐后的无边春色。

师萝衣见卞翎玉墨灰色的眼眸也盯着那张图，几乎眼前一黑，深吸了一口气，笑不出来："如果我说不是我让狐狸这样布置的，你……你信吗？"

他转过头来看她，眼里仿佛跳跃着烛光，喉间滚了滚，不言不语。

更让师萝衣焦灼的是空气里弥散的熏香，她就算先前没有觉得异样，如今看见刺绣图，也明白这绝非什么好东西。

她再也坐不住，嘱咐道："你等等我。"

她几乎飞奔过去，揭下了那张刺绣图，不敢细看，揉了几下塞进柜子里，又在屋子里找到了熏香，把它熄灭。

做完这一切，师萝衣出了一层冷汗，手上沾着香灰，心里拔凉。

狐狸应当没有坏心，可熏香是仙人之物，她不知道它对凡人会有什么作用。

她忐忑地回去查看卞翎玉的情况："卞翎玉，你还好吗？有没有哪里不舒服？"

卞翎玉垂着眸，师萝衣看不见他的眸色，眼见他苍白的脸颊泛起潮红，简直想把狐狸捉过来揍死。她急得伸手去碰他额头，查看他有没有不适。卞翎玉的皮肤有些烫，师萝衣不放心，决定去找山里懂医理的精怪过来看看。

她的手才从他的额头上收回，手腕就又被人握住了。

师萝衣困惑道："卞翎玉？"

卞翎玉抬起眸，师萝衣终于看见了他的眼睛。少年眼瞳漆黑，直直地注视着她。仅仅一个眼神，她就已经觉得不妙。有的事情虽然发生得懵懂，可师萝衣如今好歹已通人事。

两人对望片刻，他的手越来越紧，道："可以吗？"

他说得并不直白，但师萝衣听懂了。

师萝衣睁大眼睛，头皮都快要炸开。他喝醉了，盖头可以给他掀着玩，但这件事哪行啊？卞翎玉现在不清醒，若再来一次，还是在中了药的情况下，只怕他清醒以后会杀了师萝衣，或者不堪受辱而自杀。

她把头摇得像拨浪鼓:"不可以不可以,卞翎玉你冷静一点。你听我说,你现在闻了熏香才不舒服,你松开我,我去给你找个药师,你好好睡一觉,很快就好了。"

被她拒绝,他抿着唇,没有说话。

师萝衣以为他想通了,想要抽回手。她不敢用太大的力气,怕伤了他,然而卞翎玉不仅没有松开她,反而站了起来。少年的身形挡住了烛光,带着让她不安的压迫力,师萝衣下意识后退了两步,不料抵到了桌边。

女儿红晃了晃,她欲回头去看父亲的酒,生怕洒了,下巴却被人捏住。她不仅没能看到酒的情况,两只纤细的手腕还被卞翎玉单手压在身后,一具身躯覆上来。

看清他的眼神后,她不由一怔。

卞翎玉清冷的眸染上欲念,神情就像他的动作一样强硬。

醉酒的神族带着少年的轻狂,睥睨众生,并不懂得退让。

师萝衣反应还算快,在他的唇落下来之前,及时偏过了头,一个吻落在了她的侧脸上。

他顿了顿,任性地将唇移向她的发间。

师萝衣颤了颤,仍然试图让他清醒一点:"卞翎玉,不可以这样。"

在她心里,这些是过界的行为,哪怕自己当初被心魔控制,也因为不爱而没有欲念,从未亲吻过他,也没真正触碰他。

可是如今卞翎玉手上越来越紧的力道,几乎要揉进她的骨子里,而细碎的吻虽然落在她的发间,但师萝衣却总有种落在自己肌肤上的错觉。

衣襟被少年蹭开些许,露出包裹着她玲珑身躯的红色里衣,她听见了他越发急促的喘息声。

师萝衣偏过头,空气中还残存着冰莲和熏香的气息。

不能再继续下去了,否则卞翎玉真的会恨死她。他们好不容易走到今日这一步,能和谐共处,卞翎玉也原谅她了,她不能再伤他的心。

她挣不开手,只能控制发间的一枚杏花步摇刺向卞翎玉的穴道。

那是让人昏睡的穴位。无论如何,总比之后卞翎玉清醒过来与自己同归于尽好。

杏花步摇刺入卞翎玉后背的穴道,他的动作终于停了下来。

师萝衣已经做好接住他的准备,可是卞翎玉没有昏睡过去,而是缓缓支起了身子。

那个时候,师萝衣并不知道,神族哪怕虚弱如凡人,身体也到底是不同的。她刺入的地方和被卞清璇神器洞穿的地方刚好相同。

她看见卞翎玉怔了怔,望着她始终清明澄净的眼睛,沉默下来。

少年神族终于在这一痛中清醒,这并非他真正的新婚夜。心口被洞穿的伤与步摇带来的痛绵绵密密交织,卞翎玉褪去了方才的轻狂、肆意、喜悦和急切,缓缓松开了师萝衣。

"对不起。"他低声道。

师萝衣十分不解,刚刚站直身子,就看见卞翎玉唇角溢出鲜血。他捂着心口,吐出一大口血来。

师萝衣连忙上前,接住了他倒下的身子,无措道:"怎么会这样,我明明没有伤你……"

她没有撒谎,她本意也的确不是伤害卞翎玉,卞翎玉却已经昏厥过去。

她连忙把卞翎玉扶到床上,拔足狂奔去找山里的药师。

师萝衣红色的衣角翻飞,从洞府中把药师拖出来,二话没说,就把他拎到了卞翎玉床边:"你快看看,他怎么了?"

老药师见小主人都快急出泪了,也不敢怠慢,连忙给卞翎玉检查身体。越检查,他脸色越凝重。

此人经脉紊乱,气血翻涌,身上明明看不出有任何伤痕,却已是濒死之兆。

他如实相告,连忙拿出几瓶保命的丹药递给师萝衣:"萝衣小姐先给他喂几颗,我这就去明幽仙山找涵菽长老。"

师萝衣拿着这几瓶丹药,连连点头。药师不敢耽搁,立刻从不夜仙山出发去明幽仙山。

师萝衣小心地把卞翎玉扶起来喂丹药。就算是得知自己生出心魔,她也没有这样慌张过,无措地道:"卞翎玉,对不起,对不起,我不是故意的。"

卞翎玉全身发冷,没有一点儿温度。

这具身体本就是强弩之末,涤魂丹反噬,卞清璇的神器又穿透了他的身体。

师萝衣见卞翎玉身体发着抖,把所有的被子都拢过来裹在他身上:"好一点了吗?卞翎玉?"

他鸦黑的睫毛仿佛凝结了霜,师萝衣又赶紧点炭盆,上前抱着颤抖的卞翎玉,往他身体里输送灵力,时不时给他喂一颗丹药。

就这样熬了半个时辰,涵菽终于过来了。她把师萝衣赶出去,开始救卞翎玉。

师萝衣在外面不知等了多久,终于等到了涵菽出来,涵菽的脸色也很苍白。

师萝衣急急问道:"怎么样?"

涵菽摇头,她什么保命的丹药都用过了,那些东西却对卞翎玉没作用。

他至今还活着,靠的不是丹药,而是他本身的力量。更奇怪的是,他还在慢慢好转。

涵菽皱眉说:"他的身体很古怪,我的丹药对他没效果。但还好,他有恢复的趋势,你进去陪着他吧,他应该很快就能醒来。这种事我也是第一次见,我回去翻阅古籍,看看是怎么回事。"

事已至此,师萝衣也没办法,只能进去陪着卞翎玉。

天光暗淡,卞翎玉又冷又痛。他仿佛回到了幼年在天行涧被母亲斩断尾巴的时候。她夺走他所有的力量,只留给他一具受伤流血的躯体。

天行涧外疾风呼啸,他走不出屋子。那个时候,是母亲唯一会对他

有所怜惜的时候，她怜悯道："我会在这儿陪你半日。"

然而半日不到，她就因幼子呼唤而急匆匆地离开，并未真正守诺。

一开始卞翎玉并不知道世间母子是怎样相处的，还会感到困惑，后来他就习惯了，也不再对母亲充满感情。

意识蒙眬间，他以为自己的尾巴又一次被斩断了。

卞翎玉心里很平静，只要痛过去，熬过去，很快就能好起来。然而这一次他睁开眼，看见的不是恶鬼呼啸，而是烛火笼罩的屋子。

他在一片暖意中醒了过来。

入目一片大红，卞翎玉首先感觉到暖，他这才意识到自己并不冷，背上还出了一层薄汗。

屋子里不知道点了多少个炭盆，他的手掌被人握住，源源不断的灵力被渡过来。

卞翎玉转过头，看见了额上沁着细汗的师萝衣。

两人对望一眼，师萝衣唇色苍白，担忧道："你醒了，有没有感觉好一点？"

昨夜昏过去前的记忆，也如潮水般涌上来。

卞翎玉没有骗师萝衣，昨夜是他第一次饮酒，少年神族没了神魂，也会受伤，也会喝醉。他念及那些失控的动作，心里发涩，更觉难堪，他也没想到，自己不仅对着她求欢，还不愿放开她。

那就像一个梦，而今破败的身体，走向衰亡的现状，将他拉回应当面对的现实。

听到师萝衣问话，卞翎玉点了点头。他看着她汗湿的头发，半晌，道："我没事，把炭火熄了吧。"

她摇摇头："你会冷。"

"不冷。"那些低落的情绪，在这一刻不知道为什么淡了些，他低声道，"有点热。"

她笑了笑："好。"

师萝衣只留下一个炭盆，又打开了窗户。

卞翎玉看见还没有天亮,外面依旧是黑漆漆一片。夜风吹散屋里的血腥气,少女蹲在他身前,给他盖好被子,小心翼翼地道:"对不起,卞翎玉,我没有想过伤你,我也不知道为什么会变成这样。"

"不是因为你。"他说,"是我先前就受了伤。"

见她脸上仍带着愧疚,卞翎玉顿了顿,补充道:"我昨日和卞清璇发生了冲突。"

师萝衣惊讶不已,但是联想到之前卞清璇都气得任由卞翎玉被流放荒山了,二人大打出手似乎也很合理。

他见她就这样坐在榻边守着自己,开口道:"我没事,你去睡一会儿吧。"

他语罢才想起来屋子里只有一张床,而天没亮,此时的不夜仙山几乎都在修真界大能的掌控之下。

她给他输了一夜的灵力,确实很累很困。

卞翎玉抿唇,想把床让给她。

师萝衣却率先从柜子里拿出两床被子,在他榻边铺好:"我在这里陪着你,你要是难受,随时和我说。你睡好,别动。"

她当真在榻边地上躺下。

红纱翻飞中,师萝衣偏头看着他。见卞翎玉终于好了许多,她紧绷一夜的心安宁不少。

卞翎玉身体虚弱,但睡不着。天还未亮,他也不想就这样睡过去。他一直看着她,却不料她也抬起头,两人对上目光。卞翎玉看上去苍白又安静,半晌,他微微移开了视线,但是仍然面朝着师萝衣,没有转过身子。

师萝衣惦记着熏香的事,怕他心里有疙瘩,连忙解释道:"昨夜狐狸点的熏香有问题,你别放在心上,我怕你醒来生气才扎你的。"

卞翎玉应道:"我知道,你没做错。"

师萝衣见他确实不像是在生自己的气,也没生他自己的闷气,心里也松快了些。他脸色苍白,因为忍痛,额上青筋微微凸起。她从怀里拿

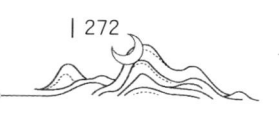

出如意锁："有一个东西，我本来昨晚就想给你，可那时你喝醉了，我只好现在给你。卞翎玉，伸手。"

卞翎玉伸出手，掌心被放上一枚熟悉的如意锁。

他蹙眉看向师萝衣。

师萝衣枕着胳膊，冲他微笑道："是你还给我的那把如意锁，你当时误会了我的意思，我给你如意锁，没有折辱之意。它由我母亲打造，是给我未来道侣的。我只愿你长命如意，一生欢喜。"她轻轻说，"我没从不夜仙山带出去什么，那时一无所有，只有这个能给你。或许之后很多年，直到你想离开前，你都不得不做我的道侣了，因为你，我才能回家。我现在有很多东西可以给你，但说起来，它才是我最珍贵的东西。它承载着南越全国的祝福，或许能护佑你快快好起来。你愿意收下它吗？"

卞翎玉握紧了锁，醒来之前，他觉得自己又痛又悲凉。醒来之后，他忆起自己昨夜的任性和失控，只带着低落和难堪，然而所有种种，此刻都被掌心小小的锁抹平。

下了一夜的雨，天空灰蒙蒙的。

卞清璇被阵法囚禁于地面，没有再哭，只沉默地盯着不夜仙山。卞翎玉说，待他死后，躯体给她，让她破天回家，可回家又有什么用？

她唇角淌着鲜血，闭上眼睛。

又下雨了，又是这样令她无力的大雨。

脑海里是母亲死时的景象，她举着九州鼎跪了整整七日，终于等到大哥过来，他笑得饶有深意："我母亲消气了，允你把那个贱婢弄走。跪谢吧，小野种。"

她脸色苍白地放下九州鼎，朝母亲被关押的地方跑去。

可她去得太晚了，迎接她的，只有一具残破的、冷冰冰的尸体。

多好笑啊，堂堂一族之长的女人，甚至不是被人践踏死的，而是被一群灵智尚未全开，被喂了药的畜生作践而死的。

大公子满意地注视她惨白的脸色，为了讨好他，跟着他的那群人窃窃私语笑道："听说赤焚一族，身怀上古白曜和媚妖血脉，当年我以为只是传闻，但见那群畜生为这贱婢疯狂的模样，我算是信了。"

她抱起母亲残缺的身体，眼里没有泪，只有冰封千里般的冷。

大公子低声笑道："小野种，收一收你的野心。既然你们赤焚一族叛神，被罚生生世世为奴，就安分点，否则下次躺在这里的就是你了。"

他们猖狂的笑声，混着族人麻木祈求的眼神，反复在卞清璇脑中交织。到了最后，她想起昨夜卞翎玉看着自己的目光。

清璇，他说，你可以回家。

是，她可以回家，可回去做什么？像大公子说的，永远为奴，被人践踏吗？像无数族人那样，被套上枷锁，任人肆意挞伐吗？

她是赤焚族最后的希望，无数族人用尸骨为她凝出琉璃长笛。她就算燃尽最后一滴血，也绝不要死得窝囊！

卞清璇确信自己并非走错了路。她原本是能够当上神后的，最初的少年神灵卞翎玉被幽囚在天行涧七百年，他不懂情爱，不懂人情世故，冷漠淡薄，却单纯又好骗。她追随他坠入人间，诛杀堕天之兽，等卞翎玉爱上自己，两人一同回天，她必定能拥有权力与力量。

若少年神灵愿意，与他的每一次和合双修，都无异于神力灌输。

神君深爱着上一代神后，不惜牺牲自己哺育她，因此卞翎玉母亲的神力才会那般充沛，还能算计报复神灵，幽禁自己刚出生的儿子。

可偏偏卞清璇算计好了一切，却没算到赤焚一族的魅惑血脉，抵不过师萝衣在妄渡海的那个可笑的拥抱。

琉璃长笛飘在空中，察觉到主人低落阴郁的情绪，飞到卞清璇的脸颊旁，安慰地拍了拍她的肩膀。

她侧过头，看着神器，寒声道："我没事，我记得自己该做什么。"

神器随她心意，没入她体内。她咳了咳，吐出一大口血来。

卞清璇没想到，卞翎玉的身体状况都这样糟糕了，还能将自己重创至此。她等着竹人的灵力减弱，那时她便能挣脱这个牢笼。纵然木已成

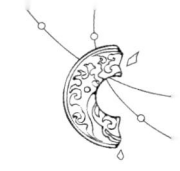

舟，她也不会坐以待毙。

弑神、叛神，赤焚一族本就已经走到了末路。她得不到卞翎玉的力量，也要带回师萝衣体内的神珠。

这一次她不会贪恋那点可笑的温暖，也不会再放过师萝衣。

大雨噼噼啪啪，砸在她身上，她伤得太重，终于体会到卞翎玉凡躯的无力，烦躁地看着灰蒙蒙的天。

远处，一个身着黑袍的人慢慢朝她走了过来："真是可怜，需要我帮忙，放你出来吗？"

卞清璇偏过头去看，天幕下，来人身着漆黑的斗篷。那斗篷是法器，他的脸隐在斗篷下，她看不真切。

她冷声道："杀张向阳的魔物也配可怜我？滚吧。"

来人似乎没想到她竟然能猜到，笑道："与我有什么关系？在弟子们心里，张向阳死因不明；在师萝衣心里，张向阳是你杀的。"

卞清璇冷笑了一声，是啊，在小孔雀心里，什么坏事都是她干的。她懒得理这个人，不夜仙山仍灯火通明，看上去喜气洋洋的，她心里烦得要死，连多看这个人一眼都没耐心。

他抬起手，欲将傀儡命符打进她的身体。

卞清璇冷冷地看着他，眼见他的傀儡命符打过来，被几个竹人挡住，傀儡命符无风自燃，被温和又冷漠地毁得干干净净。

斗篷人顿住，她嗤笑了一声："你算什么玩意儿？一个堕落的魔物罢了。囚禁我在此的人就算是废了，他的东西，你也别想突破！"

斗篷人终于有了几分恼怒，冷冷看她一眼，转身离去。

不夜仙山之上，师萝衣只稍微合了一会儿眼，哪怕灵力耗光，她也不敢真的睡过去，怕卞翎玉伤病复发，而自己毫无觉察。

天快亮了，屋子里的炭盆也将要熄灭，师萝衣想要去添炭，被卞翎玉阻止。

她问道："还有哪里不舒服吗？"

"我没事。"

师萝衣看向卞翎玉,却发现他脸上还是没什么血色,因为出了一身汗,他蹙着眉,显然感到不舒服。

但他甚至没有哼一声,一直默默忍着。

屋子里安安静静的,她从来没见过这样平静的病人。连涵菽都说他伤病难医,理当痛苦至极,可他自己却十分冷淡平静,仿佛这些痛苦并不属于他。

师萝衣靠近他,坐在榻边,在心里叹了口气,倾身问他:"真的没有哪里不舒服啊?"

被子下,卞翎玉还握着她的如意锁,摇了摇头。

见她倾身靠近自己,他想要躲开。师萝衣昨夜一口气点了十来个炭盆,屋子里像是一个火炉,他全身都出了黏腻的汗,又吐了血,还有酒味,知道自己现在必定不好闻。卞翎玉不是没有过比现在更脏乱的时候,但这是他第一次在师萝衣面前这样狼狈。

少女抬起手,似乎想要触碰他的鬓发。

卞翎玉别过头,额上更渗出了一层汗:

"你别……"

修士的清洁术从她指尖释放,很温柔,带走了他身上大部分的脏污。他僵住,将掌中如意锁握得更紧,抬眼去看她。

不甚明亮的天光之下,龙凤烛已经燃尽。

她轻声道:"你觉得疼,觉得难受,要说出来呀,卞翎玉,不要忍着。"

他垂眸,许久,才低声应她:"嗯。"

从来没有人对他说过这样的话,母亲说的最多的就是"总归你不会死,神灵之躯,痛了疼了,忍过便是"。

师萝衣觉得很奇妙。若在很久之前,她这样伸手去碰他,他必定冷着眉目,让她别碰他。

她忍不住笑了笑,上辈子哪怕到死,她也不会想到有这一日。

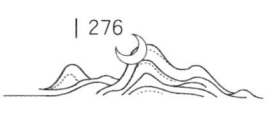

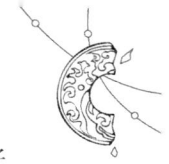

但她只要想到自己堕魔之后，卞翎玉兴许并不像她以为的那样，好好过了一生，更大的可能是被卞清璇抛弃，被人在荒山中欺辱至死，她心里就有点难受。

现在她不会让他再有那样惨烈的结局，他是她的家人了。

"天快亮了，你有什么想吃的吗？我让人去做。"

师萝衣问道。

卞翎玉抿唇，摇了摇头。他的心脏被洞穿，五脏俱碎，能觉察饥饿，但吃不下东西。失去神珠的身躯在努力自行修复，尽管杯水车薪。

"那你有什么想要的吗？"

晨风吹进屋子里，带着不夜仙山的清爽，卞翎玉从未被这么对待过。他没想过……纵然是假的成亲，她也会这样好。

这比昨夜更像一场梦，他本来不打算开口，可看着她明亮的眼睛，他最终还是哑声开口，第一次顺从心意道："想沐浴。"

师萝衣愣了愣，忍不住笑出来："你这样喜洁，当初是怎样在荒山生活下去的啊？"

他不说话，墨灰色的瞳掩盖在鸦黑长睫之下。

他难得提了要求，师萝衣虽然觉得他现在沐浴不合适，但还是愿意尽量满足他的心愿。

清洁术虽然能清除脏污，但并不能驱走那种不适的感觉。因此修士若非旅途不便，也常常愿意沐浴一番。

师萝衣收拾好地上的锦被：

"你等一会儿，我去叫丁白来。"

不夜仙山上原有温泉之水，可现在修士们的灵力都包裹着仙山，等同于安插了无数双眼睛。师萝衣自然不会让卞翎玉这样去沐浴，她指挥着精怪们引了温泉水到木桶里，又去把丁白叫起来。

师萝衣回到屋子里，见卞翎玉已经坐起来了。他还穿着昨日的大红喜袍，来来往往加水的小精怪都好奇地看向他。

师萝衣拍了拍它们的头："不许看，好好干活。"

她督促着它们把水加满。看着狐狸那个半遮半掩，实际什么都遮不住的屏风，有些头疼。浴桶那般大，她现在很怕卞翎玉体力不支呛水，心里发愁。

这狐狸早晚得挨她一顿毒打。

水加好了，师萝衣嘱托丁白道："好好照顾他，我就在外面，有什么事叫我。"

丁白连连点头，拍胸口保证没问题。

师萝衣关门出去了，她还是很担心丁白到底行不行，毕竟他只是个半大孩子。卞翎玉虽然病骨支离，可他很高，也并不瘦削。

她的担心其实不无道理，丁白确实折腾了许久，才帮着卞翎玉来到浴桶边。卞翎玉额上又出了一层冷汗。

早些年卞翎玉骨头碎裂，脸上还有鳞片的时候，丁白年纪更小，只能拧了帕子，给卞翎玉擦身子。

后来卞翎玉身体渐渐好起来，再没要丁白帮过忙，脱衣沐浴都是卞翎玉自己来的。

这次卞翎玉伤得太重了，几乎连抬手都很艰难。

丁白帮着卞翎玉脱了衣衫，卞翎玉容色清冷淡漠，就算伤成这样，脸上也始终没有痛色，艰难地进到浴桶之中，那种不适感才淡了些。

浴桶边还燃着一个炭盆，暖融融的，并不冷。

丁白守在一旁，脸色纠结，几次欲言又止。

卞翎玉冷淡地看他一眼："你先出去。"

师萝衣在门外的小亭子里，一面嘱托精怪们去给卞翎玉做点吃的来，一面看不夜仙山这些年堆积的事务。

要化形的精怪都得登记在册，还得加以管束。

世间只有不夜仙山会容忍这么多精怪的存在，师桓不在，如今师萝衣要为它们提供一个容身之地，但她绝不许它们害人。

见丁白跑出来，她蹙眉招招手："怎么回事，沐浴完了吗？"

丁白摇摇头，沮丧道："我被公子赶出来了。"

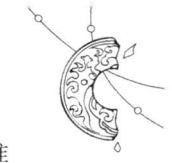

师萝衣没办法,只好道:"那好吧,你也别走远了,卞翎玉说不准一会儿还需要你帮助。"

丁白点头。

之后,卞翎玉始终没再叫丁白,他自己穿好了衣衫,坐在轮椅上,这才打开门。时间过了很久,久到师萝衣都担心他呛水或者出了事,也不知道卞翎玉自己做好这一切,到底费了多大功夫。

师萝衣让人做好了早膳,外面风大,她打算和卞翎玉在房里吃。

师萝衣和卞翎玉坐在一张桌子上,有些恍惚,自从十年前,父亲前往妄渡海,诛杀堕天妖魔,她再也没和人一起这样用过早膳。

以前都是父亲照顾年少的她,如今她也有了需要照顾和牵挂的人。

整座山,包括卞翎玉,今后都是她的责任。

卞翎玉和她对坐着,满山春花开出了花苞,不夜仙山迎来了春日,他忍住肺腑中剧烈的疼痛,把食物咽下去。

师萝衣端着一杯灵茶,很高兴他能吃些东西。

不管是修士、凡人还是精怪,能吃能睡,身体就总能好上不少。

饭后,等在门外的符邱便开始给师萝衣汇报不夜仙山这几年发生的事。

符邱自年少时就跟着师桓,论辈分,师萝衣都得叫他一声伯伯。他是一只化形的狼妖,多年前不慎伤了内丹,修为再不能精进。

师桓把他留在不夜仙山,从那以后,符邱就开始掌管不夜仙山的一些琐事。

符邱在不夜仙山成了家,和白狼夫人育有一子。师萝衣和卞翎玉的大婚之所以这样顺利,多亏了符邱这些日子奔走安排,做事得力。

符邱把这几年发生的大小事全都记录在册,一本不落地搬过来给师萝衣查阅。

师萝衣看了眼旁边堆成小山的册子。不夜仙山的人族很少,几乎都是精怪。其他地方容不下它们,不夜仙山却是他们的世外桃源。世间精怪纯善者有之,邪恶者亦有之。为了管束或保护它们,不夜仙山有规矩：生长在此的精怪，不许私自下山，否则视为叛离山门。

也因此，前世的师萝衣离开不夜仙山后，变得孤立无援。

符邱是狼族，连他也不可以违背誓言，轻易下山。

如今师萝衣回家，符邱也很高兴，眉目都漾着笑。两人说了一会儿话，符邱问师萝衣要不要看看昨日众门派送来的贺礼单子。

师萝衣问："有什么特殊的吗？"

符邱念了一些珍宝和法器的名字，旋即顿了顿，又蹙眉道："南越的皇帝，也派人送来了一份贺礼，是一箱子南海鲛珠。还托人道，若小姐之后要回南越扫墓，可以提前差仙鹤说一声，他必前来相迎。"

师萝衣闻言，有些惊讶，出于礼貌，她先前的确给南越发了一只仙鹤，告知自己成婚之事。

"南越的皇帝如今是谁？我记得母亲在世时，父亲曾与南越订立盟约，约定南越不再豢养鲛人，为何他还会以鲛珠为礼？"

符邱说："小姐有所不知，五年前，南越宫变，如今皇帝是赵术。"

"赵术"这个名字有点耳熟。

师萝衣仔细想了想，印象里好像是有这样一张脸，十三年前父亲携自己回南越，为母亲扫墓，有个被发配去守皇陵的皇子被狼犬撕咬得奄奄一息，自己路过皇陵，看他年纪还小，给他治好了伤，还把他送回了寝宫。

当时那个半大少年，似乎就叫赵术。

她没想到他不仅活了下来，还当上了南越的皇帝。

师萝衣心情复杂，她虽然也是南越皇室出身，可是说起来，她与这些后辈已经没了亲缘关系。她的皇帝舅舅子嗣单薄，只有一个小太子，后来还夭折了，不得已在晚年过继了旁支继承大统。

绾荨公主一死，师萝衣除了每十年回去扫墓，鲜少与南越历任的皇帝有什么往来。

"赵术这是什么意思？"

符邱摇了摇头，表示不知。

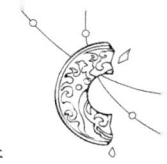

赵术若想为师萝衣大婚道贺,就万不该送鲛珠这样的残忍之物。若说他不重视,意图挑衅,又似乎不合常理。鲛珠价值连城,一颗已是十分难得,赵术偏偏还送了一箱子。

纵然是帝王,往仙山送礼,还要送得及时,也很得费一番功夫。可赵术送礼非常及时,赶在了师萝衣大婚前。

"小姐今年若要回南越扫墓,不若去看看这位新蒂?"

师萝衣颔首。

她心里莫名有点忧虑,怕赵术不仅违背盟约豢养鲛人,还私下养妖物。

南越到底也是自己和母亲的故土,若走上亡国之路,或成天下公敌,未免令人唏嘘。

他们二人谈话时,卞翎玉便在一旁喝药。

药是师萝衣今日清晨按照涵菽的吩咐令人煎的,卞翎玉知道没用,本来没想喝。但是师萝衣谈话时不时盯着他的药碗,他沉默片刻,还是喝了下去。

师萝衣坐在桌案那边,见他好好喝了药,眉宇舒展,连和符邱说话时都带上了几分笑意。

卞翎玉喝药并不像旁人那样困难,就像饮水时那般神情平静。

丁白在一旁看着都觉得苦,可卞翎玉连眉头都没皱。

符邱汇报时,也偶尔看一眼卞翎玉,想起自己怀里,儿子符苍让自己交给师萝衣的望月蚕,默默叹了口气。

昨日师萝衣成婚,他让夫人把符苍关了一日。符苍自小就喜欢小姐,可小姐一直不知道。符苍当初有多么不肯说、不敢说,如今心里就有多痛苦懊悔。

符苍更气的是,师萝衣选了一个病弱的凡人。

符邱拗不过儿子几乎自残般的折腾,才同意带上了他养了许久的望月蚕,答应得空交给师萝衣。如今看见师萝衣对卞翎玉的态度,符邱只能选择当望月蚕不存在。

小姐和道君一个脾气，历来快刀斩乱麻，别说她本就不喜欢符苍，就自己儿子那种讨人厌的性子，也没几个人看得出来他喜欢小姐。

符邱虽然不知道小姐为什么会和一个凡人结为道侣，但能看出来，小姐并非不在意卞翎玉。

符邱告辞后，一直没开口的卞翎玉突然出声："你要回南越扫墓？"

师萝衣没想到他会关心这个："你方才在听我们说话呀？"

"嗯。"卞翎玉道，"你若回去，我同你一起。"

师萝衣愣了愣："你想要去祭拜我母亲？"

按理说，她父亲沉眠妄渡海，她成了婚，理当携道侣去祭拜母亲的。可两人毕竟是假道侣，师萝衣不会要求卞翎玉去做这些，他自己主动提出来，师萝衣意外极了。

卞翎玉听她这样问，也反应过来，自己像是要随她一起回门。

他其实并非这个意思，他先前听师萝衣和符邱讨论赵术，总觉得像帝王星异变，他担心是从自己手下逃窜的朱厌现世了。

朱厌主战乱、杀伐、暴虐。

赵术是帝王，撕了盟约豢养鲛人，若他再要对邻国开战，无异于滋补朱厌，因此朱厌很有可能在南越蛊惑了帝王。

面对师萝衣惊讶的目光，他却不能解释朱厌堕天之事，一时只能沉默。

师萝衣也没想到他竟然不辩解，干巴巴地道："那等你养好身子后，我们一起回南越，不急在这一时。"

卞翎玉颔首。

师萝衣又看了他几眼，摸了一本册子，在桌案边看起来，却无法集中精神。

卞翎玉并不知道师萝衣的脑回路有多奇怪，他以前做了那么多事，神血丹、桃木小剑、挡不化蟾的毒液、陶泥兔子……

她都以为他是阴差阳错，别有居心，或者是为了卞清璇。

而今卞翎玉自知活不了多久，根本没奢望和师萝衣做真的道侣，他

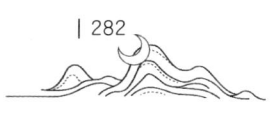

心里除了这点偷来的安稳日子,只剩诛杀为祸众生的朱厌。

他自知不能去招惹师萝衣,提出要去南越时,根本没以师萝衣道侣的身份自居。

他也没想过师萝衣会想到奇怪的地方去。

可师萝衣的想法不一样,她翻开一本记载不夜仙山琐事的册子,良久都没看进去。

她走神地想,卞翎玉为什么要去祭拜她母亲啊?

这次不可能是为了替他妹妹求情。他们大婚早就礼成,演戏都不必演到这一步。人间男子只有爱着自己的夫人,才会重视回门之仪。

他害怕她离开不夜仙山后,他在这里不安全?不可能,卞翎玉住了这么些时日,一定能明白,不夜仙山比外面安全多了。何况他疼成那样都冷静如斯,不是害怕危险之人。

她找不到卞翎玉非要和自己回门的理由,又莫名想到,他抱着自己走天阶,喝醉后坚持要掀她盖头,他在新婚夜才拿出来的女儿红,以及他落在自己发间的缱绻的吻。

虽然这些举动很有可能受到了醉酒和熏香的影响,但有的事情,他本可以不做,比如抱着她走天阶,那对他并无好处。

师萝衣眨了眨眼,震惊地想,卞翎玉……该不会喜欢她吧?

她几乎要被这个大胆的揣测逗笑。怎么可能呢?几个月前,他见到她还恨不得要掐死她,而且她以前对他那样坏,他怎么可能心悦她?

但是说他不喜欢她吧,好像也不对,不然他为何要跟着她回门?

她百思不得其解,若换个对象,她早就问了。可眼前之人是卞翎玉。她好不容易才哄他原谅自己,如今二人还抬头不见低头见。万一他否认,或者被惹怒,觉得这是对他的羞辱,那就前功尽弃了。日后二人还如何相处?

师萝衣心里藏着事,来来回回翻着册子,没看进去。

午膳后,卞翎玉去休息,她走进另一间屋子,把狐狸叫了过来。

狐狸以为自己是来领赏的,笑容荡漾:"怎么样,仙子?昨夜过得不错吧？"

师萝衣被它的自信给气笑了："何止是不错，简直是惊心动魄！"它险些害死卞翎玉，吓得她一整夜都没睡。

师萝衣想到这个就生气，但她还有事问狐狸，暂时忍着没发作。

"你昨日点的是什么香？会让人控制不住自己的行为，与人做亲昵之事吗？"

狐狸怕师萝衣误会自己弄心术不正的东西，连忙解释道：

"那是欢情香，这可是好东西，不会伤身，也不能控制人，还能强健体魄。我听说公子生病才拿出来的，顶多有些微助兴的功效，不会影响人的神志。"

师萝衣低声道："这样啊，那你说，若一个人喝醉了，会对不喜欢的人做一些……奇怪的事吗？"

"多奇怪的事？"

"比如说，求……求欢？"

狐狸狡黠一笑："若他喝醉，还能认得出来眼前之人是谁，会向此人求欢，绝对是心悦此人。"

师萝衣不死心地问："那若醉酒加欢情香呢，会不会使人不理智？"

狐狸这才犯难："我也不知道啊，谁点了欢情香还去喝醉？"它心里嘀咕，这不是多此一举吗？

师萝衣既松了一口气，又更为忐忑。见再问不出什么来，狐狸还一副等着领赏的样子，她哼笑道："行了，自己去思过崖下，闭门思过一个月！专注修炼化形，别总是想着有的没的。"

狐狸哭丧着脸，直到被带走，也没明白到底哪里出了问题。

师萝衣问了狐狸，却还不如不问。她更加不知道卞翎玉是怎么想的，也不知道该如何处理这种局面。

如果卞翎玉不喜欢她还好，他们继续做一对假道侣就行，但若卞翎玉心悦她，她该怎么做？

凡人寿命短短数十年，她前世今生，唯一亏欠的人就只有卞翎玉。

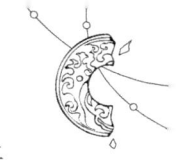

前世她入魔，到死也没找到真心爱她之人，以至于在这样的事情上很是茫然。她当初追逐卫长渊之时，仅凭偏执和越来越重的心魔，两情相悦对她来说，已是遗忘了很久的事。

夜色愈深，师萝衣发现，比起纠结她该怎样做，更快来临的是今晚的相处。

昨夜他们大婚，卞翎玉又喝醉，她折腾了半夜，担心他出事。可是今晚卞翎玉好转了，两个人都非常清醒，她还得回到那个屋子里。

对刀修来说，未解之事没想明白，如同抓心挠肝，她心里存了试探之意，打算干脆试一下卞翎玉的态度。她先看看他到底是如何想的，再决定自己怎样应对。

她回房后，卞翎玉已经休息了一下午，却因为伤重，刚醒过来。

师萝衣对上卞翎玉的目光，偏过头，嘱咐精怪们："去打些水来，我要沐浴。"

师萝衣强自镇定，看着精怪们进进出出，将浴桶填满。她这才去看卞翎玉的反应。

卞翎玉也没想到她会在房间里沐浴，沉默半晌，也跟着她看向那些忙碌的精怪，等着师萝衣想起来自己也在房中。

然而水都满了，师萝衣仍然没改主意。他略微蹙眉，又等了一下，想着她在脱衣裳之前，总能意识到这样不好，或者让他先回避也可以。

精怪们行了礼，退了出去。

一灯如豆，房里温馨安宁，师萝衣对上卞翎玉平静的眸子，他好像没异样，见她看向他，他还回望过来。

他若真对她有意，不会完全没反应吧，至少应该羞赧？

现在陷入两难的变成了师萝衣，她看着一派冷静、如神祇般冷峻的少年，这沐浴，她到底还要不要继续啊？

师萝衣骑虎难下，说："昨日炭盆点多了，我也需要沐浴。"

见卞翎玉沉默地看着她，她欲盖弥彰地解释："如今不夜仙山外面被各派大能的灵力笼罩，没法再用温泉，所以我才在房里沐浴。"

卞翎玉以为她在催促他出去，低低"嗯"了一声："那我回避一下。"他说罢就坐起来，休息了一下午，他的气色已经好了许多，但还是不能行走，需要坐上轮椅。

正是就寝的时辰，师萝衣也不可能去帮他叫丁白，她演这一出本来就是为了试探卞翎玉的态度，不是为了赶走他。她心里隐约有些后悔，早知道应该用别的事来试，怎么偏要挑这个。她看着卞翎玉苍白的唇色，怕他来回折腾不舒服，已经暂且歇了试探的心思，连忙道："不必，有屏风呢。你好好歇着吧，别动了。"

她叹了口气，这种事似乎不适合拿来试探正人君子。她还没看出什么来，卞翎玉就主动提出要离开房间了。

师萝衣也没打算再避开卞翎玉，毕竟就像自己说的那样，在大能们的灵力笼罩下，她总要和卞翎玉一起生活的，总不能事事回避。她沐浴时有屏风挡着，总好过让他才养好一点的身子来回折腾。

可当师萝衣转到屏风后，放下披帛，才想起一件事。

屏风也是狐狸安排的，自己白日里忙着不夜仙山的琐事，还没来得及让人更换。师萝衣缓缓转头，面前鱼戏莲叶，栩栩如生，屏风以天蚕纱织就，几乎半透。

她从这边能隐约看见卞翎玉的身形。

是她自己让卞翎玉留下的，她闭了闭眼，硬着头皮抽开了衣带。外面的衣衫落地，她里面穿着一件藕粉的小衣，包裹着她玲珑的身子，屋子里并不冷，半点都没有春夜的寒意。

师萝衣背对着屏风，这会儿再不敢回头去看卞翎玉了。

床边传来窸窸窣窣的声音，应该是卞翎玉重新躺下了，师萝衣松了口气。

想起白日里卞翎玉也用过这个浴桶，她心里生出浅浅的不自在来。好奇怪啊，她怎么会这么紧张？

屋子里一时安静，只剩水声。

卞翎玉背对着她，面上仍旧清隽如冷玉，掌心却几乎被掐出血来。

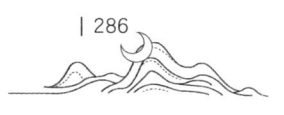

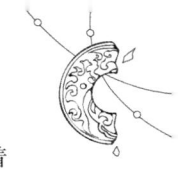

他紧抿着唇，屋里氤氲着浅浅的水汽。暖黄的光晕中，他尽量维持着冷静。

从师萝衣脱衣裳开始，他就没再看她。可他即使看不到，却能听到细细的水声，他也是个正常男子，还与她有过一次鱼水之欢，没法无动于衷。

对师萝衣来说，那件事已经过去了六十年，可是对卞翎玉来说，那就是不久前才发生的事。

卞翎玉一开始努力想让师萝衣冷静下来，还令竹人布阵，想要压制她的心魔。

阵法启动前，卞翎玉却蹙紧了眉，他到底是神，诛魔容易，但术法只怕会伤她不轻。

若日后她无法再修炼，会不会难过至极？

他不忍伤师萝衣，在最后关头停了手，被心魔控制的师萝衣却没放过他。

少女满眼邪肆，态度轻慢，笑容中有嘲弄之色。

他恨透了那一刻的师萝衣，也恨透了自己。浓重的无力感在心里蔓延，汇聚成了此刻屋子里令人窒闷的暖意。

师萝衣仍旧在无辜地干一些"坏事"，卞翎玉却没法再肆意地恨她，甚至连生她的气都做不到。

毕竟她曾经那么做，是因为厌恶他，想要羞辱他。如今她在屋子里沐浴，却是出于对他的信任，卞翎玉知道，她把自己带出荒山后，一直在认真照顾自己。

他闭着双眼，没有回头去看。

掌心传来一阵阵刺痛，昭示着他的清醒。神族骨子里的冷清和克制，不至于让他像曾经那般丢脸。

师萝衣很快就沐浴完毕。她坐在梳妆台前擦了擦湿漉漉的发尾。

精怪们进来，把浴桶打扫干净，师萝衣心情平复了些，打算明日就让人换掉那扇可怕的屏风。

她脸颊泛着浅浅的红,自己都分不清是因为沐浴,还是因为此刻两人相处的情形。她走到柜子边,拿出自己的锦被,仍打算像昨夜那般,守在卞翎玉榻边睡。

她蹲下,还没开始铺,卞翎玉坐起身,道:"你睡床上来。"

师萝衣抬眸:"那你呢?"

卞翎玉居高临下地看着她。她沐浴完,穿着单薄的白色里衣,长发也披散着,有种纯洁的美。

她以往的衣衫颜色大多是孔雀蓝、天水碧、藕荷粉,还有缃色,都是鲜亮的颜色,因此卞清璇才叫她小孔雀。

可是灯光下,望向他的少女眼睛黑白分明,像一朵盛开的白栀子。

卞翎玉移开眼睛,说:"我睡地上。"

"这怎么行?你受了伤,还生着病。"

"我好很多了。"

两人僵持了一会儿,师萝衣见他脸色冷淡却执着,顿了顿,提议道:"要不,我们都睡床上吧,床这么大,一人一半。"

卞翎玉顿了顿,问:"你确定吗?"

师萝衣不太确定,可地上这么冷硬,她不可能真的让卞翎玉睡地上,若明日他伤势加重怎么办?但他看上去也不会同意让自己一直睡地上。

"确……确定。"她压住心里的不自在,轻声说,"离入夏还有很久,我们既然是道侣,总不好有人一直睡地上。你放心,我睡着以后不会乱动的,也不会磨牙或抢你被子。"

两人对视,卞翎玉没再反对,毕竟也没更好的办法。

"那我睡里面?"师萝衣试探着问。外面的一半已经被卞翎玉占了,只剩床里面那一小块地方。

卞翎玉顿了顿,颔首。

师萝衣把锦被放在里面的榻上,卞翎玉注视着她从自己腿侧跨过去。少女玉足雪白,还没他手掌长,她小心翼翼踩在大红的锦被上,生

怕踩到他的腿。

跨过了他，她才变得身手敏捷，钻进被子里。

卞翎玉也躺了下来，两人一人一床锦被。

师萝衣发现这床看上去没有自己想象的那么大。

如果床上就睡她一个人，确实是很大的，可是另一边躺了卞翎玉。他宽肩窄腰，虽然没有刻意占多少地方，甚至还让着她，但两个人的锦被还是贴在了一起，她甚至都能听到卞翎玉的呼吸声。

除了幼时和母亲一起，师萝衣从没和人同榻睡过。

今晚她乱糟糟的心绪几乎没有停歇过，嗓子略微干涩，问卞翎玉："那我熄灯了？"

卞翎玉平躺着，闭上眼，似乎比她平静很多："嗯。"

师萝衣被子下的手动了动，一个法诀飘过去，屋子里陷入黑暗。

师萝衣以往的心大，似乎不能用在这时候，她闭上眼，修士感官敏锐，不仅能听到自己的心跳，还能听见卞翎玉的。

师萝衣分不清谁的心跳更乱更响，也不知这到底还正不正常。她睁开了眼睛，偏头去看卞翎玉。这会儿夜深人静，她不免又想到了那个问题：卞翎玉到底对她是何心意？

她仗着夜色黑，动作又轻，卞翎玉理当不知道，就放心地打量他。

少年闭着眼，若忽略苍白的唇色，精致得像一尊玉像。

他平静得让师萝衣怀疑自己幻听。

渐渐地，这尊玉像被她看得呼吸越来越急促。但即便这样，卞翎玉仍旧没有睁开眼，仿佛一潭死水。

若非师萝衣伸手搅弄波纹，这潭死水连声息都不会有。

师萝衣现在可以确信卞翎玉也没睡着，自己并非在幻听。他这样紧张，师萝衣就莫名不是很紧张了。她试着叫他："卞翎玉？"

卞翎玉睁开眼睛，没有转过头看她，只盯着翻飞的纱帐。他维持如今的冷静和体面，已经用尽了力气。他周身全是少女身上的味道，明明不浓郁，却充斥着每一次呼吸。

他的声音在夜里听上去有几分喑哑："怎么了？"

"你是不是也睡不着？"

"嗯。"

师萝衣提议道："那我们来聊聊天吧。"

"你想聊什么？"

我想问你是不是心悦我。师萝衣把这句话咽回去，换了一种问法："你以前很讨厌我吗？"

他过了好一会儿才回答："没有。"

这令师萝衣很意外，她眨了眨眼，以为从前两人水火不容，加上卞清璇的缘故，他会特别讨厌她。没想到得到了否定的答案。

"那如果以后，你不当我道侣了，有没有想过，下山去找一个喜欢的女子，与她共度一生？"

她问出这个问题的时候，佯装镇定，其实心跳很快。

这一回卞翎玉几乎没有停顿，道："没有。"

"嗯？"

卞翎玉道："如果你不需要我当你的道侣了，我也不会再娶妻。"

他说这句话时，就没指望师萝衣懂。毕竟大部分人都不会觉得他的身子残破成这样，还有能力再娶妻。

可师萝衣从未瞧不起他，她只想问出个结果："那如果我一直需要你呢？"

这句话出口后，卞翎玉终于转过头来看她。师萝衣对上他的目光，脸颊有些发烫，默默把被子往上拉了拉，遮住自己发红的脸颊。

两个人一时谁都没说话。

卞翎玉从未肖想师萝衣会喜欢自己，师萝衣把半张小脸都埋在了被子里，卞翎玉看不清她的脸色。

他本来就活不了多久，也没打算在这种事上撒谎，于是道："我会留在不夜仙山，直到我死之时。"

在卞翎玉看不见的地方，师萝衣的耳朵也开始发烫，默默地又把

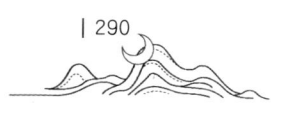

被子拉了拉，几乎整张脸都缩在锦被中，以至于传出来的声音都是闷闷的："嗯，我要睡觉了。"

话题被她单方面终结，卞翎玉却也没什么意见。他合上墨灰色的眸，安安静静的。

师萝衣说要睡觉，却已经睡不着。前世今生，没人用一辈子时间来陪她，她死的时候，孤零零地躺在破庙里，身边只有一池塘盛开的荷花。

这辈子卞翎玉却会陪着她。

她在被子里捂了一会儿，心里已经确定卞翎玉应该是有点心悦自己的。若仅出于恩义，世上没有一个人会用余生陪着另一个人。

师萝衣不知道他这份心意有多重，又是从什么时候开始的，但她既然知道了，就不想装作视而不见。

凡人的一生并不长，她本来就说过会好好待他，若卞翎玉的愿望是和她做道侣，也不是不行。

应该……行吧？她挺喜欢和卞翎玉待在一起的，看他生气，她有时候都觉得有趣，卞翎玉还从不制造麻烦。反正当真的道侣和现在应该也没多大区别。

师萝衣向来不会遮遮掩掩，辗转几番后，她从被子里探出头。

卞翎玉比她规矩多了，一直一动不动。

师萝衣看见陶泥兔子还在轮椅上，骤然想起自己生辰那日，卞翎玉为自己擦泪的手。

而今回想起来，好像很多被她忽略的东西，如今都成了佐证。

她决定做最后一次试探，如果卞翎玉恼怒得要掐死她，她就当作无事发生，也不提道侣的事了，可若他不生气，也没赶走她，她就问问，他要不要她真的做他的道侣。

她下定决心，掀开了自己的被子，又磨磨蹭蹭地拉开卞翎玉的被子，给自己盖好。

少年的被子里就像他本人一样，冷飕飕的。睡了这么久，他看上去平静如斯，被子里却没有一点温度。

也不知是因为冷，还是因为紧张，她轻轻颤了颤。

卞翎玉从她靠过来的瞬间就有感觉，但他一直没睁眼，手心已经被掐出血。这一晚，师萝衣一直都在折磨他，先是要在房里沐浴，后面还要和他同榻。她不把他当男人，他也就只能冷漠地把自己当成死人。

但现在，被子里钻进来暖乎乎的一团，他终于忍无可忍，别过头，垂眸看她，道："师萝衣，你知不知道自己在做什么？"

他只是在克制，在隐忍，不是真的没感觉。

月亮不知道什么时候出来了，月光从窗外倾泻进来，屋里不再像先前那样黑漆漆一片。

师萝衣仰起瓷白的小脸看他，手臂不小心碰到了他紧绷的胳膊。她也很紧张，见他没掐自己，鼓起勇气，很有担当地把话说完："我就是想到，你若在人间，也到了该娶妻生子的年龄。你若一辈子在不夜仙山，我岂非耽误了你一生，所以我想问问，你若愿意……"她想了想，换成卞翎玉的那种说法，"你若需要，我和你做真的道侣吧？"

同样的对话，发生第二遍，卞翎玉还是难以平静。但这次他已经不再像在荒山那样脑海一片空白，他等着师萝衣补充后半句，这次是为了她爹爹师桓，还是为了不夜仙山？

总归他如今已经这样了，朱厌也快要现世。他病骨支离，只余这副皮囊，还有不多的时间。能给的，十年前卞翎玉就给她了。他已经想不出，师萝衣还需要自己为她做什么。

等了好半晌，师萝衣却没有下文。卞翎玉不得不再次转过头看她，两人现在躺在一个被窝里了，再靠近一点，连呼吸都能交织。

师萝衣问的时候还没有这么紧张，这会儿月光照亮半间屋子，两个人的表情都清晰可见，她的心渐渐提了起来。

她已经把胳膊收了回来，尽量离卞翎玉不那么近，如今对上卞翎玉面无表情打量她的目光，她几乎想要回到自己被窝里，当作什么都没说。

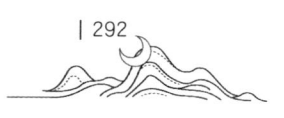

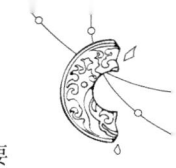

卞翎玉却不可能当她什么都没说:"做我真的道侣,然后呢,需要我为你做什么?"

她有些困惑:"不需要你做什么。"

她不似说谎,也确实没再说什么,良久,卞翎玉才意识到师萝衣竟然是认真的。他沉默地看看她,没想到她会提出这样荒谬的提议。

卞翎玉若还能活很久,必定会拒绝。神族的尊严不容许有人因为可怜他而施舍他。

但人间三年,被困在明幽仙山小院,他已经没有什么可以失去了。哪怕没有卫长渊,他也没有时间再争取她的爱,他心里觉得有些荒诞,是啊,他曾经连她的羞辱都心甘情愿受了,如今这点事又算得了什么呢?

茴香担心师萝衣一旦懂了情爱,就会像师桓那样,为救心爱之人而付出一切。可卞翎玉知道师萝衣不会为情所困,她懵懂的生命里,只为卫长渊动过一点情,卞翎玉永远不担心自己死后师萝衣会很伤心。

这样也很好,他拥有一场梦,也陪她走完这一段最苦的路。他死后把神珠锁在她体内,纵然她将来斗不过那些人,入了魔,也不会魂飞魄散。

须臾之间,卞翎玉已经做出了决定,但还是想最后给师萝衣一次反悔的机会:"做我的道侣,你考虑清楚了吗?"

已经走到这一步,师萝衣也没法退缩,点了点头。怕卞翎玉看不清,她又出声道:"嗯!"

卞翎玉平静地看着她:"你知道真道侣都会做些什么?"

师萝衣当然知道,但她没想到卞翎玉会问出来。她耳根有点烧,可还是镇静地应道:"我知道。"

卞翎玉这次没再问她问题,直接倾身覆了过去。

原本师萝衣睡在里侧,后来为了挨到卞翎玉身边,刚好躺在榻中央。

两人又在一个被窝里,卞翎玉过来再方便不过。

师萝衣出于修士的本能,下意识地挡住了卞翎玉,她的手比脑子还快，撑在他胸膛上，没让他更进一步。

卞翎玉垂眸看着她，安安静静的，仿佛料到她会反悔。

师萝衣反应过来，移开了手。她倒是没有反悔，她下决心后鲜少会反悔，只是有点脸热。

卞翎玉见她移开手，也没说什么，用冰冷的手覆在她纤细的腕上，恰好是师萝衣方才推他的那只手。卞翎玉在上方垂眸看她，似乎还存着耐心，等她再次反悔。

月华似流萤，师萝衣在他身下，呼吸紊乱。这次她控制住了自己不乱动。

两人对望了片刻，卞翎玉的另一只手，轻轻拨开她脸颊上微乱的发丝，做完这一切，他没有立刻收回手，拇指落在她的脸颊上，只是静静地看着她。

那样的眼神，让师萝衣明白接下来总会发生些什么。

"可以吗？"

这是卞翎玉第二次这样问她，这一次师萝衣没法再拒绝。

她胡乱点了点头，破罐子破摔般闭上眼睛。可是看不见，却并不能缓解紧张，反而会让感官被无限放大。

片刻，唇上覆上来浅浅的冰凉。

最初，只是轻轻贴着，就像蜻蜓点水。

握住她手腕的那只手，似乎有了温度，渐渐用力，带着她的手腕一同陷入锦被中。

他贴了许久，似乎领悟了什么。唇齿被撬开，相触的那一瞬，她身子几乎颤了颤。

这样陌生的感觉，令她的脸颊飞速涨红，她极力忍耐着，等着这一吻结束。

但她没想到这只是开始，甚至已经没有心情去感慨"他竟然真的心悦我，他竟然就这样同意了"，满脑子想的都是"他亲够了吗？该放开我了吧，还没好吗"？

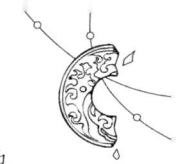

她脸色绯红，从未想过吻能缠绵成这样，她的手被软软打开，与他十指相扣，在柔软锦被中越陷越深。

师萝衣感觉到奇怪的变化在他们之间蔓延，和第一次与他亲近时完全不一样。

她觉出男子的侵占欲和引着她唇齿间嬉戏之意，若非她确信这人就是卞翎玉，还以为他被夺舍了。

师萝衣终于受不住了，用另一只手撑着卞翎玉的胸膛，错开他的纠缠，睁开眼睛问："可……可以了吧？"

身上的人也睁开一双迷蒙的眼，里面混着爱欲，墨灰色愈浓，声音听上去却一如既往地平静："嗯。"

少女纤细的手腕就在他掌中，卞翎玉见她张开檀口，小心翼翼地喘气，脸涨得通红，刚刚还有勇气看他，现在已经哆哆嗦嗦地看向了纱帐，一片茫然。

卞翎玉也没想到自己会这样。

月亮消失不见，天色将明。

卞翎玉本来也没打算现在就对她做什么，刚开始他只是等着师萝衣害怕或者反悔，可她临到头，眼里也没有悔意。她尚且这样，他的动情只会更深。

想起师萝衣两晚没睡了，卞翎玉拉过一旁师萝衣的锦被，把她裹了进去："睡觉。"

他自己下了床，背对着师萝衣坐在桌边，平复呼吸。茶已经凉了，他喝不出茶味，嘴里全是少女的馨香。

师萝衣被裹在被子里，半响才双眼失神，手脚俱软地将脸蛋露出来。

她眨了眨带着水汽的眼睛，入目都是狐狸为他们准备的纱帐。她没敢看卞翎玉，本以为哪怕做真道侣也不过那样，无非如此。

反正更亲密的事情，他们已经做过。

现在她才知道自己错了，错得离谱。

她也没敢让卞翎玉再回来睡,毕竟两个人都不可能睡得着了。

师萝衣第一次觉得,以后有什么事最好在白日里说。她昨晚就没睡,今晚看样子也没法睡了。

没过多久,天就亮了。

师萝衣穿好衣裳。那个吻太离谱,她现在没法心平气和地直视卞翎玉。她没有和卞翎玉一起吃早膳,自己去后山练刀了,却还没忘让人给卞翎玉煎药。

她出去练了一会儿刀,总算神清气爽,这才回去看册子。

卞翎玉已经不在屋子里。

"卞翎玉去哪里了?"

茴香带着人按吩咐在更换屏风,闻言答道:"去后山那片林子了。"

师萝衣摇摇头,心里莫名舒了口气:"他喝药了吗?"

"喝了才出去的,丁白也在。"

师萝衣放下心来,继续看昨日符邱送过来的册子。

她的心比昨日宁静,总算看了进去。

半山腰新化形的熊妖一直在欺凌其他精怪,又仗着符邱无法再修炼,管不住它,这两年在不夜仙山为所欲为,师萝衣在熊妖的名字上打了个叉。

她的处理方式沿袭了师桓,打算吃了午膳就去收拾它。

卞翎玉在后山的另一片林子里做竹人。他清楚自己的时间并不多,若在南越国作乱的真是朱厌,他得在自己死之前,帮师萝衣把天玑丹炼成,消除她的心魔。

丁白在一旁逗蛐蛐,抽空道:"公子今日气色好了很多。"

这句话让卞翎玉想起自己昨夜的失控,神珠在师萝衣体内,但他到底还是神珠的主人。

先前卞清璇提议过要取师萝衣的血,他不愿,却没想到这样竟然也能……

他没回答丁白,继续做竹人——世间只有神能造出活物,这是他把

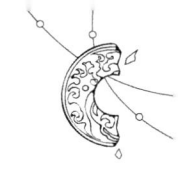

神珠给了师萝衣后,仅存的还能使用的天赋。

卞翎玉庆幸师桓能干,数千年来攒下丰厚的家底,天玑丹所需灵药虽苛刻,但有六味灵药在不夜仙山就能找到。还差的两样东西,是八种灵药中最难找的。

卞翎玉已经派了几批竹人去秘境探索,许多竹人都死在了里面,但卞翎玉并没有放弃,他放出去一批又一批竹人去各大秘境,总能找到自己要的东西。

一个竹人从地底钻出来,飞上他的膝盖,过来报信。它们有了灵体之后,可以隐藏身形,像丁白这样修为不高的人并不能看见。

"主人,清璇脱离阵法了。"

其他的竹人全被卞清璇斩杀,只有它逃了回来。

"知道了。"卞翎玉并不意外,他如今能困住卞清璇这么久,已经是极限,只是不知道卞清璇到底会不会罢休。

他隐约明白卞清璇为何会那般执着于自己和神珠,卞翎玉回到神域后,卞清璇的事情,他也了解一二。

他的舅父生性风流,不知生了多少私生子女,还要了赤焚族的一个小女奴。

赤焚族就那一个圣女,唯一诞下的孩子,就是清璇。赤焚族在上古神魔大战中叛神,神族胜利后,作为惩罚,千万年来赤焚族一直为奴为婢。

清璇想摆脱神谕和奴仆地位,唯一的方法就是嫁给正神。

卞翎玉垂下眸,他见到这个表妹的时候,她已经是个红衣飒飒的女子。但赤焚一族,是可以在成年后重新选择性别的。

神域的人千岁方成年,那时候清璇刚成年不久。他以前不认识清璇,但他知道,舅父的儿子居多。卞翎玉并不了解卞清璇的过去,一个旁支神族的私生女,也不值得他关注。

但如今不一样,若卞清璇真的做了一千年的男子,为了族人,才甘心在成年时化作女儿身,那么她就算死,也不会轻易放过师萝衣。

南越之行若是他的死期,那他在死之前,必须想办法重创卞清璇,逼她回神域。

他要给师萝衣留下足够的时间成长，就算有一日他不在了，小刀修也能在这豺狼环伺的情况下好好地活着，等到她父亲醒来的那一日。

特约番外。

青玹篇

昭华二十三年，人间已入夏。就在师萝衣死去的那一天，明幽仙山却下了一夜的雪。

青玹坐在山顶，望着一朵枯败的粉色芍药。

未到天明，芍药便在他掌中化作飞烟，彻底消散在世间。

青玹不明白自己为何会来这里，正如他从未想通，为什么从师萝衣手里抢来一朵脆弱的花后，他竟用法术将这朵花封禁了六十年。

兴许是因为那一日，师萝衣终于被他逼得掉了泪，他终于能带着一颗冷淡刻薄的心俯视她——

凡夫俗子注定该向神族低头。

青玹有心嘲笑凡修的脆弱，可临到头，他都无法牵动嘴角。

这朵花曾在师萝衣的院子里养了很多年，如今芍药消散，余香却留在他的掌中。

青玹冷冷垂眸，任由雨水冲刷他的手指。

他感觉到了山顶风雨交加的冷。

青玹第一次知道，原来神族褪去华丽的外衣，失去了原本的力量，也会感知到寒冷，也像只随时会死的蝼蚁。

从见到师萝衣开始，青玹从未瞧得起她。她是青玹坠入人间后看见的第一个凡修。血气冲天的尸山之上，少女握住他的手，狼狈得像妄渡海里肮脏的泥沙，全身上下皆是破绽。

那个时候，青玹可以用一万个挑剔恶毒的词语来形容这个凡修少女——

天真、莽撞、愚蠢、伪善……

除了一双比神域冰灵花还要澄净温柔的眼睛，她毫无可取之处。

可就是这样一只可怜的蝼蚁，不仅困了卞翎玉六十年，让麒麟族的少主在人间等了她一辈子，也让青玹渐渐失去力量。

青玹原本冰冷的神血，竟然染上凡人才有的温度，他自此也有了关于饥饿与寒冷的懦弱感知。

雨水砸在掌心，青玹竟然感觉到了刺痛，冷冷收回手——他之所以会有如此举动，大抵是因为厌憎。

厌憎如今的软弱与无能，厌憎师萝衣就算死去，也不肯向自己低头的姿态，也厌憎山脚下那位逐渐衰弱，却不肯拿回神珠的神灵。

天色渐明，青玹收敛好情绪，走下山去。

他还得去做该做之事。

山脚下，有几个青色衣衫的弟子早已等在那里，他们都是青玹这些年来培养的心腹。

见到青玹，有人立刻讨好地道："师萝衣支撑不住，想来昨夜已经死了。"

青玹垂着眸，看不清神色——

原来所有人都清楚，她已经死了。

这些年来，弟子们为青玹做了不少事，其中一大半，都是挑唆仙门迫害师萝衣。

一开始，他们每每向青玹邀功，青玹都会弯唇夸他们做得好。他像一个冷血的猎人，看着猎物苦苦挣扎，以她的痛苦为乐。

可一年又一年过去，那个流亡在外的少女像一枝狼狈又凄惨的幼竹，每当弟子们以为她撑不住的时候，她偏偏又那般努力地活着。

弟子们记得，四十年前，有一次师萝衣伤得极重，灵力消散，几乎快要没了呼吸，一个老鸨将她捡了回去。

有人兴奋道："这次她一定撑不住。"

谁都明白，若她醒不过来，就此死去，从此也不用那般辛苦。可若她醒了过来，没了灵力，又被带到了那般腌臜的地方，恐怕生不如死。

弟子们看向青玹，他们都知道青玹想逼着师萝衣杀人，最好彻底入魔，手中沾满鲜血与孽债。

他们并不在乎师萝衣的生死，只想博青玹一笑。

可那日，青玹并没有和往常一样冲他们笑。他坐在人间高台之上，看人将师萝衣带走。

恰是冬日，桌上的热茶渐渐变凉，青玹始终没有露出过笑容。

他的眼睫似凝了霜，望着那个方向，不辨悲喜。

氛围太过冷凝，冷凝到弟子们惴惴不安，甚至怀疑是自己做错了。酒家的旗帜在飘荡，寒风从布帘后吹过来，吹动青玹如墨的发丝。

良久，青玹扯了扯唇，冷冷道："做得很好。"

弟子们松了口气，露出笑容来。

那一日夜晚，台上咿咿呀呀唱着曲，芳华阁有名的花魁在弹奏。但却无人看花魁，人们只看向安坐在人群中的青玹。

弟子们随他一起等待，但到底在等什么，谁也说不清楚。那时，青玹想，她总该认输了，总该在凡人们伤她之前，杀了这些肮脏卑贱的人。

丝竹声一直响至夜深，芳华阁外风雪交加，弟子们敏锐地感知到了动静。

后院木门嘎吱作响，竟是有人为师萝衣打开了门，让她逃走。

这就不妙了，如今还有谁会帮师萝衣？

几人蹙眉，连忙和青玹赶去查看。

原来是两个竹人，它们正吃力地举着灯，撑着木门。

一个神识尚且不太清醒的少女，咬牙从阁楼上跃下，竹人们慌慌张张地想要接住师萝衣，却只是徒劳，被师萝衣砸到，掩埋在厚厚的积雪中。

少女没有注意到它们，从地上爬起来，晃了晃脑袋，沿着灯笼微弱的光，跌跌撞撞地往外走。

青玹静静地看着眼前这一切。

他没下令阻止，其他人也不敢轻举妄动，只能眼睁睁地看着师萝衣走远，再看着那两个衰弱的竹人从雪地中爬出来。

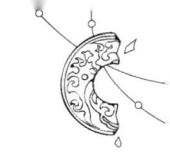

它们已经没了灵力，算不上神物，只带着人的灵智。

青玹冷眼望着它们。

竹人们感觉到了杀意，警惕地望着青玹。小竹人如今已经很虚弱，知道自己不可能是青玹的对手，今日或许只能折在此处。

神之血肉铸就的灵物，本就心性稚弱，比不得人类。它们带着主人的心意，不远万里，狼狈至此，凭借着一腔本能追随、保护着那少女。

青玹嗤笑了一声，不知道是在嘲笑可怜成那样的卞翎玉，还是在嘲笑和师萝衣斗了这么多年的自己。

他到底没把师萝衣捉回来，只抬手将竹人烧作飞灰。

没了你们，她还能撑多久？他暗自想。

从那次以后，青玹回明幽仙山修行，暂缓法力流失。他想做的事，自有弟子们替他完成。

每隔半月，他就会从不同的人口中听到师萝衣又遭遇了什么。

明幽仙山的杏花开了又败，冬去春来，青玹再也没有见过她。有时候他身处明幽仙山，仍像神族一样漠视着弟子们忙忙碌碌，会觉得如今的生活像一场荒诞的梦境。

只有听到师萝衣的境遇时，才能从荒诞中生出几分真实感，才能看到赤焚一族的希望。

有人生来便是死敌，只有她过得不好，他才可以过得好。

弟子们也渐渐习惯为他对付师萝衣。

直到昨夜，师萝衣终于死去，弟子们都以为青玹会高兴，夸他们做得好，但这次他久久不语。

青玹抬起脸，他淋了一夜的雨，昔日无坚不摧的神族，脸色竟然有些许苍白。

若非他眼神冰冷淡漠，让弟子们感到安心，他们会以为青玹后悔了。这想法莫名有些可笑。

事到如今，师萝衣已经没了，青玹知道自己拿不到神珠了，但他必须得回神域，赤焚族的族人还在等着他。

想要回神域，就要拿到卞翎玉的麒麟骨，将其炼化后打开神域通道。

"他们如今在何处？"

有个弟子召回手中探路的灵鸟，听了一会儿道："师萝衣死在归雁山上的城郊破庙，如今卞翎玉应该正带着她的尸身赶回来。"

青玹听到破庙二字时，顿了顿，冷淡地道："走吧，带路，去找他们。"

路过山脚卞翎玉的小院时，几只家养的鸡在漫山找虫吃。大门紧锁着，卞翎玉用膳的石桌已经落了薄薄一层灰，整座院子透着一股萧瑟枯败的意味。

一夕之间，仿佛随着她的死去，小院里仅剩的生机也不复存在。

青玹驻足片刻，收回视线。

众人一路向南，小雨淅淅沥沥，下了好几日，天空似一直在哀泣。一行人在泥泞的山路上遇见了发间生出银丝的男子与身体冰冷的少女。

很多年后，一个弟子回忆起当年那一幕，都有种说不出来的滋味。

卞翎玉死死抱着师萝衣没有温度的尸体，天地间一片静默。他安静得像个泥像，眼底是毫不掩饰的哀伤。

他怀里的少女已经不能动，也不会说话，没有半点儿反抗地依偎在他怀里。

凡修们并不知道，神灵的哀伤，会使天地同悲，这份彻骨的痛感染了他们，让他们竟无法前进一步，不敢上前去破坏。

青玹冷眼看着他们，手里拎着一把给卞翎玉削骨的刀。

他的视线越过卞翎玉，落在师萝衣身上。

自雪夜分离那日开始，青玹已经四十年没有见过师萝衣。少女脸色泛着不自然的僵冷惨白，没有半丝生气。

青玹记忆里的师萝衣并不是这样的。她是人群中一眼就能看到的存在，明媚又灼热，多看上几眼，仿佛能被灼伤。

但如今，她安安静静地躺在昔日讨厌之人的怀里，不会动，也不会反抗。

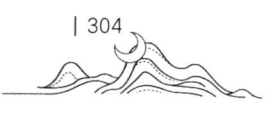

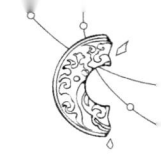

青玹久久没动，久到卞翎玉抱着她走远，才似有了知觉，看向自己僵冷的手。

他露出浅浅的嘲讽之色："多像一对苦命鸳鸯。"

他将刀扔给旁边的弟子，似厌恶般闭了闭眼："待卞翎玉死了，把他的骨头剔来给我。"

青玹不会弑神，赤焚一族犯过的错，他不想犯第二遍。

神灵不会脆弱到为一个少女殉情，但卞翎玉本就油尽灯枯，没几日好活了。待到为师萝衣殓完尸，青玹大抵就能去收麒麟骨了。

那一夜，众人在不远处找了个村庄借宿，弟子们腾出最好的一间屋子，给了青玹。

青玹枕着自己的胳膊，却一直没合眼。

他望着漆黑的天幕，什么也没去想，仿佛这样，就能忽视心口那个地方不正常的疼痛。

夜半，青玹嗅到了魔气，他蹙眉，骤然想起了那个祸患——姜岐。

这些年来，师萝衣的狼狈处境与姜岐也脱不了干系。如今她终于死了，那些爱恨怨憎成了无处释放的东西，姜岐得了朱厌的力量，为了修炼，这些年几乎已经把朱厌吸干。

姜岐一直隐藏得很好，卞翎玉的神珠一遍遍愈合师萝衣的身体，导致卞翎玉的灵力流失很快，一直没有找到朱厌。

如今神主已近衰亡，姜岐显然从师萝衣死去的那一刻就疯了，已然不再掩盖自己的魔气。

屋外风雨交加，有血腥气在弥散。

弟子们跑进屋子，仓皇道："姜师兄堕魔了，已然没了神志，重伤宗主，如今朝着归雁山而来。长老们合力都制不住他。"

话音刚落，凡人的惨叫声响起。

青玹顿了顿，嗓音冷淡，透着厌烦："你们跑吧。"

山林仿佛被哀鸣撕碎，大雨迷了人的视线，青玹逆着人群，走向姜岐。他居高临下，冷冷地俯视着姜岐。

眼前的魔修，俨然不是青玹能应对的了。他如今的神力不足百分之一，而姜岐却几乎吞噬了朱厌。

青玹从不信因果，如今亦然。他知道自己对上姜岐意味着什么。

青玹从来都不畏惧死亡，他畏惧的是自己死了，赤焚一族便没了未来。

可除了赤焚族少主的身份，他首先是一个神族。神族，即便化作飞灰融入山川，刻在骨子里的也是守护人间的使命。

七十年前坠入人间之时，青玹从没想过，自己再也无法回去。

风雨呜咽，夏夜被雨水浸没。天幕还未亮，天边坠下星星点点的白色光晕，犹如绚烂的萤火。

青玹神魂消散向人间，残魂落入山林里的一个山洞。那个时候他并没有想过，他的残魂落入小竹人的身体，还有几日可活。

青玹有了意识后的第一感受，便是灼热。

他睁开眼，发现自己在火堆前，架着一个竹筒，正在烧水。山洞里安安静静，只有柴火的噼啪声，还有竹人们忙来忙去的身影。

青玹难得怔愣，但下一刻，他回眸，看见了师萝衣。

朝阳初升，背对着光的师萝衣从地上坐起来，在他眼前重新有了生命。

神珠消散，给了师萝衣重来一次的机会。

她像个初生的婴孩，赤裸又干净，红色的眼瞳与魔纹从她面颊上褪去，引起竹人们一阵惶恐的慌乱。

她显然也很茫然，低头看了看自己，又看了眼山洞另一边的卞翎玉，惊讶不解地眨了眨眼。

竹人们纷纷往卞翎玉身后躲，只有还在火堆前的青玹没有动——他附体的竹人十二胆子最小，吓傻了，没有反应过来。

青玹曾经冷眼看着师萝衣的死亡，一如此刻冷眼看着她的复生。

好在山洞里的氛围很快恢复如常，师萝衣恍惚了一会儿，像是想到了什么荒诞的事，古怪地盯着卞翎玉看。

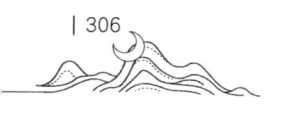

她赤裸着，卞翎玉已经背过身去。

青玹在心里冷嗤了一声："伪君子。"

不过青玹自己也不屑看便是。

师萝衣望着卞翎玉的背影，眼中的厌恶与警惕悉数不见，取而代之的是另一种东西，让人见之柔软的东西。

有小竹人跑过来，慌慌张张地帮着青玹附身的竹人灭火，青玹这才发现，原来自己残魂借住的这具灵物躯体，已经被火烧焦了手。

青玹只剩一抹残魂，操控不了竹人十二，这种神魂四散却还保留着一些意识的处境，他从前并非没有经历过。

青玹只得冷漠地合上眼——眼不见为净。

竹人们各忙各的，烧水是十二的任务。十二比所有竹人都小巧可爱，它烧好水，拿起一个竹筒，递给师萝衣。

师萝衣颇觉新奇，看了看它，又摸了摸它的脑袋。

竹人十二如果有眼睛，恐怕已经亮了。它们是灵物，又由卞翎玉所造，自然喜欢彻底纳化了神珠的师萝衣。

青玹打算冷淡消极地度过这几日，直到残魂消散，因此无意让他们看出异样。卞翎玉与师萝衣，没有一个是他所喜之人，甚至称不上故人。

可青玹没有想到，虽然他操控不了十二，但他是能听小竹人所听，见它所见，感它所感。

少女的手温柔地放在他发顶，让他的神识为之一僵。

他克制地抿了抿唇，厌烦地想，还不如死得干干净净。如今这算什么事？师萝衣最好少碰他。

天明之后，一行人前往不夜仙山。

竹人们排着队，走得整整齐齐。师萝衣一回眸，就看见了最独特的那一个，它走在最后。

十二的一只手被烧焦，本就生得可爱，走路摇摇晃晃，更显得有趣。它并不知自己身上还附着神族残魂，也不知那神族看着它走路，略感嫌弃，移开了眼睛。

青玹嫌恶它，走在前面的少女却很喜欢。

师萝衣思来想去，悄悄把它捉住，放进了怀里。

青玹本来就在消极应对，竹人十二已经够蠢，蠢到让他比面对姜岐时还要心情糟糕，如今骤然被师萝衣悄悄塞进怀里，他简直要气笑了。

少女怀中温软，昔日青玹用着卞清璇的身体，还不觉有什么，可如今躯体消散，他此前到底以男子之身活了好几百年，还是以神族的身份殒落，如今心中不免尴尬，只希望这只蠢竹人离她远一点。

可惜天不遂人愿，十二喜欢她喜欢得不得了，悄悄抱紧了她。

青玹附在十二身上，还能听见其他竹人发出羡慕的嘤嘤声。

青玹只后悔自己还有神力的时候，没能把这群蠢物全部烧个干净。

半晌，他感觉竹人的手被握住，旋即，温暖的灵力从师萝衣掌心渡过来。

十二看着她，于是青玹也只能被迫看着师萝衣。

其他人已经走了很远一段路，只有师萝衣与他掉了队。

那时候太阳初升，丛林里都是青草和雨后泥土的味道。从师萝衣醒过来后，他就没这么近地观察过她。

他看见师萝衣鸦黑的长睫，冰灵花一样的温柔眼眸，带着笑，似初见一样温和。

风吹过树梢，青玹眼里的敌意渐渐凝结。

那些与美好全然不沾边的过去，在此刻，通通被林子里的晨风吹散。

青玹有些恍惚，仿佛回到了最初认识她的那一日，并没有后来的剑拔弩张，百般算计。

他不想承认，那些自己竖起来的铠甲、锐刺，在这一刻，被这样的安宁和温柔一点点碾碎，无处遁形。

那些迟来的东西，像是一把利刃，青玹纵然没了身躯，也开始渐渐感觉到刺痛。

但那到底是什么？他沉默地望进她的眼瞳。

少女嗓音柔软，告诉他："我爱卞翎玉，我不会再伤害他。"

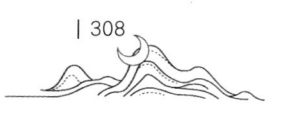

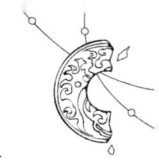

许是雨后的阳光太炽烈，竹人愈合的伤口过于疼痛，青玹才会在一瞬间，产生几近战栗的错觉。

青玹以为自己是不怕痛的。

事实上，也确实如此，他的父亲仲昊有许多姬妾和孩子，他和母亲对上这些人，并不能讨到什么好。

他的母亲过分柔弱，他就得比其他孩子更强大，才能保护她。

青玹被魔物嚼碎过一条腿，也曾滚过神域的烈阳池，皮肉十年都无法愈合。他举过九州鼎，任由骨头与神魂被重压，也曾被流放到荒芜之地，看不见一丝希望。

可所有的痛，都和此刻不同。

青玹沉默着，师萝衣抱着十二去追卞翎玉。

师萝衣变了许多，从她活过来的那一刻，青玹就发现了。从前的她，被他生生逼成了一个偏激、易怒、可怜的人。

如今师萝衣俨然变回了从前的她，变回了那个即便在妄渡海也充满了希望，不自量力要保护青玹和卞翎玉的她。

但现在，师萝衣要保护的人，已经没了他，只剩下卞翎玉。

她仿佛褪去了那些青玹带给她的不好的记忆，再次成为那轮温柔清丽的月亮。

"卞清璇"处心积虑、卑劣算计的几十年，就这样被她简单抹去。到了最后，什么都没剩下。

神魂的消散，远比青玹想象的要慢。

他闭上眼，封闭了自己的神识。

师萝衣与卞翎玉并行在回不夜仙山的路上，休憩之时，有凡人在讨论那一夜的大雨。

"那个横空出世的妖魔，听说杀了不少人，也不知道最后是被哪位仙人收服的。"

"是啊，那晚俺全家都吓得睡不着觉，隔壁村子流过来的血水，染红了咱们村子的河。"

"多亏了那位仙长，可得好好给他立长生碑。"

青玹最后一抹神识沉睡着，并没有听到他们的议论。

师萝衣和卞翎玉走走停停，回到不夜仙山时，已经过去了好些日子。

待青玹神识再次清醒，他发现师萝衣并没有和卞翎玉在一起，她正睡在一棵树上，天上挂着一轮圆月，整个村子在月光下，显得安宁祥和。

少女抱着十二，躺在树上看月亮。

十二因为想念卞翎玉，嘤嘤直哭。师萝衣不太会哄孩子，尤其还是这种小灵物，于是只能和它不停地说话，一面安抚竹人，一面等待着天明。

师萝衣百无聊赖，也睡不着，于是陪着十二聊天。和一个不会说话的竹人聊天并不容易，师萝衣只能猜它想说什么。

十二站在树枝上，用身体比比画画，一副凶狠的样子，旋即佯装摔跤。

"是小六对不对？"

竹人摇头，师萝衣便又猜测道："是十一？"

竹人还是摇头。

青玹嗤笑，没有人教过一个神族礼貌这回事。

师萝衣总觉得有点眼熟："不会是我吧？"

十二连忙点头，它又摆出一副冷淡的模样，默默地看着空中的月亮，师萝衣这回笑了："是卞翎玉！"

竹人再次点了点头，十二又做了几个动作，这回师萝衣有些犹豫地道："是卞清璇吗？"

青玹居高临下地看着师萝衣。或许世间谁也说不清楚，爱与恨，哪个令人记忆更深刻。

十二比画一通，师萝衣总算看懂它要说什么。

"你是说……自从我六十年前离开后，卞翎玉就一直留在这里。卞清璇这些年杀了很多竹人，你怕你们都没了，没人照顾卞翎玉……"

良久，她叹了口气，摸了摸十二的脑袋："嗯，我都知道，今后不

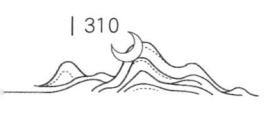

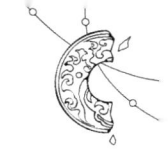

会再让卞翎玉孤零零一个人了。"

自始至终,她都不曾点评青玹一句。

月光如银华,温柔又残忍。青玹不再看她,而是望向清亮的月亮,没有任何表情。

师萝衣温软的声音,渐渐消失在夏夜村庄的虫鸣声中。蛙声此起彼伏,他们之间从未有过这样安静平和的时候,可这样的时光并不长久。

风吹动大榆树的树叶,月光下树影婆娑。师萝衣才找好位置准备打坐入定,有人提着灯,顶着晨间的朝露归来。

青玹远远就看见了卞翎玉。

麒麟族的殿下带着夜里的寒霜,轮椅上沾着泥土,不知走了多远的路。这样孤单凄冷的夜里,他略显狼狈。

青玹一眼就看出来,卞翎玉是去找师萝衣了。卞翎玉许是以为师萝衣离开了,一双清冷的眸子中,带着如一潭死水的沉寂。

月色把卞翎玉的影子拉得老长,几十年前,任青玹如何想也不会想到,战无不胜的神灵甘愿为了一个少女,把自己弄成这副模样。

青玹从前从未理解过卞翎玉——这个世间最后的神灵,在人间蹉跎了六十年,等待了六十年,师萝衣也不曾正眼看过他一次。这到底值不值得?

然而这一刻,心碎而苍老的神灵出现在树下,仿佛接受了命运的玩弄与轻慢,树上的少女若有感应,探出头去,用温软而惊喜的声音小声确认:"卞翎玉,你在找我吗?"

卞翎玉骤然从轮椅上抬起眸。

四目相对,他的冷峻模样随着年华逐渐苍老,她从榆树里探出的粉颊却柔软美丽。

他们像是两个世界的人,但是眼里流淌着同样的东西。

就在这一刻,青玹终于懂了卞翎玉。

卞翎玉眼中的沉寂散去,取而代之的是另一些东西。

神灵献祭所有,只为等待六十年后的这一次回眸,当少女澄净的眼睛里终于盈满神灵的身影，再难熬的痛苦，也通通在此刻被抚平。

那一晚，少女跳下树，成功住进了小院。

师萝衣特意抱了抱竹人，软声说：

"谢谢你，小十二，多亏你的帮助。"

青玹看见她眼里盈满带着期待的笑意。

师萝衣曾被他逼着离开不夜仙山六十年，如今她似乎终于快要有一个家了。这里有个最爱她的人，在此等了她一生。

果然，如果没有自己，她的一生本就该十分幸福。

青玹讽刺地笑了笑，果然还是见不惯她如此快乐又幸福啊！

如今的师萝衣似乎比过去还要碍眼，但青玹已经懒得干预她。本着眼不见心不烦的态度，他大多时候都强迫这最后一抹神识熟睡。

时光不急不缓地流淌，青玹再次被迫苏醒之时，神识变得更淡，他知道自己快要消散了。或许这时候，一个孩童挥挥手，都能让他消散在这世间。

卞翎玉送了一盒子银钱与桃花给师萝衣，这些年来，他积攒了不夜仙山每年开的第一朵花，汇聚成一个神灵无法宣之于口的爱意。

青玹望着那盒桃花，突然想起自己保存了六十年的那朵芍药。

一些尘封的过往，在此刻不合时宜地苏醒。

他想起师萝衣被埋进雪中的那一日，自己设计令师萝衣被卫长渊伤了心，她怒气冲冲跑下山，却不料遇见了凶兽螭蠡。她拼死脱身，取了螭蠡内丹，却并不知内丹有毒，能令人暂时神志不清。

青玹找到她的时候，少女躺在漫天大雪中，已经不太清醒了。

他蹲下，冷眼欣赏了一会儿，知道她死不了，也懒得救，正要离开，却被少女拉住了衣摆。

师萝衣还未冻僵，尚且能动弹，委屈得要命，扑进他怀里，眼泪全流淌在他的衣衫之上，呜呜地叫他娘亲。

少女从未哭得这样伤心，青玹胸口的衣衫都被她哭得湿热。

"娘亲！你不要我了吗？"

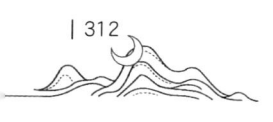

青玹冷冷地道:"师萝衣,你给我松开。"

大雪苍茫中,没有一个弟子经过,青玹也就懒得装,干脆用手扯着师萝衣后领子,把她从自己怀里拎出来,不耐烦道:"师萝衣,被毒傻了吗?叫谁娘亲?"

少女觉察到自己被人无情扯开,睁开一双迷蒙泪眼,委屈地看着青玹,只落泪,也不说话。

那双泪眼里,尽数是青玹的模样。青玹笑了笑,低声威胁道:"不许看着我哭,老老实实把不该拿的东西给我,否则就把你的卫长渊和你一起杀了。"

可师萝衣神志混沌,哪里管他说什么。

青玹啧了一声,干脆把她重新埋进雪里,怕她真的冻死了,神珠就此消散,他勉强给她加了一层结界。

少女的脸还没彻底埋进去,仍然用一双含着水光的眼睛,委屈可怜地看着这个十恶不赦的浑蛋。

青玹撒了把雪在她冰冷的面颊之上,她连忙闭了闭眼,那模样有几分懵懂,青玹哼笑了一声。

两人四目相望,在雪地里,她澄净明亮的眼中映出他带着笑意的脸庞。尽管表情恶劣,却不带半点儿恶意。

青玹顿了顿,没有再管师萝衣,离开了雪地。

他本应回去休息,可鬼使神差,回到了白日与师萝衣发生争执的小院。

百年芍药散在花丛间,已经没了生机与灵力,凋零泛黄,就和它的主人一样可怜。

青玹将破碎的芍药拢起来,良久,他抬手将灵力覆盖在花枝之上,重复赋予零落的花瓣以生命。

神族确有焕生之能,可青玹生来只一心钻研如何活得更好,如何杀人于无形。他揣摩人心,坚定刻毒,不屑修习这样柔软的法术。

那朵稚弱苍白的花,整整一夜,才在他手中有了雏形,最后还原成原本的样子。

青玹的唇角忍不住扬了扬,雪花飘落在芍药花间,打破了这一刻的安宁,青玹这才意识到自己在做什么,笑意冰冷下去。

他原本想捏碎手里的东西,可沉默半晌,最后将那朵芍药封禁。

最后一朵夏花凋谢,秋日来临之时,明幽仙山和不夜仙山都发生了很大的变化。

据说姜岐先前窥见宗主当年所隐瞒的真相,这才彻底堕魔,并且重伤宗主。

众修士一路追赶姜岐,却在一片山林前,追丢了他的魔息,此后再无人见过姜岐。而宗主也因为重伤,回天乏术,前不久咽下最后一口气。

明幽仙山换了主人。

自然不是卫长渊,卫长渊如今修为尽散,就算有威望,也不再具有振兴一个宗门的能力。

一个最有天资的弟子接任了宗主之位,他心肠仁善,虽稍显稚嫩,但在各位长老帮扶之下,宗门想必会慢慢好起来。

听说卫长渊如今也在教新宗主如何管理宗门。

明幽仙山经历着起起落落,与之对望的不夜仙山,却是一片喜气洋洋。

卞翎玉与师萝衣的喜宴很热闹。

许多村民都来见证这一场喜事。这一日,天刚蒙蒙亮,十二就趴在师萝衣的肩上,看着她梳妆。

喜婆祝福唱颂的声音将青玹唤醒。

映入他眼帘的,是镜子里新嫁娘的脸,少女褪去了几分稚涩,面颊如盛放的桃花。

他四下打量一番,心想,她今日出嫁。

又想,是时候离开了。

喜婆出去张罗喜宴,青玹终于能够慢慢从十二身上脱离,就在青玹

的神识到了门口之时，他从师萝衣口中听见了自己的名字。

"也不知这一世的卞清璇，去了哪里？"

青玹顿住脚步，回过头去。

师萝衣背对着他，一身明媚的喜服，声音里夹杂着轻快，嘀咕道："管她去了哪里呢，最好一辈子都不要出现。"

青玹闻言，轻嗤了一声，就像他曾经无数次在心里如此嘲讽师萝衣一样。

既然这么讨厌我，这次，就如你所愿。

他转过身，迎向渐亮的天光，也不知自己到底要去向何处。

眼前的热闹与他无关，少年神族站在院子外，像个没有来处，也没有去处的人。但就算到了此刻，青玹也并不觉得自己可怜。

喜气洋洋的恭贺声中，村民们给卞翎玉和师萝衣送贺礼。

青玹看了一会儿，终于想起自己可以去哪里。

他面向初升的朝阳，再没回头。

山脚下，有几个青衣弟子在窃窃私语，正是先前追随青玹的几人。

自从青玹消失得无声无息，明幽仙山不少弟子四处寻他，但那些寻找青玹的人，并不包括他们。

赤焚一族本就有魅惑血脉，越是罪恶与充满欲念的人，越能受青玹驱使。青玹一死，这几人就摆脱了控制。

有人恶狠狠道："这几年不知怎么回事，咱们竟然被那个贱人耍得团团转。"

其他几个人脸色也不好看。

"不知道她给咱们使了什么法术，把咱们当狗使唤。"

几人越想越愤恨，本来修仙之前，他们就是家族中的纨绔，坏事没少干，也暗暗害死过凡人女子。如今回想起自己这些年荒废了修习，对青玹鞍前马后，自是气得不轻。

有个青衣弟子爱不释手地把玩着手中的刀："不过这把刀，倒是个好东西。方圆百里，妖邪避让。"

可这么好的东西，青玹却让他们用来在卞翎玉死后，为其削骨。

几人跟了青玹几十年，心里隐约有个可怕的猜测，什么样的人才能创造生灵？如果他们猜得没错，一个虚弱到和凡人无异的强大修士，岂不是任人摆布？

贪念在此刻无限放大，众人对望一眼，明白了彼此眼中的意思。

可他们刚要走出屋子，就发现屋子被封印住了，屋内燃起幽蓝色火焰。

弟子们惶恐不已："怎么回事？"

他们发狂似的往外冲，却无济于事。众人犹如笼中困兽，连呜咽声都发不出去。

更远处，太阳出来了。

红衣少年坐在屋顶上，他的身下，是用剩下的神魂燃烧的屋子。

青玹觉得很困，他知道，如果自己睡去，就再也醒不来了。

意识消散之际，青玹仿佛回到了很多年前，他还是个意气风发，怀有一腔算计与希望的少年神族。

彼时青玹追随卞翎玉下界诛魔。他明明怀着最卑劣的目的，却杀了最多妖魔。

他被埋在尸山之中，入眼都是腐朽的尸体，四处都是腐烂气味，最不堪的脏污之中，有一只手握住了他。

那只手白皙、温暖，她甚至越过远处更凄惨的卞翎玉，第一眼就找到了他。

青玹抬眸，望见了一双冰灵花般的眼睛。她轻轻地对他说："你别怕，我就在这里。"

眼前嫩绿的枝丫上开出了花，清晨的朝露往下滴落，不远处的不夜仙山巍峨美丽。

这是他庇护的人间啊！

青玹笑了笑，闭上了眼睛。

嗯，我不怕，师萝衣。

图书在版编目（CIP）数据

不夜坠玉 / 藤萝为枝著 . -- 北京：中信出版社，
2025.1. -- ISBN 978-7-5217-7232-6

Ⅰ . I247.5

中国国家版本馆 CIP 数据核字第 2024UJ0477 号

不夜坠玉

著者： 藤萝为枝
出版发行：中信出版集团股份有限公司
（北京市朝阳区东三环北路 27 号嘉铭中心　邮编　100020）
承印者：嘉业印刷（天津）有限公司

开本：880mm×1230mm 1/32	印张：10
字数：278 千字	插页：4
版次：2025 年 1 月第 1 版	印次：2025 年 1 月第 1 次印刷

书号：ISBN 978-7-5217-7232-6
定价：50.00 元

版权所有·侵权必究
如有印刷、装订问题，本公司负责调换。
服务热线：400-600-8099
投稿邮箱：author@citicpub.com